MIRA®

Der Preis dieses Bandes versteht sich einschließlich
der gesetzlichen Mehrwertsteuer.

Umwelthinweis:
Dieses Buch wurde auf chlor- und säurefreiem Papier gedruckt.

Ein Mann für alle Fälle

Wenn Mae endlich erfährt, wo das Vermögen ihres Onkels geblieben ist, sind ihre finanziellen Probleme gelöst! Sie hofft, einen Hinweis in seinem Tagebuch zu finden, das allerdings auch spurlos verschwunden ist. Mae beauftragt den attraktiven Privatdetektiv Mitch Peatwick, entweder das eine oder das andere, am besten jedoch gleich beides zu beschaffen. Und Mitch scheint genau der richtige Mann zu sein – zumindest der richtige für Mae ...

Beim zweiten Mann ist alles anders

Nie wieder heiraten! Lucy, seit kurzem von dem betrügerischen Bradley geschieden, ist überzeugt, dass sie einfach nicht für die Ehe geschaffen ist. Aber als ein Anschlag auf sie verübt wird und der Cop Tom Warren zu ihrer Sicherheit bei ihr einzieht, scheint nichts ausgeschlossen. Nicht einmal der Gedanke, zum zweiten Mal Ja zu sagen ...

Jennifer Crusie

Manche mögen's richtig heiß

MIRA®

MIRA® TASCHENBUCH
Band 25155
1. Auflage: Oktober 2005

MIRA® TASCHENBÜCHER
erscheinen in der Cora Verlag GmbH & Co. KG,
Axel-Springer-Platz 1, 20350 Hamburg
Deutsche Taschenbucherstausgabe

Titel der nordamerikanischen Originalausgaben:
What The Lady Wants
Getting Rid of Bradley

erschienen bei: MIRA Books, Toronto
Published by arrangement with
Harlequin Enterprises II B.V., Amsterdam

Konzeption/Reihengestaltung: fredeboldpartner.network, Köln
Umschlaggestaltung: pecher und soiron, Köln
Redaktion: Sarah Sporer
Titelabbildung: Getty Images, München
Autorenfoto: © by Harlequin Enterprise S.A., Schweiz
Satz: Buch-Werkstatt GmbH, Bad Aibling
Druck und Bindearbeiten: Ebner & Spiegel, Ulm
Printed in Germany
ISBN 3-89941-194-3

www.mira-taschenbuch.de

Jennifer Crusie

Ein Mann für alle Fälle

Roman

Aus dem Amerikanischen von
Emma Luxx

MIRA®

1. KAPITEL

Mae Sullivan ließ stirnrunzelnd den Blick an dem alten, rußgeschwärzten Bürogebäude hochwandern und verlagerte ihr Gewicht. Ihre Füße schmerzten höllisch, und sie hatte den Verdacht, dass sie sich in diesen verflixten hochhackigen Pumps mindestens an einem Fuß bereits eine Blase eingehandelt hatte. Sie blickte sich um und schätzte ihre Chance, überfallen zu werden, nur geringfügig höher ein als die, dass das Gebäude im nächsten Moment zusammenstürzen könnte. Wer in einer solchen Gegend in einem solchen Haus arbeitete, konnte nur ein Versager sein.

Das traf sich gut.

Sie schien genau den Trottel gefunden zu haben, nach dem sie gesucht hatte: Mitchell Peatwick, Privatdetektiv.

Zuerst war ihr nicht so recht klar gewesen, wie sie es am besten anstellen könnte. Wie findet man einen möglichst unfähigen Schnüffler? Gar nicht so einfach. Also hatte sie sich die Gelben Seiten des Telefonbuchs von Riverbend geschnappt, war die Spalte „Detekteien" von A bis Z durchgegangen und hatte sie erst einmal nach Anzeigengröße und Wohngegend durchgesiebt. Daraus ließ sich schon einiges schließen. Alle teuren, auffälligen Anzeigen beschloss sie von vornherein ad acta zu legen, um anschließend die kleinen abzuklappern, bis ihr die Füße wehtaten.

Und hier war sie nun. Mitchell Peatwick – sie sah ihn bereits vor sich, wie er in seinem Bürosessel hing, fett, kahlköpfig und mit hängender Kinnlade.

Er würde sie gönnerhaft und von oben herab behandeln,

weil sie eine Frau war. Und sie würde auf ihm spielen wie auf einem Piano. Alles, was sie zu tun hatte, war, ihn davon zu überzeugen, dass es sich bei dem Fall, auf den sie ihn ansetzen wollte, wirklich um Mord handelte.

Sie holte tief Luft und zuckte zusammen, weil ihr der Bund des um mindestens zwei Nummern zu engen pinkfarbenen Rocks, den sie sich von June ausgeborgt hatte, in die Taille schnitt. Dann zog sie den Schleier ihres Huts über die Augen, schritt mit aller Grazie, die sie trotz ihrer schmerzenden Füße noch aufbringen konnte, auf die Eingangstür zu, in deren zerbrochenen Scheiben ihr ihr Spiegelbild entgegenkam.

Wirklich amüsant, was Kleider bewirken konnten.

Der lächerliche pinkfarbene Schleier verwandelte sie in die reinste Sexbombe.

Nun, vorausgesetzt, sie schaffte es tatsächlich dieses verdammte Gespräch hinter sich zu bringen, ohne dass sie der Bund von Junes Rock in zwei Teile zerschnitt und Junes Stilettos sie für den Rest ihres Lebens hinken ließen, dann war das ein erster Schritt in die richtige Richtung hin zur Lösung all ihrer Probleme.

Bitte, lieber Gott, lass Mitchell Peatwick beschränkt wie ein Ackergaul sein, und mach, dass er eine Schwäche für Frauen in hautengen Kostümen hat, betete sie, während sie mit vor Schmerz zusammengebissenen Zähnen die Treppen emporstieg.

Das Fenster hinter Mitch stand sperrangelweit offen, und der Deckenventilator summte leise, doch der Abkühlungseffekt war gleich null. Mitch, der die Beine bequem auf seinen ramponierten Schreibtisch gelegt hatte, war überzeugt davon, dass es nur noch eine Frage der Zeit sein konnte, bis er einem Hitzschlag erliegen würde. Am besten nicht mal den kleinen Finger rühren, dachte er, während er sich, die Ärmel hochgekrempelt und die Hände hinter dem Kopf verschränkt, vorsichtig zurücklehnte, die Augen schloss und sich seelisch darauf vorbereitete, gleich dahinzuschmelzen wie Butter in der Sonne.

Um sich zu bewegen, war er ohnehin viel zu deprimiert. Er sann darüber nach, was er sich vorgenommen hatte und was schließlich daraus geworden war. Zwischen beidem bestand ein himmelweiter Unterschied. Wunschvorstellungen waren eine lausige Vorbereitung auf die Wirklichkeit, deshalb hatte er beschlossen, sie nun ein für alle Mal zu begraben. Träume in die Realität umsetzen zu wollen, zahlte sich nicht aus, es war kindisch und unproduktiv. Und wenn man merkte, dass es nicht klappte, zog es einen nur runter. Die Wirklichkeit holte einen meist schneller ein, als einem lieb war.

Aufgrund einer Wette, die er während eines feuchtfröhlichen Abends mit einem Freund abgeschlossen hatte, hatte er sich schon als Privatdetektiv gesehen, als einsamen Wolf – der Sam Spade der Neunzigerjahre – das Böse in der Welt bekämpfend und der Gerechtigkeit zum Sieg verhelfend. Dafür war er bereit gewesen, seinen einträglichen Job als Börsenmakler ein Jahr lang an den Nagel zu hängen.

Und was war dabei herausgekommen? Jämmerlich wenig. Er hatte lernen müssen, dass die Arbeit eines Privatdetektivs in der Hauptsache darin bestand, untreuen Ehegatten auf die Schliche zu kommen. Was eine ausgesprochen deprimierende Angelegenheit war. Am Ende stellte sich immer heraus, dass alle Beteiligten sich ziemlich mies verhielten. Mitch hatte sich schon vorher eine recht nüchterne Vorstellung von der Ehe gemacht, jetzt aber hatte er auch die letzten Illusionen über diese Institution verloren.

Eine unumstößliche Wahrheit hatte er in diesem Jahr gelernt: Jeder Mensch lügt.

Sam Spade hätte diese Erkenntnis mit Sicherheit nicht vom Hocker gerissen, und bestimmt hätte er auf derartige Aufträge, wie er, Mitch, sie notgedrungen immer wieder übernommen hatte, dankend verzichtet. Mitch wurde das unangenehme Gefühl nicht mehr los, dass er ebenfalls hätte dankend verzichten sollen.

Eine Woche hatte er noch durchzustehen, und einen Klienten brauchte er noch, der ihm 2.694 Dollar über den Tisch schob. Dann hätte er die Wette gewonnen, die darauf hinauslief, dass er ein Jahr lang als Detektiv arbeiten sollte und dabei ein Mindesthonorar von 20.000 Dollar erzielen musste.

Am nächsten Freitag war Stichtag, dann würde er in sein früheres Leben zurückkehren, egal, ob er diese idiotische Wette nun gewonnen oder verloren hatte. Natürlich würde er keinen Klienten mehr auftreiben – vor allem keinen, der so betucht war, dass man ihm für eine Woche ein derart hohes Honorar abknöpfen könnte.

Das war denn auch der eigentliche Grund dafür, weshalb er vor Enthusiasmus nicht gerade einen Satz machte, als er draußen im Flur den Aufzug rumpeln hörte, und nicht etwa deshalb, weil er befürchtete, die Hitze würde ihn auf der Stelle umbringen, wenn er sich auch nur einen Millimeter von der Stelle rührte. Nein, es war nur einfach so, dass ihm wirkliche Begeisterung schon vor längerer Zeit abhanden gekommen war.

Wäre ich Sam Spade, dann käme jetzt Brigid O'Shaugnessy zur Tür herein, überlegte er flüchtig, während er ein Auge halb öffnete und entnervt zu dem altersschwachen Ventilator an der Decke emporblickte, dessen Summen in ein leises Quietschen übergegangen war. Aus heiterem Himmel verspürte er plötzlich wider Erwarten ein winziges Fünkchen Optimismus in sich aufkeimen. Vielleicht war ja noch nicht alles verloren. Wer konnte schon wissen, ob es nicht doch Brigid O'Shaugnessy war, die da gerade aus dem Aufzug stieg? Brigid, die einzig und allein in der Absicht hierher gekommen war, ihn zu verführen. Um das zu erreichen, was sie sich in den Kopf gesetzt hatte.

Und er wollte verdammt sein, wenn er keine Lust hatte, sich verführen zu lassen.

Gleich würde sich die Tür öffnen, und sie würde hereingeschwebt kommen. Kühl, schön wie eine Göttin und tödlich gefährlich – in einem dieser weißen Kostüme mit breiten Jackenaufschlägen und einem engen, an der Seite bis fast zur Hüfte geschlitzten Rock, der ihre langen, atemberaubenden Beine aufs Vorteilhafteste zur Geltung bringen würde. Auf den roten Locken trüge sie vielleicht einen kleinen Hut, dessen schwarzer Schleier zwar ihre veilchenblauen Augen verdeckte, dafür aber die klassisch geformte Nase, die porzellanweiße Haut und die sinnlichen, vollen dunkelroten Lippen betonte. Und dann würde sein Blick von ihren Lippen abwärts gleiten hin zum herrlichsten Teil ihres Körpers, den ihre Kostümjacke nicht verbergen, sondern vielmehr aufreizend modellieren würde: zu ihren herrlichen üppigen Brüsten.

Erst nach einiger Zeit und mit größter Anstrengung gelang es Mitch, seine Gedanken von den Brüsten seiner Traumfrau loszureißen.

Sie würde leise die Tür hinter sich schließen, auf ihn zuschweben und mit weicher, kehliger Stimme sagen: „Ich muss den Malteser Falken finden." Dann würde sie ihren Hut abnehmen, ihn mit ihren veilchenblauen Augen ansehen, dass ihm der Atem stockte, und ehe er sich's versah, würden sie sich in einer leidenschaftlichen Umarmung auf dem Fußboden wiederfinden und heißen, animalischen, schweißtreibenden Sex miteinander haben ...

Seine Gedanken verweilten genüsslich bei dieser Vorstellung.

Und irgendwann würde er herausfinden, dass sie von Anfang an ein teuflisches Spiel mit gezinkten Karten gespielt hatte. „Ich werde nicht den Trottel für dich spielen, Baby", würde er sagen und sie wegen des Mordes an seinem Partner der Polizei übergeben. Okay, er hatte zwar keinen Partner, es sei denn, man zählte Newton mit, aber das wäre lächerlich gewesen. Kein Wunder, dass das Buch zum Klassiker geworden war. Sam Spade hatte Brigid auch ohne Partner zur Strecke gebracht und sich erst wieder richtig gut gefühlt, nachdem ihm der große Befreiungsschlag gelungen war. Erst Sex vom Feinsten, und dann hatte er sie fallen lassen, war wieder frei gewesen wie ein Vogel – ein Held anstatt ein begossener Pudel.

Das alles war nur Fantasie.

Als sich die Tür öffnete und sie hereinkam, schaute er auf.

Ihr Haar war dunkelbraun, und ihr Kostüm war pink statt weiß, doch alles andere stimmte mit seinen Fantasien recht gut überein. Die Nase, die Lippen, die ...

„Ich will verdammt sein …“ Mit enormer Anstrengung riss Mitch seine Blicke von ihren Brüsten los und sah sie an.

„Von mir aus.“ Ihre Stimme jagte ihm einen Schauer den Rücken hinunter. „Sind Sie Mitchell Peatwick?“

„Hm … ja.“ Mitch nahm seine Füße vom Schreibtisch und stand auf. Bevor er ihr die Rechte entgegenstreckte, wischte er sich die feuchten Handflächen an seinem Hemd ab. „Mitch Peatwick, Privatdetektiv. Sagen Sie, haben Sie jemals *Der Malteser Falke* gelesen?“

„Selbstverständlich.“ Sie übersah seine Hand und überflog mit einem raschen Blick den mehr als armselig ausgestatteten Raum. „Das hier ist also Ihr Büro, ja?“

Okay, besonders beeindruckt schien sie von seinen Geschäftsräumen ja nicht gerade zu sein. Und von ihm selbst ganz offensichtlich auch nicht. Nun, so war eben das Leben. Hart, aber ungerecht. Schon wieder einmal hatte er sich von seiner Erwartungshaltung aufs Glatteis führen lassen. Wenn sie nicht den Mund aufgemacht hätte, wäre sie fast perfekt gewesen, aber so …

Die Realität. Eine Beruhigungspille, hergestellt auf natürlicher Basis.

Mitch seufzte und zog seine Hand zurück. „Betrachten Sie's einfach als Atmosphäre. Ich mach's genauso.“ Er ließ sich in seinen Stuhl fallen und gestattete auch seinen Füßen, wieder ihren gewohnten Platz auf dem Schreibtisch einzunehmen. „Und? Womit kann ich Ihnen dienen? Ist Ihnen Ihr Pudel davongelaufen?“

Sie hob die Brauen. „Wären Sie denn in der Lage, ihn zu finden?“

„Das hat mir gerade noch gefehlt – eine schnippische Klientin." Mitch gab sich redlich Mühe, seinen Unmut im Zaum zu halten, aber es fiel ihm nicht leicht. Sich von einer schönen Frau mit herrlichen Brüsten über den Mund fahren zu lassen, war er nicht gewohnt, und es brachte seine schlechtesten Seiten zum Vorschein. Bei Licht betrachtet, war sie so schön ja nun auch wieder nicht. Nun ja, die Nase war nicht schlecht, durchschnittlich hübscher Standard sozusagen, und die Lippen waren zwar voll, aber sie hatte nicht diesen sinnlichen Schmollmund wie Brigid, und die Brüste ... Mitch spürte, wie ihm die Luft wegblieb, und er wagte nicht weiterzudenken. Vergiss die Brüste, rief er sich zur Ordnung. Es deprimiert dich nur.

„Wenn ich Sie so ansehe, werde ich den Eindruck nicht los, dass Sie dringend mal wieder einen Klienten brauchen könnten." Interessiert unterzog sie seine Schuhe, die auf dem Schreibtisch direkt vor ihr lagen, einer eingehenden Betrachtung. „Wirklich, ich habe noch nie so dünne Sohlen gesehen. Ausgesprochen bemerkenswert. Ich kann Ihnen von hieraus sagen, welche Farbe Ihre Socken haben. Und Löcher haben sie auch."

„Toll!" Mitch grinste matt. „Wenn Sie mir jetzt auch noch sagen, welche Farbe meine Unterhose hat, sind Sie wirklich gut."

„Sie tragen keine", gab sie kühl zurück.

Mitch nahm die Füße vom Schreibtisch.

„Was wollen Sie von mir?" Er starrte sie an und registrierte dabei flüchtig die Staubkörnchen, die im Sonnenschein tanzten. „Wenn Sie aufhören, mir meine Zeit zu stehlen, könnten wir vielleicht ins Geschäft kommen."

Sie sah sich suchend um, stand schließlich auf und ging mit

schwingenden Hüften durchs Zimmer, wobei sich bei jedem Schritt der Stoff ihres hautengen Rocks beängstigend dehnte. Entschlossen steuerte sie auf die Garderobe zu, schnappte sich Mitchs Leinenjackett, ging zu dem Besucherstuhl und staubte die Sitzfläche ab. Mitch hätte normalerweise selbstverständlich empört Protest eingelegt, aber beim Anblick ihres atemberaubenden Pos, als sie sich vorbeugte, fiel ihm ein, dass er das Jackett sowieso noch niemals so besonders gern angezogen hatte. Nachdem sie den Stuhl sauber gemacht hatte, hängte sie das Jackett wieder an seinen Platz. Während Mitch sie beobachtete, sann er belustigt darüber nach, was Frauen doch für seltsame Wesen waren, und er dankte seinem Schöpfer ein weiteres Mal dafür, dass er ihn als Mann hatte auf die Welt kommen lassen.

Sobald sie sich wieder gesetzt hatte, versuchte er seine Aufmerksamkeit auf ihr Anliegen zu konzentrieren.

Sie blinzelte einmal kurz und sah ihn dann mit ihren großen braunen Augen an. „Was ich Ihnen jetzt erzähle, ist streng vertraulich."

„Das ist für mich eine Selbstverständlichkeit. Glauben Sie vielleicht, hier kommt jemand rein und sagt, hören Sie zu, ich möchte, dass es alle Welt erfährt?" Mitch zog einen Schreibblock zu sich heran und angelte sich aus einer Blechdose einen Kugelschreiber. „Vielleicht verraten Sie mir zuerst einmal Ihren Namen."

„Mae Sullivan", sagte sie, und er schrieb es nieder.

„Und was ist Ihr Problem?"

Sie starrte ihn an. „Irgendjemand scheint meinen Onkel ermordet zu haben."

Ihr Ton war viel zu schnippisch, um sexy zu sein. Außerdem war es ihm sowieso nicht möglich, verärgert und erregt zugleich zu sein. Es hätte ihm eine viel zu große Menge an Energie abverlangt. Und die brauchte er, um die Hitze ignorieren zu können, die im Zimmer herrschte. „Ermordet. Aha. Nun, Sie wissen ja sicher, dass wir eine hervorragende Polizei haben. Haben Sie die Leiche schon gemeldet?"

„Die Beerdigung ist übermorgen."

„Dann weiß die Polizei ja bereits Bescheid."

„Sie ist nicht interessiert." Gelassen begegnete sie seinem Blick. „Und Sie?"

Mitch überlegte. Offenbar gab es für ihn nur eine Alternative zu der schmutzigen Wäsche, die er ein Jahr lang in Scheidungsangelegenheiten hatte hervorkramen müssen: Mord. Er seufzte. „Ja. Wahrscheinlich wird es mir hinterher Leid tun, aber egal. Ja, ich bin interessiert."

Sie schlug aufreizend die Beine übereinander.

Lügen war nicht unbedingt eine von Maes stärksten Seiten, aber man konnte doch, wie sich nun zeigte, allerhand damit ausrichten. Mitchell Peatwick, vollkommen groggy von der brütenden Hitze, hing in seinem Stuhl, grinste sie träge an und erweckte den Eindruck, dass er nicht mal dann den kleinen Finger gerührt hätte, wenn sie damit herausgerückt wäre, seit Jahren auf den Fahndungslisten der Polizei zu stehen. Solange er den Mund hielt, fand sie ihn gar nicht mal so übel. Der Malteser Falke? Was für ein Träumer!

Nun, ihr konnte es nur recht sein. Einer, der von großen Abenteuern träumte, würde ihr die Geschichte von dem Mord und dem Tagebuch eher abkaufen als jemand, der realistischer war. Und so unmöglich erschien er ihr nun auch wieder nicht. Seine Kleidung war zwar nicht gerade hip, und ein Besuch beim Friseur stand auch wieder mal an – im Moment hing ihm eine Locke seines blonden Haars fast bis in die Augen –, und sein Kinn konnte sie nur als ausgesprochen kantig bezeichnen. Na wenn schon. Insgesamt wirkte er ausgesprochen männlich, mit breiten Schultern und schmalen Hüften, und wenigstens gehörte er nicht zu den Typen, die stets ein Goldkettchen um den Hals trugen. Wenn er grinste, strahlte er diesen überwältigenden Macho-Charme aus, bei dem man als Frau gelegentlich ins Zweifeln geriet, ob man sich mit der Emanzipation nicht vielleicht doch noch ein bisschen Zeit hätte lassen sollen.

Aber wehe, wenn er den Mund aufmachte! Dann war es für all die Frauen, die eben noch fast schwach geworden wären, an der Zeit, sich nach dem nächsten Laternenpfahl umzusehen, an dem sie ihn aufknüpfen könnten. Wenn er einfach nur geschwiegen hätte ...

Egal, dachte sie, schließlich habe ich ja genau so einen Trottel gesucht.

„Erzählen Sie mir von Ihrem Onkel", forderte er sie geduldig auf.

War das ein Funken von Mitgefühl, was da in seinen Augen aufblitzte? Plötzlich verspürte sie ein leises Schuldgefühl, weil sie ihn benutzte. Natürlich nur, wenn sie sich nicht getäuscht hatte. Vielleicht hatte er ja auch bloß einen Kater.

„Er ist ermordet worden." Mae lehnte sich etwas vor – nur ein wenig, so dass ihre Brüste unter der Kostümjacke leicht in Bewegung gerieten, wobei sie sich allerdings bemühte, die Sache nicht zu übertreiben. Oft bekamen Männer dann diesen seltsam glasigen Blick, vor dem es ihr grauste. Sie sah Mitch an. Da war nichts Glasiges. Na dann, Vollgas voraus. „Aber mir glaubt niemand."

„Die Polizei auch nicht?“

Mae zog alle Register, um so verletzt und schutzlos auszusehen wie möglich, weil sie ihn als einen Mann einschätzte, der auf so etwas ansprach. „Ich war nicht bei der Polizei. Sie würden mir erst recht nicht glauben. Laut Totenschein war es ein ganz normaler Tod.“

Mitch klemmte sich den Kugelschreiber wieder zwischen die Finger. „Wie hieß Ihr Onkel?“

„Armand Lewis.“ Mae sah zu, wie er auf seinem gelben Block herumkritzelte und Strichmännchen malte. Er hatte große, starke Hände, und seine Bewegungen waren sicher. Einen kurzen Moment streifte sie der Gedanke, was diese Hände alles bewerkstelligen könnten. Sie rief sich zur Ordnung.

Er sah sie an. „Was steht denn als Todesursache auf dem Totenschein?“

„Herzversagen.“

Gewissenhaft notierte er es und fuhr dann fort: „Hatte Ihr Onkel Probleme mit dem Herzen?“

„Ja.“

„Wie alt war er?“

„Sechsundsiebzig.“

Als er jetzt wieder sprach, schien er seine Worte sehr sorgfältig zu wählen. „Und Sie finden es ungewöhnlich, dass er im Alter von sechsundsiebzig Jahren an Herzversagen verstorben ist?“

„Sonst wäre ich nicht hier.“ Mae – ganz Brigid – schenkte ihm ein aufreizendes Lächeln.

„Haben Sie denn einen Grund anzunehmen, dass er ermordet worden ist?“

„Nein." Mae lehnte sich ein bisschen nach vorn und fuhr sich mit der Zungenspitze über die Lippen. „Ich weiß es einfach. Manchmal habe ich einen sechsten Sinn für bestimmte Sachen."

Er gönnte ihr ein mitleidiges Grinsen, als wäre sie ein unvernünftiges Kind. „Aha. Und Sie glauben, dass das jetzt so eine Sache ist."

„Ja."

„Okay." Er wandte sich wieder seinem Block zu, und Mae entspannte sich etwas. „War er vermögend?"

„Ja. Seine Hinterlassenschaft dürfte sich etwa auf zwanzig Millionen belaufen."

„Nicht schlecht. Wer erbt?"

„Ich. Falls er in seinem Testament nicht etwas anderes verfügt hat."

Er sah ruckartig auf. „Alles?"

Mae schüttelte den Kopf. „Die Hälfte."

„Und die andere Hälfte? Wer bekommt die?"

„Sein Bruder, Claud Lewis."

Mitch runzelte die Stirn. „Und sonst gibt es niemanden – keine Bediensteten, kein Wohlfahrtsverein, keine entfernten Verwandten?"

Mae fand es an der Zeit, ihm ein weiteres Brigid-Lächeln zu präsentieren, um ihn wieder dahin zu bringen, wo sie ihn haben wollte. „Das ist wirklich nicht so wichtig. Natürlich bekommen sowohl der Butler als auch die Haushälterin etwas, aber kaum so viel, dass es für sie der Mühe wert gewesen wäre, meinen Onkel deshalb umzubringen."

„Wie viel?"

„Jeder fünfzigtausend."

Ihre Blicke begegneten sich. „Für meine Verhältnisse sind fünfzigtausend nicht gerade wenig."

Geduld gehörte vermutlich nicht unbedingt zu den Tugenden eines Vamps, aber Mae hatte kaum eine andere Wahl. Mitchell Peatwick stellte sich als ein ziemlich hartnäckiger Zeitgenosse heraus. Das war nicht gut. „Es ist jedenfalls nicht genug, um ihnen ihren Lebensabend zu sichern. Wenn Onkel Armand noch am Leben wäre, hätten sie jeden Monat ihr sicheres Gehalt plus freie Kost und Logis. Da sie beide Anfang sechzig sind, ist es unwahrscheinlich, dass sie noch mal eine neue Stellung finden. Sein Tod war ein Unglück für sie. Mein Onkel …"

„Mag sein. Vermutlich werden derzeit wirklich nicht viele Butler gesucht", räumte Mitch ein. „Wie auch immer – geben Sie mir ihre Namen."

Mae holte tief Luft. Warum zum Teufel taten Männer eigentlich immer so hilfsbereit und hörten dann doch nie auf das, was man zu sagen hatte? Lag es an ihr, oder war das generell eine verhängnisvolle Nebenerscheinung der männlichen Hormone? „Sie haben ihn nicht umgebracht."

„Ich will ihre Namen."

Ihr Lächeln fiel diesmal etwas weniger großzügig aus. „Harold Tennyson und June Peace."

„Adresse?"

„Sie wohnen bei uns im Haus." Am liebsten hätte Mae vor Ungeduld mit den Zähnen geknirscht. Die Hitze machte sie ebenso gereizt wie ihre schmerzenden Füße, am meisten jedoch reizte sie Mitchell Peatwick. „Im Haus meines Onkels."

„Dann können Sie sie doch behalten."

„Nun ja – natürlich.“ Mae verlor allmählich die Geduld. „Ich kann sie natürlich nicht einfach auf die Straße werfen.“

Er lächelte sie an, offensichtlich erfreut darüber, dass es ihm gelungen war, sie zu verärgern. „Es ist immerhin Juli. Erfrieren würden sie nicht. Und wenn Sie sie nicht rauswerfen, haben die beiden mit dem Tod Ihres Onkels überhaupt nichts verloren – im Gegenteil.“

Mae hatte Mühe, sich ihre Gereiztheit nicht anmerken zu lassen. „Sie wussten doch gar nicht, dass ich sie nicht entlassen würde.“

„Ja – kennen Sie sich denn nicht ein bisschen näher?“

„Ich weiß nicht, was Sie unter ein bisschen näher verstehen. Selbstverständlich kennen wir uns, aber sie konnten dennoch nicht davon ausgehen, dass ich sie nach dem Tod von Onkel Armand behalten würde. Darüber haben wir niemals gesprochen.“

„Wie lange kennen Sie sich denn schon?“

Zeit für ein Lächeln. Mae strahlte Mitch an. „Was tut das denn zur Sache?“

„Wie lange?“ wiederholte er hartnäckig.

„Achtundzwanzig Jahre.“

Er verengte die Augen. „Seit Ihrer Geburt?“

„Nein, ich war sechs, als ich zu meinem Onkel kam.“

„Dann sind Sie jetzt vierunddreißig?“

„Mein Kompliment, Kopfrechnen eins.“

„Sie sehen aber gar nicht aus wie vierunddreißig.“

„Das kommt daher, weil ich nicht verheiratet bin. Die Ehe lässt Frauen früher altern.“

„Männer auch.“

„Blödsinn. Verheiratete Männer leben nachgewiesenermaßen länger als unverheiratete."

„Sie leben *scheinbar* länger." Er lehnte sich in seinen Stuhl zurück und musterte sie mit gönnerhafter Nachsicht. „Also – Harold und June haben Sie schon auf den Knien geschaukelt, aber Sie sind dennoch der Meinung, dass die beiden nicht davon ausgehen, dass Sie nach dem Tod Ihres Onkels für sie sorgen."

Mae schloss die Augen und schwieg.

„Egal, wir kommen später noch darauf zurück. Und außer Ihnen, Harold und June und Onkel Claud gibt es also niemanden, der im Testament bedacht ist?"

„Nein."

„Was hatte Ihr Onkel für Geschäftsverbindungen?" Er klopfte mit dem Kugelschreiber auf seinen Notizblock. „Ist es möglich, dass einer seiner Geschäftspartner ihn loswerden wollte?"

„Kaum. Ihm gehörte zusammen mit meinem Onkel Claud der Konzern ‚Lewis & Lewis'."

„Gibt es noch andere Teilhaber?"

„Nein. Nur mein Onkel Claud."

Als Mitchell zum Sprechen ansetzte, schnitt Mae ihm kurzerhand das Wort ab. „Der Onkel Armand aber auch nicht getötet hat."

„Haben die beiden sich gut verstanden?"

„Nein. Onkel Claud konnte Onkel Armand nicht ausstehen. Er missbilligte Onkel Armands ausschweifendes Leben, weil er Angst hatte, dass das dem guten Namen von ‚Lewis & Lewis' schaden könnte."

„Klingt wie ein direktes Zitat."

„Ist es auch."

„Und? Stimmte das?"

„Ja."

Mitch hob die Augenbrauen. „Ein ausschweifendes Leben mit sechsundsiebzig?"

Mae seufzte. Mitch Peatwick mochte zwar ein Trottel sein, aber zumindest war er ein ausgesprochen hartnäckiger Trottel. „Er hatte eine Geliebte. Wenn Sie es genau wissen wollen, er war in der Nacht, in der er gestorben ist, bei ihr. Er ist in ihrem Bett gestorben."

Mitch lehnte sich zurück. „Kann ich eine Frage stellen?"

Langsam brachte er Mae an den Rand der Verzweiflung. „Wenn es sein muss."

„Ja. Er hatte also trotz seines relativ hohen Alters und seiner Herzschwäche eine Geliebte, die … wie alt war? Fünfzig?"

„Fünfundzwanzig. Sie heißt Stormy Klosterman, aber das ist nicht weiter wichtig."

„Klosterman?"

Mae gab auf. „Ihr Künstlername ist Stormy Weather. Solange sie mit meinem Onkel liiert war, hat sie selbstverständlich nicht gearbeitet."

„Selbstverständlich." Er zwinkerte ironisch. „Und wie lange war das?"

„Sieben Jahre", gab Mae kurz angebunden zurück. „Er hob ihr eines Nachts ihren Regenschirm auf, der ihr auf die Straße gefallen war. Es war Liebe auf den ersten Blick."

Er grinste sie an. „Sie sind nicht gerade ein Fan von Stormy, scheint mir."

Mae zuckte die Schultern. „Ach, sie ist schon okay. Zumindest halte ich es für ausgeschlossen, dass sie meinen Onkel umgebracht hat. Sie erbt keinen Cent.“

„Wusste sie das vorher?“

„Ja. In dieser Beziehung hat er bei seinen Geliebten niemals Zweifel aufkommen lassen.“

„Bei seinen Geliebten? Hatte er mehrere?“

„Vor Stormy eine ganze Reihe. Ich bin mit vielen Tanten groß geworden.“

„Sie sind bei Ihrem Onkel Armand aufgewachsen?“

Mae dachte kurz daran, aufzuspringen, ihn an seinen Jackettaufschlägen zu packen und ihm ins Gesicht zu schreien, dass sie nun bitte schön endlich, endlich auf das Tagebuch zu sprechen kommen wollte, doch gleich darauf verwarf sie diese Idee als ungeeignet. Also riss sie sich zusammen. „Meine Eltern kamen bei einem Autounfall ums Leben, als ich sechs war. Danach ging zwischen meinen drei Onkeln der Streit um mich los. Da mich jeder von ihnen gern zu sich genommen hätte und sie sich nicht einigen konnten, losten sie um mich.“

„Drei? Wer ist denn der dritte?“

„Onkel Gio. Wir waren alle im Büro des Notars, und sie zogen Streichhölzchen. Onkel Armand gewann. So, jetzt wissen Sie alles. Können wir nun endlich wieder auf Onkel Armands Tod zurückkommen?“

„Und wie heißt Ihr Onkel Gio mit Nachnamen?“

„Donatello.“

„Na, großartig.“ Er warf den Kugelschreiber hin und starrte sie ausgesprochen unangenehm berührt an.

„Ich sehe, dass Ihnen die Gerüchte, die über Onkel Gio in Umlauf sind, nicht unbekannt sind. Machen Sie sich keine Sorgen, da ist absolut nichts dran. Nun, vielleicht bis auf …“

„Ich weiß über die ganze Familie Bescheid. Wie geht’s Ihrem Cousin Carlo?“

„Er ist schon wieder draußen“, gab Mae zurück. „Jemand hat ihn angeschwärzt.“

Er hüllte sich für einen Moment in Schweigen und musterte sie eingehend von Kopf bis Fuß, wobei sie kurz der Gedanke streifte, ob es nicht womöglich doch ein Fehler gewesen war, hierher gekommen zu sein. Zwar schaute er sie an, als könnte er kein Wässerchen trüben, aber sie wurde das ungute Gefühl nicht los, dass in seinen verschlungenen männlichen Gehirnwindungen etwas vor sich ging, das sich ihrer Kenntnis entzog. Der Himmel mochte wissen, was es war, doch ihre innere Stimme sagte ihr, dass es nichts Gutes war.

Er lehnte sich vor. „Okay, vergessen wir Onkel Gio für einen Augenblick. Abgesehen von diesem sechsten Sinn, von dem ich überzeugt bin, dass er ausgezeichnet funktioniert, müssen Sie aber doch noch einen anderen Grund gehabt haben, anzunehmen, dass Ihr Onkel ermordet worden ist. Vielleicht sollten Sie mit der Wahrheit herausrücken.“

Endlich kommt er zur Sache, dachte Mae. Sie befeuchtete sich die Lippen und lehnte sich ebenfalls etwas vor. „Sein Tagebuch ist verschwunden. Ich habe gehört, wie er noch an seinem Todestag am Telefon mit jemandem darüber gesprochen hat, doch wir haben es nicht gefunden. Ich halte es zwar für nicht besonders wichtig, aber immerhin.“

Mitch sah ihr an, dass sie log. Entweder gab es gar kein Tagebuch, oder es gab eins, und es war im Gegensatz zu dem, was sie sagte, überhaupt das Allerwichtigste. Warum belog sie ihn?

Wie auch immer. Mit dieser Frau als Klientin könnte er womöglich seine Wette doch noch gewinnen. Trotz ihres sechsten Sinns. Wenigstens war sie flüssig.

Zwanzig Millionen.

Großer Gott, zwanzig Millionen! War es denn dann nicht vollkommen egal, ob sie log, dass sich die Balken bogen? Hauptsache, sie schob die 2.694 Dollar über den Tisch.

Wenn sie bloß nicht ihren Onkel Gio erwähnt hätte.

Bis zu diesem Zeitpunkt war Mitch durchaus daran interessiert gewesen, den Fall zu übernehmen. Und zwar nicht nur des Geldes wegen und auch nicht deshalb, weil sie gut gebaut war. Nun ja – zumindest nicht nur. Nein, es wäre einfach schön gewesen, wenn er zu guter Letzt doch noch einen Fall bekommen hätte, bei dem nicht von ihm verlangt wurde, sich in seinem Auto vor billigen Motels herumzudrücken, lauwarmen Kaffee zu trinken und darauf zu warten, dass der Ehebrecher oder die Ehebrecherin in Sicht kamen. Danach hätte er in aller Ruhe wieder in sein altes Leben als Börsenmakler Mitchell Kincaid zurückkehren können.

Und nun legte sie ihm dieses Kuckucksei Gio Donatello ins Nest. Das ging zu weit. Es war bekannt, dass die Luft in Gios Umgebung ausgesprochen bleihaltig war. Sehr ungesund. Er hob den Blick, um ihr zu sagen, dass er an dem Fall nicht interessiert sei. Sie saß vor ihm und schaute ihn mit ihren großen braunen Augen vertrauensvoll an. Wie verletzlich sie auf einmal wirkte! Er rätselte, ob diese Verletzlichkeit echt war oder nur gespielt. Egal. Zumindest würde das Geld, das er von ihr bekommen würde, kein Spielgeld sein.

Das gab für seine Entscheidung den Ausschlag.

„Also.“ Mitch rutschte unbehaglich in seinem Sessel herum. Sein Hemd, nass von Schweiß, klebte an der Rückenlehne. „Fassen wir zusammen: Wir haben einen sechsundsiebzigjährigen Mann mit einem schwachen Herzen und einer fünfundzwanzigjährigen Geliebten, in deren Bett er eines Nachts stirbt. Der Arzt attestiert Herzversagen, aber Sie vermuten, dass es Mord war. Die einzigen drei Leute, die von seinem Tod profitieren – Sie selbst ausgenommen –, das Bedienstetenehepaar und Claud Lewis, kommen als Tatverdächtige nicht in Frage, sagen Sie.“

Mae nickte. „So ist es. Ich habe mit June und Harold gesprochen. Sie würden mich niemals anlügen.“

Mitch konnte angesichts ihrer Naivität nur den Kopf schütteln. „Natürlich würden sie das. Jeder Mensch lügt. Wenn Sie das immer im Kopf behalten, sind Sie schon einen ganzen Schritt weiter.“

Sie sah durch ihre dichten schwarzen Wimpern unter halb gesenkten Augenlidern zu ihm auf und blinzelte. „Das klingt ja wirklich schrecklich zynisch, Mr. Peatwick.“

„So bin ich eben. Und selbst wenn es zynisch sein sollte, heißt das noch lange nicht, dass es nicht stimmt. Ich bin zum Beispiel bereit, fünfzig Dollar zu wetten, dass Sie mich auch schon angelogen haben.“

Diesmal blinzelte sie nicht. „Wie können Sie so etwas sagen?“ fauchte sie empört. „Selbstverständlich habe ich Sie nicht angelogen.“

Mitch grinste unverschämt. „Sie haben es wirklich gut drauf, *Sweetheart.* Im Lügen haben Sie anscheinend Übung, das merke ich allmählich. Aber es wird Ihnen nichts nützen.

Hören Sie auf, mich so seelenvoll anzuschauen, die Masche zieht bei mir nicht."

Nun verengte sie die Augen. Mitch fand, dass ihr auch das recht gut stand. Ein bisschen biestig und gemein vielleicht, aber durchaus wirkungsvoll. „Mr. Peatwick, nehmen Sie den Job nun an oder nicht?"

Wieder lag ihm auf der Zunge, dankend abzulehnen mit der Begründung, dass ihm zum einen ihre Verwandtschaft nicht passte und dass er zum anderen den Verdacht hatte, dass sie das Blaue vom Himmel herunterlog, doch dann entschied er sich anders.

Er seufzte. „Was hat denn Ihr Onkel am Telefon über das Tagebuch gesagt, das Ihren Verdacht erregt hat?"

„Er sagte: ‚Mach dir keine Sorgen, ohne das Tagebuch kommt niemand an mein Geld'."

„Und Sie sind sicher, dass das Tagebuch noch da war, bevor er starb?"

„Bestimmt." Wieder bedachte sie Mitch mit diesem Unschuldsblick, der ihm signalisierte, dass sie etwas vor ihm verbarg. „Er hat noch am Montagabend am Telefon darüber gesprochen, und später in der Nacht ist er gestorben. Da er gewissenhaft jeden Tag darin aufzeichnete, hatte er bestimmt auch an dem fraglichen Tag bereits seine Eintragungen gemacht."

Mitch warf seinen Kugelschreiber auf den Schreibtisch. „Also gut. Fünfhundert pro Tag plus Spesen."

Sie zog die Augenbrauen zusammen. „Lächerlich."

Mitch zuckte die Schultern. „Das ist mein Tagessatz."

Missmutig verzog sie das Gesicht, und er lächelte sie ungerührt an. „Okay." Sie öffnete ihre Handtasche und kramte ihr Scheckbuch hervor. Er sah ihr zu, wie sie die Summe eintrug und ihre Unterschrift daruntersetzte. Zitterte ihre Hand leicht, oder bildete er sich das nur ein?

Nun riss sie den Scheck heraus und warf ihn auf seinen Schreibtisch. Dreitausendfünfhundert Dollar. Mitch holte tief Luft und setzte ein unbeeindrucktes Gesicht auf. „Das ist für eine Woche. Was ist, wenn ich den Fall heute Abend bereits gelöst habe?“

„Dann geben Sie mir den Rest zurück.“

Diese Möglichkeit erschien ihr offenbar nicht allzu wahrscheinlich. Was ihm nur recht sein konnte, denn er würde den Teufel tun, ihr auch nur einen einzigen Cent von den dreitausendfünfhundert Dollar wieder zurückzuzahlen. Schließlich wollte er seine Wette gewinnen.

Mitch stand auf, ging um den Schreibtisch herum und nahm sein Jackett von der Garderobe. „Okay, dann lassen Sie uns Onkel Gio besuchen.“

Sie holte tief Luft. „Mr. Peatwick, ich habe Sie nur dafür bezahlt, dass Sie das Tagebuch finden.“

„Das werde ich auch, Miss Sullivan, verlassen Sie sich drauf. Sie bekommen von mir genau das, was Sie wollen. Aber erst werden wir Gio Donatello einen Besuch abstatten.“

„Warum denn Onkel Gio? Ich habe Ihnen doch gesagt …“

„Ich muss mit all diesen Leuten reden“, sagte Mitch geduldig. „Und wenn ich dann durch bin mit diesem Pack, ist mir wahrscheinlich schon einiges klarer.“

„Onkel Gio ist kein Pack.“

„Ihr Cousin Carlo hat jemandem den Finger abgeschnitten. Pack ist noch viel zu milde ausgedrückt. Das sind doch Psychopathen."

Sie rutschte unbehaglich auf ihrem Stuhl herum. „Sie sind nur ein wenig impulsiv."

„Impulsiv." Mitch schnaubte empört. „Wie süß. Also los, lassen Sie uns gehen, aber ich warne Sie – wenn Sie mich nicht vor Ihren mörderischen Verwandten beschützen, verdoppelt sich mein Tagessatz, alles klar?"

Sie warf ihm einen verächtlichen Blick zu, schnappte sich ihre Handtasche und stand auf. „Großartig."

Mit einem gekonnten Hüftschwung drehte sie sich um und ging vor ihm zur Tür.

Wenn sie bloß den Mund gehalten hätte …

Ungeduldig sah sie sich nach ihm um. „Ich habe nicht unbegrenzt Zeit, Mr. Peatwick. Hätten Sie vielleicht die Güte, sich ein wenig zu beeilen?"

Die prickelnden Fantasien, die er angesichts ihrer Rückansicht entwickelt hatte, lösten sich in Luft auf, und die Realität hatte ihn wieder. Er seufzte tief und folgte ihr zur Tür.

2. KAPITEL

Peatwicks Wagen hatte etwa die Größe eines Flugzeugträgers. Obwohl Mae Mitchell Peatwick nicht gerade als einen Volvo-Typ eingeschätzt hatte, hatte sie doch ein etwas zeitgemäßeres Auto erwartet. „Das also ist Ihr fahrbarer Untersatz?“

„Ein Klassiker.“ Liebevoll strich er über die Fahrertür. „69er Catalinas sieht man heutzutage nicht mehr allzu oft.“

„Ja. Und das hat seinen guten Grund.“ Mae deutete auf den Lack. „Was soll denn das für eine Farbe sein?“

„Rostrot. Steigen Sie nun ein, oder nicht?“

„Selbstverständlich.“ Mae blickte auf die Beifahrertür.

Er grinste. „Machen Sie schon, steigen Sie ein, die Tür ist offen.“

Mae schüttelte missbilligend den Kopf. „Da nennt der Mann einen Sammlertraum sein eigen und schließt ihn nicht mal ab. Was denken Sie sich Eigentlich dabei?“

„Ich setze eben Vertrauen in meine Mitmenschen“, entgegnete er gelassen.

„Dann werden Sie meinen Cousin Carlo bestimmt ganz besonders mögen.“ Sie rüttelte an der Tür, doch ohne Erfolg. „Scheint mir aber doch zu zu sein.“

„Nein – Sie müssen einfach nur ein bisschen mehr ziehen.“ Er öffnete die Fahrertür, stieg ein und knallte sie hinter sich zu, während Mae mit allen Kräften an der Beifahrertür zerrte. Mitch kam ihr zur Hilfe.

„Danke.“ Mae glitt auf ihren Sitz. „Das ist ja der reinste Ballsaal.“

Mit geradezu enervierendem Besitzerstolz ließ er seine

Blicke durchs Wageninnere schweifen. „Bestimmt fragen Sie sich, warum man hier Schalensitze eingebaut hat, stimmt's?"

Mae hatte bereits die Federung angetestet, die praktisch nicht existierte. „Nein."

Er steckte den Schlüssel ins Zündschloss. „Es ist doch immer wieder dasselbe. Reiche Leute wissen die einfachen Dinge des Lebens nicht zu schätzen."

„Ich bin nicht reich." Mae musterte die luxuriöse Innenausstattung. „Und das hier würde ich nicht gerade als einfach bezeichnen."

„Sie sind nicht reich?"

„Nein." Mae zerrte an dem Sicherheitsgurt. „Meine Eltern haben mir zwar einen Vermögensfonds hinterlassen, aber der hat sich leider aus unerfindlichen Gründen in Luft aufgelöst. Erst wenn mit dem Erbe von Onkel Armand alles geklärt ist, bin ich reich. Bis dahin allerdings sieht es finster aus. Ich habe soeben mein Konto für Sie leer geräumt." Frustriert stellte sie ihren Kampf mit dem Sicherheitsgurt ein. „Mr. Peatwick, ich glaube nicht, dass dieser Sicherheitsgurt funktioniert."

Als er sich zu ihr hinüberlehnte und ihr den Gurt aus der Hand nahm, um nun seinerseits daran zu zerren, strömte ihr aus seinem Haar der Duft nach Shampoo entgegen. Er zog, und als der Gurt nicht nachgeben wollte, rutschte Mitch noch ein wenig näher an sie heran. Ihr wurde plötzlich ganz heiß, und sie hielt den Atem an.

Mitch zog mit aller Kraft, bis der Gurt schließlich nachgab. Mitch ließ ihn einschnappen. „Sehen Sie. Nicht anders als bei einem dieser modernen Schlitten – nur besser."

Mae riss sich zusammen, und sie versuchte sich wieder auf ihr eigentliches Anliegen zu konzentrieren.

Er legte einen Gang ein und fuhr aus der Parklücke. „Wo muss ich hin?“

Mae beschrieb ihm den Weg und beantwortete anschließend etwas geistesabwesend Mitchs Armand betreffende Fragen, wobei sie immer wieder versuchte, seine Aufmerksamkeit auf das Tagebuch zu lenken, wenn er zu weit abschweifte. Seine großen, geschmeidigen Hände lagen locker auf dem Lenkrad und zogen ihren Blick magisch an. Dass Hände etwas Erotisches haben konnten, war ihr bisher noch nicht aufgefallen, aber da hatte sie auch Mitch Peatwick noch nicht gekannt. Er ist ein Trottel, sagte sie sich. Und außerdem einer von diesen Ich-mach-das-schon-Typen, die genau der Grund dafür waren, weshalb ihr sämtliche Männer gestohlen bleiben konnten.

Sie hatte ihn dafür bezahlt, dass er das Tagebuch fand, und fertig. Nun schien er das dringende Bedürfnis zu haben, Onkel Gio kennen zu lernen, also würde sie ihm Onkel Gio eben vorstellen. Er würde bekommen, was er wollte. Solange er nur das wollte, was sie auch wollte.

Sie starrte ihn an.

Er hielt mitten im Satz inne. „Was? Was haben Sie gesagt?“

„Nichts“, erwiderte Mae schroff. „Absolut nichts.“

Mitch wurde während der Fahrt zu Gio Donatello eines klar: Mae Sullivans eigentliches Interesse galt diesem Tagebuch. Immer wieder fing sie davon an, wie eine Schallplatte, die einen Sprung hatte. Stur wie ein Maulesel war sie – aber egal, sie war seine Klientin, er musste sie so nehmen, wie sie war.

Jetzt würde er sich erst einmal Onkel Gio ansehen.

Mitchs Wachsamkeit wuchs, als sie vor einem hohen, schmiedeeisernen Tor anhalten mussten und schließlich, nachdem Mae dem Leibwächter ihr Anliegen unterbreitet hatte, durchgewinkt wurden. Die Ausbuchtung unter dem Jackett des bulligen Bodyguards war nicht zu übersehen. Langsam fuhr Mitch die Auffahrt zur Villa hinauf, vor der der nächste finster aussehende Schrank postiert war.

Die zierliche, nicht weniger düster dreinblickende Hausangestellte, die sie schließlich in einen creme- und goldfarben gehaltenen Flur entlang zu Gios Büro führte, schien, soweit Mitch es erkennen konnte, nicht bewaffnet zu sein. Allerdings wirkte sie deshalb keineswegs ungefährlicher.

Das Erste, was ihm beim Betreten des Büros auffiel, war ein riesiges, in lebhaften Farben gehaltenes Gemälde der biblischen Judith, die triumphierend das abgeschlagene Haupt ihres Todfeindes Holofernes in die Höhe hielt.

„Sind das auch Verwandte von Ihnen?" raunte Mitch Mae zu und straffte die Schultern.

Sie verzog das Gesicht, nahm ihn am Arm und zog ihn zu einem wuchtigen Schreibtisch, der vor der Fensterfront platziert war.

Und dann stand er dem legendären Gio Donatello und seinem Enkel Carlo, dem Fingerabhacker, gegenüber.

Gio würdigte Mitch kaum eines Blickes. Er verließ eilig seinen Platz hinter dem Ehrfurcht gebietenden Schreibtisch und schloss seine Nichte in die Arme, während er sich darüber beklagte, dass sie sich so lange – drei volle Tage! – nicht hatte sehen lassen.

Währenddessen unterzog Carlo Donatello Mitch einer eingehenden Musterung.

„Onkel Gio, ich möchte dir Mitchell Peatwick vorstellen“, sagte Mae, und Gio richtete seine kleinen, dunklen Augen auf Mitch. Die Raumtemperatur sank schlagartig.

„Wer ist er?“ Gios Stimme klang scharf wie eine Rasierklinge.

Mae tätschelte beruhigend seinen Arm. „Keine Aufregung, Onkel Gio. Er ist nur ein Privatdetektiv, den ich engagiert habe.“

Es wurde noch etwas kälter im Zimmer, als Carlo den Blick von Mitch nahm und Mae ansah. „Mae, Baby, du hast doch uns, du brauchst keinen Privatdetektiv. Willst du etwas herausfinden? Sag einfach, worum es sich handelt. Ich mache alles für dich.“ Nun wandte er sich an Mitch. „Sie sind gefeuert. Machen Sie, dass Sie rauskommen.“ Damit ging er auf Mitch zu, was diesen veranlasste, schnell einen Schritt zurückzutreten.

„Lass ihn in Ruhe, Carlo.“ Maes Tonfall ließ ihren Cousin innehalten. „Ich habe ihn angeheuert, weil ich ihn brauche. Ich will einen Profi.“

„Mae, Baby, sag mir einfach nur, was du möchtest, und ich erledige es für dich. Du bist doch nicht auf so einen Vollidioten angewiesen.“

Mae schenkte ihrem Cousin ihr charmantestes Lächeln. „Nein“, gab sie so bestimmt zurück, dass Carlo vor Staunen der Mund offen stehen blieb und er seine Cousine voller Bewunderung anstarrte.

„Wir übernehmen das für dich“, bekräftigte Gio.

„Kommt überhaupt nicht in Frage“, widersprach Mae unerschütterlich, und Mitch fragte sich, wie oft sie das wohl noch wiederholen musste.

Noch einige Male, wie sich gleich darauf herausstellte. Mitch hatte es mittlerweile aufgegeben, dem Gespräch zu folgen, als Gio ihn aus seinen Gedanken riss.

„Setzen“, bellte er.

Mitch tat es.

Mae ließ sich in den Stuhl neben ihm fallen. „Ich habe Mr. Peatwick engagiert, damit er die Umstände von Onkel Armands Tod aufklärt.“

„Was? Armand ist an Herzversagen gestorben.“ Verständnislos starrte Gio Mae an. „Was ist er – ein Arzt?“

„Nein.“ Um ihren Onkel zu besänftigen, schenkte Mae ihm ein reizendes Lächeln. „Er ist einfach nur ein Privatdetektiv, der ein paar Dinge für mich herausfinden soll. Das ist alles, was ich will, Onkel Gio. Bitte.“

Gio gab sich geschlagen. „Wenn du meinst.“ Er blickte Mitch an. „Stellen Sie Ihre Fragen.“

Mitch zögerte. Die Sache war ihm nicht ganz geheuer. „Sie haben auch ganz bestimmt nichts dagegen?“

Gio zuckte die Schultern. „Wenn sich Mae Belle etwas in den Kopf gesetzt hat, bekommt sie es auch.“

„Mabel?“ Erstaunt drehte sich Mitch zu Mae um. „Mabel?“

„Mae Belle.“ Mae trennte die beiden Worte klar und deutlich.

„Mabel.“ Mitch schüttelte den Kopf, und als er sich Gio wieder zuwandte, bemerkte er, dass Donatelli ihn wütend ansah. „Oh. Ein herrlicher Name. Wirklich.“ Nun kam er zur Sache. „Also, Mr. Donatello, wann haben Sie Armand Lewis zum letzten Mal gesehen?“

Gio starrte ihn finster an. „Am 11. Juni 1978. Das war

definitiv das allerletzte Mal, dass ich ihn sah. Noch weitere Fragen, Mr. Peatwick?"

Mitch starrte ebenso finster zurück. „Ja. Was geschah denn am 11. Juni 1978, wenn Sie sich an das Datum so genau erinnern?"

„Da habe ich meinen High-School-Abschluss gemacht", warf Mae ein. „Ich habe Ihnen doch gleich gesagt, dass wir hier nur unsere Zeit vergeuden. Er hat Onkel ..."

„He! Die Fragen stelle ich", schnitt Mitch ihr kurzerhand das Wort ab. „Falls Ihnen das recht ist, Miss Sullivan", fügte er etwas kleinlaut hinzu, nachdem er sich daran erinnert hatte, dass sie seine Geldgeberin war.

„Selbstverständlich." Mae lehnte sich zurück und wedelte in großzügiger Geste mit der Hand. „Machen Sie weiter."

Mitch wandte sich wieder an Gio, dessen kleine braune Äuglein Zornesblitze schleuderten. Als er sich zu Carlo umwandte, verdüsterte sich dessen Miene schlagartig. Hinter ihm an der Wand weidete sich Judith am Unglück des Holofernes. Mach, dass du hier wegkommst, sagte sich Mitch. Es war das einzig Vernünftige, was er tun konnte.

Andererseits hatte er noch einige Fragen, und da er fest entschlossen war, sich nicht noch ein zweites Mal in die Höhle des Löwen zu begeben, musste er sie jetzt stellen. Also holte er tief Luft. „Hatten Sie mit Armand Lewis geschäftlich zu tun?"

„Früher." Gios Gesicht blieb unbewegt, doch unter der glatten Oberfläche brodelte Zorn. Mitch war bereit zu wetten, dass der Grund dafür in der Vergangenheit lag und mit Armand zu tun hatte.

„Wussten Sie, dass er Tagebuch führte?"

„Nein." Das kurze Flackern in Gios Augen konnte alles Mögliche bedeuten.

„Können Sie sich vorstellen, dass irgendjemand einen Grund gehabt hat, ihn aus dem Weg zu räumen?"

„Nein." Da war das Flackern wieder, und Gios Wut wuchs von neuem, wusste der Teufel, warum.

Zur Hölle mit dem ganzen Kram. Es wurde Zeit, von hier zu verschwinden.

Mitch stand auf. Mae und Carlo erhoben sich ebenfalls.

„Hoffentlich sind Sie bald draußen", knurrte Carlo bösartig.

„Dürfte ich vielleicht noch erfahren, wo Sie sich am Montagabend aufgehalten haben?" gab Mitch ungerührt zurück.

Bruchteile von Sekunden später hielt Carlo einen Revolver in der Hand und zielte auf Mitch, der geistesgegenwärtig einen Schritt zurück und nach rechts trat, so dass Mae nun direkt in der Schusslinie stand.

„Nimm das Ding runter", brüllte Gio seinen Enkel an, was sich jedoch als überflüssig erwies, denn Carlo hatte die Pistole bereits gesenkt.

„Ich bin beeindruckt." Maes Stimme triefte vor Hohn. „Habe ich Sie nicht engagiert, damit Sie mich beschützen?"

„Keineswegs. Ich soll den Tod Ihres Onkels aufklären. Wenn Sie jemand mit der Waffe bedroht, ist das Ihr Problem."

„Heiliger Himmel, was für eine Niete hast du denn da gezogen?" fragte Carlo Mae und sah Mitch mit Todesverachtung an.

Mitch fühlte sich in seiner Ehre gekränkt. „War doch klar,

dass er nicht auf Sie schießt. Schließlich hat auch ein Mann bestimmte Bedürfnisse."

Mae blinzelte verblüfft. „Bedürfnisse?"

„Ja. Und an erster Stelle steht bei mir das Bedürfnis zu überleben." Mitch warf Carlo einen misstrauischen Blick über die Schulter zu. „Würden Sie Ihren Cousin bitte freundlicherweise entwaffnen, so dass wir dieses gastfreundliche Haus in Ruhe verlassen können, Miss Sullivan?"

„Steck das Ding weg", schnauzte Gio seinen Enkel an. „Der Junge ist zurzeit etwas nervös", erklärte er, nachdem Carlo dem Befehl Folge geleistet hatte.

Mach, dass du hier wegkommst, sagte sich Mitch. Das ist ja das reinste Irrenhaus. „Nun, das dürfte genügen. Vielen Dank für Ihr Entgegenkommen. Wir müssen jetzt gehen." Mit diesen Worten trat er hastig den Rückzug an, ohne darauf zu achten, ob Mae ihm folgte oder nicht. Es war ihm im Augenblick egal.

Nachdem die Haustür mit einem Krachen hinter ihm ins Schloss gefallen war, drehte er sich um. Wer da auf ihn zukam, war nicht Mae, sondern Carlo.

„Sag ihr, dass du den Kram hinschmeißt", verlangte Carlo mit finsterer Miene. „Sofort."

„Sie sollten dringend an Ihren Umgangsformen arbeiten." Mitch riss Carlo die Hand, die schon wieder zur Waffe greifen wollte, aus dem Jackett.

„Sie braucht dich nicht, kapiert?" Carlo beugte sich vor, so dass sein Gesicht nur noch wenige Zentimeter von Mitchs entfernt war. „Und im Übrigen gehört sie mir, damit das ein für alle Mal klar ist."

„Wie schön für sie", entgegnete Mitch spöttisch.

„Sag ihr auf der Stelle, dass du den Fall abgibst." Carlo spuckte ihm die Worte förmlich ins Gesicht.

„Ich denke nicht daran."

Mitchs Weigerung steigerte Carlos Wut. Er holte aus und verpasste seinem Gegenüber einen Kinnhaken, der so gut saß, dass Mitchs Kopf gegen die Wand schlug. Mitch sah Sterne und ging lautlos zu Boden. In dem Moment kam Mae aus der Tür.

„Carlo!" Mae hob ihre Handtasche, schleuderte sie am Riemen durch die Luft und ließ sie gezielt auf Carlos Schulter niedersausen. „Verdammt noch mal, er ist mein Detektiv! Lass ihn in Ruhe, du Idiot."

„Au, du tust mir weh, Mae!" Carlo rieb sich mit schmerzverzerrtem Gesicht seine Schulter. „Ich hab ihn doch nur ein bisschen getätschelt. Hat doch nicht wehgetan, oder, Peatwick?" Hasserfüllt starrte er Mitch an, der sich Blut aus dem Mundwinkel wischte.

„Natürlich hat es wehgetan, du Neandertaler", stieß Mitch zornig hervor, wobei er anklagend seine Hand, die rot war von Blut, ausstreckte. „Siehst du das? Es ist Blut. Und wo Blut ist, ist auch Schmerz. Das ist wie mit dem Feuer und dem Rauch. Was zum Teufel ist bloß los mit dir?"

Carlo streckte die Hand aus, packte Mitch am Jackettaufschlag und zerrte ihn hoch. „Schlappschwanz!"

„Das reicht, Carlo!" befahl Mae. „Lass ihn in Ruhe!"

„Ich helfe ihm doch nur auf." Carlo ließ Mitch los und schlug ihm so hart auf die Schulter, dass nicht viel gefehlt hätte und Mitch wäre wieder zu Boden gegangen. „Er hat dir was zu sagen, Mae. Stimmt doch, oder, Peatwick?"

Mitch starrte Carlo mit zusammengekniffenen Augen an.

„Ja." Er wandte sich an Mae. „Ihr Cousin ist ein Psychopath. Können wir gehen?"

Carlo machte einen Schritt auf Mitch zu, was Mae veranlasste, sich geistesgegenwärtig zwischen die beiden Streithähne zu werfen. „Lass die Finger von ihm, verstanden? Wenn ich ihn nicht mehr will, feuere ich ihn. Du hast dich da nicht einzumischen."

Carlo sah plötzlich drein wie ein begossener Pudel. „Ich hab doch nur versucht, dich zu beschützen. Dieser Typ …"

Mae brachte ihr Gesicht ganz nah vor das ihres Cousins. „Zum letzten Mal: Halt dich da raus! Verstanden?"

Carlo gab auf. „Ganz, wie du willst."

Mae verschränkte die Arme vor der Brust. „So gefällst du mir schon besser. Im Moment brauche ich diesen Mann noch. Und nun verschwinde."

Amüsiert beobachtete Mitch, wie Carlo sich umdrehte und wie ein geprügelter Hund die Treppe hinaufschlich.

„Wir sehen uns dann am Sonntag zum Dinner", rief Mae ihm hinterher. Als Carlo über die Schulter sah, um ihr noch einmal zuzulächeln, wirkte er bereits merklich entspannter. „Und pass gut auf Onkel Gio auf."

„Kommen Sie." Mae nahm Mitch am Arm und zog ihn durch die Eingangstür. „Ich nehme Sie mit zu mir nach Hause und verarzte Sie dort erst mal. Er hat Sie ja übel zugerichtet."

„Vielen Dank." Mitch betastete vorsichtig seine aufgeplatzte Unterlippe. „Was für eine wunderbare Klientin ich doch habe!"

„Jammern Sie nicht", empfahl Mae. „Es ist schlecht fürs Image."

Das Haus, in dem Mae wohnte, war zwar kein Palast, aber dennoch recht eindrucksvoll. Als Mitch aus dem Auto stieg, ließ er seinen Blick an der weißen Fassade nach oben wandern. „Gibt es auch jemanden in Ihrer Familie, der weniger luxuriös lebt?“

„Onkel Claud wohnt in einem kleinen Apartment in der River Road. Er lebt sehr spartanisch.“

„Die River Road ist ziemlich kostspielig spartanisch“, gab Mitch zurück.

Mae stieg die breiten weißen Treppen, die zum Haus hinaufführten, empor. „Sie sagten weniger luxuriös – nicht billig.“

„Ich meinte …“ Noch bevor er seinen Satz beenden konnte, wurde die Haustür geöffnet, und ein Mann trat heraus. Der Kleidung nach zu urteilen, war er der Butler.

Harold hätte nach Mitchs Ansicht auch einen guten Rausschmeißer abgegeben, aber im Vergleich zu Gios Gorillas schnitt er immer noch ganz gut ab. Er bemühte sich zumindest, seiner Rolle in einem vornehmen Haus gerecht zu werden, und nickte Mae nun formvollendet zu. „Einen schönen guten Tag, Miss Mae.“

„Guten Tag, Harold.“ Mae nickte ebenso formvollendet zurück und ging hinter ihm ins Haus. Mitch folgte ihnen und konnte sich des Eindrucks nicht erwehren, dass die beiden sich über ihn lustig gemacht hatten.

Das Haus strahlte eine schwüle, drückende Eleganz aus. Alles wirkte düster und schwer. Die Wände waren mit dunklem Holz vertäfelt, auf dem Boden lagen dicke orientalische Teppiche in Dunkelrot, Dunkelgrün und Dunkelblau, in denen man fast versank, das Geländer der gewundenen, breiten

Treppe war aus Walnussholz und – wie Mitch vermutete – handgeschnitzt. Maes Zuhause war kein Ort für lebenslustige, lachende Menschen.

Am liebsten hätte Mitch um eine Taschenlampe gebeten.

Harold musterte ihn ungeniert von Kopf bis Fuß, während er die Tür schloss. „Wer ist denn dieser Zombie?“ fragte er hinter seinem Rücken.

Mitch drehte sich um. „Wie bitte?“ fragte er pikiert.

Mae nahm Harold beiseite. „Das ist Mitchell Peatwick. Er ist Privatdetektiv. Ich habe ihn engagiert, damit er Onkel Armands Tod untersucht.“

„Das also hast du mit June zusammen ausgebrütet.“ Harold klang nicht besonders erfreut.

Mae deutete mit dem Kopf zu Mitch hinüber. „Nicht jetzt. Wir reden später darüber.“

„Eine ziemlich idiotische Idee, wenn du mich fragst“, stellte Harold fest.

„Vielleicht, aber eine bessere habe ich nicht.“ Mae blieb stehen. „Ich bin hungrig wie ein Wolf.“

„Der Tisch in der Bibliothek ist in zehn Minuten gedeckt.“ Harold wandte sich ab, um in die andere Richtung zu gehen. „Pass auf, dass du nicht wieder was verschüttest.“

Mae hielt ihn am Ärmel fest, stellte sich auf die Zehenspitzen und gab ihm einen Kuss auf die Wange, was Mitch zu der Überlegung veranlasste, ob er nicht vielleicht eine Butlerkarriere anstreben sollte. „Du weißt doch, ich verschütte nie etwas.“

„Erzähl das dem Teppich in der Bibliothek.“ Damit verschwand Harold endgültig.

„Wen zum Teufel meinte er denn mit Zombie?“ erkundigte sich Mitch missmutig.

„Sie ganz offensichtlich.“ Mae machte eine Kopfbewegung zu der Tür hin, durch die Harold entschwunden war. „Kommen Sie mit in die Küche. Ich werde Ihnen das Blut abwaschen, und anschließend können wir uns unterhalten.“

Mitchs erster Eindruck von der Küche waren blendend weiße Kacheln und blitzende Geräte, in deren Mitte r die Doppelgängerin von Marilyn Monroe – allerdings in einem Alter, das diese bedauerlicherweise nie erreicht hatte – stand.

„Ach, du meine Güte.“ Die Frau strich ihr weißes Kleid über der üppigen Figur glatt. „Ist er das?“

„Das ist Mitchell Peatwick, June.“ Mae ging zum Spülbecken und nahm sich ein Handtuch. „Der Privatdetektiv, den ich angeheuert habe.“

June legte den Kopf in den Nacken und ließ fast zärtlich den Blick über seinen Körper wandern. „Sehr hübsch.“

„Vielen Dank“, sagte Mitch. „Es wird aber auch langsam Zeit, dass endlich jemand meine Vorzüge erkennt.“

„Oh, mein armer Kleiner, was läuft denn falsch?“ gurrte June und zog unter dem Küchentisch einen Stuhl für ihn hervor. Ihre Bewegungen waren so sinnlich, dass Mitch kaum den Blick von ihr wenden konnte. „Ist das Blut an Ihrem Mund?“

„Ja. Mae hat mich mit ihrem Cousin Carlo bekannt gemacht.“ Mitch setzte sich auf den Stuhl und zuckte leicht zusammen, als June behutsam mit ihrem Zeigefinger über seine lädierte Unterlippe fuhr.

„Armer Kleiner“, sagte June mitleidig, und Mitch sah sie fasziniert an. Ihre Gesichtszüge trugen bereits Spuren des Alters, aber sie war noch immer sehr schön und Mitch wusste den Anblick einer schönen Frau zu schätzen.

Nun kam Harold herein und setzte mit Getöse ein Tablett ab, wobei er Mitch argwöhnisch betrachtete. „Mae ist hungrig“, ließ er June wissen, und sein Tonfall ließ nichts an Deutlichkeit zu wünschen übrig. June lächelte Mitch ein letztes Mal an, bevor sie sich abwandte und zum Kühlschrank ging.

Mitch sah ihr nach und fing sich erst wieder, als die nur angelehnte Tür aufging und ein mittelgroßer, zottiger Hund unbestimmbarer Rasse hereingetrottet kam und sich direkt vor den Küchentresen niederließ. Harold übersah ihn und trat ihm aus Versehen auf den Schwanz.

Nun begann June den Kühlschrank auszuräumen. Als sie kalten Braten, zwei Fleischtomaten, verschiedene Sorten Käse, eine Schüssel mit Salat und eine Flasche Milch auf den Tisch stellte, bekam auch Mitch einen Bärenhunger.

Glücklicherweise lenkte Mae ihn ab, die jetzt mit einem nassen Handtuch herbeikam und den Hund mit dem Fuß ein Stück beiseite zu schieben versuchte. „Verschwinde, Bob, du hast hier nichts verloren, das weißt du ganz genau.“

Der Hund erhob sich und verzog sich zu seinem Platz neben dem Schrank.

Gerade als Mitch den Mund öffnen wollte, um Bob nach dem Verbleib des Tagebuchs zu fragen, beugte sich Mae über ihn, und er schaute direkt in ihren Ausschnitt auf einen pinkfarbenen Spitzen-BH. Er sah viel Spitze und noch mehr nackte Haut.

„Großer Gott!“ entfuhr es ihm.

Mae legte eine Hand unter sein Kinn und riss seinen Kopf

hoch. „Zuerst June und jetzt ich. Wenn Sie nicht sofort damit aufhören, uns mit den Blicken zu verschlingen, sage ich Carlo Bescheid, kapiert?“

„Das ist es mir wert. Aua!“

Mae betastete seine aufgeplatzte Lippe. „Stellen Sie sich nicht so an.“

„Sei vorsichtig, Mae.“ June war beim Brotschneiden und sah auf, während Mae Mitchs Lippe ziemlich unsanft reinigte. Bob, der sich unbeobachtet fühlte, war mittlerweile zum Tresen zurückgetrottet, auf dem der kalte Braten stand. „Hierher, Bob“, befahl June.

Bob blinzelte sie an, riss die Schnauze auf und gähnte.

„Tut mir Leid wegen Carlo“, sagte Mae, die zum Abschluss ihr Werk zufrieden begutachtete und das Handtuch – wesentlich sanfter diesmal – auf Mitchs Lippen drückte, was ihn auf der Stelle vergessen ließ, wie abscheulich sie sein konnte, wenn sie es darauf anlegte. Offensichtlich war aber auch eine gute Portion Feinfühligkeit in ihr, wenn sie es nur wollte. Er holte tief Luft und atmete ihren Duft ein.

Gleich darauf trat sie einen Schritt zurück, und der Zauber war verflogen. „So, das reicht. Sie sind wieder okay. War halb so schlimm. Er hat Sie ja kaum angefasst.“

„Vielen Dank für Ihr Mitgefühl.“

Harold kam aus der Speisekammer. „Geh vom Tresen weg, du blöder Hund.“

Draußen zwitscherte ein Vogel. Bob fuhr mit dem Kopf herum und donnerte gegen den Küchenschrank.

„Ich hab dir doch gesagt, dass du von hier verschwinden sollst“, sagte Mae, doch Bob zeigte keine Reaktion.

„Macht er das immer so?"

„Täglich", gab Mae zurück. „Er ist ein Mann. Wie Sie. Er lernt einfach nichts dazu."

„Sei ein bisschen netter zu deinem Gast, Mae", mahnte June.

„In fünf Minuten steht das Essen auf dem Tisch", sagte Harold. „Und nehmt Bob weg, bevor er sich noch den Schädel einschlägt."

Die Bibliothek war ebenso düster wie alles andere im Haus. An den dunklen holzgetäfelten Wänden standen hohe Bücherregale, in denen in Leder gebundene braune, blutrote und dunkelgrüne Bücher – die Farben des Hauses – ihren Platz hatten. Sie standen hinter Glas und erweckten den Eindruck, als hätte sie noch niemals ein Mensch in den Händen gehalten, geschweige denn gelesen.

Mitch verspürte den Wunsch, die schweren dunkelroten Samtportieren von den Fenstern zurückzuziehen, um ein bisschen frische Luft hereinzulassen. „Schöner Raum", bemerkte er höflich, nachdem er an dem großen Tisch, der in der Mitte des Zimmers stand, Platz genommen hatte. Bob legte sich ihm zu Füßen, wobei er Mitchs Schuh als Kopfkissen benutzte.

Mae sah Mitch an, als wäre er nicht ganz bei Trost. „Finden Sie? Nun – kommen wir jetzt zu dem Tagebuch."

Mitch lehnte sich im Stuhl zurück. „Ich liebe Bibliotheken. Ich verdanke ihnen die besten Erfahrungen meines Lebens."

„Lassen Sie uns zu dem Tagebuch kommen."

Mitch hätte im Moment eigentlich lieber über andere Dinge geredet, doch als er den starrsinnigen Zug sah, der um ihren Mund lag, gab er sich geschlagen. „Na gut“, willigte er ein. „Erzählen Sie mir von dem Tagebuch.“

Mae ging zu einem der Bücherregale, und Mitch sah ihr hinterher. Er fand den Anblick, der sich ihm bot, ausgesprochen erfreulich. Wenn sonst schon nichts bei diesem Fall herauskam, so würde er doch zumindest Mae Belle Sullivans Gang ausführlich genießen können. Sie schloss eine der Glastüren auf und nahm ein in Leder gebundenes Buch heraus.

„Das hier sind Armands gesammelte Werke“, sagte sie und wies auf eine ganze Reihe gleich eingebundener Bücher. „Lauter Tagebücher – achtundfünfzig Stück an der Zahl – für jedes Jahr eins. Er hat seit seinem achtzehnten Lebensjahr Tagebuch geführt. Dies hier ist vom vergangenen Jahr.“ Sie reichte ihm das Buch.

Mitch schlug es auf und blätterte darin herum. Armand hatte offensichtlich jeden Tag seines Lebens in allen Einzelheiten festgehalten. Wenig später kam Harold herein und stellte ein Tablett auf den Tisch, auf dem eine Platte mit üppig belegten Sandwiches, ein Krug Milch, Salat, Tomaten und ein Teller mit Schokoladenkeksen standen.

Mae blickte ihn an. „Na, haben Sie schon etwas Interessantes gefunden?“

„Ich kann es gar nicht erwarten, Stormy kennen zu lernen“, gab Mitch zurück, klappte das Buch zu und warf es auf den Tisch. Das dumpfe Krachen ließ Bob, der vor sich hingedöst hatte, aufschrecken. Er hob ruckartig den Kopf und stieß mit voller Wucht gegen das Tischbein. Mitch zuckte zusammen und wandte sich dann an den Butler. „Harold, wie lange sind Sie schon hier im Haus beschäftigt?“

Harold straffte die Schultern. „Achtundzwanzig Jahre.

Falls Sie noch etwas brauchen, läuten Sie.“ Er deutete mit dem Kopf auf eine kleine Messingglocke, die auf dem Tisch lag, doch Mitch wurde das ungute Gefühl nicht los, dass er im Zweifelsfall bis in alle Ewigkeit läuten könnte.

Nachdem Harold das Zimmer verlassen hatte, bediente Mitch sich von der kalten Platte. „Er wurde eingestellt, als Ihr Onkel Sie bei sich aufnahm?“

„Ja. Onkel Gio hat ihn geschickt. Und jetzt zu dem Tagebuch …“

Genüsslich biss Mitch in das dick mit Roastbeef und Tomaten belegte Sandwich. „Warum hat Onkel Gio das getan?“

„Weil er Armand nicht traute.“ Mae nahm die obere Brotscheibe von ihrem Sandwich ab und angelte sich das darunter liegende Stück Käse. „Könnten wir nicht vielleicht endlich zu dem Tagebuch kommen?“

„Hören Sie zu, Mae. Sie können sich mit mir anlegen und damit Ihre und meine Zeit verschwenden, oder Sie können meine Fragen beantworten. Suchen Sie es sich aus. Warum hat Gio Armand nicht getraut?“

Mae, die sich gerade die nächste Scheibe Käse in den Mund schieben wollte, stockte mitten in der Bewegung. „Das alles ist vollkommen lächerlich. Onkel Gio hat Armand bestimmt nicht umgebracht.“

„Das habe ich auch nicht behauptet. Warum hat er Armand nicht getraut?“

Mae wurde wütend. Böse funkelte sie Mitch an. „Okay. Gut. Also – es ist zwar nur eine Vermutung, aber ich glaube nicht, dass Onkel Armand mich deshalb zu sich genommen hat, weil er unbedingt ein Kind wollte.“

„Wie kommen Sie darauf?"

„Weil er sich nie etwas aus mir gemacht hat. Er hat sich einfach nicht für mich interessiert." Maes Wut flaute wieder ein wenig ab. „Ich vermute, ein Grund ist der, weil er nicht wollte, dass ich zu Onkel Gio oder Onkel Claud komme."

„Und was für Gründe gibt es sonst noch?"

Mae zuckte die Schultern. „Keine."

„Eben haben Sie gesagt, *ein* Grund – also muss es doch noch weitere geben, oder?"

„Nun, ich habe so meine Theorie, aber ..." Mae nahm sich eine Scheibe Roastbeef und biss hinein. „Ich habe letzte Nacht das Tagebuch von 1967 gelesen – das Jahr, in dem ich zu ihm kam." Sie sah Mitch nachdenklich an. „Ich habe versucht, mir über einiges klar zu werden. Er war kein einfacher Mensch, aber immerhin habe ich achtundzwanzig Jahre mit ihm zusammengelebt. Ich hatte immer das Gefühl, dass er mich nicht besonders mochte. Und deshalb habe ich das Tagebuch gelesen. Mein Verdacht hat sich bestätigt. Der einzige Grund, weshalb er mich bei sich behielt, war June. Er wusste genau, dass sie nur so lange bei ihm bleiben würde, wie ich auch da war."

„Warum das denn? Er hätte June doch nur mehr Geld anzubieten brauchen."

„Es ging June nicht ums Geld. Sie war sehr unglücklich damals. Ihr Sohn Ronnie war gerade gestorben, und sie wollte von hier weg. Dann brachte Onkel Armand mich mit nach Hause, und sie wusste sehr genau, dass ich von Armand keine Liebe bekommen würde, und deshalb blieb sie." Mae nahm sich noch eine Scheibe Roastbeef. „Auf diese Weise war es Armand gelungen, drei Fliegen mit einer Klappe zu schlagen. Er hatte Claud und Gio ausgetrickst, und June blieb ihm auch erhalten. Dafür musste er lediglich mich in Kauf nehmen."

Mitch blickte finster drein. Onkel Armand war offenbar kein besonders netter Mensch gewesen.

„Und Harold? Wann erschien er auf der Bildfläche?"

Mae klaubte sich aus dem nächsten Sandwich den Belag heraus. „Onkel Gio hat ihn hergeschickt, weil er Armand nicht über den Weg traute. Er machte sich Sorgen um mich. Man kann Onkel Gio alles Mögliche nachsagen, aber Kinder liebt er wirklich."

Ein Punkt für Gio, dachte Mitch und wehrte sich gleich darauf gegen diesen Gedanken. An Gio Donatello konnte man nichts gut finden. Zurück zu Harold. „Und Armand erlaubte Harold zu bleiben?"

Mae nickte. „Gio bezahlte ihm ja damals sein Gehalt. Deshalb störte es Armand nicht weiter – im Gegenteil, er hatte einen Butler umsonst. Und dann verliebten sich Harold und June ineinander, was für mich sehr schön war, denn nun hatte ich wieder richtige Eltern wie andere Kinder auch. Können wir jetzt endlich zu dem Tagebuch kommen?"

„Das erklärt aber noch nicht, warum Armand Sie noch immer hier wohnen ließ, auch als Sie bereits erwachsen waren." Mitch stand ihr in puncto Sturheit in nichts nach. „Vielleicht hing er ja doch an Ihnen und ..." Er hielt inne, weil sie nachdrücklich den Kopf schüttelte.

„An dem Tag, an dem ich ausgezogen wäre, hätten Harold und June das Haus ebenfalls verlassen." Sie machte sich über das nächste Stück Käse her. „Und er wollte sie nicht verlieren. Ich hätte es mir finanziell nicht leisten können,

Harold und June zu unterstützen, und es wäre mehr als unwahrscheinlich gewesen, dass die beiden zusammen in einem anderen Haushalt eine Stelle gefunden hätten. Die beiden brauchen ein richtiges Zuhause."

„Und Sie fühlen sich verantwortlich für sie?"

„Selbstverständlich", betonte Mae. „Schließlich haben sie mich großgezogen. Ich schulde ihnen etwas."

„Aha." Mitch nahm sich ein zweites Sandwich. „Irgendwie macht das alles für mich noch keinen Sinn. Warum wollten June und Harold nicht ohne Sie weiterhin bei Armand bleiben?"

„Weil sie ihn hassten." Mae warf ihm einen warnenden Blick zu. „Aber geben Sie sich keinen Illusionen hin. Sie hassten ihn nicht genug, um ihn umzubringen." Sie trank einen Schluck Milch und fuhr sich mit der Zungenspitze über die Lippen, um sich den weißen Milchschnurrbart abzulecken. Mitch vergaß für einen Augenblick all seine Fragen. Sie streckte die Hand aus und nahm sich einen Schokoladenkeks. „Jetzt also zum Tagebuch …"

„Sie können doch nicht mit dem Kuchen anfangen, bevor Sie mit Ihrem Sandwich fertig sind, Mabel." Mitch rückte den Kuchenteller außer Reichweite.

„Ich kann alles, was ich will." Mae beugte sich über den Tisch, um den Teller wieder näher zu sich heranzuziehen, doch Mitch war schneller und hielt ihn fest. Als sie beide daran zerrten, fiel Mitchs Sandwich zu Boden, wo Bob sich sofort höchst erfreut darüber hermachte und es hinunterschlang. Seine Gier brachte ihm einen heftigen Schluckauf ein. Mae klopfte ihm auf den Rücken, bis er sich wieder beruhigt hatte und sich erschöpft auf ihren Füßen zur Ruhe bettete.

Mitch schüttelte besorgt den Kopf. „Ist er okay?"

„Ja." Mae schaute liebevoll zu dem Hund hinunter. „Er ist zwar beschränkt, aber okay. Also los, gönnen Sie sich ruhig noch ein Sandwich."

Mitch bediente sich. „Und warum wollen Sie unbedingt dieses angeblich verschwundene Tagebuch finden?"

„Weil der, der es an sich gebracht hat, meinen Onkel ermordet hat. Ich will nur der Gerechtigkeit zu ihrem Sieg verhelfen", erwiderte Mae unschuldig, während sie sich noch einen Keks schnappte.

„Aha. Weil Sie ihn so sehr geliebt haben."

„Das ist doch gar nicht der Punkt. Der Punkt ist ..."

„Dass Sie das Tagebuch wollen. Ich weiß, ich weiß." Mitch legte sein angebissenes Sandwich auf seinen Teller. „Die Beerdigung findet übermorgen statt?"

Mae nickte.

„Werden viele Leute da sein?"

Sie zuckte die Schultern. „Einige Geschäftspartner, die Familie ..."

„Stormy?"

„Richtig. Und wahrscheinlich noch ein paar seiner Exfreundinnen ... Oh Gott!" Mae, die gerade nach dem nächsten Schokokeks greifen wollte, hielt mitten in der Bewegung inne. „Barbara!"

„Barbara?"

„Barbara Ross. Sie hatte auch was mit Onkel Armand. Sie schwimmt in Geld." Mae sah plötzlich ganz elend aus. „Himmel, sie wird Stormy treffen! Arme Stormy, erst stirbt ihr Armand buchstäblich unter den Händen weg, und jetzt auch noch das. Es wird schrecklich werden. Für sie ist es eine furchtbare Katastrophe. Ich muss mir unbedingt etwas einfallen lassen."

„Wo wohnt Stormy?"

„Armand hat noch ein Haus ein paar Meilen von hier. Früher hat sie dort gewohnt, aber ich nehme an, dass sie mittlerweile ausgezogen ist."

„Besitzen Sie einen Schlüssel?"

Mae nickte. „Harold hat einen. Er war gestern dort und hat einige von Armands Sachen in Kisten verpackt."

„Okay. Dann fahren wir morgen dorthin."

„Aber da ist das Tagebuch nicht, Harold hat bereits alles durchsucht."

„Vergessen Sie doch mal für eine Minute das Tagebuch. Vielleicht gibt's dort ja noch ein paar andere Dinge, die für uns interessant sein könnten." Mitch stand auf und deutete auf die Tagebücher. „Kann ich ein paar davon mit nach Hause nehmen?"

Mae machte ein finsteres Gesicht. „Aber was ich von Ihnen will, ist doch …"

„Das Tagebuch", beendete Mitch ihren Satz. „Lassen Sie mich doch bitte auf meine Art an die Sache herangehen, ja?"

„Habe ich denn eine andere Wahl?"

„Nein."

3. KAPITEL

Nachdem Mitch gegangen war, lehnte sich Mae zurück und überdachte ihre Lage. Mitch war anscheinend wild entschlossen, die Geduld von halb Riverbend mit seiner Fragerei auf die Probe zu stellen, aber das machte er vermutlich seit Jahren. Wenn es ihr doch bloß gelänge, ihn mehr für dieses Tagebuch zu interessieren! Nun, immerhin hatte er jetzt ein paar von Armands früheren Aufzeichnungen in den Händen …

Sie verweilte in Gedanken bei seinen Händen, was sich als ein äußerst ungeschickter Zug erwies. Wenn sie an eines nicht denken durfte, dann an seine Hände. Das lenkte sie zu stark von ihrem Vorhaben ab. Es ließ sich nicht leugnen, dass ihr allein der Anblick seiner Hände ein erregendes Kribbeln im Bauch bescherte. Und der Gedanke …

Schluss! Es mochte zwar recht nett sein, solche Gefühle zu verspüren, aber keinesfalls im Zusammenhang mit Mitchell Peatwick. Er strotzte vor Überheblichkeit, war stur wie ein Maulesel und sah aus wie ein Boxer. Und vor allem dachte sie gar nicht daran, sich von einem Mann, der sich weigerte, ihr zuzuhören, einwickeln zu lassen. Solche Männer kannte sie zur Genüge.

Nachdem sie sich lange genug eingeredet hatte, die Situation voll im Griff zu haben, stand sie auf und ging in die Küche. Sie setzte sich, streifte sich die Pumps ab und hielt sie June hin.

„Mit bestem Dank zurück", sagte sie. „Das sind ja die reinsten Folterinstrumente."

„Armes Baby." June nahm ihr die Schuhe ab und stellte sie auf den Küchentisch. „Soll ich dir ein Fußbad machen?"

„Nein." Mae massierte sich stöhnend einen geschwollenen Fuß. „Das Einzige, was ich will, ist das Geld, damit wir endlich diesem Mausoleum hier den Rücken kehren und leben können wie normale Menschen. Ich drehe hier noch durch."

„Ich habe heute Armands Zimmer sauber gemacht. Das Bild mit der nackten Frau ist weg", berichtete June.

Mae hielt mit dem Massieren inne. „Der Lempicka? Seit wann?"

„Ich weiß nicht." June setzte sich ebenfalls. „Meiner Meinung nach war er letzten Mittwoch noch da, aber ich bin mir nicht sicher. Ich hasse dieses verdammte Zimmer und schau immer nur so wenig wie möglich hin."

„Ich weiß. Mach dir keine Sorgen, bald haben wir alles hinter uns." Mae ergriff Junes Hand und drückte sie liebevoll, woraufhin die ältere Frau sie zärtlich anlächelte. „Vielleicht hat er das Bild ja verkauft."

June zuckte die Schultern. „Lass das doch deinen Detektiv rausfinden. Er gefällt mir." Ihr Tonfall wurde plötzlich ganz weich. „Was hältst du von ihm?"

„Keine Ahnung", erwiderte Mae scheinbar desinteressiert. „Zuerst habe ich ihn für total beschränkt gehalten, aber jetzt … Ich glaube, er ist irgendwie anders."

„Wie anders?" drängte June.

Mae zuckte die Schultern. „Ich weiß nicht. Irgendwie eben. Er versucht wenigstens nicht ständig, den Beschützer zu spielen oder mir mit den üblichen Anmachsprüchen zu kommen. Er stellt einfach seine Fragen und behandelt mich wie … als wäre ich eine ganz beliebige Klientin." Sie begann wieder, ihre Füße zu massieren. „Außerdem gibt er offen zu, dass er ein Versager ist."

June sah Mae forschend an. „Der ist doch kein Versager", widersprach sie. „Ebenso wenig wie ich glaube, dass er dich für eine x-beliebige Klientin hält. Meiner Meinung nach ist er ziemlich interessiert an dir."

„Er ist an Frauen generell interessiert." Mae lehnte sich zurück. „Aber je länger ich darüber nachdenke, desto mehr gelange ich zu der Überzeugung, dass er viel gewiefter ist, als ich dachte."

„Darauf kannst du Gift nehmen." June grinste. „Er wird sich gut machen, wart's ab. Vielleicht sollten wir ihm die Wahrheit sagen und ihn bitten, dass er die Angelegenheit in die Hand nimmt."

„Kommt überhaupt nicht in Frage", widersprach Mae kategorisch. „Wenn du erst mal einem Mann erlaubst, deine Angelegenheiten in die Hand zu nehmen, kannst du davon ausgehen, dass du am Ende mit leeren Händen dastehst."

Die hochsommerliche Hitze stand im Zimmer. Mitch lag in seinem heruntergekommenen Apartment in weißen Boxershorts ausgestreckt auf dem Eisenbett und hatte alle Mühe, nicht in seinem eigenen Schweiß zu ertrinken, während er in Armands Tagebuch von 1978 blätterte. Armands Stil war nicht gerade aufregend, aber der Inhalt war hochinteressant. Nachdem Mitch die Tagebücher 1967 bis 1977 gelesen hatte, war ihm klar, dass es kein Problem sein würde, jemanden zu finden, der ein Motiv gehabt hatte, Armand umzubringen. Aus den Aufzeichnungen ging hervor, dass es mehr als genug Leute gab, die Grund hatten, den Mann zu hassen.

Es klopfte. Da sein Apartment nur aus einem Zimmer mit angrenzendem Bad bestand, brauchte Mitch nicht aufzustehen.

„Herein."

Einen Moment später stand sein bester Freund vor seinem Bett und blickte voller Missbilligung auf ihn herunter.

Newton, geschniegelt und gebügelt wie stets, die blassblauen Augen hinter einer goldumrandeten Brille, war geradezu der Inbegriff eines konservativen Börsenmaklers. „Du solltest alt genug sein, um zu wissen, dass man in dieser Gegend seine Wohnungstür besser abschließt. Was für ein bodenloser Leichtsinn! Warum haust du überhaupt hier? Das war nicht Gegenstand unserer Wette."

„Aber ja. Ich muss mich allein aus den Erträgen meiner Detektei über Wasser halten, Newton. Und da ist eben eine luxuriösere Behausung nicht drin." Mitch ließ seinen Blick durchs Zimmer schweifen und grinste jungenhaft. „Ich finde es gar nicht so schlecht hier. Eigentlich gefällt es mir hier fast besser als in der River Road. Irgendwie hat das Ganze einfach mehr Atmosphäre." Nachdenklich hielt er einen Moment inne. „Ich bin heilfroh, dass ich mein Apartment verkauft habe. Damit habe ich zumindest einen kleinen Teil meines alten Lebens hinter mir gelassen."

Newtons Nasenflügel bebten vor Entrüstung, während er kopfschüttelnd die fleckige Tapete und den ziemlich schmuddeligen Teppichboden einer eingehenden Musterung unterzog. „Grässlich", lautete sein gnadenloser Kommentar, bevor er seine Aufmerksamkeit wieder Mitch zuwandte und dessen blütenweiße Boxershorts taxierte. „Aber wie ich sehe, hast du mittlerweile wenigstens eine Wäscherei gefunden."

„Mir blieb nichts anderes übrig." Mitch wollte sich wieder in das Tagebuch vertiefen. „Es ist jemandem aufgefallen, dass ich keine Unterwäsche anhatte. Drüben auf dem Tisch steht was zu essen, falls du Hunger hast."

„Du hast etwas zu essen im Haus?" rief Newton ungläubig aus, und Mitch sah verärgert auf. Newton betrachtete die Überreste des großzügigen Carepakets, das June Mitch beim Weggehen geradezu aufgedrängt hatte. „Wirklich erstaunlich. Es geschehen noch Zeichen und Wunder." Er beugte sich interessiert über den Tisch, um das Essen genauer in Augenschein zu nehmen. Dabei hielt er ängstlich seine maßgeschneiderte Anzugjacke fest, um zu verhindern, dass sie Flecken bekam. „Das sind ja Schokoladenkekse."

„Stimmt."

Newton zog skeptisch die aristokratische Nase kraus. „Sehen aus wie selbst gemacht."

„Sie sehen nicht nur so aus, sie sind es auch. Im Kühlschrank gibt's auch Milch, falls du möchtest. Ach, und dann hab ich noch etwas." Mitch ließ das Tagebuch auf die Bettdecke fallen, beugte sich aus dem Bett und angelte sich seine Hose, um aus der Gesäßtasche seine Brieftasche hervorzuziehen.

Newton holte die Milchflasche aus dem Kühlschrank. „Du hast noch nie in deinem Leben Milch in der Flasche gekauft. Wo kommt das Essen her?"

„Aus derselben Quelle wie das hier." Mitch überreichte Newton Maes Scheck.

„Großer Gott!" Newton ließ sich auf den Küchenstuhl sinken, die Milchflasche in der einen Hand, den Scheck in der anderen. „Du hast es geschafft. Du hast die Wette gewonnen." Er starrte fassungslos auf den Scheck, als traute er seinen Augen nicht. „Da wird unser Freund Montgomery aber ganz schön sauer sein."

„Wenn er nicht verlieren kann, hätte er eben nicht wetten dürfen", erklärte Mitch voller Genugtuung. „Weißt du, was mir an der ganzen Sache am besten gefällt? Dass ich das alles nur als Mitchell Peatwick durchgezogen habe. Von Mitchell Kincaids Konto habe ich nicht einen Cent angerührt, ebenso wenig wie ich mich seiner Beziehungen bedient habe. Und das wird Montgomery am meisten ärgern. Dass ich das schaffen würde, hätte er bestimmt nie für möglich gehalten."

Newton grinste. „Heute Abend erfährt er es."

„Warum die Eile? Du hast nicht zufällig nebenbei noch eine zweite Wette laufen?"

„Und was für eine! Er hat mir unterstellt, dass ich jedes Risiko scheuen würde, also habe ich ihn den Einsatz bestimmen lassen."

„Ich bin gerührt", meinte Mitch leichthin, aber er war wirklich bewegt. „Wie viel hast du auf mich gesetzt?"

„Zwanzigtausend."

Mitch schnappte nach Luft. „Ich bin nicht gerührt, ich bin fassungslos. Wie zum Teufel hat er dich dazu gebracht, so eine Riesensumme zu riskieren?"

Newton zwinkerte ihm zu. „Es war kein Risiko. Schließlich wusste ich ja, auf wen ich setze."

Mitch schloss die Augen. „Mach so was bloß nie wieder! Was wäre gewesen, wenn ich aufgegeben hätte?"

Kopfschüttelnd stellte Newton die Milchflasche ab und steckte den Scheck ein. „Ich werde ihn in Verwahrung nehmen. Und dass du nicht aufgibst, wusste ich von Anfang an."

Er ging zum Küchenschrank und nahm ein Glas heraus, das er argwöhnisch gegen das Licht hielt, um es anschließend unter fließendem Wasser abzuspülen.

Mitch lehnte den Kopf gegen das eiserne Bettgestell, wobei sein Blick auf das Tagebuch fiel. „Wenn ich diesen letzten Fall gelöst habe, werde ich wohl oder übel wieder in meine Yuppie-Existenz zurückkehren müssen."

„Du willst aufhören?"

Mitch nickte. „Ja. Obwohl mich die Vorstellung nicht sonderlich reizt. Andererseits ist ein Leben als Privatdetektiv auch nicht gerade das Gelbe vom Ei. Die Klienten sind öde, es zieht einen echt runter."

„Keine Brigid O'Shaugnessy?"

„Nun, fast." Mitch rief sich das Bild ins Gedächtnis zurück, als Mae in sein Büro hereingestöckelt kam. „Du solltest Mabel mal kennen lernen."

„Mabel?" Newton biss in einen Keks. „Klingt nach Bardame." Er kaute gewissenhaft. „Schmeckt nicht übel. Wo hast du sie her?"

„June hat sie gebacken. Sie ist Mabels Haushälterin."

„Erzähl mir alles." Newton schob seinen Bissen im Mund herum und kaute ihn wohl zum vierzigsten Mal, ehe er ihn hinunterschluckte.

„Heute Nachmittag kam eine attraktive Frau mit atemberaubenden Brüsten in mein Büro und bat mich, den Mörder ihres Onkels zu finden."

„Mörder? Ist das nicht ein bisschen weit hergeholt? Wer war denn der Onkel?"

„Armand Lewis. Weit hergeholt erschien es mir zuerst auch, aber mittlerweile bin ich mir nicht mehr so sicher."

„Armand Lewis.“ Newton stutzte und überlegte einen Moment. „Er hat einen recht zweifelhaften Ruf.“

„Hatte. Er ist tot. Was meinst du mit zweifelhaft?“

„Die Leute in seiner Umgebung pflegten ihr Geld immer falsch anzulegen. Glaubst du wirklich, dass er ermordet worden ist?“

„Offiziell starb er an Herzversagen, aber die Nichte behauptet etwas anderes. Zumindest scheint es eine Menge Leute zu geben, die ihm keine Träne nachweinen werden.“

„Zum Beispiel?“

„Nun, da hätten wir als Erstes June, die Haushälterin. Sie hatte einen Sohn, der 1967 fünfzehnjährig an Drogen geriet – na, du weißt schon, damals die Blumenkinder eben. June bat Armand, ihr zu helfen, eine Drogenklinik für Ronnie zu finden, aber der weigerte sich. Fünf Monate später war der Junge tot. Eine Überdosis.“

Newton runzelte die Stirn. „Nun, das war vielleicht nicht sehr nett von dem alten Knaben, kann aber wohl schwerlich als Motiv für einen Mord herhalten. Nicht nach so vielen Jahren.“

„Der Junge war Armands Sohn.“

Newton blinzelte überrascht.

Mitch reichte ihm das Tagebuch. „Hier steht alles drin. Er war offensichtlich nicht allzu unglücklich über den Tod seines Sohnes, im Grunde genommen war er froh, ihn los zu sein. Das Einzige, was ihm anschließend Sorgen machte, war, dass June, die nur wegen Ronnie bei ihm geblieben war, ihn jetzt verlassen würde.“ Nun berichtete Mitch Newton das, was ihm Mae erzählt hatte. „Und immer wieder äußert Armand in seinem Tagebuch die Befürchtung, dass Harold ihn umbringen könnte. Er hat die ganze Zeit davor Angst gehabt, wie man nachlesen kann."

Newton runzelte die Stirn. „Ist dieser Harold denn gemeingefährlich?"

„Er ist ein langjähriger Angestellter von Gio Donatello."

Newton fiel fast vom Stuhl. „Herrje, wo bist du denn da reingeraten?"

„Gio ist auch ein Onkel von Mabel. Er konnte Armand nicht leiden, teils wegen Mae und teils weil …", Mitch blätterte in dem Tagebuch von 1978, „… Armand ihn um mehr als eine viertel Million Dollar geprellt hat."

Newtons Gesicht nahm den strengen Ausdruck seiner puritanischen Vorfahren an. „Das war nicht sehr nett."

„So war Armand." Mitch schüttelte den Kopf. „Außerdem hat er seine Geliebte mit einer anderen Frau betrogen und, und, und. Mit einem Wort, er hat sich im Laufe seines Lebens mehr Feinde als Freunde gemacht." Er sah Newton an. „Newton, du hast mir doch schon mehrmals deine Hilfe angeboten. Tu mir einen Gefallen und lies dir diese Tagebücher durch, vielleicht fällt dir noch was dazu ein."

Newton zögerte einen Moment. „Wenn du meinst, dass es dir weiterhilft", gab er dann nicht gerade begeistert zurück.

„Es ist für einen guten Zweck", tröstete Mitch ihn. „Ach ja, noch etwas. Das letzte Tagebuch ist verschwunden."

„Ach."

„Ja." Mitch nahm das Tagebuch von 1993 zur Hand. „Und ich habe das Gefühl, dass da irgendetwas nicht stimmt, Newton. Ich weiß nur noch nicht, was. Mabel verheimlicht mir etwas. Ich werde den Verdacht nicht los, dass sie mich belügt."

Als Mitch am nächsten Morgen zu seinem Wagen kam, waren alle vier Reifen aufgeschlitzt. Er rief den Abschleppdienst an, seine Versicherung und die Polizei. Dann wählte er Maes Nummer. Als er Maes Stimme hörte, rieselte ihm ein wohliger Schauer über den Rücken. Vergiss es, befahl er seinem Körper, der sich weigerte, sich von seinem Verstand Zügel anlegen zu lassen.

„Irgendjemand scheint das dringende Bedürfnis verspürt zu haben, meine Reifen aufzuschlitzen“, sagte Mitch ohne Einleitung.

„Mr. Peatwick?“

„Nennen Sie mich Mitch, Mabel. Es klingt freundlicher. Sie müssen mich abholen.“

„Alle vier Reifen?“

„Ja. Ich habe einen sechsten Sinn für solche Dinge, und ich gehe jede Wette ein, dass Ihr reizender Cousin Carlo hinter der Sache steckt. Anscheinend hat er nicht auf Sie gehört, als Sie ihm ans Herz legten, mich in Ruhe zu lassen.“

Er hörte am anderen Ende der Leitung einen Seufzer, der ihn zwang, seinen Körper ein weiteres Mal zur Ordnung zu rufen. „Ich bezahle Ihnen die Reifen.“

„Danke, das ist nicht nötig. Ich bin versichert. Aber ich wäre Ihnen dankbar, wenn Sie jetzt kommen und mich abholen würden.“ Er erklärte ihr den Weg und wartete, bis sie sich alles genau notiert hatte.

„Hm … Mr. Peatwick?“

„Mitch.“

„Das ist doch in Overlook, wenn ich das richtig sehe, oder?“

„Ganz genau.“

„Oh. Keine sehr vertrauenerweckende Gegend."

„Bevor Ihr Cousin hier aufgetaucht ist, war es eigentlich gar nicht so übel."

„Ich bin gleich da."

„Vielen Dank", gab Mitch zurück, doch sie hatte bereits aufgelegt.

Als Mae in ihrem braunen Mercedes vorfuhr, stand Mitch bereits schwitzend in der heißen Morgensonne vor dem Haus, in dem er wohnte. Er erschien ihr größer und kräftiger, als sie in Erinnerung hatte. Wieder fiel ihm diese widerspenstige blonde Locke ins Auge, während er seelenruhig an der rußgeschwärzten Hausmauer im hässlichsten Stadtteil der Stadt lehnte und durch nichts zu erkennen gab, dass ihn seine Umgebung womöglich deprimierte.

Nachdem er eingestiegen war, hielt er die Hand vor die Klimaanlage, die erfrischend kühle Luft in den Wagen blies, und sagte anerkennend: „Toller Schlitten, wirklich", woraufhin Mae schulterzuckend zurückgab: „Ich hasse die Kiste." Seine Frage nach dem Warum blieb unbeantwortet.

Aus den Augenwinkeln heraus bemerkte sie, wie er sie musterte, dann kurz die Augen schloss, sie wieder aufmachte und sich anschließend bequem in seinen Sitz zurücklehnte. „Hübsch sehen Sie aus heute."

Mae schaute an sich hinunter auf ihr leichtes bunt geblümtes Sommerkleid. „Danke." Im Vergleich zu gestern sah sie heute doch ziemlich anders aus. Gereizt registrierte sie, wie sehr sie sich spontan darüber freute, dass sie ihm unverkleidet mindestens ebenso gut gefiel wie gestern als Vamp. Schnell verdrängte sie den Gedanken. Es war vollkommen unwesentlich, was Mitchell Peatwick mochte oder was ihm missfiel. Zurück zum Geschäft.

„Das mit Ihren Reifen tut mir wirklich Leid“, begann sie.

„Kein Problem.“

Sie fuhren an einem parkenden Auto vorüber, an dem sich gerade ein ausgemergelter Jugendlicher mit einem Brecheisen zu schaffen machte.

„Soll ich anhalten?“ fragte Mae, warf einen Blick in den Rückspiegel und verlangsamte das Tempo.

„Warum? Sie haben doch schon ein Radio.“

Der Mann war wirklich unmöglich. „Ich dachte ja nur, dass es Ihnen Spaß macht, Leute festzunehmen.“

Mitch murmelte etwas, das wie „kein Interesse“ klang.

„Nun, Sie sind immerhin Privatdetektiv. Da nahm ich an ...“

„Lassen Sie’s“, riet Mitch ihr. „Annahmen sind immer schlecht. Ich zum Beispiel habe angenommen, dass es Ihnen Spaß machen würde, so einen Luxusschlitten zu fahren, aber das stimmt offensichtlich nicht. Warum nicht?“

Mae seufzte. Er würde nicht aufhören zu fragen. Das Problem mit Mitch war nicht, dass er so geistreiche Fragen stellte, sondern vielmehr, dass er absolut idiotische Fragen stellte und einem damit so lange auf den Wecker ging, bis man vor lauter Verzweiflung antwortete. Auf diese Weise gelang es ihm, alles aus einem herauszuholen, was er wissen wollte.

„Warum haben Sie sich das Auto denn gekauft, wenn Sie es gar nicht mögen?“

Mae gab sich geschlagen. „Ich habe es nicht gekauft. Ich

habe mir einen wunderschönen, kleinen blauen Miata gekauft, obwohl ich ihn mir nicht leisten konnte."

„Wieso konnten Sie ihn sich nicht leisten?"

„Ich habe Ihnen doch schon gesagt, dass ich kein Geld habe. Ich verdiene fünfzehntausend Dollar im Jahr als ehrenamtliche Koordinatorin des Kunstmuseums von Riverbend."

„Sie sind berufstätig? Warum müssen Sie dann heute nicht arbeiten?"

„Weil mein Onkel gerade gestorben ist und ich die Beerdigung vorbereiten muss. Ich gehe erst am Montag wieder zur Arbeit."

„Aha." Mitch hüllte sich für einige Zeit in Schweigen. Offensichtlich musste er diese neue Information erst einmal verdauen. „Und warum fahren Sie diesen Wagen dann?"

Wider Willen musste Mae grinsen. „Sie sind wirklich ein zäher Brocken."

„Eine meiner Qualitäten. Warum haben Sie sich denn diesen …"

„Habe ich ja gar nicht. Onkel Armand fand es unter seinem Niveau, dass in seiner Garage ein Miata herumstand, und hat ihn gegen diesen schokoladenbraunen Schuhkarton in Zahlung gegeben."

Mitch runzelte die Stirn. „Dazu hatte er doch gar kein Recht."

„Wenn Sie glauben, dass sich mein Onkel um Recht oder Unrecht geschert hat, haben Sie seine Tagebücher offenbar noch nicht gelesen."

„Sie werden's kaum für möglich halten, aber ich habe sie gelesen. Nun, zumindest sind Sie auf diese Art und Weise umsonst zu einem Luxusschlitten gekommen. -das ist doch nicht schlecht, oder?“

„Schön wär’s ja.“ Mae fuhr eine Straße, die rechts und links von Bäumen gesäumt war, hinunter. „Er hat lediglich die Differenz zwischen dem Miata und dem Mercedes übernommen. Ich bin immer noch dabei, den Kredit zurückzuzahlen, den ich für den Miata aufgenommen habe. Dank Onkel Armand – Friede seiner Asche – muss ich also ein Auto abbezahlen, das ich überhaupt nicht will.“ Sie hielt vor einem Backsteinhaus an. „So ist das.“

„Vielleicht wollte er Ihnen nur etwas Gutes tun“, vermutete Mitch. „Ein Mercedes ist immerhin sicherer.“

„Er wollte sich etwas Gutes tun“, gab Mae unverblümt zurück. „Ohne Statussymbole wäre Onkel Armand ein Nichts gewesen. Er umgab sich stets nur mit dem Feinsten und Teuersten. Ach, was soll’s. Sonst noch irgendwelche Fragen?“

„Lassen Sie mich auf dem Rückweg fahren?“

„Passen Sie auf“, warnte ihn Mae. „Sie untersuchen einen Mordfall.“

„Ich weiß. Aber ich würde so gern mal einen Mercedes fahren.“

Mae gab auf und stieg aus.

Nachdem sie die Haustür aufgeschlossen hatte, betraten sie die kleine Eingangsdiele. Eine gewundene Treppe führte hinauf in den ersten Stock.

„Was ist denn da oben?“ erkundigte sich Mitch.

„Keine Ahnung. Ich war noch nie hier.“ Sie ging zum anderen Ende der Diele, wo sich ein Torbogen befand, und blieb überrascht auf der Schwelle zum Wohnzimmer stehen. Fast wäre sie vor Neid erblasst.

Das Zimmer war nicht besonders groß, aber es wirkte ausgesprochen gemütlich. Eine luxuriöse Couch mit bernsteinfarbenen Polstern lud dazu ein, es sich bequem zu machen, überall lagen Kissen verstreut, und an den Wänden hingen Blumenbilder in lebhaften Farben. Durch die hohe Terrassentür ergoss sich das strahlende Licht der Morgensonne in den Raum und tauchte das ganze Zimmer in sanftes Gold. Mae trat an die Terrassentür und blickte hinaus auf einen kleinen Garten, in dem bunte Blumen blühten. Alles hier wirkte so behaglich, dass sie sich auf die Lippen biss und sich fragte, wie es wohl sein mochte, in solch einer sonnenüberfluteten Wohnung zu leben mit jemandem, der zuhören konnte und ihr sagte, dass er sie liebte. Sie war überzeugt davon, dass ihr dieses Glück niemals zuteil werden würde. Einen Moment wallte so heftiges Selbstmitleid in ihr auf, dass sie fast in Tränen ausgebrochen wäre.

Mitch kam und stellte sich neben sie, und sie fühlte sich seltsamerweise durch seine Nähe getröstet.

„Nach der Testamentsvollstreckung suche ich für Harold, June und mich ein schönes Haus am Fluss mit glänzenden Parkettböden und langen weißen Vorhängen“, sagte sie mit gespielter Munterkeit. „Es muss ganz große Fenster haben, und wenn man sie öffnet, kommt eine erfrischende Brise vom Wasser herein, die die weißen Gardinen bauscht.“

„Klingt gut“, meinte Mitch, und ihr war klar, dass er nicht verstand, wovon sie sprach, aber immerhin hörte er zu.

„Und mindestens zwölf Hunde werden wir haben“, fügte sie hinzu.

„Das wird dem glänzenden Parkett aber gar nicht gut bekommen.“

Typisch Mitch. Erneut musste sie wider Willen lächeln. Seine Schlagfertigkeit gefiel ihr. „Alles, was wir wollen, ist ein richtiges Zuhause, June, Harold und ich. Armand hatte keinerlei Sinn für Gemütlichkeit. Die Sachen hier hat mit Sicherheit Stormy ausgesucht."

Eine leise Stimme aus dem Hintergrund ließ sie zusammenzucken. „Ja, das habe ich."

Als sie sich umwandten, sahen sie die junge, fast kindhaft wirkende Frau im Torbogen stehen.

Mae hatte fast vergessen, wie schön Stormy war. Sie hatte lockiges rotblondes Haar, das ihr in weichen Wellen auf die Schultern fiel, und große blaue Augen, die ihre helle, fast durchscheinende Haut noch zarter erscheinen ließen, als sie sowieso schon war. Stormy mit ihren fünfundzwanzig Jahren war die perfekteste Schönheit, die Mae jemals gesehen hatte.

Mae warf Mitch einen Blick zu und seufzte. Auf seinem Gesicht lag derselbe Ausdruck ungläubigen Staunens, den man bei allen Männern, die Stormy zum ersten Mal sahen, beobachten konnte. Es war nicht seine Schuld. Selbst Frauen waren überwältigt von Stormys Schönheit.

„Tut mir Leid, dass wir hier hereinplatzen." Mae machte einen Schritt auf die junge Frau zu, um sie zu begrüßen. „Wenn wir gewusst hätten, dass Sie hier sind, hätten wir natürlich vorher angerufen. Wie geht es Ihnen?"

Stormy betupfte sich mit einem Spitzentaschentuch die Nase. Unter ihren Augen lagen bläuliche Schatten, die ihr trotz des tragischen Ausdrucks, den sie ihrem Gesicht verliehen, ausgezeichnet standen. „Ach, danke, ganz gut. Es macht nichts, dass Sie unangemeldet gekommen sind, ich wohne nicht mehr hier. Hier wohnt überhaupt niemand mehr.“ Sie begann leise zu schluchzen.

Mae legte ihr den Arm um die Schultern und führte sie zur Couch. „Es tut mir wirklich Leid für Sie, Liebes.“ Sie sah sich über die Schultern nach Mitch um, für den offensichtlich die Verbindung von Schönheit und Tränen mehr war, als er verkraften konnte. „Holen Sie ihr bitte ein Glas Wasser“, bat sie.

Er machte sich auf die Suche nach der Küche und kehrte einen Augenblick später mit dem Gewünschten zurück.

„Vielleicht ist es besser, wenn Sie uns einen Moment allein lassen“, sagte Mae, nachdem sie ihm das Glas aus der Hand genommen und Stormy gereicht hatte.

„Ganz, wie Sie wünschen.“ Er drehte sich um und verließ das Zimmer. Einen Augenblick später hörte sie ihn die Treppe hinaufgehen.

„Entschuldigen Sie, dass ich mich so gehen lasse“, brachte Stormy mühsam heraus, nachdem sie sich wieder etwas beruhigt hatte. Sie hob den Kopf, den sie an Maes Schulter gebettet hatte, und sah sie mit tränenumflorten Augen an.

„Waren Sie die ganze Zeit über allein?“

„Ja.“ Stormy putzte sich die Nase. „Meistens in meiner anderen Wohnung, aber ich bin jeden Tag hierher gekommen, um von Armand Abschied zu nehmen.“ Wieder war sie den Tränen nahe.

Mae tätschelte ihr beruhigend die Hand. „Tut mir Leid, Stormy, ich hätte Sie anrufen sollen, ich habe einfach nicht daran gedacht.“

„Ach, das macht nichts“, erwiderte Stormy mit erstickter Stimme.

„Kann ich Ihnen irgendwie helfen?“

Stormy hob den Kopf und lächelte sie wehmütig an. „Vielleicht könnten wir ja mal zusammen essen gehen."

„Essen gehen?" Mae nickte und war froh, dass es etwas gab, womit sie Stormy trösten konnte. „Gern. Wie wäre es am nächsten Wochenende?"

„Am Samstag vielleicht?" Stormy lächelte sie unter Tränen an, und Mae fiel wieder auf, wie schön sie war. Ob Armand wirklich entschlossen gewesen war, sie wegen Barbara Ross zu verlassen? Es war kaum vorstellbar. „Es würde mir bestimmt gut tun", fuhr Stormy fort. „Wollen wir ins ‚Levee' gehen? Ich liebe dieses Restaurant."

„Ja gern, ich mag es auch." Mae überschlug im Kopf rasch die Kosten, die sie auf sich zukommen sah, denn das „Levee" war nicht gerade billig.

„Warum sind Sie denn hergekommen?"

Mae überlegte blitzschnell. „Hm, ich ..." Stormy zu erzählen, dass sie einen Detektiv angeheuert hatte, um Armands Tagebuch zu finden, wäre sicherlich kein besonders kluger Schachzug. „Ich habe nur etwas gesucht."

„Wer ist denn der Typ?"

Mae zwinkerte, als verstünde sie nicht ganz.

„Der Typ, mit dem Sie hier sind. Er ist süß." Stormy krauste kokett ihre hübsche Nase.

„Süß?" Mae starrte sie an. „Mitch?"

Stormy nickte. „Wie ein Teddybär. Gehört er Ihnen?"

„Hm, nein. Ich habe ihn nur engagiert."

„Engagiert? Wofür?"

„Um Armands Tagebuch zu finden. Wir dachten, es sei vielleicht hier."

„Nun, das ist es offensichtlich nicht", schaltete sich Mitch vom Torbogen her ein. „Jedenfalls ist hier nichts zu finden, wie es dann Anschein hat."

Stormy drehte sich nach ihm um und lächelte ihn an. „Das hätte ich Ihnen gleich sagen können. Oben sind nur noch ein paar Kleinigkeiten, Harold hat schon alles zusammengepackt und mitgenommen." Als Mitch zu ihr trat, streckte sie ihm die Hand hin. „Ich bin Stormy."

„Hi. Ich bin Mitch. Kennen Sie vielleicht jemanden, der ein Interesse an Armands Tod gehabt haben könnte?"

Stormy riss die Augen auf. „Wollen Sie damit sagen, er sei ermordet worden?" Sie schnappte nach Luft. „Das ist absurd. Er war hier, als er starb. Ich war bei ihm. Er ist in meinen Armen gestorben." Bei ihren letzten Worten begann sie wieder zu schluchzen und sank wie ein schutzsuchendes kleines Tier an Maes Schulter. „Ich habe ihn geliebt", stieß sie hervor. „Und niemand glaubt mir. Alle sind überzeugt davon, ich sei nur hinter seinem Geld her gewesen. Dabei habe ich ihn so sehr geliebt."

Mae tätschelte wieder ihre Hand. „Ich glaube Ihnen."

Es dauerte noch einige Zeit, bis es ihr schließlich gelungen war, Stormy zu beruhigen, und nachdem sie sich mit ihr für den Samstag verabredet hatte, brachen Mae und Mitch schließlich auf.

4. KAPITEL

Tief in Gedanken versunken händigte Mae Mitch wie versprochen den Wagenschlüssel aus und setzte sich schweigend neben ihn, während er den Motor anließ.

„Ist etwas?“ erkundigte er sich und setzte aus der Parklücke zurück.

„Ich muss nur an Stormy denken.“

„Machen Sie keine Witze.“ Er gab Gas. „Die Frau ist irgendwie komisch. Was für einen IQ hat sie? Zwölf?“

„Ach, sie ist nur vollkommen durcheinander“, nahm Mae Stormy großzügig in Schutz, wobei sie sich bemühte, sich ihre Genugtuung darüber, dass Mitch Stormy offensichtlich nicht gerade überwältigend fand, nicht anmerken zu lassen.

„Mir kommt überhaupt alles ziemlich komisch vor“, fuhr Mitch fort. „Warum hat Armand ihr eine andere Wohnung gekauft, wenn sie doch in dieser hier wohnen konnte?“

Mae musste ihm beipflichten. „Aber das ist nicht das einzig Komische. Können Sie mir vielleicht erklären, warum ein Mann fremdgeht, wenn er eine Frau wie Stormy hat?“

„Sicher. Das ist ganz einfach.“ Mitch bog auf die Hauptstraße ab. „Weil er ein Mann ist.“

Mae spürte Ärger in sich aufsteigen. „Nicht alle Männer gehen fremd.“

„Fast alle.“

Mae starrte ihn an. „Basiert diese tief schürfende Erkenntnis auf persönlichen oder beruflichen Erfahrungen?“

Mitch warf ihr einen herablassenden Blick zu. „Seien Sie nicht gleich beleidigt, nur weil ich die Wahrheit sage und sie

Ihnen nicht passt. Männer betrügen eben ihre Frauen. Das ist biologisch bedingt."

„Ein Muss sozusagen", schob Mae nach. „Liegt am Testosteron, stimmt's?"

„Teilweise zumindest. Hauptsächlich aber ist's wohl deshalb, weil ein Mann einfach wissen muss, was hinter dem nächsten Hügel ist. Deshalb haben Männer die Weltmeere überquert, Pipelines gelegt und Neuland erobert."

„Aha, und Onkel Armand musste also Stormy betrügen, weil es keinen neuen Kontinent mehr zu entdecken gibt?" erkundigte sich Mae spitz, was Mitch veranlasste, ihr einen wachsamen Blick zuzuwerfen.

„Vielleicht sollten wir das Thema nicht weiter vertiefen."

„Aber warum denn nicht?" fragte Mae unschuldig.

„Ich weiß wirklich nicht, warum sich Frauen darüber immer so aufregen." Mitch schüttelte verständnislos den Kopf. „So sind Männer eben. Es liegt nicht in ihrer Natur, sich festzulegen."

„Und warum ist das so?" stieß Mae zwischen zusammengebissenen Zähnen hervor.

Mitch bog auf die Straße ab, die zu dem vornehmen Viertel führte, in dem Mae wohnte. „Okay, nehmen wir mal an, ich sei verheiratet." Er warf Mae einen finsteren Blick zu. „Was ich selbstverständlich nie sein werde, weil ich nicht an die Ehe glaube und weil es einfach noch viel zu viele Bibliothekarinnen gibt, die ich noch nicht geküsst habe. Aber jetzt nur mal so als Annahme, also, ich bin verheiratet."

Mae presste die Lippen aufeinander und lehnte sich zurück.

„Ich habe eine schöne, intelligente Frau mit aufregenden langen Beinen und den perfektesten Brüsten der Welt. Ich meine wirklich perfekte Brüste – hoch, rund, voll." Er nahm eine Hand vom Steuerrad und machte die entsprechende Geste. „Fest. Brüste, die wippen, nicht hängen, wenn Sie verstehen, was ich meine."

Mae hob eine Augenbraue. „Sie scheinen ja schon viel darüber nachgedacht zu haben."

„Himmel, nein. An so etwas denke ich niemals. Wo war ich stehen geblieben?"

„Bei den wippenden Brüsten."

„Richtig. Also, ich bin mit einer perfekten Frau mit perfekten Brüsten verheiratet, aber dann sehe ich eine andere Frau, irgendwo auf der Straße vielleicht."

Vor Maes geistigem Auge erstand eine Frau in einem blauen Kleid an einer Straßenecke. Ein Windstoß fegt über sie hinweg und presst ihr das Kleid so eng an den Körper, dass ihre Kurven deutlich hervortreten. „An einer Straßenecke."

„Richtig. Sie hat eine ganz nette Figur, die natürlich nicht so perfekt ist wie die von meiner Frau, aber immerhin ganz passabel. Ihre Beine sind zwar nicht so atemberaubend, und sie ist nicht gerade eine Schönheit, aber sie hat etwas Anziehendes."

„Und?"

„Ich will ihre Brüste sehen."

„Warum?" fragte Mae. „Ich dachte, Sie hätten gesagt, dass Ihre Frau die schönsten …"

„Ja, aber die kenne ich bereits. Ich will die von der anderen Frau sehen."

„Auch wenn sie nicht so schön sind."

„Ganz recht."

Mae dachte einen Moment nach. „Angenommen, es stellt sich raus, dass Ihre attraktive Unbekannte ein Playmate ist. Würde es Ihnen reichen, sich einfach nur den ‚Playboy' zu kaufen?"

„Nein."

„Angenommen, sie ist eine Stripperin, und Sie bräuchten nur in ein bestimmtes Etablissement zu gehen, um sie sehen zu können, würde das reichen?"

„Nein."

„Aber dann sehen Sie ihre Brüste doch."

„Ich sehe sie zwar, aber alles, was ich davon habe, ist, dass ich Geld dafür bezahlt habe, um sie mir aus der Entfernung anschauen zu können. Ich will aber …"

„Das Neuland selbst erobern", beendete Mae wütend seinen Satz. „Sie sind wirklich widerwärtig."

„Nein, bin ich nicht", protestierte Mitch. „Ich bin nicht verheiratet und habe auch nicht vor, jemals zu heiraten, und ich habe noch nie einer Frau versprochen, ihr treu zu sein. Ich bin frei, jederzeit, wenn mir danach ist, einen neuen Kontinent zu erobern."

„Und doch sind Sie widerwärtig."

„Warum regen Sie sich eigentlich so auf? Sie können das nicht verstehen, weil Sie eine Frau sind, und Frauen denken eben anders."

„Frauen haben keine Sehnsucht danach, neue Kontinente zu erobern?"

„Nein. Frauen wollen zu Hause bleiben und dafür sorgen, dass es dort schön gemütlich ist."

Mae holte empört tief Luft. Sie blinzelte zweimal, weil sich ein roter Schleier vor ihre Augen gelegt hatte. „Sie legen es darauf an, dass ich Sie auf der Stelle erwürge, stimmt's?"

„Aber nein." Mitchs Stimme war die Stimme der reinen Vernunft. „Es ist einfach nur die Biologie. Männer brauchen eben mehrere Brüste in ihrem Leben. Frauen reicht die Bekanntschaft mit einem einzigen männlichen Prachtstück."

„So ein Quatsch!" gab Mae zurück.

„Und warum wollen Frauen dann immer unbedingt heiraten? Doch wohl, weil ihnen ein Mann und sein gutes Stück reicht, oder?"

„Und warum heiraten Männer?"

„Wegen der Sicherheit. So haben sie auf jeden Fall immer zwei Brüste zu Hause."

Mae umklammerte ihre Handtasche, die auf ihrem Schoß lag, und spielte ernsthaft mit dem Gedanken, sie ihm um die Ohren zu hauen. „Halten Sie. Ich will aussteigen."

Mitch sah sie alarmiert an. „Warum denn?"

„Da drüben an der Ecke steht ein Mann, und ich könnte mir gut vorstellen, dass sein Prachtstück größer ist als Ihres."

Mitch warf ihr einen finsteren Blick zu. „Sie haben meines doch noch nie gesehen, von daher fehlen Ihnen die Vergleichsmaßstäbe."

„Na ja, sicher sein kann ich natürlich nicht, aber ich will es eben wissen. Ich habe das dringende Verlangen, es herauszufinden. Das müssen Sie doch verstehen." Mae verrenkte sich fast den Hals, als sie sich umdrehte und nach dem Mann Ausschau hielt. „Fahren Sie zurück. Ich bin sicher, dass wir ihn wiederfinden."

„Sie wollen doch überhaupt keinen Kontinent erobern", wehrte Mitch ab. „Sie tun nur so, weil Ihnen die Frauenbewegung das eingeredet hat."

„Groß." Mae dehnte das Wort genüsslich. „Hart. Erregend. Stehend – nicht hängend, falls Sie verstehen, was ich meine. Ich sehe es direkt vor mir. Fahren Sie zurück. Ich muss ihn haben."

„Sie sind keine Lady." Mitch fuhr die Straße zu Maes Haus hinunter. „Und nebenbei gesagt, ein guter Detektiv lässt sich bei seiner Arbeit von nichts abhalten. Passen Sie bloß auf."

„Wow!" Mae verrenkte sich schon wieder fast den Hals, um mit den Blicken einem Motorradfahrer zu folgen, der auf der Gegenfahrbahn vorüberfuhr. „Schauen Sie sich den bloß an. Hallo, Daddy, komm zu Mom!" Mitch fuhr die Auffahrt hinauf, und Mae öffnete die Tür, noch bevor er richtig angehalten hatte, und sprang aus dem Wagen. „Falls jemand nach mir fragen sollte, sagen Sie ihm, dass ich unterwegs bin, um Neuland zu erobern, ja?"

„Sehr witzig." Mitch beugte sich über den Sitz, erwischte gerade noch ihren Rocksaum und zog sie zurück ins Auto. Nachdem sie sich wieder hingesetzt hatte, lag seine Hand für eine Sekunde auf ihrem Oberschenkel. Es war nur eine winzige Berührung, aber sie jagte ihr einen prickelnden Schauer über den Rücken. „Wollen Sie mir nun helfen herauszufinden, was mit Ihrem Onkel passiert ist, oder nicht?"

„Schade, schade. Die Pflicht ruft." Und auf ihr vorheriges Thema zurückkommend, fügte sie voller Bedauern hinzu: „Jetzt ist der Motorradfahrer weg. Na, nicht so schlimm, es wird nicht lange dauern, dann kommt bestimmt der nächste vorbei. Und da ich ja nicht verheiratet bin, kann ich sowieso machen, was ich will.“ Sie setzte ein strahlendes Lächeln auf und stieg aus, wobei sie darauf achtete, dass er sie nicht noch einmal zu fassen bekam.

„Heute haben Sie sich nicht gerade von Ihrer attraktivsten Seite gezeigt“, rief Mitch ihr hinterher. Sie ignorierte ihn, hörte jedoch den Stoßseufzer, den er ausstieß, als er ihr ins Haus folgte.

Da June nicht da war, mussten sie sich selbst um ihr Essen kümmern.

Als Mae die Kühlschranktür öffnete, starrte Mitch auf Berge von Köstlichkeiten im Innenraum. „Das reicht ja für eine ganze Armee.“

„Es ist für die Beerdigung morgen. Was halten Sie davon, wenn wir uns eine Lasagne warm machen?“

„Fantastisch.“ Mitch versuchte nicht hinzusehen, als sie sich hinunterbeugte, um eine feuerfeste Schüssel aus dem Kühlschrank zu nehmen. Vergeblich. Er war schließlich auch nur ein Mensch.

Er fragte sich, wie lange sie wohl brauchen würde, um über sein Gerede von vorhin hinwegzukommen. Vielleicht Tage.

Er sah ihr zu, wie sie die Lasagne in die Mikrowelle schob, sich reckte, aus dem Küchenschrank zwei Teller herausnahm und sie auf den Tisch stellte, wobei sie Bob mit dem Fuß wegschob. Ihr Kleid war leger geschnitten, aber wenn sie sich bewegte, konnte er die verführerischen Konturen ihres Körpers erkennen.

Er stöhnte innerlich. Ihm war noch nie eine Frau begegnet, die er so gern beobachtet hatte. Und das war höchst merkwürdig, wenn er bedachte, dass ihm schon eine große Anzahl sehr attraktiver Frauen über den Weg gelaufen war, von denen viele schöner gewesen waren als Mae. Nun, vielleicht nicht gerade viele, aber einige. Stormy Klosterman zum Beispiel. Warum also sah er Mae immer länger und immer öfter an und dachte immer weniger an den Fall, den er zu lösen hatte? Kein gutes Zeichen.

Mae holte die Lasagne aus der Mikrowelle und füllte die Teller. „Welche Pläne haben wir für heute Nachmittag?“

Mitch sagte einfach das Erstbeste, was ihm in den Sinn kam. „Ich möchte Barbara Ross kennen lernen – die Frau, die es geschafft hat, Armand davon zu überzeugen, dass er Stormy verlassen muss.“

„Ich dachte, dass er mit ihr nur etwas angefangen hat, weil er mal wieder Neuland erobern musste“, stellte Mae trocken fest.

Draußen zwitscherte ein Vogel. Bob hob ruckartig den Kopf und knallte mit voller Wucht gegen den Küchenschrank.

„Ich weiß genau, wie du dich fühlst“, murmelte Mitch mitfühlend.

Barbara wohnte in einem luxuriösen Apartmentkomplex etwa vier Häuserblocks von Armands Haus entfernt.

Mitch fuhr in eine Parklücke.

Erschöpft von der Hitze, stieg Mae aus und starrte auf das Hochhaus. „Lieber würde ich sterben, als hier zu wohnen.“

„Glücklicherweise zwingt Sie niemand dazu.“ Mitch trat hinter sie. Da sie keine Anstalten machte weiterzugehen, legte er locker die Hand auf ihren Rücken und schob Mae zum Eingang. Er genoss es, sie zu berühren, doch als es ihm bewusst wurde, zog er seine Hand schnell zurück, als hätte er sich verbrannt.

„Oh, es hat schon mal jemand versucht", erwiderte sie leise.

„Wer?" erkundigte sich Mitch verwundert.

„Mein Exmann."

„Sie waren verheiratet?"

„Unsere Ehe hat nicht lange gehalten. Nach vier Jahren haben wir uns scheiden lassen."

„Vier Jahre – das ist ganz schön lange. Sie haben tatsächlich vier Jahre mit einem Mann zusammengelebt?"

„Ja. Und es ist ihm nicht gelungen, bei mir ‚Neuland zu erobern', falls Sie mich das fragen wollten", fügte sie ironisch hinzu.

Mitch runzelte die Stirn. „Nein, das wollte ich nicht." Sie war also schon mal verheiratet gewesen … Na, wenn schon. Was ging ihn das an? Dennoch hakte er nach. „Sie haben sich von ihm getrennt, weil Sie nicht in einer Eigentumswohnung mit ihm leben wollen?" Wenn er mit einer Frau verheiratet gewesen wäre, dann wäre er sogar in ein Zelt mit ihr gezogen, damit sie bei ihm blieb – was natürlich eine rein theoretische Überlegung war, denn er würde ja nie heiraten.

„Er hat mich verlassen", antwortete sie knapp.

„Dieser Dummkopf!" entfuhr es Mitch.

„Danke."

Der Aufzug kam, die Türen öffneten sich fast geräuschlos. Mae legte eine Hand auf Mitchs Arm. „Nur eines noch."

„Ja?"

„Falls Barbara anfangen sollte zu weinen, sind diesmal Sie an der Reihe, den Tröster zu spielen."

„Um nichts in der Welt", gab Mitch zurück.

Das Mädchen, das ihnen öffnete, war dunkel, mager und verärgert über die Störung. Da Mitch das Gefühl hatte, dass jemand mit Charme hier mehr ausrichten konnte, ließ er Mae bereitwillig den Vortritt.

„Wir möchten zu Miss Ross." Mae setzte ihr strahlendstes Lächeln auf. „Sagen Sie ihr doch bitte, dass Mae Sullivan sie zu sprechen wünscht."

„Sie ist verreist. Nach Barbados. Sie kommt erst morgen zurück."

Das Mädchen wollte ihnen die Tür vor der Nase zumachen, doch Mitch stellte geistesgegenwärtig seinen Fuß dazwischen. Wenn Charme nichts nützte, musste man eben auf andere Tricks zurückgreifen. „Wann morgen?"

Das Mädchen starrte auf seinen Fuß. „Am Vormittag."

Mae suchte Mitchs Blick. „Vielleicht weiß sie ja noch gar nichts von Armands Tod." Sie wandte sich wieder an das Mädchen. „Wissen Sie vielleicht, ob sie vorhat, zur Beerdigung von Armand Lewis zu gehen?"

„Aber selbstverständlich hat sie das vor." Das Mädchen starrte Mae an, als hätte diese den Verstand verloren. „Sie ist doch schließlich seine Witwe."

„Sie ist was?" Mae blieb vor Staunen der Mund offen stehen. „Seine Witwe? Sind Sie sicher?"

„Sicher bin ich sicher." Das Mädchen blickte von Mae zu Mitch. „Und nun würde ich gern, falls Sie nichts dagegen haben, wieder an meine Arbeit gehen. Ich habe eine Menge zu tun."

Mitch zog seinen Fuß aus der Tür, die daraufhin schwungvoll zugeknallt wurde.

„Sie waren verheiratet. Ich fasse es nicht!“ Mae lehnte sich gegen die Wand und fasste sich an den Kopf.

Mitch schob die Hände in die Hosentaschen. „Wann mag er sie wohl geheiratet haben?“

„Vermutlich letzte Woche, da war er verreist. Am Freitag kam er zurück und ging gleich zu Stormy. Samstag und Sonntag war er zu Hause, aber er hing die ganze Zeit am Telefon, und am Montag ging er wieder zu Stormy, wo er dann in der Nacht starb.“

„Und er hat die Hochzeit mit keinem Wort erwähnt?“

„Nein. Kommen Sie, wir gehen.“

„Wohin?“

„Zu Onkel Claud. Ich muss wissen, welche Auswirkungen diese Eheschließung auf das Testament hat.“

Die Begrüßung bei Claud fiel wesentlich kühler aus als bei Gio. Claud blieb hinter seinem Schreibtisch sitzen und nickte Mae kurz zu. „Hallo, Liebes“, sagte er kalt.

Mae gab ihm zur Begrüßung ein Küsschen auf die Wange, was er mit ausdrucksloser Miene hinnahm.

Seine Augen erinnerten an Trockeneis.

„Das hier ist Mitchell Peatwick, Privatdetektiv“, stellte Mae Mitch vor, und Claud blickte ihn gleichgültig an.

Vor Mitchs geistigem Auge erschien plötzlich das Bild der kleinen Mae, wie sie nach dem Unfall ihrer Eltern zwischen Gio, Armand und Claud im Büro eines Notars saß. Weder Gio noch Armand waren das große Los, aber dieser eiskalte Fisch … Oje, das arme Kind!

„Mr. Peatwick“, wiederholte Claud und musterte Mitch.

„Wir kommen gerade von Barbara Ross’ Apartment.“ Mae ging zu einem Stuhl und setzte sich.

Mitch folgte ihr, wobei er sich bewusst war, dass Claud jede kleinste Bewegung registrierte. Er fühlte sich wie das sprichwörtliche Kaninchen vor der Schlange.

„Sie war nicht zu Hause“, fuhr Mae fort. „Wir haben nur mit ihrem Hausmädchen gesprochen. Dabei haben wir erfahren, dass Barbara Armands Witwe ist.“

Clauds Blick aus seinen kalten Glupschaugen richtete sich auf Mae. „Sie muss sich irren.“

„Das glaube ich nicht“, widersprach Mae und holte tief Luft. „Nehmen wir an, es stimmt. Welche Auswirkungen hat das auf die Aufteilung des Erbes?“

„Dann bekommt sie die Hälfte.“

Um Claud zu ärgern, schaltete sich Mitch nun in die Unterhaltung ein. „Einschließlich der Hälfte seiner Aktien.“

Er hatte richtig kalkuliert. Claud sah ihn verärgert an. „Es gibt keine Aktien.“

Mitch lehnte sich in seinem Stuhl zurück. „Warum nicht?“

Claud zuckte mit keiner Wimper. „Was wollen Sie eigentlich hier?“

Mitch wurde langsam wütend. Clauds Einmannshow begann ihm auf die Nerven zu gehen, und da er etwas dagegen hatte, dass nur er allein wütend war, beschloss er, Claud auch ein bisschen auf die Palme zu bringen. „Mabel hat mich engagiert, um nach Armands Mörder zu suchen. Sie wissen nicht zufällig etwas darüber, nein?“

Clauds Blick verriet keine Gefühlsregung. „Es gibt keinen Mörder. Armand starb an Herzversagen. Das ist zweifelsfrei festgestellt worden."

„Jeder stirbt letztendlich an Herzversagen", gab Mitch zurück. „Interessant wäre es doch, zu erfahren, warum sein Herz versagt hat."

Mae versetzte ihm einen Rippenstoß. „Benehmen Sie sich", murmelte sie und wandte sich gleich darauf wieder an Claud. „Barbara ist nicht unser einziges Problem. Es gibt verschiedene Dinge, die wir vermissen."

Claud blinzelte irritiert. „Dinge?"

Mitch blickte Mae stirnrunzelnd an. „Was für Dinge?"

„Bilder. Möbelstücke. Seine Münzsammlung ist ebenso verschwunden wie ein wertvolles Schachspiel und der Lempicka."

Mitch war empört. „Warum haben Sie mir das nicht schon früher erzählt?"

„Weil ich es für unwichtig hielt", wiegelte sie ab. „Armand muss es gewusst haben, aber er hat kein Wort darüber verlauten lassen."

„Vielleicht hat er die Sachen ja verkauft", meinte Claud.

Mae lehnte sich zurück. „Das kann ich mir nicht vorstellen."

„Aber wenn nicht, wo sind sie dann?" wandte Mitch ein.

„Er ist überflüssig", sagte Claud zu Mae.

Mae zwinkerte. „Mitch? Überhaupt nicht. Er hat nur keine Manieren. Kannst du dir denken, wo die Sachen möglicherweise sein könnten?"

„Ich werde mich darum kümmern." Claud stand auf.

„Nein." Mae blieb stur sitzen. „Ich kümmere mich selbst

darum. Ich brauche nur ein paar Informationen. Falls Barbara wirklich Armands Witwe ist, erbt sie die Hälfte. Dann will ich wenigstens wissen, wohin die Sachen verschwunden sind. Da steckt eine Menge Geld drin. Falls du also weißt …“

„Reg dich nicht auf. Ich kümmere mich um alles.“

Mae öffnete den Mund, doch Claud war bereits zur Tür gegangen, um zu unterstreichen, dass er die Unterredung für beendet ansah.

„Moment noch“, schaltete sich Mitch ein. „Was ist denn mit den Aktien passiert?“

Clauds Blicke schienen Mae zu durchbohren. „Er ist überflüssig.“

„Nein“, widersprach Mae höflich. „Ich will ihn.“

Mitch ließ nicht locker. „Was also ist mit den Aktien?“

Clauds Augenlider flatterten einen kurzen Moment, ehe er antwortete. „Ich habe sie Armand abgekauft.“

„Sie haben sie ihm abgekauft? Alle? Sie waren doch ein paar Millionen wert.“

„Sechs Millionen“, präzisierte Claud. „Ihr Wert war gefallen.“

Sein Gesicht blieb weiterhin vollkommen ausdruckslos, aber Mitch ahnte die Schadenfreude hinter der Maske und wurde das Gefühl nicht los, dass Claud mit dem Kauf der Aktien ein Bombengeschäft gemacht hatte.

„Warum hat Armand denn seine Aktien verkauft?“ erkundigte sich Mitch.

Der Ausdruck, der nun über Clauds Gesicht huschte, war ausgesprochen unangenehm. Mitch war fast versucht, einen Schritt zurückzutreten, aber er beherrschte sich.

Mae schluckte. „Er muss alles verkauft haben, was er besaß“, brachte sie erschüttert heraus und sah Claud an. „Was ging da vor? Irgendetwas stimmt da nicht.“

Claud hatte sich wieder unter Kontrolle. „Es war alles in Ordnung, Liebes. Er hatte nur ein kleines Problem, und das hat er gelöst, das ist alles. Reg dich nicht auf, ich nehme die Sache in die Hand.“

Mae seufzte. „Wenn du etwas herausfindest, lass es mich bitte wissen. Ich mache mir ziemliche Sorgen.“ Sie gab ihm einen flüchtigen Kuss auf die Wange. „Bis morgen dann. Wir sehen uns auf der Beerdigung.“ Sie ging zur Tür, und als sie auf dem Flur stand, bemerkte sie verwundert, dass Mitch ihr nicht gefolgt war. Verwirrt starrte sie auf die Tür, die ihr eben vor der Nase zugemacht wurde.

„Hey!“ rief sie, aber zu spät. Die Tür war bereits zu. Verdutzt schüttelte sie den Kopf und wartete einen Moment, doch als sich nichts tat, marschierte sie wütend aus dem Haus, setzte sich ins Auto und knallte die Tür zu. Der fürchterliche Verdacht, der in ihr aufkeimte, brachte sie fast zur Raserei.

„Er hat Sie gekauft, stimmt's?“ schleuderte sie Mitch fuchsteufelswild entgegen, als er schließlich in aller Seelenruhe angeschlendert kam.

„Fahren Sie los“, befahl er, nachdem er eingestiegen war.

Ihre Blicke schleuderten Blitze.

„Wissen Sie, es gibt Männer, die finden Frauen erst richtig sexy, wenn sie wütend sind, aber ich gehöre nicht zu ihnen“, sagte er ruhig, aber bestimmt. „Wenn Sie das also für mich inszenieren, können Sie es sich …“

„Halten Sie den Mund!“ Sie fuhr aus der Parklücke und

fädelte sich in den Verkehr ein. Es dauerte jedoch nicht lange, bis sie wieder ausscherte und so abrupt anhielt, dass er fast gegen das Armaturenbrett geprallt wäre. Er hatte noch nicht einmal die Zeit gefunden, sich den Sicherheitsgurt umzulegen. „Er hat Sie gekauft, geben Sie's schon zu."

„Stimmt", gab Mitch in aller Gemütsruhe zu, fischte einen Scheck aus seiner Brusttasche und hielt ihn ihr mit einem breiten Grinsen hin. „Wirklich sehr großzügig, Ihr Onkel Claud."

Mae nahm ihm mit düsterer Miene den Scheck aus der Hand, und als sie die Summe las, blinzelte sie vor Überraschung ein paarmal rasch hintereinander. „Nun, zumindest haben Sie sich nicht zu billig verkauft. Meinem Exmann hat er fünfhunderttausend Dollar gezahlt, damit er sich von mir scheiden lässt. Ihnen dagegen bietet er hunderttausend nur dafür, dass Sie sich verdrücken."

„Eine Intelligenzfrage: Was glauben Sie wohl, warum Ihr Onkel bereit ist, hunderttausend Dollar zu investieren, nur damit ich Sie und Ihre Probleme vergesse?"

Mae blickte ihn mit unverhüllter Verachtung an. „Ja, warum wohl? Wahrscheinlich, weil er schon auf zehn Kilometer Entfernung gerochen hat, dass Sie durch und durch korrupt sind."

„Ganz falsch. Wenn es ihm einfach nur Spaß machen würde, Leute zu korrumpieren, wäre er schon längst in Washington und würde dort die Senatoren schmieren. Es muss noch etwas anderes dahinterstecken. Und dass er es nur getan hat, um Ihre Tugend zu retten, falls Sie so etwas überhaupt besitzen sollten, erscheint mir ebenfalls höchst unwahrscheinlich."

„Meine Tugend zu retten? Da lachen ja die Hühner. Sie

bilden sich doch wohl nicht ein, dass Sie mich verführen ...“ Sie hielt inne, als ob ihr plötzlich etwas eingefallen wäre. „Oh.“ Sie lächelte. „Nein, dass Claud so viel dafür bezahlt, wäre gar nicht nötig gewesen. Wenn es ihm nur darum ginge, bräuchte er nur Onkel Gio anzurufen, und der würde schon dafür sorgen, dass Ihnen beide Beine gebrochen würden. Onkel Gio macht immer kurzen Prozess mit unliebsamen Zeitgenossen.“

Mitch zuckte zusammen. „Das finde ich nicht besonders witzig.“

„Was hat er genau gesagt, wofür er Sie bezahlt?“

„Dass ich die Finger sowohl von dem Fall als auch von Ihnen lasse.“ Er runzelte die Stirn. „Warum zum Teufel bietet Onkel Claud einem lausigen Privatdetektiv hunderttausend Dollar an, damit er aufhört, in einem Mordfall herumzustochern, der in Wirklichkeit gar kein Mordfall ist?“

„Natürlich war es Mord.“

„Onkel Clauds Ansicht nach war es kein Mord. Oder hat er mir die Kohle vielleicht deshalb rübergeschoben, weil er befürchtet, dass seine geliebte Nichte den alten Knaben womöglich ins Jenseits befördert haben könnte?“

„Halten Sie mich für so bescheuert, dass ich erst meinen Onkel umbringe und dann Sie engagiere, damit Sie den Mordfall aufklären?“ Mae lachte laut auf. „Bekommt eigentlich jeder Idiot die Privatdetektiv-Lizenz? Es wird offensichtlich noch nicht mal ein Mindest-IQ gefordert.“

„Das, was ich eben erwogen habe, waren lediglich Onkel Clauds mögliche Gedankengänge. Sie müssen mir schon richtig zuhören.“ Mitch runzelte die Stirn. „Aber wie auch immer, eins ist klar: Er will eine Untersuchung um jeden Preis verhindern, und allein das ist ja schon ein interessanter Gesichtspunkt."

„Leider nicht interessant genug, um Sie bei der Stange zu halten", gab Mae wütend zurück. „Er hat mich ausgebootet."

„Nun, noch nicht ganz. Solange ich den Scheck nicht eingelöst habe, bin ich Claud gegenüber zu nichts verpflichtet."

„Dann zerreißen Sie ihn doch."

„Sind Sie verrückt geworden?" Mitchs Hand schnellte zu seiner Brusttasche, für den Fall, dass sie auf die Idee käme, ihm den Scheck wegzunehmen. „Für Sie mögen hunderttausend Dollar vielleicht ein Trinkgeld sein, aber für mich ist es, als hätte ich den Jackpot geknackt."

„An den Sie allerdings, wenn Sie sich entschließen sollten, weiter für mich arbeiten, nicht drankommen. Dann ist der Scheck nämlich nichts weiter als ein Fetzen Papier." Mae beschloss, rasch ihre Taktik zu ändern, und lehnte sich ein Stück weiter zu ihm hinüber, wobei sie ihn mit ihren großen Augen vorwurfsvoll ansah. Ihr Ausschnitt rutschte tiefer und gab den Blick auf den Ansatz ihrer Brüste frei – ein Umstand, der seinen Gedankenfluss schlagartig zum Erliegen brachte.

„Erst wenn Sie den Scheck wegwerfen, kann ich Ihnen wieder vertrauen." Ihre Stimme spülte wie eine sanfte Brandung über ihn hinweg, und Mitch riss widerwillig seinen Blick von ihrem Dekolleté los.

„Sie täten besser daran, mir nicht zu vertrauen, vergessen Sie nicht – ich bin ein Mann. Könnten wir jetzt vielleicht weiterfahren? Ich muss nach Hause und mir ein paar Gedanken machen über die Kleinigkeiten, die Sie vorhin gegenüber Ihrem Onkel erwähnt haben." Er sah sie streng an. „Sie sollten mir endlich alles erzählen, was Sie wissen, Mabel. Es zahlt sich nicht aus für Sie, wenn Sie mir etwas vorenthalten."

„Ach, das mit den verschwundenen Sachen ist doch völlig unwesentlich ..." begann sie, doch er unterbrach sie.

„Es ist überhaupt nicht unwesentlich. Erzählen Sie mir mehr darüber. Sie sprachen von einer Münzsammlung, antiken Möbeln und irgendeinem Lemdingsbums."

Er konnte ihr ansehen, dass sie ihm am liebsten an die Gurgel gegangen wäre, aber gleich darauf schien sie sich eines Besseren zu besinnen. Sie mochte zwar störrisch sein wie ein Maulesel, doch dumm war sie nicht. Anscheinend erkannte sie, dass es wenig Sinn machte, sich mit ihm herumzustreiten, und dass sie ihr Ziel auf diese Weise niemals erreichen würde.

Oh ja, Mabel war offensichtlich lernfähig.

Mae seufzte. „Der Lempicka ist ein schauerliches Gemälde, auf dem eine nackte blonde Frau zu sehen ist, die aussieht, als sei sie aus Plastik." Sie schüttelte sich. „Ein Typ wie Barbara Ross."

„Hat Armand das Bild vielleicht deshalb gekauft?"

„Nein, er hatte es schon sehr lange. Als er es kaufte, war ich fast noch ein Kind. Ich kann mich noch erinnern, wie er es stolz mit nach Hause brachte, und als ich ihm rundheraus gestand, ich fände es scheußlich, meinte er nur, ich hätte eben keinen Geschmack. Es war ein echter Tamara Lempicka, und er hat damals zwanzigtausend Dollar dafür bezahlt." Mae schüttelte den Kopf. „Schade um das viele Geld."

„Und jetzt ist das Zwanzigtausend-Dollar-Gemälde verschwunden?"

„Heutzutage ist es viel mehr wert. Lempickas stehen derzeit hoch im Kurs. Die Streisand hat im letzten Jahr einen für 1,8 Millionen verkauft."

Mitch riss erstaunt die Augen auf. „Dollar?"

„Was denn sonst? Sie hat natürlich ganz besonders viel rausgeholt, weil sie eben die Streisand ist, aber immerhin. Wir reden auf jeden Fall über sechsstellige Zahlen. Und der Lempicka ist ja nicht das Einzige, was fehlt. Die Münzsammlung, zwei Zeichnungen von Whistler, wertvolles altes Silbergeschirr, ein antikes Sideboard ..."

„Und Sie haben Ihren Onkel nicht gefragt, was er mit den Sachen gemacht hat?"

„Er hat den Krempel so stillschweigend beiseite geschafft, dass es zuerst niemandem aufgefallen ist. Und später ..." Sie zuckte die Schultern und konzentrierte sich einen Moment lang auf den Verkehr. „Was sollten wir schon machen? Die Sachen gehörten ihm, und er konnte damit tun, was er wollte."

„Und Sie können sich nicht denken, was dahintersteckt?"

Sie wandte sich ihm mit nur mühsam gezügelter Ungeduld zu. „Da das alles in den letzten Monaten geschehen ist, stehen die Antworten in dem Tagebuch."

Mitch grinste sie mit unverhohlener Bewunderung an. Es war wohl möglich, sie für eine Weile abzulenken, doch früher oder später kam sie immer wieder auf das, was sie sich in den Kopf gesetzt hatte, zurück. „Irgendwas haben Sie ja, Mabel, das muss man Ihnen lassen."

Als sie zurücklächelte, vergaß er alles andere. „Ich hoffe, Sie erinnern sich zu gegebener Zeit daran", gab sie trocken zurück. „Was haben Sie jetzt vor?"

„Was ich jetzt vorhabe?“ Mitch blinzelte und kehrte wieder auf die Erde zurück. „Sie können mich bei der Werkstatt absetzen, damit ich den Leuten ein bisschen Dampf mache. Ich brauche unbedingt mein eigenes Auto. Sie fahren wie eine Frau, das jagt mir Angst und Schrecken ein.“

„Dünnbrettbohrer.“

„Und morgen nach der Beerdigung machen wir uns auf die Suche nach dem Tagebuch.“

Misstrauisch beäugte Mae ihn von der Seite. „Sie bleiben also an dem Fall dran?“

„Solange Sie brav sind, ja.“ Mitch straffte die Schultern. „Wenn nicht, löse ich den Scheck ein. Also, denken Sie dran, von jetzt an erwarte ich etwas mehr Respekt. Können wir jetzt endlich fahren?“

„Den Respekt müssen Sie sich erst noch verdienen.“ Mae legte einen Gang ein und brauste los.

Sobald Mitch zu Hause war, rief er Newton an. „Du musst ein paar Dinge für mich rausfinden.“

„Ich bin doch schon dabei, ein paar Dinge für dich rauszufinden.“ Newton klang genervt. „Mein Beruf ist noch immer Börsenmakler, falls du das vergessen haben solltest. Ich kann es mir zeitlich nicht leisten, dauernd …“

„In diese Sache ist eine atemberaubend schöne Frau verwickelt“, versuchte Mitch seinen Freund zu ködern.

„Ich weiß, ich weiß. Du hast es mir schon erzählt. Mabel.“

„Nein, ich rede nicht von Mabel. Mabel ist nicht atemberaubend schön.“ Mitch verdrängte den Gedanken an Maes große dunkle Augen und ihren sinnlichen Mund. „Nicht im herkömmlichen Sinne jedenfalls. Aber diese Frau ist schön. Sie ist perfekt, ganz und gar perfekt. Du musst sie einfach gesehen haben, Newton."

„Warum?" Newtons Skepsis war sogar durchs Telefon fast greifbar.

„Weil jeder Mann sie gesehen haben muss. Ihr Anblick wird dir den Glauben an die Menschheit wiedergeben. Sie heißt Stormy Klosterman und war Armands Geliebte. Sie behauptet, dass er ihr ein Apartment gekauft hat. Finde heraus, ob das stimmt."

Newtons Seufzer klang halb verzweifelt, halb resigniert. „Und wie, wenn ich fragen darf?"

„Verführe sie."

„Ich?"

„Sie ist rothaarig, Newton."

In der Leitung hing ein langes Schweigen. „Genau wie Brigid."

„Besser als Brigid."

„Also okay, ich versuch's. Und was machst du in der Zwischenzeit? Verführst du Mabel?"

Mitch schluckte. „Nein. Ich befürchte, da würde ich mir die Finger verbrennen."

5. KAPITEL

Mitch hatte sich zur Feier des Tages in seinen besten Anzug geworfen. Als Harold ihn in den Salon führte, war der Leichenschmaus schon im vollen Gang.

June, gewandet in das aufreizende pinkfarbene Kostüm, das Mae vor drei Tagen gute Dienste geleistet hatte, reichte Platten mit Canapés herum, und Harold sorgte dafür, dass die Leute Getränke hatten. Man konnte nicht gerade behaupten, dass der große Raum überfüllt gewesen wäre, aber immerhin waren genug Gäste gekommen, um ihn gut gefüllt erscheinen zu lassen.

Die rechte Trauerstimmung wollte allerdings nicht aufkommen. Mae trug ein schlichtes, von oben bis unten durchgeknöpftes schwarzes Kleid mit V-Ausschnitt, das ihr sehr gut stand, jedoch von der Mae, die betörend wie Brigid O'Shaugnessy in Mitchs Büro geschwebt war, nicht mehr viel übrig ließ.

„Wie ist Mae Belle denn neulich in das Kleid hineingekommen?" raunte Mitch June zu.

„Mit 'nem Schuhlöffel", erwiderte June schlagfertig.

„Warum hat sie es überhaupt angezogen?" bohrte Mitch. „Ihre Sachen sind doch in Ordnung."

„Wir dachten, je aufregender sie aussieht, desto eher würden Sie für uns arbeiten", bekannte June.

„Und warum?" Die Sache erschien ihm immer rätselhafter.

„Wir wollten Ihnen weismachen, dass Armand ermordet wurde, aber in Wirklichkeit ..."

Mitch hielt den Atem an. Also hatte seine Ahnung, dass an dem Fall irgendetwas faul war, ihn nicht getrogen.

Ausgerechnet in diesem Moment kamen Bekannte von ihm, der Anwalt Nick Jamieson und dessen Frau Tess, und unterbrachen sein Gespräch mit June.

Von Nick Jamieson erfuhr Mitch allerdings eine interessante Tatsache: Armand war bereits einmal wegen Veruntreuung eines Treuhandvermögens angeklagt worden. Nur aufgrund des großzügigen Vergleichs, den Jamieson ausgehandelt hatte, war Armand um eine Gefängnisstrafe herumgekommen.

Als Mitch das hörte, fragte er sich unwillkürlich, ob Armand auch Maes Vermögensfonds durchgebracht hatte.

„Barbara, wie schön, Sie zu sehen", säuselte Mae und versuchte Mitch, der sich gerade mit Stormy unterhielt, im Auge zu behalten.

„Leider ist ja der Anlass sehr traurig", erinnerte Barbara Mae und bot ihr eine stark geschminkte Wange zum Kuss.

Mae beugte sich zu ihr hinüber und deutete einen Begrüßungskuss an, wobei sie Mitch nicht aus den Augen ließ.

„Ich kann es noch gar nicht fassen", klagte Barbara, und Mae gab sich alle Mühe, sich auf die große, magere Frau mit den platinblond gefärbten Haaren zu konzentrieren. „Wir haben erst vor einer Woche geheiratet."

„Das muss ja schrecklich für Sie sein." Es fiel Mae nicht leicht, die passenden Worte zu finden.

„Wie Sie sich vorstellen können." Barbara ließ den Blick durch den Raum schweifen. „Meine Sachen werden am Montag hier sein."

„Sachen?“ echote Mae. „Was für Sachen?“

„Meine Möbel, was sonst?“ Barbara sah sie argwöhnisch an. „Ich ziehe selbstverständlich hier ein.“

Mae sah sie entgeistert an. „Warum?“

„Weil das hier Armands Haus war.“ Barbaras Ton war unüberhörbar schärfer geworden. „Und weil es in seinem Sinne wäre.“

Mae unterdrückte den Impuls, Barbara ins Gesicht zu schleudern, dass Armand tot war und dass es ihm, selbst wenn er sie von irgendwo beobachten könnte, mit Sicherheit piepegal war, wo sie wohnte. Armand hatte sich sein ganzes Leben lang nur für Armand interessiert. Was er allerdings von Barbara gewollt hatte, wurde Mae, nachdem sie nun einige Minuten mit ihr verbracht hatte, immer unklarer. Wahrscheinlich war es ihr guter Name gewesen, der ihn gereizt hatte. Barbara hatte eben im Gegensatz zu Stormy das Label „Ross“ auf dem Hintern kleben, das gutes altes Geld versprach. Arme Stormy …

„Das wird doch wohl kein Problem sein, oder?“ unterbrach Barbara Maes Gedanken.

„Selbstverständlich nicht.“ Mae setzte ihr strahlendstes Lächeln auf. „Ich muss nur Harold und June Bescheid sagen.“

„Tun Sie das. Und teilen Sie Ihnen doch bitte auch gleich mit, dass sie meinetwegen gerne noch zwei Wochen bleiben können“, bot Barbara großzügig an, wobei sie wieder den Blick durchs Zimmer wandern ließ. „Obwohl ich meine eigenen Bediensteten mitbringe“, fügte sie dann hinzu.

Mae glaubte sich verhört zu haben. „Wirklich, Barbara, das scheint mir keine sehr gute Idee. Aber lassen Sie uns vielleicht später darüber reden, ja? Fürs Erste jedenfalls werde ich gegenüber Harold und June noch nichts von der Zweiwochenfrist erwähnen."

Barbara wollte widersprechen, doch Mae legte ihr die Hand auf den Arm. „Dies hier ist eine Beerdigung, Barbara. Wir sollten uns jetzt vielleicht ein bisschen an Armand erinnern. Wobei mir einfällt, dass ich Ihnen Onkel Claud nicht vorenthalten will." Während sie Barbara kühl anlächelte, fügte sie in Gedanken hinzu: damit er herausfinden kann, ob du auch wirklich mit seinem Bruder verheiratet warst.

„Hallo, Claud, wir sind ja jetzt fast so etwas wie Bruder und Schwester." Barbara streckte dem alten Mann die Hand hin.

„Hallo, Barbara", gab Claud zurück, berührte für eine Zehntelsekunde ihre Hand und ließ sie gleich wieder los, als hätte er ein glühendes Eisen angefasst.

„Ich wusste, dass Sie sich darüber freuen würden, dass ich hier einziehe", säuselte Barbara, nachdem sie ihn von ihren Plänen unterrichtet hatte. Und als fürchtete sie, dass Mae gleich versuchen würde, ihr einen Strich durch die Rechnung zu machen, fuhr sie zu ihrer Rechtfertigung fort: „Ich tue nur das, was Armand sich gewünscht hätte."

Claud warf Mae einen Blick zu, der besagte: Reg dich nicht auf, ich kümmere mich darum.

„Sie will Harold und June entlassen. Ich habe ihr gesagt, dass ich die Idee für nicht besonders gut halte."

„Also, wirklich, Mae ..." Barbara starrte Mae kampfeslustig an.

„Harold und June bleiben", erklärte Claud kategorisch.

„Dafür kann ich überhaupt keinen Grund ..."

Claud unterbrach Barbara mit einer unwirschen Handbewegung. „Mae will es so. Und die Hälfte des Hauses gehört ihr. Wir werden versuchen, die Angelegenheit auf finanzieller Basis zu regeln."

„Geld interessiert mich nicht", protestierte Barbara und verzog angewidert das Gesicht. „Alles, was ich will, ist, in Armands Haus zu leben. So, wie er es sich gewünscht hätte."

„Na wunderbar, dann nehme ich eben das Geld", sagte Mae.

„Ist es das, was du möchtest?" erkundigte sich Claud.

„Ich finde das Haus hier grässlich. Und Harold und June würden auch gern woanders leben."

„Dann werde ich mich um den Verkauf kümmern." Clauds Blick glitt wieder zu Barbara.

„Ich denke gar nicht daran, irgendetwas zu verkaufen", gab Barbara empört zurück. „Schließlich bin ich Armands Witwe, ich weiß sehr genau, was mir zusteht."

„Habe ich etwas verpasst?" flüsterte Mitch, der hinter Mae getreten war, ihr zu.

Sie drehte sich überrascht um. „Wo haben Sie denn Stormy gelassen?" flüsterte sie zurück.

„Irgendein Heini in einem exquisiten Anzug hat sie mir weggeschnappt." Mitch grinste sie an. „Ich war so glücklich, dass ich ihn am liebsten umarmt hätte."

„Und wer ist das, wenn ich fragen darf?" fragte Barbara indigniert, weil ihr Mitch noch nicht vorgestellt worden war.

Mitch wandte sich Barbara zu, und Mae konnte seinem Blick entnehmen, dass er sie umgehend richtig eingeschätzt hatte. Er nahm ihre Hand. „Mitchell Peatwick. Mein herzliches Beileid. Wann genau haben Sie Armand geheiratet?“

„Vor einer Woche auf Barbados“, gab Barbara kühl zurück. „Ich kann mich nicht erinnern, dass wir uns schon einmal irgendwo begegnet wären, oder?“

„Nein“, stimmte Mitch zu. „Warum haben Sie und Armand denn Ihre Hochzeitsreise früher als geplant abgebrochen?“

Barbaras Nasenflügel bebten. „Wirklich, Mr. Peatwick, ich wüsste nicht, was Sie das angeht.“

Mitch ließ seinen Charme sprühen. „Oh, das geht mich sehr viel an. Mabel hat mich nämlich engagiert herauszufinden, wer Armand umgebracht hat.“

„Wie kommen Sie denn auf so eine absurde Idee? Er wurde doch nicht umgebracht.“

Mitch strahlte sie an. „Sie haben nicht vielleicht in letzter Zeit zufällig sein Tagebuch gesehen?“

„Ach, da ist ja Onkel Gio“, mischte sich Mae ein, noch bevor Barbara Gelegenheit hatte zu antworten, und legte Mitch eine Hand auf den Arm. „Kommen Sie, wir wollen ihn begrüßen.“ Damit zog sie Mitch in Richtung Tür.

„War nett, Sie kennen gelernt zu haben“, rief Mitch über die Schulter hinweg Barbara zu. „Was für eine Zimtziege!“ stöhnte er, sobald sie außer Hörweite waren. „Wo ist denn Gio?“

„Dort drüben am Fenster. Mit Carlo. Aber vergessen Sie's. Ich wollte Sie bloß von Barbara loseisen. Jetzt bekomme ich wirklich ein Problem. Barbara plant, hier einzuziehen und Harold und June zu feuern.“

Mitch verzog das Gesicht. „Wenn ich mir vorstelle, mit

dieser Schreckschraube zusammenzuleben! Vielleicht hat Armand ja aus diesem Grund das Zeitliche gesegnet. Weil er den Gedanken daran einfach nicht ertragen konnte."

„Aber warum musste er sie dann unbedingt heiraten?" Mae lehnte sich für einen Moment an ihn, um den Druck, den ihr diese neuen unerwarteten Probleme bescherten, etwas abzumildern. Als Mitch den Arm um sie legte, spürte sie, wie ihr leichter ums Herz wurde. „Und jetzt habe ich sie am Hals." Er fühlte sich gut an, so warm und zuverlässig, dass sie der Versuchung nicht widerstehen konnte, ihren Kopf an seine Schulter zu legen, und die Augen schloss.

„Sie sind nicht allein, Mabel." Seine Stimme klang rauer als gewöhnlich. „Sie haben mich engagiert, erinnern Sie sich? Wir werden Ihre Probleme gemeinsam lösen."

Mae blinzelte. „Wir?"

„Ja. Sie und ich", erwiderte er lächelnd.

Sie schluckte. Sie war so daran gewöhnt, sich gegen das für Männer typische „Ich-kümmere-mich-schon-darum" zu wehren, dass Mitchs Vorschlag, die Probleme gemeinsam zu lösen, sie regelrecht umwarf. „Ich mag Sie", entfuhr es ihr. „Ich mag Sie wirklich."

Mitchs Lächeln verblasste. „Ich mag Sie auch." Er blickte sie forschend an. „Ist mit Ihnen auch alles in Ordnung?"

„Warum?"

„Nun, diese neue Seite an Ihnen verblüfft mich. Bisher haben Sie sich keine Gelegenheit entgehen lassen, mich vorzuführen."

„Mae?"

Sie wandte sich um und war überrascht, ihren Exmann Dalton Briggs, blendend aussehend und geschniegelt und gebügelt wie stets, im Türrahmen stehen zu sehen. Der Kontrast zwischen ihm und Mitch hätte nicht größer sein können.

Noch nie hatte ihr Mitch so gut gefallen.

„Mae, ich würde gern mit dir reden." Dalton lächelte, während er Mitch abschätzend taxierte und als konkurrenzunverdächtig einstufte. „Könnten wir uns nicht für einen Moment irgendwohin zurückziehen?"

Mitch legte den Arm fester um Maes Schultern. „Kommt überhaupt nicht in Frage. Erst Carlo und jetzt dieser Zombie."

„Zombie?" Mae zwinkerte.

„Vielleicht war ich zu lange in Harolds Gesellschaft. Das ist der Typ, der Stormy abgeschleppt hat. Kennen wir ihn?"

„Mitchell Peatwick – Dalton Briggs", stellte Mae die beiden Männer einander vor. „Dalton und ich waren vor einiger Zeit mal verheiratet", fügte sie hinzu.

„Und wer sind Sie?" erkundigte sich Dalton.

„Verziehen Sie sich. Sie haben fünfhunderttausend Dollar dafür kassiert, dass Sie für immer aus dem Leben dieser Lady verschwinden."

Dalton wurde rot vor Zorn. „Was erlauben Sie sich? Ich kenne Sie nicht einmal. Ich …"

„Jetzt nicht, Dalton." Mae schlüpfte unter Mitchs Arm hindurch. „Du siehst doch, dass ich das Haus voller Trauergäste habe. Ich habe jetzt keine Zeit."

Als sie an ihm vorübergehen wollte, griff Dalton nach ihrer Hand. „Ich kann bis zum Schluss bleiben, und dann könnten wir …"

Mitch griff nach ihrer anderen Hand. „Nein, das können Sie nicht."

„Hören Sie, Sie …“ schäumte Dalton.

„Morgen Abend“, fuhr Mae schnell dazwischen, um die Wogen zu glätten. „Sei um sechs Uhr hier, dann können wir miteinander reden.“ Sie hatte zwar nicht die mindeste Lust, sich mit Dalton zu unterhalten, aber es erschien ihr als die beste Lösung.

„Ich halte das wirklich für überhaupt keine gute Idee“, wandte Mitch ein.

„Ich sehe dich dann morgen Abend“, sagte Dalton mit Nachdruck und starrte Mitch finster an. „Allein.“

„Das ist wirklich keine gute Idee“, wiederholte Mitch eigensinnig.

Mae wollte etwas erwidern, doch sie unterließ es, weil Stormy, den Blick sehnsüchtig auf Mitch geheftet, herangeschwebt kam.

„Hallo, Mitch, wie geht's?“ erkundigte sie sich so schmachtend, dass Mae Mitch abrupt die Hand entzog.

„Gut, danke“, gab er in sanftem Ton zurück. „Und Ihnen? Alles in Ordnung?“

„Oh ja“, hauchte sie. „Dalton bringt mich jetzt nach Hause.“ Sie sah ihn lächelnd an. „Aber Sie würde ich auch sehr gern wiedersehen. Wissen Sie, wo ich wohne?“

„Das werde ich schon rausfinden“, versprach Mitch zuversichtlich.

Stormy zupfte Dalton am Ärmel. „Können wir gehen? Es gefällt mir hier nicht.“

„Wenn du möchtest.“ Dalton legte seine Hand auf ihre. „Wir sehen uns dann morgen, Mae.“

„Alles klar.“

Mae wünschte sich sehnlichst, dass alle anderen Gäste

Stormys und Daltons Beispiel so schnell wie möglich folgen würden, Mitch ausgenommen.

„Ich würde gern morgen Abend bei dem Gespräch mit Dalton dabei sein, wenn Sie nichts dagegen haben“, schlug Mitch vor, nachdem die beiden sich verabschiedet hatten.

Mae bewegte etwas ganz anderes. „Was ist denn das mit Ihnen und Stormy? Haben Sie sie adoptiert?“

„Das hätte sie vermutlich gern. Einen Daddy.“ Mitch lehnte sich gegen die Wand und musterte Mae nachdenklich. „Sie ist anders als Sie. Sie sehnt sich nach jemandem, der ihr alle Entscheidungen abnimmt.“

„Wie kommen Sie denn darauf, dass das bei mir nicht so sein könnte?“

„Da braucht man Sie doch nur anzuschauen.“ Mitch streckte die Hand aus und strich sanft über ihre Wange. „Sie sehen müde aus.“

Mae rieb sich die Stirn. „Es war ein anstrengender Tag, und er ist noch nicht vorbei.“

Nachdem sich das Haus schließlich geleert hatte, forderte Claud Mae und Barbara auf, ihm zusammen mit Armands Notar in die Bibliothek zu folgen, damit der letzte Wille des Dahingeschiedenen in aller Form verlesen werden konnte.

„Sie gehen“, befahl Claud Mitch, und Mitch sah Mae an.

„Gehen oder bleiben?“ fragte er sie. „Suchen Sie es sich aus.“

Mae dachte an Claud und an Barbara und an den Notar. „Bleiben Sie. Ich weiß, dass es nicht zu Ihren Aufgaben gehört, aber ...“

„Was immer Sie wünschen, Boss.“ Mitch nahm ihren Arm.

„Lassen Sie uns gehen und hören, was der Notar zu sagen hat.“

„Er ist überflüssig“, murrte Claud, doch Mae schüttelte nur den Kopf und ging voran in die Bibliothek.

„Das Testament datiert noch aus der Zeit vor Armands Eheschließung …“, begann der Notar, „… doch da die Gesetzgebung des Bundesstaates Ohio besagt …“

Seine Stimme schwoll an, und Mitch bemühte sich wegzuhören, so gut es ging. Stattdessen unterzog er Mae, die an seiner Seite saß, einer eingehenden Betrachtung. Sie sah erschöpft aus, was nicht weiter verwunderlich war, denn der hinter ihr liegende Nachmittag mit all den geheuchelten Trauerbekundungen war schrecklich genug gewesen. Allerdings wurde Mitch das Gefühl nicht los, dass es nicht nur das allein war, was sie bedrückte.

Wahrscheinlich bereitete ihr das vor ihren Augen dahinschwindende Geld Sorgen. Ihm war mittlerweile klar geworden, dass sie sich gegenüber Harold und June so verpflichtet fühlte, als seien die beiden ihre Eltern. Um ihnen einen ruhigen Lebensabend bescheren zu können, brauchte Mae Geld. Und da kam diese Zicke mit dem platinblonden Haar daher und reklamierte die Hälfte des Erbes für sich.

Was für ihn bedeutete, dass er herausfinden musste, was mit den Sachen passiert war, die im Haus fehlten.

Und das hieß wiederum, dass er das Tagebuch finden musste.

Mitch unterdrückte ein Grinsen. Mae Belle bekam schließlich doch immer das, was sie wollte.

Der Notar rasselte mit monotoner Stimme irgendwelche gesetzlichen Bestimmungen herunter: „Deshalb bleibt das

Testament in Kraft bis auf die Tatsache, dass der Witwe die eine Hälfte des Vermögens zufällt, die andere wird verteilt wie vorgesehen." Der Notar räusperte sich. „Je fünfzigtausend Dollar gehen an June Peace und Harold Tennyson."

„Lächerlich", sagte Barbara.

„Ganz recht", pflichtete Mae ihr bei. „Es sollte etwa zehnmal so viel sein."

„Die eine Hälfte der Wertpapiere fällt an Claud Lewis", fuhr der Notar unbeirrt fort. „Und die Hälfte des Grundbesitzes geht an Mae Belle Sullivan." Er schaute die Versammelten über den Rand seiner Brille hinweg an. „Nun gibt es allerdings ein Problem."

Clauds Blick flackerte. „Ein Problem?"

Der Anwalt räusperte sich wieder. „Wir gehen der Sache im Moment noch nach, aber die Banken und ich ..."

Er brach ab, und Mitch, dessen Interesse erwacht war, setzte sich aufrecht hin. Der Notar war ganz offensichtlich nicht sehr glücklich mit dem, was er nun zu sagen hatte.

„Es scheint kein Grundbesitz mehr da zu sein."

„Was?" entfuhr es Mae entsetzt, und der Anwalt blickte hilflos in die Runde.

„Soweit wir es überblicken können ...", präzisierte er unglücklich, „... scheint das Einzige, was Mr. Lewis zum Zeitpunkt seines Ablebens noch besessen hat, dieses Haus hier gewesen zu sein."

Claud hörte schweigend zu. Mae holte tief Luft. Nur Barbara fing sich sofort wieder. „Das gibt's doch gar nicht. Armand war ein reicher Mann. Er besaß Aktienkapital, Wertpapiere ..." Sie wandte sich an Claud. „Das müssen Sie doch am besten wissen."

„Ich besitze das gesamte Aktienkapital von ‚Lewis & Lewis'. Was Armand sonst noch besessen hat, weiß ich nicht." Claud stand auf und ging hinüber zu Mae. „Mach dir keine Sorgen. Für dich, Harold und June ist gesorgt." Er nickte dem Notar und Barbara knapp zu und war gleich darauf verschwunden.

Mae lehnte sich zurück und fuhr sich mit der Hand über die Augen.

„Miss Sullivan?" fragte der Notar und sah sie beunruhigt an.

Als er besorgt auf sie zukam, machte sie eine ungeduldige Handbewegung, als wollte sie ihn wegscheuchen. „Sie können jetzt gehen."

„Ich will aber nicht, dass er geht. Ich will wissen ...", beharrte Barbara.

„Gehen Sie." Mitch erhob sich. „Es war ein langer Tag, und Mae ist müde. Sie können das alles am Montag besprechen."

„Ich will es aber jetzt besprechen", beharrte Barbara. „Ich ..."

„Nein", unterbrach Mitch sie so scharf, dass Mae verdutzt den Kopf hob. „Gehen Sie, und zwar sofort."

Barbara öffnete den Mund und holte tief Luft, dann schnappte sie sich ihre Handtasche, warf Mitch einen bitterbösen Blick zu und stöckelte aus der Bibliothek. Der Notar folgte ihr so eilig, dass er fast mit ihr zusammengeprallt wäre.

„Die Hälfte des Hauses und die Hälfte dessen, was drin ist." Mae schüttelte immer wieder den Kopf und schluckte. „Das ist nicht genug. Das reicht vielleicht für fünf Jahre, aber nicht für den Rest ihres Lebens. June und Harold brauchen eine Leibrente. Ich muss einen Weg finden …“

Mitch setzte sich neben sie und legte ihr den Arm um die Schultern. „Wir werden einen Weg finden. Morgen.“

Er drückte ihren Arm, und sie legte kurz den Kopf an seine Schulter und schloss die Augen. Einen Moment später jedoch stand sie auf, und er erhob sich ebenfalls.

Zeit zu gehen. Lust dazu hatte er allerdings überhaupt nicht.

6. KAPITEL

„Ich möchte Hummer, bitte.“ Stormy strahlte den Kellner an, und der strahlte beglückt zurück. „Ich liebe Hummer.“

Sie saßen im „Levee“, und Mae hatte mit Blick auf die Speisekarte resigniert feststellen müssen, dass selbst der bescheidene Salat, den sie sich bestellt hatte, ein großes Loch in ihren schmalen Geldbeutel reißen würde.

„Armand ist nicht so oft mit mir hierher gekommen.“ Stormys Gesicht verdunkelte sich, und ihre vorhin noch leuchtenden Augen füllten sich mit Tränen. „Er war lieber zu Hause.“

Weil er geizig war, dachte Mae, aber natürlich sagte sie es nicht. Alles, was sie sagen konnte, war: „Das muss aber schön gewesen sein.“

„Mir gefällt es hier besser.“ Während Stormy sich umsah, lächelte sie bereits wieder. „Dalton hat mich diese Woche schon dreimal ins ‚Levee‘ ausgeführt.“

„Ach, Sie treffen sich mit Dalton“, tat Mae interessiert, froh darüber, sich einem anderen Gesprächsgegenstand als Armand zuwenden zu können. So würde sie zumindest von Stormys Tränen verschont bleiben. „Wie nett.“

Stormy lehnte sich leicht über den Tisch. „Es macht Ihnen doch hoffentlich nichts aus, nein?“

„Was? Dass Sie sich mit Dalton verabreden? Oh nein, keineswegs. Tun Sie sich bloß keinen Zwang an.“

„Nun, er ist immerhin Ihr Exmann. Ich dachte, vielleicht …“

„Sie haben meinen Segen, wirklich“, gab Mae mit Bestimmtheit zurück. „Dalton ist definitiv raus aus meinem Leben."

Stormy stützte den Ellbogen auf und sah Mae nachdenklich an. „Und was ist mit Mitch?"

„Mit Mitch?" wiederholte Mae, der die Wendung, die das Gespräch genommen hatte, gar nicht behagte.

„Gehen Sie mit ihm aus?"

„Nein." Mae nahm ein Stück Weißbrot aus dem Brotkorb und biss hinein. „Ich habe ihn engagiert", sagte sie und schluckte. „Das ist alles."

„Ich dachte ja nur. Er ist wirklich sehr sexy", meinte Stormy. „Dabei könnte ich gar nicht sagen, warum. Eigentlich sieht er gar nicht so gut aus – zumindest nicht so gut wie Dalton, aber er hat irgendetwas ..."

„Dann treffen Sie sich doch mit beiden und nehmen sich von jedem das, was Ihnen am besten gefällt." Mae bemühte sich, sich ihre Verärgerung nicht anmerken zu lassen. Im Grunde genommen war es doch nur zu begrüßen, wenn Stormy einen Blick auf Mitch geworfen hatte. Das würde ihn mit Sicherheit nicht kalt lassen, und es würde bestimmt nicht lange dauern, bis er anbiss. Das wiederum bewahrte sie, Mae, davor, etwas zu tun, was sie hinterher bestimmt bereuen würde. „Von mir aus können Sie ihn gern haben", fügte sie hinzu und zermalmte einen weiteren Bissen des knusprigen Weißbrots zwischen den Zähnen.

„Nun, ich weiß nicht recht. Natürlich treffe ich mich auch noch mit anderen Männern. Gerade gestern habe ich ..." Stormy hielt inne und wartete, bis der Kellner ihre Salate serviert hatte. „Vielen Dank."

Ihr Lächeln war wirklich hinreißend. Der Kellner starrte

sie verzückt an. Stormy bedachte ihn mit einem unschuldigen Augenaufschlag.

Mitch hatte keine Chance. Er würde ihr verfallen wie schon unzählige andere seiner Geschlechtsgenossen vor ihm. Mae seufzte und stieß die Gabel in ihren Salat.

„Aber keiner ist so wie Armand“, sagte Stormy traurig, und Mae widerstand der Versuchung, Stormy darauf hinzuweisen, dass diese Tatsache ein eindeutiges Plus war. „Immer fragen mich alle, was ich will. Armand hat mir gesagt, was ich tun soll. Das hat mir viel besser gefallen.“

Mae kaute schneller.

„Ich meine, es hat mir gezeigt, dass er mich liebte.“ Stormy stocherte lustlos in ihrem Salat herum. „Er hat sich um alles gekümmert, verstehen Sie? Das wünscht sich doch jede Frau.“

„Ich nicht.“ Mae legte ihre Gabel aus der Hand. „Möchten Sie denn niemals irgendwelche Entscheidungen selbst treffen?“

„Nein.“ Stormy blinzelte. „Eigentlich nicht. Armand hat mir immer gesagt, wo's langgeht. Jeder neue Tag war eine Überraschung. Wie Weihnachten.“

„Und was passierte, wenn Sie einmal nicht das wollten, was Armand wollte?“ forschte Mae.

Stormy wandte den Blick ab. „Aber warum sollte ich etwas anderes wollen als er? Wo er mich doch geliebt hat? Armand wusste viel besser, was gut für mich ist.“ Sie bückte sich und kramte aus ihrer Handtasche ein Döschen hervor, dem sie eine kleine weiße Pille entnahm. „Ich fand es gut, so wie es war. Es war das Beste für mich.“ Sie schluckte die Pille.

„Für mich bedeutet Liebe etwas anderes.“ Mae dachte an

ihren Miata und tausend weitere Dinge, mit denen Armand sie überrollt hatte und die angeblich zu ihrem Besten gewesen sein sollten. „Liebe heißt für mich Partnerschaft. Dass man Entscheidungen gemeinsam fällt."

„Das ist dumm." Stormy packte das Pillendöschen wieder in ihre Handtasche. „Wenn ein Mann sich um einen kümmern möchte, warum sollte man ihn daran hindern?"

„Und was ist, wenn er einen von einem Tag auf den anderen verlässt?"

„Armand hat mich nicht verlassen", widersprach Stormy, und in ihrem Tonfall lag jetzt eine gewisse Schärfe. „Er ist gestorben."

„Armand hat Barbara Ross geheiratet."

Stormy errötete und sah schöner aus als je zuvor. „Er hat mich nicht verlassen. Er hat mir ein Apartment gekauft und mir so viel Geld gegeben, dass ich mich sicher fühlen konnte. Er hat mich nicht verlassen. Er hat mich geliebt."

Mae dachte sich ihren Teil, sagte aber nichts und fragte stattdessen: „Und was werden Sie jetzt tun?"

Stormy hob den Kopf und meinte nachdenklich: „Nun, da ist zum Beispiel Dalton. Er ist reich und lustig, und er will mich mit in Urlaub nehmen, aber er ist nicht Armand. Und gestern habe ich mich mit einem Typen getroffen, den ich erst kennen gelernt habe. Er ist süß und auch reich. Und dann gibt es da ja auch noch Mitch."

„Mitch ist nicht reich, er ist total abgebrannt", entfuhr es Mae.

„Ich weiß, aber er ist …" Stormy hob die Augenbrauen. „Er ist zuverlässig. Verstehen Sie, was ich meine? Er gibt mir ein gutes Gefühl."

„Dann nehmen Sie ihn sich. Geld ist schließlich nicht alles."

„Oh, auf Geld könnte ich niemals verzichten. Aber vielleicht könnte ich mich ja trotzdem noch mit Dalton oder einem anderen treffen."

Mae legte die Gabel hin. „Sie würden Mitch hintergehen?"

„Glauben Sie, es würde ihm etwas ausmachen?"

Mae dachte an Mitch und seine Jeder-lügt-Philosophie und schüttelte den Kopf. „Nein. Er rechnet vermutlich sogar damit." Bei dem Gedanken, dass er womöglich den Rest seines Lebens mit einer Frau verbringen würde, die seine düstere Lebenseinstellung bestätigte, wallte plötzlich Mitleid in ihr auf. Nun, sie, Mae, war um keinen Deut besser als Stormy. Auch sie hatte ihn ja ohne mit der Wimper zu zucken angelogen, als sie ihm das Märchen von Armands Ermordung auftischte.

„Sie essen ja gar nichts", bemerkte Stormy und blickte vorwurfsvoll auf Maes Salat.

„Ich bin nicht besonders hungrig", gab Mae zurück.

Um halb fünf rannte Mitch die Treppen zu seinem Apartment hinunter, entschlossen, sich auch noch den Abend zum Wohle von Mae um die Ohren zu schlagen. Das Ergebnis seiner bisherigen Nachforschungen war allerdings alles andere als erfreulich. Armand hatte tatsächlich fast sein gesamtes Hab und Gut zu Bargeld gemacht. Das Einzige, was davon übrig geblieben war, war das Haus. Sogar seinen alten BMW, eine Rarität, hatte er für 250.000 Dollar verscherbelt.

Während er sich noch den Kopf darüber zerbrach, wie er

Mae die unangenehmen Neuigkeiten am schonendsten beibringen konnte, riss er die Haustür auf und blieb wie angewurzelt stehen.

Schon wieder waren alle vier Reifen seines Wagens platt, doch diesmal hatte sich Jack, der Autoripper, offensichtlich nicht damit zufrieden geben wollen und hatte sich auch noch über die Sitze hergemacht und sie aufgeschlitzt.

„Das bedeutet Schonbezüge aus dem Discounter", stieß Mitch bedauernd aus, drehte sich auf dem Absatz um und ging wieder ins Haus zurück, um die Werkstatt anzurufen und dann seine Versicherung und die Polizei. Der Mechaniker sagte: „Irgendjemand scheint Sie wirklich nicht zu mögen, Kincaid" und versicherte ihm, so bald wie möglich vorbeizukommen. Sein Versicherungsagent sagte: „Langsam wird's eng, Mitch" und versprach, sich um die Angelegenheit zu kümmern, und der diensthabende Beamte auf der Polizeiwache sagte: „Haben Sie schon mal daran gedacht, woanders zu parken?" und nahm die Anzeige auf.

„Haben Sie schon mal hinter die Tagebücher geschaut?" erkundigte sich Mitch, als er eine halbe Stunde später Mae in der Bibliothek gegenüberstand. Sie freute sich, ihn zu sehen, und sein plötzliches Interesse an den Tagebüchern konnte ihr nur recht sein. „Ich denke, wir sollten sie mal alle herausholen und …"

„Dalton wird in weniger als einer halben Stunde hier sein." Mae ließ sich in einen Sessel fallen. „Machen Sie, was Sie wollen, aber ich muss erst mit ihm reden."

Mitch zog sich eine kleine Trittleiter heran und kletterte hinauf. „Ich liebe Bibliotheken. Dort habe ich einige der besten Momente meines Lebens verbracht."

Mae sah ihn wachsam an. „Warum werde ich den Eindruck nicht los, dass wir nicht über Literatur reden?"

„Nun, sagen wir's mal so: Ich liebe Frauen, die gern lesen." Mitch zog ein paar Bücher hervor und spähte in die entstandene Lücke. „Diese Bücher hier stehen alle direkt an der Wand. Sehen Sie vielleicht welche, die ein wenig herausschauen?"

Mae überflog mit einem raschen Blick die Regale. „Nein. Haben diese Frauen viel gelesen?"

„Aber ja. Die meisten von ihnen waren Bibliothekarinnen." Mitch stellte die Bücher zurück und stieg von der Leiter. „Wenn Sie Armand wären, wo hätten Sie Ihr Tagebuch versteckt?"

„Ich würde es immer mit mir rumtragen. Bibliothekarinnen ... Wo?"

„Meine erste große Liebe hat, um sich ein bisschen Geld nebenbei zu verdienen, als Aushilfe in der Bibliothek unserer High School gearbeitet." Mitch suchte mit den Augen die Regale ab. „Connie. Sie war perfekt. Wir haben uns nie gestritten, sie stellte keine Ansprüche, und unser Sex war umwerfend. Ich habe später immer wieder versucht, eine Frau wie sie zu finden, aber es ist mir nicht gelungen." Stirnrunzelnd blickte er Mae an. „Was glauben Sie, wo er es versteckt haben könnte?"

„Das Tagebuch? Vielleicht ist es ja doch in seinem Stadthaus. Und warum sind Sie mit Conny nicht zusammengeblieben?" forschte Mae mit gespielter Munterkeit weiter.

„Weil wir nach der High School jeder auf ein anderes College gingen. Irgendwann hat sich die Sache im Sande verlaufen. Aber es war großartig, wirklich." Er schüttelte den Kopf. „Nein, im Stadthaus habe ich schon gesucht."

„Und was geschah dann?"

„Wir sind hierher zurückgefahren", gab Mitch verdutzt zurück.

„Nein, was mit der nächsten Bibliothekarin geschah, meine ich."

Mitch sah leicht unbehaglich drein. „Könnten wir nicht über das Tagebuch reden?"

Mae verschränkte die Arme vor der Brust. „Später. Was kam nach Connie?"

Mitch seufzte. „Daphne. Sie hat in der Bibliothek des Colleges gearbeitet. Eines Tages ist ihr ein Stapel Bücher runtergefallen. Wir waren zwei Jahre zusammen. Um wieder auf das Tagebuch zurückzukommen, ich …"

„Und? Was geschah?"

Mitch gab auf. „Sie wollte mich heiraten, aber ich wollte nicht, und da verließ sie mich. Ich konnte es überhaupt nicht fassen. Heiraten! Sie muss damals den Verstand verloren haben." Wieder wandte er sich dem Regal zu. „Dieses verdammte Tagebuch muss doch irgendwo sein. Kommen Sie, Mabel, überlegen Sie doch mal ganz scharf."

„Und nach Daphne kam …"

„Was?"

„Wer nach Daphne kam."

„Oh, Susan."

„Wieder eine Bibliothekarin?"

Mitch nickte.

„Und was passierte mit Susan?"

„Nach ein paar Jahren wollte sie, dass ich sie heirate. Lassen Sie uns nach oben gehen und in die Kisten schauen, die Harold aus dem Stadthaus mitgebracht hat."

„Da ist das Tagebuch nicht drin. Und was geschah dann?"

„Mit dem Tagebuch?"

„Nein, mit Susan", sagte Mae kaum gezügelter Ungeduld.

„Sie heiratete sechs Monate später einen Chiropraktiker. Entweder es ist hier oder im Stadthaus oder in Stormys Apartment. Oder vielleicht bei Barbara." Plötzlich runzelte Mitch die Stirn. „Vielleicht hat er es ja auf Barbados vergessen. Sind Sie sicher, dass er es noch hatte, als er von seiner Reise zurückkehrte?"

„Zumindest hatte es den Anschein, als er am Telefon darüber redete. Wer kam nach Susan?"

Mitch zog die Augenbrauen zusammen. „Rachel. Können wir nicht das Thema wechseln?"

„Nein. War Rachel auch Bibliothekarin?"

„Nein, sie hatte eine TV-Show."

„Ah, da haben Sie das Muster durchbrochen. Was für eine Show denn?"

„Sie nannte sich ‚Büchergeplauder'", gab Mitch mit so viel Würde, wie er nur aufbringen konnte, zurück, doch als Mae laut lachte, konnte auch er sich eines Grinsens nicht enthalten. „Ich mag eben Frauen, die Bücher lieben. Na und?"

„Und was passierte mit Rachel?"

„Sie wollte mich heiraten. Könnten wir jetzt wieder zu dem Tagebuch kommen?"

„Wie viele Bibliothekarinnen genau haben Sie geliebt und verloren, weil Sie sie nicht heiraten wollten?"

„Keine Ahnung. Aber wir sollten vielleicht wegen des Tagesbuchs ..."

„Zählen Sie nach."

Es war ein Befehl, und Mitch zählte gehorsam seine Verflossenen im Stillen an den Fingern ab. „Neun", bekannte er schließlich.

„Und wie viele davon waren tatsächlich Bibliothekarinnen?"

„Sieben."

Mae schüttelte den Kopf. „Ich kann es nicht fassen. Sie sind tatsächlich das menschliche Gegenstück zu Bob."

Mitch blickte sie finster an. „Was soll das denn heißen?"

„Als Bob noch ganz klein war, schnitt Jane eines Tages auf dem Küchentresen ein Steak ab, es rutschte ihr aus der Hand und fiel auf den Boden. Bob schnappte es sich und raste damit in die Bibliothek, wo er es gierig verschlang. Fünf Minuten später hat er es zwar wieder ausgekotzt, aber dennoch war das Steak der Höhepunkt seines Lebens."

„Wenn Sie meine Beziehung zu Connie damit vergleichen wollen, bin ich aber wirklich verärgert."

„Seitdem ...", fuhr Mae unbeirrt fort, „... sitzt Bob vor dem Küchentresen und wartet sehnsüchtig darauf, dass endlich mal wieder ein Steak herunterfällt, obwohl June seit diesem Vorfall dort niemals mehr Fleisch schneidet. Er sitzt da nun schon seit sieben Jahren, schlägt sich beim geringsten Geräusch vor Gier fast den Schädel ein und wartet auf ein Steak, das niemals mehr herunterfallen wird."

„Wenn Sie mit Ihren schiefen Vergleichen fertig sind, können wir ja vielleicht endlich wieder auf das Tagebuch zu sprechen kommen", gab er pikiert zurück.

Harold steckte den Kopf zur Tür herein. „Der Zombie Dalton ist da."

„Schaff ihn rein", sagte Mae. „Damit ich es hinter mich

bringe. Ich weiß aber sowieso nicht, was Dalton jetzt noch von mir will."

„Das menschliche Gegenstück zu Bob", murmelte Mitch. „Vielen, vielen Dank."

In einer Hinsicht stimmte Mitch mit Harold voll und ganz überein: Dalton war ein Zombie. Wie soeben einem Hochglanzmodemagazin entstiegen, erschien er kurz darauf auf der Bildfläche und begrüßte Mae mit strahlendem Siegerlächeln. Mitch beobachtete eifersüchtig Maes Reaktion. Sie gab Dalton, ohne sein Lächeln zu erwidern, die Hand und bat ihn, Platz zu nehmen.

Mitch, der sich angesichts seines in kostspieliges Tuch gehüllten Kontrahenten seiner eigenen Unzulänglichkeiten nur allzu bewusst wurde, ließ sich deprimiert in einen Sessel fallen und brütete vor sich hin.

„Nein, Mitch bleibt", hörte er nun Mae zu Dalton sagen und wandte den beiden seine Aufmerksamkeit zu.

„Was ich dir zu sagen habe, ist aber sehr persönlich." Dalton sah ihr tief in die Augen.

„Warum setzen Sie sich nicht erst mal?" schlug Mitch vor.

Dalton, der mit dem Rücken zu ihm stand, wandte sich um. „Ich muss Mae allein sprechen. Ich bin sicher, dass Sie das verstehen können."

„Nein, kann ich nicht." Mitch verschränkte die Arme vor der Brust und lehnte sich in seinem Sessel zurück. „Ich bleibe."

„Dalton", fuhr Mae dazwischen. „Sag, was du zu sagen hast, und dann geh wieder. Ich bin wirklich müde."

Dalton zögerte einen Moment, dann gab er sich geschlagen. Er nahm Maes Hand. „Ich denke, wir sollten es noch einmal miteinander versuchen, Mae."

Mitch schluckte hart.

Mae blinzelte verdutzt. „Versuchen? Wir beide?"

„Natürlich wir beide, du Dummchen. Ich will dich heiraten."

„Im ganzen Leben nicht", erklärte Mae kategorisch. „Wenn das alles ist, was du willst, kannst du gleich wieder gehen."

„Mae, ich weiß, dass wir einen Fehler gemacht haben …"

„Nicht *wir,* Dalton", berichtigte ihn Mae. „*Du* hast einen Fehler gemacht, als du dich für eine halbe Million hast kaufen lassen."

„Mae, ich habe mich wie ein Idiot benommen …"

„Vergiss es, Dalton. Ich glaube, es wird Zeit, dass du jetzt gehst."

„Nein, ich bin noch nicht fertig, Mae." Er sah sie mitfühlend an. „Es tut mir wirklich Leid für dich, dass Armand dir nicht mehr als das Haus hinterlassen hat."

„Ich werde darüber hinwegkommen", gab Mae steif zurück.

„Wohl kaum. Armand hat mir nämlich vor einer Woche das Haus mit allem Drum und Dran verkauft."

Mae fühlte sich, als hätte ihr jemand mit einem Hammer auf den Kopf geschlagen. „Er hat dir das Haus letzte Woche verkauft", wiederholte sie tonlos. „Und wo ist das Geld?"

„Ich weiß nicht, Mae. Wirklich, es tut mir schrecklich Leid", betonte Dalton.

„Danke, dass du es mir gesagt hast, Dalton", brachte Mae schwach heraus.

„Mae, mein Angebot bleibt bestehen." Er legte ihr eine

Hand auf die Schulter. „Ich werde für dich und June und Harold sorgen. Ich verspreche es dir. Ich habe viel gelernt, seitdem wir auseinander gegangen sind. Gib mir noch eine Chance."

Mae holte tief Luft, und Mitch schloss die Augen. Das Angebot war verführerisch. Mae wäre mit einem Schlag all ihre Sorgen los …

Mitch hätte Dalton erwürgen können.

„Nein", hörte er Mae mit Nachdruck sagen. „Ich sage Nein. Und nun solltest du besser gehen, sonst kommst du noch zu spät zu deiner Verabredung mit Stormy."

Dalton zuckte zusammen und gab auf.

Mae brachte ihn zur Tür, und während Mitch auf ihre Rückkehr wartete, versuchte er sich über seine Empfindungen klar zu werden. Warum zum Teufel war ihm ganz heiß geworden, als dieser Trottel Dalton plötzlich angefangen hatte, von Heirat zu schwafeln? Und warum war ihm so ein Stein vom Herzen gefallen, als sie sein Angebot kategorisch abgelehnt hatte? Und wenn schon. Im Grunde genommen interessierte ihn das alles nicht, und die Absicht zu heiraten hatte er schon gar nicht.

Als Mae zurückkam, schwang ihr weiter Rock graziös um ihre langen, schlanken, sonnengebräunten Beine. Mitch starrte wie hypnotisiert darauf und konnte kaum den Blick von ihnen losreißen.

„Sind Sie okay?" erkundigte er sich mitfühlend.

„Das schlägt dem Fass den Boden aus", erwiderte sie und seufzte. „Jetzt haben wir gar nichts mehr."

Mitch hätte sie am liebsten in die Arme genommen. „Das Geld muss doch irgendwo sein. Wir müssen versuchen, es zu finden, ebenso wie das ganze Zeug, das verschwunden ist. Machen Sie mir eine Liste, und ich werde tun, was in meiner Macht steht."

„Ich kann heute nicht mehr denken, mir schwirrt der Kopf." Mae lächelte ihn matt an. „Ich gehe jetzt ins Bett, Mitch. Lassen Sie uns morgen darüber reden."

Er erhob sich. „Ich rufe Sie an." Er legte seine Hand an ihre Wange. „Kopf hoch, es wird schon werden. Sie können sich auf mich verlassen."

Sie nickte gequält und sah ihn mit ihren großen braunen Augen an. „Aber rufen Sie mich erst am Abend an. Morgen ist Sonntag, da bin ich bei Onkel Gio zum Dinner."

„Okay." Mitch beugte sich vor und küsste sie ganz leicht auf die Stirn. Gleich darauf kam er sich vor wie ein Idiot und verabschiedete sich überstürzt. „Schlafen Sie gut. Morgen sieht alles schon wieder anders aus."

Als Mitch jedoch wie verabredet am Sonntagabend anrief, war June am Apparat und teilte ihm besorgt mit, dass Mae sich bereits schlafen gelegt hätte.

„Ich mache mir Sorgen um sie, Mitch", sagte sie. „So kenne ich Mae gar nicht. Sie ist fix und fertig. Versprechen Sie mir, dass Sie sich ein bisschen um sie kümmern?"

„Ja", gab Mitch bereitwillig zurück, wohlwissend, dass Mae schon allein bei dem Gedanken, dass sich jemand um sie kümmern wollte, in die Luft gehen würde.

Nun, da sie es nicht wusste, konnte sie auch nicht in die Luft gehen.

Am Montag machte sich Mitch, nachdem er sein Auto aus der Werkstatt abgeholt hatte, auf den Weg und klapperte sämtliche Kunstgalerien der Stadt ab in der Hoffnung, auf eins von Armands Bildern zu stoßen. Er hatte Glück. Armand hatte tatsächlich in den meisten Galerien vorgesprochen und auch einige seiner Bilder verkauft.

Was aber hatte er bloß mit dem Erlös gemacht? Er musste eine Riesensumme beiseite geschafft haben, doch niemand wusste, wohin.

Mitchs letzter Anlaufpunkt war Stormys Apartment, und sie freute sich wie ein Schneekönig, ihn zu sehen.

„Ich kann nur eine Minute bleiben", begann er, aber da hatte sie ihn bereits auf ein ausladendes Sofa gezerrt, und einen kurzen, verwirrenden Moment lang war Mitch sich nicht sicher, ob es die Polster waren oder Stormy, was sich da so weich und einladend gegen seine Schenkel drängte.

„Ich bin wirklich glücklich, dass Sie hier sind, Mitch", hauchte Stormy, den Mund ganz nah an seinem Hals, so dass Mitch zusammenzuckte und ein Stück beiseite rückte. Sie strömte einen exotischen Duft aus, den er noch vor einer Woche tief eingesogen hätte, doch kürzlich hatte er seine Vorliebe für Frauen, die nach Seife dufteten, entdeckt.

„Ich habe nur ein paar Fragen wegen Armand", sagte er. Sie presste sich enger an ihn. Er spürte ihren weichen, geschmeidigen Körper und fragte sich einmal mehr, wie Armand sie für Barbara hatte aufgeben können. Flüchtig kam ihm der Gedanke, warum er sich überhaupt etwas fragte, anstatt Stormys Verführungskünste einfach nur zu genießen.

Doch dann besann er sich wieder auf den eigentlichen Grund seines Besuchs. „Hat Armand hier bei Ihnen vielleicht einen Karton oder einen großen Umschlag deponiert?" erkundigte er sich ganz sachlich.

„Nein."

Stormy räkelte sich nun ein bisschen, wobei ihre Brüste unter ihrer Bluse in Bewegung gerieten, was Mitch mit Bewunderung zur Kenntnis nahm. Es war wirklich eine Freude, sie anzusehen, aber sie war nicht Mabel. „Ist er ..."

„Er war niemals hier", schnitt Stormy ihm ungeduldig das Wort ab. „Seine ganzen Sachen waren in dem Stadthaus. Und ich habe Ihnen ja schon gesagt, dass Harold den Krempel gleich am nächsten Tag nach seinem Tod eingepackt und weggebracht hat. Ich mag Sie wirklich sehr, Mitch."

„Schön. Ich mag Sie auch." Ihn beschäftigte etwas ganz anderes. „Haben Sie ..."

Stormy verschloss ihm mit ihren Lippen den Mund, während sie sich auf seinen Schoß gleiten ließ, und als sie ihre aufregenden Kurven an ihn presste, umarmte er sie fast automatisch. „Mae hat gesagt, dass es okay ist", flüsterte sie ihm ins Ohr.

„Mae hat was gesagt?" konnte Mitch gerade noch empört hervorstoßen, bevor sie ihn erneut küsste und er alle Mühe aufwenden musste, um sich aus ihren Armen, die sie, einer Krake gleich, um ihn geschlungen hatte, zu befreien und den Kuss zu unterbrechen. „Hören Sie, ich bin wirklich geschmeichelt, aber Mae lügt. Es ist nicht okay."

Stormy rutschte von seinem Schoß und setzte sich neben ihn. „Warum?" fragte sie verunsichert. „Es klang, als meinte sie es wirklich so."

Mitch erhob sich schnell, bevor sie sich ihm wieder nähern konnte. „Sie hat geschwindelt. Wenn Ihnen zu Armands Sachen noch etwas einfällt, rufen Sie mich ... äh ... Mae an. Ja, rufen Sie Mae an. Es ist wichtig."

Stormy sah stirnrunzelnd zu ihm auf. „Normalerweise küssen mich Männer sehr gern."

„Ich auch, Stormy", versicherte Mitch ihr. „Das können Sie mir glauben. Aber jetzt muss ich los." Er trat einen ungeordneten Rückzug an und fragte sich währenddessen verwundert, warum er sich diese günstige Gelegenheit hatte entgehen lassen. Im hintersten Winkel seines Gehirns wusste er jedoch sehr genau, warum.

Mae hatte sich in seine Gedanken geschlichen und spukte unaufhörlich darin herum. Das musste aufhören.

Er stieg in seinen Wagen und sah auf die Uhr. Um acht war er mit Mae verabredet, bis dahin sollte er sich vielleicht noch duschen, sonst stieg ihr womöglich noch der Duft von Stormys Parfüm in die Nase. Was ihr wahrscheinlich egal war. Sie selbst hatte Stormy ja grünes Licht gegeben. Nun, zum Teufel mit ihr. Für sie würde er sich bestimmt nicht herausputzen, Jeans und ein altes T-Shirt reichten.

7. KAPITEL

Mae empfing ihn höflich, aber zurückhaltend. Sie hatte ganz bewusst nur ein altes weißes T-Shirt angezogen und Jeans, um sich selbst zu beweisen, dass es ihr egal war, ob sie Mitch gefiel oder nicht. Er trug ebenfalls ein altes weißes T-Shirt und Jeans.

„Hallo, Mabel. Hübsches T-Shirt", sagte er beiläufig. Sie trat beiseite, um ihn hereinzulassen. Sie freute sich, ihn zu sehen, was sie gleichzeitig schon wieder ärgerte.

„Was haben Sie herausgefunden?" erkundigte sie sich, während sie ihm voraus in die Bibliothek ging.

Mitchs mitfühlender Blick sagte ihr genug. „Er hat alles verkauft. Ich habe eine Menge von dem Zeug, das Sie erwähnt haben, wieder gefunden, einschließlich des Lempickas."

Mae ließ sich in einen Sessel sinken. „Und wo ist das Geld?"

Mitch seufzte. „Keine Ahnung. Ich war auch bei Stormy …"

„Ach ja?" gab Mae kühl zurück.

„Aber sie wusste natürlich auch nichts. Was nicht weiter überraschend ist. Ist sie eigentlich immer so benebelt, oder nimmt sie zurzeit irgendwas ein?"

„Und wie geht es Stormy?" Maes Stimme klang stählern.

„Gut." Mitch wirkte plötzlich sehr wachsam.

„Ah, ja." Mae presste die Lippen aufeinander. „Wie gut?"

Mitch blinzelte. „Wovon sprechen Sie eigentlich?"

„Hören Sie auf, den Dorftrottel zu spielen." Mae sah ihn finster an. „Ich habe Sie zwar schon als Dorftrottel erlebt, aber im Moment tun Sie nur so. Ich durchschaue Sie. Wie war sie im Bett?"

„Was?"

Mae klopfte mit der Fußspitze auf den Boden. „Ich fragte, wie sie im Bett war."

Mitch gab sich alle Mühe, verletzt und unschuldig dreinzuschauen. „Ich weiß nicht."

„Sie hat keinen Annäherungsversuch gemacht?"

„Selbstverständlich nicht." Mitch schluckte.

„Sie lügen."

„Jeder lügt. Bis auf mich. Könnten wir jetzt vielleicht das Thema wechseln?"

„Nein. Ich habe dafür bezahlt, bestimmte Informationen zu bekommen." Mae holte tief Luft. „Haben Sie mit ihr geschlafen?"

„Nein." Mitch sah sie finster an. „Nicht, dass Sie das überhaupt irgendetwas anginge, aber nein, ich habe nicht mit ihr geschlafen."

„Wissen Sie, ich glaube Ihnen sogar."

„Vielen Dank."

Während sie sich zurücklehnte, spürte sie, wie sie eine irrationale Welle der Erleichterung durchflutete. „Und? Wo lag das Problem? War ihr Annäherungsversuch so lausig?"

„Nein." Mitch gab sich geschlagen. „Im Gegenteil. Er war wirklich gekonnt. Sie ist eine sehr tolle Frau."

„Heiß", korrigierte Mae.

„Erregend", stimmte Mitch zu.

„Was lief denn dann falsch? Kommt es daher, dass sie keine Bibliothekarin ist?"

Mitch zuckte die Schultern und verkroch sich tiefer in

seinem Sessel. „Sie hat mich eben nicht erregt. Könnten wir jetzt über etwas anderes reden?"

„Nein. Warum hat Sie sie nicht erregt?"

„Nun, ich bin mir nicht sicher." Mitchs Verzweiflung war offensichtlich. „Ich glaube, Sie haben mich impotent gemacht."

„Oh." Mae grinste selbstzufrieden. „Das klingt hübsch."

Mitch warf ihr einen bösen Blick zu. „Mein Tagessatz hat sich verdoppelt."

„Weil es ihr nicht gelungen ist, Sie zu erregen, hm?"

„Ich muss mich auf meine Arbeit konzentrieren. Niemand erregt mich, wenn ich arbeite. Ich bin schließlich ein Profi." Mae lächelte ihn an, und er rutschte unruhig in seinem Sessel hin und her. „Vergessen Sie's – *c'est la vie.* Können wir jetzt vielleicht wieder auf Armand zurückkommen?"

„Sicher." Zum ersten Mal seit Tagen hatte Mae wieder richtig gute Laune. „Schießen Sie los."

„Ich möchte mir Armands Sachen ansehen, die Harold aus dem Stadthaus hierher gebracht hat."

Mae schüttelte den Kopf. „Mitch, da ist nichts drin, was uns weiterhelfen könnte, glauben Sie mir. Harold hat das Zeug gründlich durchgesehen ..."

„Und jetzt will ich es durchsehen. Also. Können wir?"

Mae seufzte. „Wenn Sie unbedingt wollen."

„Ausgezeichnet, Mabel." Mitch nickte ihr beifällig zu. „Sie lernen. Langsam zwar, aber immerhin, Sie lernen."

„Hier ist gar nichts drin", sagte Mitch, als sie fünfzehn Minuten später auf dem Fußboden vor einem geöffneten Karton saßen.

Hab ich dir ja gleich gesagt, dachte Mae, sprach es aber nicht aus.

„Tausende von Kondomen, hundert Lippenpflegestifte, Herzpillen, Aspirin, Tabletten gegen Magenübersäuerung, Kugelschreiber und ein Taschenrechner." Mitch wühlte in dem Durcheinander herum.

„Sie übertreiben mit den Kondomen und den Fettstiften." Mae starrte wie gebannt auf seine Hände. „Aber es sind immerhin eine ganze Menge. Was wollte Armand mit dem ganzen Zeug?"

„Vielleicht war er ein Optimist. Und vielleicht waren seine Lippen immer trocken." Er fischte ein Glas mit Pillen heraus und las die Aufschrift. „Digoxin." Er hielt Mae die Flasche hin. „Hat er die regelmäßig eingenommen?"

„Keine Ahnung. Ich habe nie drauf geachtet."

Mitch nahm ihr das Glas wieder aus der Hand und warf es in die Schachtel zurück. „Ah – was haben wir denn da?" Triumphierend hielt er einen kleinen Schlüssel hoch.

„Der Schlüssel zu einem Banksafe ist es jedenfalls nicht, falls Sie das vermuten. Harold hat es überprüft."

„Das ist der Schlüssel zu einem Lagerschuppen." Mitch grinste triumphierend. „Es gibt etwa zwei Meilen von hier so eine Art Hochsicherheitslagerschuppen, wo vermögende Leute den Kram einlagern, den sie zu Hause nicht unterbringen können."

„Und woher wissen Sie das?"

„Man ist ja nicht umsonst Detektiv." Er stand auf. „Los, lassen Sie uns hinfahren."

„Blödsinn." Mae blieb stur auf ihren Fersen sitzen. „Woher wollen Sie denn wissen, dass wir dort etwas finden?"

„Dann bleiben Sie eben hier auf dem Fußboden hocken, wenn Ihnen das lieber ist."

„Schon gut, schon gut." Mae rappelte sich auf. „Ich komm ja schon. Aber ich kann mir nicht vorstellen, dass wir dort etwas finden. Es sei denn, Sie verheimlichen mir etwas."

„Schön war's ja", gab Mitch zurück.

Mitchs Tank war leer, deshalb hielten sie an einer Tankstelle. Als es ans Bezahlen ging, stellte sich heraus, dass Mitchs Brieftasche ebenfalls leer war. Mae grub nach ihrem letzten Zwanziger.

„Ich kann Ihnen nur raten, dass wir in dem Schuppen etwas finden", brummte sie ungehalten. „Das war mein Essensgeld für eine Woche."

„Auf dem Heimweg fahren wir bei einem Geldautomaten vorbei. Vertrauen Sie mir."

„In Ordnung", gab Mae zurück.

Die Lagerschuppen lagen in einer Seitenstraße in einem der besseren Viertel von Riverbend. Der Architekt, der sie entworfen hatte, hatte sein Bestes gegeben, denn sie fielen, gut getarnt zwischen den Apartmentkomplexen und dem hohen, dichten Baumbestand, fast überhaupt nicht auf.

Als Mitch vor dem bewachten Tor anhielt, sah Mae Dutzende von kleinen blau getünchten Steinhäuschen, eins neben dem anderen, mit weißen Dachgiebeln.

„Hallo, Mitch, wie geht's?" sagte der Pförtner, und Mitch sagte: „Gut, Albert, ist was passiert?"

Albert schnaubte. „Nichts ist passiert, selbstverständlich. Schließlich werden wir ja von euch dafür bezahlt, dass wir aufpassen, dass nichts passiert."

„Genau“, gab Mitch zurück, und Albert winkte ihn durch das Tor.

Mae schäumte. Also hatte Mitch hier auch einen dieser teuren Schuppen gemietet, um Wertsachen zu lagern, oder etwa nicht? Natürlich. Das ging aus dem, was der Pförtner gesagt hatte, eindeutig hervor. Was auch immer Mitchell Peatwick sein mochte, ein abgebrannter Privatdetektiv war er jedenfalls nicht, so viel war ihr schlagartig klar geworden. Er hatte sie belogen. Männer! Immer mussten sie irgendwelche Geheimnisse vor einem haben. Ach, was soll's, dachte sie, was geht's dich an? Jeder lügt ...

„Er kennt Sie mit Namen?“ fragte sie kühl.

Mitch überhörte ihre Frage und fuhr Weg C entlang.

„Auf dem Schlüssel steht K10“, bemerkte Mae scharf.

„Ich weiß.“

„Warum fahren Sie dann ...“

„Weil Albert davon ausgeht, dass ich in diese Richtung fahre. Wir wenden gleich. Ich möchte nicht, dass Albert Wind bekommt von dem, was wir hier machen, okay?“

Mae lehnte sich gegen die Tür, um ihn besser beobachten zu können. „Dann fahren wir also jetzt die C hinunter, weil hier Ihr Lagerraum ist?“

„Ganz recht.“ Am Ende des Weges wendete Mitch. „Schauen Sie, wo K ist.“

„K kommt direkt nach J.“ Mae verschränkte die Arme über der Brust. „Wenn Sie pleite sind, wieso haben Sie dann hier einen Lagerraum?“

„Mabel, wir kennen uns nicht gut genug, dass ich Ihnen all meine Geheimnisse erzählen würde. Würden Sie bitte nach K Ausschau halten, ja?“

„Mitch, die Wege hier sind alle nach den Buchstaben des Alphabets benannt, und ich nehme doch an, dass Ihnen das Alphabet geläufig ist. Im Übrigen interessieren mich Ihre Geheimnisse nicht …"

„Gut so." Hier war K. Mitch bog ab.

„Weil mir das hier nicht gerade als der richtige Ort erscheint, um auch nur eins davon kennen zu lernen."

„Hier ist es." Mitch machte den Motor aus und stieg aus. Als er die Tür erreicht hatte, suchte er in der Dunkelheit nach dem Schloss.

Mae trat hinter ihn und unternahm einen weiteren Versuch. „Warum haben Sie …"

„Pst." Mitch drehte den Schlüssel im Schloss, drückte die Tür auf und tastete an der Wand nach dem Lichtschalter. Gleich darauf wurde es hell.

„Das darf nicht wahr sein!" rief Mae aus. Hier war rein gar nichts. Keine Gemälde, keine Möbel, kein Bargeld und auch kein Tagebuch.

Mitch schloss die Tür. „Verlieren Sie jetzt nicht den Mut", versuchte er Mae zu trösten.

„Das macht doch alles keinen Sinn", sagte sie und ließ sich frustriert im Schneidersitz auf dem nackten Zementfußboden nieder. „Wo ist das Zeug bloß?"

„Reden Sie von dem Tagebuch?" Er setzte sich ihr gegenüber auf den Boden und lehnte sich mit dem Rücken gegen die Tür. „Darum geht's doch letztendlich, oder?"

Mae hob den Kopf. „Ach, Sie haben sich doch von Anfang an nicht für dieses Tagebuch interessiert, egal, was immer ich auch gesagt habe. Sie sind wie alle anderen. Ständig heißt es ‚Was immer Sie wollen, Mae Belle', und dann machen Sie doch bloß das, was Ihnen in den Kram passt. Männer!"

„Moment, Moment. Ich bin …"

„Sie sind was?" fuhr sie ihn an. „Wollen Sie mir jetzt sagen, dass Sie ganz anders sind? Wenn Sie sich da mal nicht ganz gewaltig irren. Sie sind genau wie alle anderen. Sie lügen mich an und …"

„Ich habe Sie nie belogen."

„Ach ja? Sie sind also ein abgehalfterter Privatdetektiv, der sich einen dieser teuren Schuppen hier gemietet hat, um seine Wertsachen unterzubringen, und Sie …"

„Ich habe niemals behauptet, ein abgehalfterter Privatdetektiv zu sein", korrigierte Mitch sie ruhig. „Sie haben einfach …"

„Nun, was sind Sie denn?" Mae wandte die Augen ab. Sie wollte ihm nicht ins Gesicht sehen, wenn er sie wieder belog. Sie konnte es einfach nicht ertragen. Mitch war unterhaltsam, sexy und gescheit, und irgendwie war sie verrückt nach ihm, aber er war eben leider …

„Ich bin Börsenmakler", sagte Mitch.

Mae blinzelte. „Sie sind was?"

„Ich heiße nicht Mitchell Peatwick, sondern Mitchell Kincaid, und ich bin Börsenmakler." Mitch seufzte. „Ich wollte es Ihnen eigentlich nicht sagen, aber jetzt habe ich wohl keine andere Wahl, wenn ich nicht möchte, dass Sie mich endlos weiternerven."

„Gut erkannt." Mae überlegte und versuchte, den winzigen Hoffnungsfunken, den das Wort „Börsenmakler" in ihr entfacht hatte, zu ignorieren. Ein Börsenmakler konnte ebenso wie alle anderen ein Riesenidiot sein. Dennoch fragte sie weiter. „Und weshalb arbeiten Sie dann als Privatdetektiv?"

Mitch seufzte wieder und machte es sich auf dem harten Boden so bequem wie möglich. „Ach, weil mir irgendwann die Routine zum Hals raushing und weil ich es satt hatte, reiche Leute noch reicher zu machen."

Und dann begann er von seinen Fantasien zu erzählen, von Sam Spade und Brigid O'Shaugnessy, von Newton und Montgomery und von der Wette, die sie abgeschlossen hatten, und wie schließlich ihr Scheck ihn in letzter Minute davor bewahrt hatte, die Wette zu verlieren.

Als er geendet hatte, schluckte sie und bekannte, dass auch sie ihn belogen hatte.

„Ich weiß", sagte Mitch ungerührt.

Maes Kopf schnellte hoch. „Wie können Sie das wissen?"

„Ich habe es vermutet. Erzählen Sie."

„Armand wurde gar nicht ermordet. Ich habe es einfach aufgebauscht. Er starb in Stormys Bett, genau wie sie gesagt hat." Sie hielt einen Moment inne und suchte nach den richtigen Worten. „Ich habe kein Geld. Und Harold und June haben auch nichts. Wir waren alle von Onkel Armand abhängig. Natürlich hätte ich ausziehen können, aber was wäre dann mit Harold ..."

„Diesen Teil kenne ich schon", unterbrach Mitch sie.

„Ja, richtig." Mae holte tief Luft und erzählte weiter. „Achtundzwanzig Jahre habe ich in diesem Haus gelebt, und in diesen achtundzwanzig Jahren hat sich niemals irgendetwas verändert, und dann plötzlich, innerhalb weniger Monate, verschwanden all diese Sachen. Das war schon für sich genommen seltsam genug, aber als ich an diesem bewussten

Montagabend auch noch zufällig mitbekam, wie Armand am Telefon sagte: ‚Ohne das Tagebuch kommt niemand an mein Geld', da wurde ich hellhörig. ‚Ich habe alles gemacht, was du verlangt hast', fügte er wütend hinzu. ‚Ich werde einen Ausweg finden'. Dann knallte er den Hörer auf die Gabel und rannte aus dem Haus."

Mitch lehnte sich vor. „Wohin ist er gegangen?"

Mae wunderte sich über seine Begriffsstutzigkeit. „In sein Stadthaus zu Stormy natürlich. Wie jeden Montag, Mittwoch und Freitag. Onkel Armand liebte die Routine."

„Das heißt, dass jeder, der ihn näher kannte, genau wusste, wo er sich an diesen Abenden aufhielt."

„Vermutlich. Aber es ist ja auch egal. Hören Sie, Mitch, er wurde nicht ermordet. Das Einzige, was mich interessiert hat, war, wo das Tagebuch abgeblieben ist, um zu ergründen, was mit seinen Sachen passiert ist und wo sein Geld hingewandert ist."

Mitch seufzte. „Ich werde das Gefühl nicht los, dass an dieser Sache etwas oberfaul ist. Selbst wenn Armand eines natürlichen Todes im Bett gestorben sein sollte, steckt da noch etwas anderes hinter. Das würde es auch erklären, warum irgendjemand mit meiner Arbeit ganz und gar nicht einverstanden zu sein scheint und ständig versucht, mich daran zu hindern." Er dachte noch einen Moment nach und stand dann auf. „Lassen Sie uns gehen. Hier ist nichts."

Er streckte ihr die Hand hin. Sie nahm sie und zog sich daran hoch, wobei sie verwirrt registrierte, dass sie die Wärme und Stärke, die von ihm ausging, in vollen Zügen genoss. Erleichtert darüber, dass sie miteinander ins Reine gekommen waren, folgte sie ihm zur Tür.

Als er die Hand nach dem Schalter ausstreckte, um das Licht auszuknipsen, schaute er kurz über die Schulter zu ihr, und irgendetwas in seinem Blick erregte sie plötzlich. Nein, nicht er, wehrte sie innerlich ab, aber es war nur ein kläglicher Versuch, ihr Verlangen unter Kontrolle zu bekommen. Vom ersten Tag an hatte sie die Anziehungskraft, die von ihm ausging, gespürt. Und je länger sie ihn kannte, desto mehr begehrte sie ihn.

Sie stellte sich vor, wie sie beide zusammen im Bett lagen, wie sie sich an seinen harten Körper drängte und seine Hände über …

„Mabel, ist mit Ihnen auch alles in Ordnung?"

Sie schluckte. „Ja. Aber ja. Mir geht es bestens."

„Gut." Er knipste das Licht aus, und in der Sekunde, die es dauerte, bis er die Tür geöffnet hatte, dachte Mae daran, sich auf ihn zu stürzen und ihn zu Boden zu zerren. Wild und hemmungslos würden sie sich lieben, wieder und wieder …

Sie war sich sicher, dass er nichts dagegen hätte. Aber dann wäre sie einfach nur eine weitere Eroberung für ihn, nach all seinen Bibliothekarinnen.

Er öffnete die Tür. Ein Gewitter war aufgezogen, und ein Blitz zuckte grell über den Himmel. Ein heftiger Windstoß fegte über sie hinweg und ließ sie erschauern. Mitch zog sein Jackett aus und legte es ihr um die Schultern.

Kurz bevor sie den Wagen erreicht hatten, peitschte ein Schuss durch die nächtliche Stille.

Mae erstarrte. Geistesgegenwärtig packte Mitch sie und riss sie zu Boden, während im selben Augenblick eine weitere Kugel über ihre Köpfe hinwegpfiff und in die Wand des Lagerhauses einschlug.

Sie lagen einen Moment lang bewegungslos auf dem staubigen Weg und lauschten mit angehaltenem Atem in die Stille.

„Bleiben Sie hier und rühren Sie sich nicht von der Stelle", flüsterte Mitch, nachdem einige Zeit alles ruhig geblieben war. Mae nickte und duckte sich tiefer in den Schatten, den der Wagen warf. „Ich meine es ernst", warnte Mitch sie. „Bleiben Sie unten."

Wieder nickte Mae gehorsam.

„Gut so." Mitch sah sie ungläubig an, es erschien ihm fast wie ein Wunder, dass sie keinen Widerspruch anmeldete. Doch dann schob er den Gedanken beiseite und robbte zur anderen Seite des Schuppens. Warum tust du das eigentlich? fragte er sich, während er durch die Dunkelheit kroch. Er war schließlich kein echter Privatdetektiv, und deshalb musste er sich eigentlich auch nicht so benehmen. Vielleicht weil Mae Belle dir zusieht, gab er sich selbst zur Antwort, doch diesen unangenehmen Gedanken verdrängte er umgehend. Andere Männer mochten sich vielleicht für eine Frau zum Narren machen, aber doch nicht Mitchell Peatwick Kincaid. Das war einfach absurd.

Wieder peitschte ein Schuss auf.

Mitch drängte sich instinktiv gegen die Hauswand, aber das Einzige, worauf er achtete, war Mae. Sie kauerte noch immer folgsam auf dem von ihm zugewiesenen Platz, der, wie er jetzt schaudernd erkannte, von allen Seiten offen war. Der Angreifer schien den Standort gewechselt zu haben. Renn weg, schrie Mitch ihr innerlich voller Verzweiflung zu, als die nächste Kugel dicht über ihren Kopf hinwegschwirrte und sich mit einem sirrenden Geräusch ins Blech seines Autos fraß. Der Benzintank! Mitchs Gedanken rasten. Wenn dieser Verrückte nur ein wenig tiefer schießt, trifft er den Benzintank. Beweg dich, Mabel! Hau ab! Bring dich in Sicherheit, verdammt noch mal!

Doch sie rührte sich keinen Millimeter, und Mitchs Hoffnung auf Gedankenübertragung erfüllte sich nicht. Mae blieb, wo sie war. Sie war eine lebende Zielscheibe, doch was hätte er für sie tun können? Sollte er vielleicht wie irgend so ein dämlicher Kinoheld seine Deckung verlassen, beseelt von dem Wunsch, sie zu retten, wo doch abzusehen war, dass er das kaum überleben würde? Sollte er ...

Als die nächste Kugel dicht neben ihr auf dem Boden einschlug, drohte sein Herzschlag auszusetzen. Ohne nachzudenken, sprang er auf und raste zum Auto, packte Mae am T-Shirt, zerrte sie auf die Füße und zog sie Richtung Lagerhaus in Deckung.

„Warum sind Sie denn einfach sitzen geblieben?“ fuhr er sie an, wobei er sie in dem Bemühen, sein Zittern vor ihr zu verbergen, hinter sich schob. Am liebsten hätte er sie in die Arme geschlossen. „Sie hätten erschossen werden können, Sie verrücktes Huhn!“

„Sie haben mir befohlen, mich nicht von der Stelle zu rühren“, stieß sie wütend hervor. „Natürlich bin ich davon ausgegangen, dass Sie einen Plan haben.“

„Nachdem man direkt auf Sie geschossen hat, konnten Sie ja wohl davon ausgehen, dass ich meine Pläne geändert habe“, flüsterte Mitch wütend und gleichzeitig grenzenlos erleichtert, weil sie in Sicherheit war.

„Das sagen Sie mir jetzt.“ Mae spähte an ihm vorbei in die Dunkelheit und schauderte. „Ich könnte schon tot sein.“

„Selbst schuld." Auch Mitch, den die plötzliche Stille beunruhigte, spähte suchend in die Finsternis. „Wenn Sie auch nur ein kleines bisschen Verstand hätten …"

„Warum sind Sie denn sitzen geblieben?" äffte sie ihn zornig nach. „Sie machen mich wirklich verrückt."

Mitch fuhr herum. „Ich mache Sie verrückt? Sie sind wohl nicht ganz bei Trost! Ich könnte jetzt ebenfalls tot sein. Und das nur Ihretwegen. Ich …"

„Warum er wohl aufgehört hat mit der Knallerei?"

Mitch lauschte, doch alles blieb still. „Vielleicht ist er ja ebenso empört über Sie wie ich." Er ließ sich an der Hauswand nach unten gleiten und hockte sich auf seine Fersen, um seinen zitternden Knien eine kleine Ruhepause zu gönnen. „Mich interessiert vielmehr, warum er das Ganze überhaupt inszeniert hat."

Mae ließ sich ebenfalls nieder, dicht neben ihm, und er hatte alle Mühe, den Wunsch, ihr die Arme um die Schultern zu legen, nicht in die Tat umzusetzen. Weil er sie dann nämlich auch geküsst hätte.

„Vielleicht, weil wir in Armands Lagerhaus waren?"

„Das leer war." Mitch blickte Mae an, die den Kopf hängen ließ. „Sie sehen ja ziemlich fertig aus."

„Bin ich auch." Maes Stimme klang, als käme sie aus ganz weiter Ferne. „Meinen Sie, der Kerl, der geschossen hat, ist weg?"

„Ja", erwiderte Mitch, nicht ganz überzeugt. „Wir warten noch ein paar Minuten und dann machen wir, dass wir von hier wegkommen." Plötzlich erschien sie ihm klein und hilflos, und er legte nun doch den Arm um ihre Schultern. „Entschuldigen Sie, dass ich Sie angebrüllt habe."

Mae legte den Kopf an seine Schulter. „Macht nichts. Entschuldigen Sie, dass ich nicht weggerannt bin."

„Mein Fehler", gab Mitch großmütig zurück. „Ich habe Ihnen ja befohlen, sich nicht von der Stelle zu rühren."

„Eben", brummte sie unwirsch.

Unversehens war alle Hilflosigkeit von ihr abgefallen, und die alte Mae war wieder da. Mitch verdrängte rasch alles Verlangen und nahm den Arm weg. „Sind Sie okay?"

„Nein. Jemand hat versucht, mich zu erschießen. Ich bin außer mir."

„Verständlich." Mitch tätschelte sie und starrte in die Dunkelheit. „Bleiben Sie hier, ich hole das Auto."

„Und was ist, wenn er Sie erschießt?"

„Dann gehört mein Auto Ihnen." Mitch stand auf. „Warten Sie hier. Und rühren Sie sich nicht von der Stelle." Als Mae spöttisch auflachte, beeilte er sich hinzuzufügen: „Es sei denn, jemand schießt auf Sie. Dann müssen Sie sofort losrennen."

Später, als sie sicher in Mitchs Wagen saß, versuchte Mae ihre Gedanken zu ordnen, was ihr nicht gerade leicht fiel. Die Aufregung der vergangenen Stunde war zu groß gewesen. Dazu kam noch die Enttäuschung, dass das Lagerhaus leer gewesen war. Eigenartigerweise konnte sie die ganze Zeit über nur an eines denken: dass Mitch sie außer in dem kurzen Moment, als er ihr kameradschaftlich den Arm um die Schultern gelegt hatte, nicht angefasst hatte. Wenn er es nicht endlich tat, würde sie noch durchdrehen.

Aber er würde es nicht tun.

Sie schloss die Augen, um sich besser ausmalen zu können, wie es sein würde, wenn er ihr zärtlich mit den Händen über den Körper fuhr, und als sie sich seine Lippen auf ihrer Haut vorstellte, holte sie schnell tief Luft, um nicht laut aufzustöhnen.

„Sind Sie okay?“

„Ja.“ Sie betrachtete ihn in dem fahlen Lichtschein, den das Armaturenbrett abstrahlte. Seine Augenlider waren schwer, und seine Züge wirkten so kantig, dass ihn wohl nur eine Frau, die blind war vor Liebe, als gut aussehend bezeichnet hätte. Und sie, Mae, konnte sich nicht satt sehen an ihm.

„Wir sollten die Polizei benachrichtigen.“

Die Polizei. Wenn die Polizei die Sache in die Hand nahm, war Mitch raus, so viel war ihr klar. Die Tagebuch-Story wäre zu Ende.

„Vielleicht“, gab sie vage zurück.

Mitch sah sie verwundert von der Seite an. „Mae?“

„Können wir das nicht morgen entscheiden? Ich kann morgens besser denken.“

„Sicher.“ Seine Stimme klang tief und beruhigend und setzte in ihrem Inneren ein Summen in Gang wie eine Stimmgabel, das sich immer weiter und weiter ausbreitete, bis Mae schließlich den Kopf gegen die Nackenstütze sinken ließ und sich nur noch darauf konzentrierte, Mitch ihr Begehren nicht ins Gesicht zu schreien.

„Möchten Sie, dass ich noch einen Moment mit reinkomme?“ fragte er, als er vor ihrem Haus hielt.

„Nein“, antwortete sie und stürzte voller Verwirrung aus dem Auto. Nur weg von ihm und der Hitze, die er in mir erzeugt, dachte sie. Nur weg vom Versprechen seiner Hände.

Und dann war da auch schon Harold, um sie einzulassen, und sie rannte nach oben in ihr Zimmer.

Auf der Fahrt nach Hause beschloss Mitch, unter allen Umständen die Finger von Mae zu lassen.

Es war eine trostlose Vorstellung. Er liebte ihr Lächeln. Ebenso gern beobachtete er, wie ihre Brauen hochschnellten, wenn sie verärgert war, oder wie ihre Augen Funken sprühten, wenn sie zornig war. Wenn die Sonne auf ihr dunkles Haar fiel, zauberten ihre Strahlen mahagonifarbene Glanzlichter darauf, die er ebenso gern betrachtete wie die geschwungene Linie ihres Halses oder ihre schlanken, wohlgeformten Beine.

Dabei war sie nicht einmal eine Bibliothekarin.

Sie übte auf ihn eine andere Art von Faszination aus als die Frauen, die er bisher gekannt hatte. Sie war nicht scheu und zurückhaltend, sondern offensiv und geradeheraus. Sie stand einfach nur da, die Hände in die Hüften gestützt, und hatte dieses herausfordernde Lächeln auf den Lippen, das ihn fast um den Verstand brachte.

Mitch parkte mitten im Halteverbot direkt vor seinem Haus. Während er die Treppe zu seinem Apartment hinaufging, dachte er darüber nach, wie seltsam es war, dass er sich ausgerechnet zu einer Frau wie Mae, die stets ihren Willen durchzusetzen verstand und mit ätzenden Kommentaren nicht sparte, hingezogen fühlte.

Wahrscheinlich nichts weiter als sexuelle Lust, dachte er und schloss die Tür auf. Der Drang, mal wieder Neuland zu erobern.

Er beschloss, sich mit einer kalten Dusche abzukühlen.

Mae riss ihr Schlafzimmerfenster auf und sog die vom Sturm noch immer regenschwere Nachtluft ein. Ihr Haar war feucht vom Duschen, und die Kühle, die hereinwehte, ließ sie frösteln. In weiter Ferne zuckte ein Blitz geisterhaft über den Horizont. Mae schloss die Augen und atmete tief durch. Sie liebte Stürme.

Und sie liebte Mitch.

Sie ging ins dunkle Zimmer zurück und bemühte sich, den Gedanken an ihn zu verdrängen.

Sie machte die Schreibtischlampe an und setzte sich, den Gürtel ihres weißen Satinmorgenrocks enger um sich ziehend, auf die Bettkante.

Sie würden das Geld nicht finden. Mitch hatte alles in seinen Kräften Stehende unternommen, und es war nichts dabei herausgekommen. Was auch immer Armand mit dem Geld angestellt haben mochte, sie würde niemals mehr auch nur einen Cent davon zu Gesicht bekommen.

Mitch.

Sie ließ sich auf ihre Daunensteppdecke zurückfallen und versuchte, ihre Gedanken auf Harold, June und Bob zu lenken und auf das Haus, das sie niemals haben würden, doch alles, woran sie denken konnte, war Mitch.

Sie war halb von Sinnen vor Verlangen nach ihm, aber sein Zauber beruhte nicht nur auf körperlichem Reiz, sondern ebenso sehr darauf, wie er sich um sie kümmerte, ohne dass es zu offensichtlich war. Darin kam die Überzeugung zum Ausdruck, dass sie sehr gut auf sich selbst aufpassen konnte, und das gefiel ihr. Wenn er lachte, wurde ihr ganz warm ums Herz, und allein sein Anblick vermochte ihre Laune zu heben.

Langsam wurde es zur Qual für sie, mit ihm zusammen zu sein, ohne ihn zu berühren. Das musste ein Ende haben. Das Geld war hin, und diesmal würde sie das, was sie wollte, nicht bekommen. Sie wusste nicht, was sie als Nächstes tun würde, aber sie wusste, was sie ganz bestimmt nicht mehr tun würde.

Keinesfalls mehr würde sie sich den Folterqualen aussetzen, die es für sie bedeutete, Mitch zu sehen, aber nicht berühren zu dürfen. Ihr Entschluss stand fest. Sie würde ihn nicht wiedersehen.

Sie setzte sich im Bett auf, griff zum Telefon auf dem Nachttisch und wählte seine Nummer.

Es klingelte eine halbe Ewigkeit. Gerade als sie wieder auflegen wollte, nahm er ab. „Was ist?"

„Mitch, hier ist Mae." Ihre Stimme zitterte. Sie schluckte krampfhaft.

„Stimmt irgendetwas nicht?" Er klang jetzt nicht mehr gereizt wie eben noch. „Entschuldigen Sie, ich war unter der Dusche."

Mae holte tief Luft. „Sie sind entlassen."

„Nein, bin ich nicht." Er klang vollkommen perplex. „Was ist denn mit Ihnen los?"

„Wir werden das Geld niemals finden, und ich kann es mir nicht leisten, Sie weiterhin zu bezahlen, und die Woche ist sowieso bald um, und …"

„Ich arbeite umsonst weiter. Ich komme morgen bei Ihnen vorbei, dann können wir alles in Ruhe bereden."

„Nein!"

„Mabel, entweder Sie sagen mir sofort, was los ist, oder ich stehe in zehn Minuten bei Ihnen auf der Matte."

„Nein!“

„Mabel …“

„Okay.“ Mae zwinkerte. „Okay, okay. Aber Sie hören mir einfach nur zu und sagen kein Wort, dass das klar ist, ja?“ Sie hielt inne, und als vom anderen Ende der Leitung nichts als Schweigen zurückkam, wiederholte sie: „Okay.“ Sie schluckte. „Ich kann Sie nicht mehr sehen. Ich … ich fühle mich zu sehr von Ihnen angezogen.“

Mitchs holte geräuschvoll Luft. „Also, ehrlich gestanden fühle ich mich von Ihnen ebenfalls angezogen, aber …“

„Nur zuhören, habe ich gesagt!“ Mae schluckte wieder. „Ich fühle mich nicht nur angezogen, es ist mehr. Ich … ich will Sie.“ Und nun, nachdem der Anfang erst gemacht war, sprudelte sie ihre ganze Seelenqual vollkommen unkontrolliert heraus. „Ich will dich auf jede Art, die nur möglich ist. Ich will dich überall berühren, ich will jeden Zentimeter deiner Haut mit meiner Zunge liebkosen, ich will meine Beine um dich schlingen und dich für immer festhalten. Ich will deine Hände überall auf meinem Körper spüren und deine Lippen und …“ Ihre Worte überschlugen sich fast, ihre Stimme kletterte vor Erregung eine Oktave höher, und sie sagte Dinge, die auszusprechen sie sich niemals im Leben hätte träumen lassen. „Ich kann diese Spannung einfach nicht mehr aushalten!“ schloss sie. Dann schwieg sie und war verblüfft, sich neben ihrem Bett an die Wand gelehnt wiederzufinden, weil sie gar nicht mitbekommen hatte, dass sie aufgestanden war.

Ein paar Sekunden später fragte er: „Mae?“

Sie schloss die Augen und kam sich plötzlich vor wie eine Idiotin. „Ja?“

„Bist du fertig?“

Sie schluckte. „Ja.“

„Geht es dir jetzt besser?“

Ihr Atem verlangsamte sich, als sie darüber nachdachte. „Ja. Ja, wirklich, ich glaube, es geht mir tatsächlich besser.“

„Gut.“ Seine Stimme war unnatürlich ruhig. „Und jetzt hörst du mir zu.“ Er hielt einen Moment inne, und sie hörte ihn Atem holen. „Das ist alles kein Problem. Wo bist du?“

„In meinem Schlafzimmer.“

„Die erste Tür am Ende der Treppe, richtig?“

Ihr blieb die Luft weg. „Richtig“, stieß sie schließlich mit Mühe hervor.

„Gut. Bleib, wo du bist, und rühr dich nicht von der Stelle.“

Damit legte er auf. Erst als das Freizeichen an ihr Ohr drang, sickerte die Erkenntnis langsam in ihr Bewusstsein ein.

Sie hatte ihm mehr versprochen, als sie sich jemals in ihren kühnsten Fantasien ausgemalt hatte, und nun war er unterwegs zu ihr.

„Oh, mein Gott!“ flüsterte sie und warf sich aufs Bett.

8. KAPITEL

Mitch legte den Hörer auf und raste zur Tür. Halt, die Schlüssel! Wo waren sie? In der Hosentasche. Er hob seine Hose vom Fußboden auf und merkte, dass er noch nackt war.

Okay, erst anziehen. Er ließ sich – Maes betörende Wünsche im Hinterkopf – mit geschlossenen Augen aufs Bett sinken. Los, atme, befahl er sich und holte tief Luft. Und jetzt anziehen.

Hastig zog er den Reißverschluss seiner Hose hoch und schlüpfte in die Schuhe, und dann – im Laufen schon – tastete er nach den Wagenschlüsseln. Okay, da waren sie. Er schnappte sich sein Jackett und riss die Tür auf.

Newton, eine Hand zum Anklopfen erhoben, stand vor ihm. „Oh, gut, dass du da bist."

„Nein, ich bin nicht da." Mitch suchte nach seinem Ärmel, während er versuchte, um seinen Freund herumzugehen, doch Newton stellte sich ihm in den Weg.

„Du musst mir einen Moment zuhören." Newtons Gesicht glühte vor Eifer. „Ich habe einige erstaunliche Dinge herausgefunden."

„Gut. Gut für dich."

Newton blinzelte ihn verblüfft an. „Wie siehst du denn aus? Wo hast du denn dein Hemd gelassen?"

„Nicht jetzt, Newton. Ich bitte dich." Mitch schob ihn energisch beiseite und raste zur Treppe.

„Warte!" Newton rannte hinter ihm her. „Ich habe etwas sehr Interessantes …"

Mitch ignorierte ihn und polterte die Treppen hinunter.

Schnell wie der Blitz war er bei der Eingangstür, riss sie auf – und sah seinen Wagen, hell erleuchtet von den Neonlichtern der umliegenden Bars.

Alle vier Reifen hingen in traurigen Fetzen von den Felgen herab. Die Sitze waren aufgeschlitzt, die Scheiben zersplittert.

„Wo steht dein Wagen, Newton?“ fragte Mitch.

„In dem Parkhaus am Ende der Straße.“

„Dann nichts wie hin. Ich fahre. Na los, Netwon beeil dich“, erklärte Mitch.

„Aber …“

„Kein Aber. Ich fahre und damit basta!“

Mae betrachtete sich im Spiegel. Ihr Haar war noch immer nass, und ihr Gesicht war ungeschminkt.

Heiliger Himmel, was nun? Make-up? Haare trocknen, ein sexy Nachthemd?

Was für ein sexy Nachthemd? Sie besaß keine verführerischen, durchsichtigen Flattergewänder.

Na, großartig.

Sie begann im Zimmer auf und zu laufen. Warum verlor sie eigentlich die Nerven? Dazu gab es überhaupt keinen Grund. Sie tat ja gerade so, als würde sie zum ersten Mal eine Nacht mit einem Mann verbringen. So ein Blödsinn! Es war doch nur Mitch.

Nur?

Beeil dich, Mitch, dachte sie.

Die Interstate 75 war eine einzige Baustelle und einspurig. Natürlich. Wie sollte es auch anders sein? Mitch drehte fast durch. Aus reinem Mutwillen raste er eines der orangefarbenen Hütchen um, die die Fahrbahn begrenzten.

„Versuch doch bitte auszuweichen", riet Newton, der auf dem Beifahrersitz saß.

„Das Ding war mir im Weg."

„Hättest du vielleicht die Güte, mir zu sagen, wo wir eigentlich hinfahren?"

Mitch überhörte seine Frage und trat das Gaspedal durch. Die Tachonadel kletterte höher.

„Dies Straße ist einspurig", erinnerte Newton ihn.

„Darauf pfeif ich!" knurrte Mitch.

Fünfzehn Minuten nach ihrem Telefonat mit Mitch ging Mae fast die Wände hoch.

Wo blieb er bloß? Zahlreiche Möglichkeiten schossen ihr durch den Kopf: Er hatte unterwegs jemanden getroffen, er hatte seine Meinung geändert und kam überhaupt nicht, er hatte noch irgendwo angehalten, um sich Kondome zu ...

Kondome. Sie unterbrach ihren Rundgang durchs Zimmer. Was war, wenn er keine dabeihatte? Sie hatte auch keine. Na, wunderbar. Vielleicht Harold und June – nein. Geburtenkontrolle war für Harold und June schon seit einiger Zeit kein Problem mehr.

Waren in dem Karton mit Armands Sachen nicht auch Kondome gewesen?

Sie flog den Flur entlang zu Armands Schlafzimmer, wühlte in der Kiste herum und fischte schließlich eine Hand voll Präservativpäckchen heraus. Dann rannte sie in ihr Zimmer zurück, riss eine Schublade auf und warf sie hinein.

Halt, die Haustür! Sie lief nach unten und schloss auf.

Nachdem auch das erledigt war, kehrte sie in ihr Zimmer zurück und ließ sich aufatmend aufs Bett fallen. Jetzt konnte Mitch kommen.

Wo blieb er bloß?

Die Tür flog auf, und Mitch stand auf der Schwelle. Mitch in Fleisch und Blut. Mae blinzelte. Fleisch – das war der richtige Ausdruck. Seine Brust unter dem Jackett war nämlich nackt.

Er sah sie an. „Hi."

„Hi."

Sein Blick wanderte über ihren in den weißen Satinmorgenrock gehüllten Körper. „Schön siehst du aus."

Sie schluckte hart. „Danke."

„Falls du deine Meinung in der Zwischenzeit geändert haben solltest …"

Sie lachte. „Geändert? Wenn du nicht auf der Stelle zu mir kommst, sterbe ich vor Sehnsucht nach dir."

Er lachte auch, öffnete noch an der Tür seine Hose, streifte sie ab und ließ auch das Jackett von den Schultern gleiten.

„Du hast ja keine Ahnung, wie lange ich auf diesen Moment gewartet habe", bekannte er, und dann war er auch schon bei ihr und umarmte sie. Ein Lustschauer überlief sie, und sie schmiegte sich glücklich an ihn.

„Küss mich", bat sie mit bebender Stimme.

Er tat es, und alle Ängste und Zweifel wichen von ihr. Sie teilte die Lippen, um seinen Geschmack zu kosten, und als seine Zunge in ihren Mund glitt, stieg Hitze in ihr auf und breitete sich in Wellen in ihrem ganzen Körper aus. Mae konnte die Hände nicht still halten. Immer wieder strich sie ihm über den Rücken, hingerissen vom Spiel der harten Muskeln unter seiner glatten Haut. Doch streicheln allein genügte nicht, um ihre Sehnsucht zu stillen. Ungeduldig zerrte sie am Gürtel ihres Morgenmantels, und im nächsten Moment stand sie nackt vor Mitch, und er betrachtete sie voller Bewunderung.

Mit den Fingerspitzen fuhr er über ihre Brüste und reizte die hart aufgerichteten Knospen. Mae grub ihre Fingernägel in seinen Rücken, um sich davon abzuhalten, vor Lust laut aufzuschreien. Nun strich er sacht mit den Lippen über ihre Brüste, umkreiste die Spitzen mit der Zunge, nahm sie in den Mund und saugte an ihnen, bis Mae laut aufstöhnte, sich in sein Haar krallte und ihn noch enger an sich zog.

„Oh Mae, du ahnst gar nicht, wie sehr ich dich begehre", flüsterte er und sank mit ihr aufs Bett.

Sie öffnete die Augen und hatte das Gefühl, unter seinem verlangenden Blick vor Wonne dahinzuschmelzen. Doch als er sie von neuem küssen wollte, hielt sie ihn zurück, indem sie die Handflächen an seine Wangen legte.

„Lass mich dich anschauen. Ich kann es nicht glauben, dass wir beide es sind, die hier in diesem Bett liegen."

„Ich wollte dich von dem Moment an, als du wie eine Sexgöttin in mein Büro schwebtest." Er lächelte. „In diesem verdammten pinkfarbenen Kostüm." Er schloss die Augen und legte seine Stirn gegen ihre. „Ich kann es auch kaum glauben."

„Nimm mich", flüsterte Mae. „Nimm mich die ganze Nacht."

„Ich tue alles, was du willst, das schwöre ich."

Dann küsste er sie wieder, es war ein langer, tiefer Kuss, der jeden Nerv in ihr zu prickelndem Leben erweckte. In ihrem Kopf drehte sich alles, und sie wand sich lustvoll in Mitchs Armen, um ihm noch näher zu sein.

„Was willst du? Du kannst alles von mir haben“, raunte Mitch ihr zu.

Wortlos griff sie in sein Haar und zog seinen Kopf auf ihre Brust. Als er zärtlich an einer der rosigen Spitzen knabberte und anfing, daran zu saugen, schnappte Mae nach Luft. Sie spürte ein Ziehen in ihrem Schoß und verlor immer mehr die Kontrolle über sich. Verlangend hob sie sich Mitch entgegen, während draußen der Donner rollte und der Wind, der durchs offene Fenster hereinwehte, die Vorhänge wie Segel blähte.

Mitch zog mit den Lippen eine heiße Spur hinüber zur anderen Brust, wobei er kurz an der kleinen Mulde zwischen Hals und Schlüsselbein innehielt und sie mit seiner Zunge streichelte. Mae gab jede Zurückhaltung auf und überließ sich voller Hingabe seinen atemberaubenden Zärtlichkeiten. Ja, verwöhn mich, flehte sie stumm, griff in sein Haar und schob seinen Kopf weiter nach unten. Was immer du willst, hatte er gesagt. Nun, das war es, was sie jetzt wollte.

Während seine Hände ihre Hüften streichelten, glitt Mitch tiefer. Seine Lippen näherten sich dem dunklen Dreieck zwischen ihren Schenkeln, und dann konzentrierte er sich ganz auf die Stelle, die am empfindsamsten auf sein zärtliches Zungenspiel reagierte. Maes ganzer Körper stand unter Strom. Ein Sturm tobte in ihr, der den Sturm, der draußen stattfand, um ein Vielfaches übertraf. Blind griff sie nach dem Kopfteil des Bettes hinter sich, um nicht ganz in den Wellen zu versinken, die haushoch über ihr zusammenschlugen, als er seine Zunge in ihren Schoß gleiten ließ, sich wieder zurückzog und von neuem hineinstieß. Wie im Fieber wälzte sie sich in den Laken, und ihr Körper zuckte unter den betörenden Qualen der Lust, die Mitchs Zunge entfachte. Mae forderte ihn, verlangte mehr, immer mehr, bis sie schließlich mit einem heiseren Schrei den Gipfel erreichte.

Doch Mitch gönnte ihr keine Ruhepause und begann sie von neuem zu küssen.

„Ich will dich in mir spüren", flüsterte sie, immer noch bebend vor Lust. „Komm zu mir, jetzt gleich."

„Ja, Darling", sagte er. „Aber warte noch einen Moment."

Wieder küsste er sie, und sie dachte, dass sie den Rest ihres Lebens mit seinen Küssen verbringen könnte, wenn es sein müsste. Dann hatte er sich auch schon das Kondom übergestreift, legte sich auf sie und drang geschmeidig in sie ein. Von ihm ausgefüllt zu werden, ihn ganz zu umschließen, war pures Entzücken, unendlich viel schöner als ihre erotischsten Träume. Wie im Rausch bog sie sich ihm entgegen, feuerte ihn mit gestammelten Liebesworten an, während der nächste Donnerschlag krachte und ein Blitz das Zimmer taghell erleuchtete.

Aufstöhnend bewegte er sich, kostete das Gefühl aus, in ihrer seidigen Tiefe zu versinken. Dann rollte er sich auf den Rücken und zog sie so über sich, dass sie mit gespreizten Beinen auf ihm saß. Noch tiefer, noch härter spürte sie ihn nun in sich, und sie übernahm nur zu gern den Part, den er ihr zugewiesen hatte. Zügellose Leidenschaft diktierte den Rhythmus ihrer Bewegungen, eine Urgewalt, die sich mit aller Macht Bahn brach. Es riss sie beide mit, und die ekstatischen Schauer, die sie auf dem Höhepunkt durchströmten, schienen kein Ende nehmen zu wollen.

Es dauerte eine Weile, bis sie wieder in die Realität zurückfanden.

„Danke dafür, dass du mich angerufen hast", flüsterte Mitch, als er wieder sprechen konnte. „Ich hab mich zwar fast umgebracht, um so schnell wie möglich hierher zu kommen, aber das war es wert."

Mae lächelte. „Danke, dass du gekommen bist."

Mitch lachte. „Jederzeit wieder."

Sie schmiegte sich an ihn. „Am liebsten würde ich dich immer so halten." Verträumt lauschte sie seinem Herzschlag, und fast wären sie beide eingeschlummert, wenn nicht ein greller Blitz die Dunkelheit durchzuckt hätte, dem ein krachender Donnerschlag folgte.

Mitch presste die Lippen auf ihren Hals und jagte ihr damit von neuem Wonneschauer über den Rücken. „Wie gut, dass ich optimistisch genug war, um ausreichend viele Kondome mitzubringen."

„Hey, ich bin auch auf alles vorbereitet", gab Mae gespielt beleidigt zurück. Sie streckte den Arm aus und öffnete die Nachttischschublade, um ihr ein Päckchen von Armands Kondomen zu entnehmen. „Hier."

Mitch nahm es mit anerkennendem Kopfnicken entgegen und wollte es auf den Nachttisch zurücklegen. Plötzlich hielt er verblüfft inne und starrte auf die kleine Schachtel.

„Mitch?" Mae setzte sich auf.

Er betastete die Packung.

„Leg dich eine Minute ganz still hin, ja?" Er drückte sie in die Kissen und lehnte sich noch weiter vor, um die Kondome im Schein der Nachttischlampe betrachten zu können. Dann nahm er ein Präservativ heraus und hielt es gegen das Licht.

„Was ist denn?“ Mae versuchte sich aufzusetzen.

Er sah ihr interessiert zu, wie sie sich nackt unter seinen Händen wand. „Wirklich, Mabel, du bist eine sehr anziehende Frau, und ich will nichts lieber, als ein weiteres Mal mit dir zu schlafen. Allerdings nicht mit diesen Kondomen. Sie haben Löcher.“

„Was?“ fragte Mae verdutzt und streckte die Hand aus. „Lass sehen. Tatsächlich. Ist ja nicht zu fassen.“ Sie sah ihn entgeistert an. „Wie hast du das denn bemerkt?“

„Man kann es durch die Umhüllung fühlen. Hier.“ Er legte ihren Finger an die Stelle und prüfte gleich darauf die anderen Päckchen – mit demselben Ergebnis.

„Sie haben alle Löcher.“ Mae ließ sich in die Kissen zurückfallen.

„Du solltest dich bei deinem Drogisten beschweren.“ Mitch warf die Kondome auf den Nachttisch.

„Sie haben Armand gehört.“

„Was?“ fragte Mitch verblüfft.

„Ja. Ich habe sie aus der Schachtel, in der auch der Schlüssel war. Da waren doch Dutzende von den Dingern drin, erinnerst du dich?“

Mitch drängte sich hart und verlangend an ihre Hüfte. „Komm, lass uns einen Blick auf die übrigen Kondome werfen“, schlug er schließlich vor.

„Jetzt?“ Mae wollte Protest einlegen, doch er hatte sich bereits seine Hose geschnappt.

Alle Kondome waren durchlöchert.

„Was zum Teufel hat Armand damit bezweckt? Was hätte er davon gehabt, wenn Stormy schwanger geworden wäre?“ fragte Mae Mitch, der neben ihr auf dem Fußboden von Armands Schlafzimmer saß.

„Wie kommst du auf Armand? Ich tippe eher auf Stormy.“ Mitch warf das letzte Päckchen zurück in die Schachtel. „Vielleicht dachte sie, sie könnte Barbara mit einem Baby übertrumpfen.“

„Nein“, widersprach Mae. „Armand mochte keine Kinder. Der einzige Grund, weshalb er mich zu sich genommen hat, war ...“

„Um June behalten zu können“, beendete Mitch ihren Satz. „Aber vielleicht wollte Armand ja Barbara und Stormy. Und hat deshalb beschlossen, ihr ein Kind anzuhängen.“

„Nun, charakterlos genug war er wohl“, meinte Mae nachdenklich. „Aber ich weiß nicht ...“

„Was ist denn sonst noch hier drin, was wir vielleicht übersehen haben?“ Mitch begann wieder, in der Kiste herumzuwühlen.

Mae gähnte. „Mitch, es ist schon spät. Können wir nicht morgen früh weitersuchen?“

Er hielt eine Hand voll Lippenbalsam hoch. „Scheint eine schlechte Angewohnheit von deinem Onkel gewesen zu sein.“

„So endet das also“, erwiderte Mae in gespielter Verzweiflung. „Eben haben wir uns noch geliebt wie die wilden Tiere, und in der nächsten Minute diskutiert man schon wieder über Lippenbalsam.“

„Ich bin ein Profi, Madam, mein Jagdinstinkt ist erwacht.“

Mae lächelte viel sagend. „Im Moment würde ich andere Instinkte vorziehen."

„Ganz, wie du willst." Mitch packte sie an den Aufschlägen ihres Morgenmantels, zog sie zu Boden und warf sich über sie.

„Ah, wie herrlich." Mae grub die Zähne in seinen Hals.

„Nein, überhaupt nicht", behauptete er herausfordernd, obwohl sein Blut in höchste Wallung geriet. Wild küsste er sie auf den Mund, doch einen Moment später wurde sein Kuss weicher, zärtlicher.

„Komm, lass uns in mein Zimmer gehen", flüsterte Mae schließlich atemlos.

„Ganz, wie du willst, Mabel", sagte Mitch. „Ganz, wie du willst."

„Guten Morgen", murmelte Mae schlaftrunken und kuschelte sich eng an ihn.

„Oh, Mabel!" Mitch gähnte, streckte sich und schlang die Arme fest um sie. „Wenn du wüsstest, wie herrlich es sein kann, morgens neben dir aufzuwachen."

Plötzlich drang von unten wüstes Geschrei zu ihnen herauf.

Mitch sprang aus dem Bett und rannte zur Tür. „Halt!" rief Mae ihm hinterher. „Warte! Du bist nackt."

„Ach ja, richtig." Er schnappte sich seine Hose, die auf dem Boden lag, und fuhr hinein. Noch während er mit einer Hand den Reißverschluss zuzog, öffnete er die Tür, um zu hören, was sich unten in der Halle abspielte.

„Das ist Carlo", flüsterte ihm Mae, die hinter ihn getreten war, zu. „Was will der denn in aller Herrgottsfrühe? Ruhe,

Carlo!“ brüllte sie im nächsten Moment nach unten. „Setz dich hin und warte auf mich, ich zieh mir nur rasch was an.“ Ohne eine Antwort abzuwarten, knallte sie die Tür wieder zu. „Los, du musst verschwinden“, sagte sie zu Mitch.

„Ich denke gar nicht daran. Glaubst du vielleicht, ich renne vor Carlo davon?“ Mitch sah sie finster an.

Mae stützte die Hände in die Hüften. „Es geht doch nicht ums Wegrennen. Ich habe genug Ärger am Hals und keine Lust, mir weitere Probleme einzuhandeln. Du kletterst das Spalier runter und damit Schluss. Ich will keine weitere Diskussion.“

Zähneknirschend stimmte Mitch schließlich zu.

Nachdem er sich in Windeseile angezogen hatte, hielt sie ihm den Wagenschlüssel hin. „Nimm den Mercedes. Wir sehen uns heute Abend. Los, mach schon, dass du rauskommst.“

Kaum war er zum Fenster hinausgeklettert, klopfte es auch schon an der Tür, die gleich darauf geöffnet wurde. June steckte den Kopf herein.

„Mae!“ stieß sie hervor, die Augen vor Schreck weit aufgerissen. „Unten wartet nicht nur Carlo, sondern auch die Polizei. Sie haben einen Haftbefehl gegen dich.“

Die Polizei? Ein Haftbefehl? Maes Gedanken wirbelten wild durcheinander. Was hatte das zu bedeuten? Panik stieg in ihr auf, und ihr Blick irrte zum Fenster. Was Mitch konnte, konnte sie schon lange. „Geh nach unten und sag ihnen, dass ich mich nur noch anziehe“, meinte sie hastig zu June und schob sie hinaus auf den Flur.

Nachdem sie die Tür hinter sich geschlossen hatte, lehnte sie sich einen Moment lang dagegen und holte tief Luft. Ihr Entschluss stand fest. Sie riss den Schrank auf und griff wahllos nach einem Kleid, wühlte in der Kommode nach Unterwäsche und zog sich in fliegender Hast an. Ein Haftbefehl? Das alles machte überhaupt keinen Sinn. Sie schnappte sich ihre Handtasche und wandte sich zum Fenster.

Wenige Minuten später schon war sie das Spalier an der Hauswand hinuntergeklettert und rannte durch den Hinterhof auf die Straße, wo ihr plötzlich einfiel, dass sie nicht mal ein Auto hatte. Von Mitch war weit und breit nichts mehr zu sehen. Es blieb ihr nichts anderes übrig, als zu Fuß zu gehen.

Sie hatte keine Ahnung, wo sie hin wollte, das Einzige, was sie wusste, war, dass sie schleunigst verschwinden musste.

Mitch fuhr in Maes Mercedes zu seinem Büro. Er fühlte sich fantastisch. Kein Wunder, wenn man im Begriff war, die tollste Frau der Welt zu heiraten. Zwar hatte er ihr noch keinen Heiratsantrag gemacht, aber das ließ sich ja leicht nachholen …

Doch die nächsten Ereignisse machten seinem Höhenflug rasch ein Ende. Sein Hauswirt teilte ihm kurz und bündig mit, das Mietverhältnis sei ab sofort beendet, und zahlte ihm den Rest der Miete zurück. „Der neue Besitzer des Hauses kann Privatdetektive nicht ausstehen“, erklärte er, und Mitch brauchte sich gar nicht erst nach dem Namen des Mannes zu erkundigen, weil er genau wusste, wem er den Rausschmiss zu verdanken hatte. Mae hatte wirklich eine reizende Familie …

Schicksalsschlag Nummer zwei waren die beiden Cops, die sich nach Maes Aufenthaltsort erkundigten und ihn aufs Revier mitnahmen.

„Ich will mit meinem Anwalt sprechen", forderte Mitch und rief Nick Jamieson an.

Nick erschien umgehend, und eine Stunde später konnte Mitch die Wache mit seinem Freund verlassen.

„Es sieht finster aus", bemerkte Nick. „Die Polizei hat am Samstagnachmittag einen anonymen Anruf erhalten, dass Armand vergiftet wurde. Und heute Morgen bekamen sie einen Brief, in dem sich eine Seite aus Armands Tagebuch befand. Daraus geht eindeutig hervor, dass Armand gezwungen wurde, beträchtliche Geldsummen in Maes Vermögensfonds einzuzahlen."

„Was?" fragte Mitch entgeistert. „Ich denke, das Geld ist weg. Um welchen Betrag geht es?"

Nick sagte es ihm, und es verschlug ihm die Sprache.

„Sie hatte also ein Motiv", schloss Nick. „Also, sieh zu, dass du sie schleunigst findest. Ihre Flucht spricht nicht gerade zu ihren Gunsten."

„Ich finde sie", sagte Mitch. „Verlass dich drauf."

9. KAPITEL

Mae war bereits mehr als eine Stunde unterwegs, bevor ihr klar wurde, wo sie sich befand.

Sie blieb stehen und schaute auf die mit Bäumen gesäumte Straße. Gleich um die Ecke lag Armands Stadthaus.

Wo würde die Polizei als Erstes nach ihr suchen? Bei ihren Verwandten wahrscheinlich, bei Onkel Gio und Onkel Claud. Oder an ihrer Arbeitsstelle? Möglicherweise bei Mitch.

Und früher oder später höchstwahrscheinlich auch hier. Aber das würde einige Zeit dauern.

Vor Armands Haus kramte sie in ihrer Handtasche nach dem Haustürschlüssel. Als sie die Tür hinter sich geschlossen hatte und Stille sie umfing, holte sie tief Luft. Jetzt erst verspürte sie den Schock der zurückliegenden Stunde und merkte, dass ihr die Knie zitterten. Warum eigentlich war sie Hals über Kopf davongelaufen? Sie hatte doch von der Polizei überhaupt nichts zu befürchten. Es war eine klare Panikreaktion gewesen, und nun war sie hier.

Sie ging langsam durch den Torbogen ins Wohnzimmer und lauschte angestrengt, ob sich außer ihr womöglich noch jemand im Haus aufhielt. Vielleicht war Stormy ja da, sie hatte ebenfalls noch immer einen Schlüssel. Aber es regte sich nichts.

Sie musste daran denken, was Stormy verloren hatte. Auch wenn Armand ein Idiot gewesen war, so hatte sie ihn doch geliebt. Jemanden zu verlieren, den man liebte, war immer schrecklich, ganz gleich, um wen es sich handelte. Das konnte Mae gut nachempfinden; sie brauchte sich nur vorstellen, wie es wäre, wenn Mitch etwas zustieß.

Sie ließ sich auf das weiche Sofa fallen und versuchte nachzudenken. Sie musste fort, denn früher oder später würde man auch hier nach ihr suchen. Die Versuchung, hinaufzugehen und sich oben im Schlafzimmer unter der Bettdecke zu verkriechen, um nie mehr hervorzukommen, war überwältigend stark.

Denk nach, befahl sie sich. Was war zu tun? Worum ging es hier eigentlich? Irgendetwas war mit Armands Geld geschehen, aber sie wusste nicht, was. Irgendjemand hatte auf sie geschossen, aber sie wusste nicht, wer. Die Polizei war hinter ihr her, aber sie wusste nicht, warum. Sie dachte voller Sehnsucht an Mitch. Wie gut könnte sie ihn jetzt brauchen! Nicht als Retter, sondern als Freund, mit dem zusammen sie versuchen könnte, die einzelnen Teile des Puzzles so zusammenzulegen, dass sie ein Ganzes ergaben.

Aber er war nicht hier. Sie war ganz auf sich gestellt.

„Gut, dass Sie da sind, Mitch!" June zog ihn in höchster Aufregung am Ärmel zur Tür herein und warf sich an seine Brust. „Mae ist weg, und die Polizei war hier."

Mit Engelsgeduld gelang es Mitch, der völlig verstörten June eine zusammenhängende Darstellung der neuesten Ereignisse zu entlocken.

„Beruhigen Sie sich, June, wir werden sie finden", tröstete er sie, als sie ihren Bericht beendet hatte.

Er warf Harold, der wie ein begossener Pudel dastand, einen forschenden Blick zu. „Haben Sie keine Ahnung, wo Mae sein könnte?"

Harold schüttelte den Kopf. „Ich weiß ja nicht mal, wie sie aus ihrem Zimmer rausgekommen ist."

Mitch grinste. „Offenbar ist sie meinem Beispiel gefolgt und das Spalier hinuntergeklettert."

„Und deswegen steckt sie jetzt wahrscheinlich bis zum Hals in Schwierigkeiten", lautete Harolds Kommentar, doch es klang nicht unfreundlich. „Unternehmen Sie etwas. Sie müssen sie finden."

„Ja, bitte", drängte nun auch June mit bebender Stimme.

Mitch tätschelte beruhigend ihre Schulter. „Ich habe alles im Griff, Sie brauchen sich keine Sorgen zu machen."

Einen Augenblick später verließ er mit einem letzten aufmunternden Kopfnicken in Junes Richtung das Haus. Und was zum Teufel tust du nun? dachte er, als er sich gleich darauf draußen in der Hitze vor Maes Mercedes wiederfand und die Fahrertür aufschloss.

Mae ging die Treppe nach oben und öffnete die erste Tür, an der sie vorbeikam.

In diesem Zimmer war sie noch nie gewesen, es schien ein Gästezimmer zu sein, aber irgendetwas daran kam ihr seltsam vor. Stirnrunzelnd stand sie auf der Schwelle und versuchte herausfinden, was es war. Die Wände waren in einem leuchtenden Gelb gestrichen, und die Zierborte, mit der sie abgesetzt waren, trug ein zartes Blümchenmuster. Die Möbel waren weiß, die Vorhänge waren mit gelben Blumen und Schmetterlingen bedruckt. Der einzige Einrichtungsgegenstand, der den Gesamteindruck störte, war das einfache Bett, das in der Mitte des Raums stand. Es wirkte wie ein Möbelstück, das man nur vorübergehend hier hereingestellt hatte.

Vielleicht hatte Stormy ja ein Bett bestellt, das besser zu der Einrichtung passte, aber es war noch nicht geliefert worden. Mae versuchte sich vorzustellen, wie das Bett aussehen könnte, und erstarrte.

Der Raum hier war ein Kinderzimmer. Sie dachte an den Katalog mit Spielzeug, der unten in der Halle auf dem Tisch lag und über den sie sich bereits vorhin gewundert hatte. Und plötzlich wusste sie, dass das einzige Möbelstück, das dieses unpassende Bett ersetzen konnte, eine Wiege war.

Stormy hatte ein Kinderzimmer geplant.

Von Mitleid mit Stormy überwältigt, ließ Mae sich aufs Bett sinken. Sie hatte Armand so sehr geliebt, dass sie sich ein Kind von ihm gewünscht hatte. Mae schloss die Augen und stellte sich Stormy vor, wie sie mit einem kleinen rothaarigen Kind hier in diesem Zimmer spielte. Bestimmt hatte Stormy ähnliche Fantasien gehabt.

Nach einiger Zeit stand Mae auf und ging in den gegenüberliegenden Raum.

Es war ein Schlafzimmer, in dem die Farben Braun und Rot dominierten und in dessen Mitte ein breites Doppelbett aus Mahagoni seinen Platz hatte. Neben dem Bett stand ein großer Korb, der bis obenhin voll gestopft war mit Armands Socken und Unterwäsche. Harold hatte offensichtlich entschieden, diese Sachen nicht in die Altkleidersammlung zu geben.

Mae warf einen Blick auf die Uhr auf dem Nachttisch. Sie war schon seit mehr als zwei Stunden hier. Es wurde Zeit zu verschwinden, ehe die Polizei sie hier womöglich noch aufstöberte. Am besten würde wohl sein, wenn sie mit dem Bus zu Mitch fuhr, doch auf einmal fiel ihr ein, dass sie keinen

Cent in der Tasche hatte, weil sie gestern Mitch ihren letzten Zwanziger für Benzin gegeben hatte.

Es würde ihr wohl nichts anderes übrig bleiben, als zu Fuß zu gehen. Sie blickte auf ihre Füße. Die Schuhe mit den dünnen Ledersohlen, die sie heute Morgen in der Eile angezogen hatte, waren nicht für lange Wanderungen geeignet. Bei der vorsichtigen Schätzung, dass Mitchs Wohnung wohl etwa fünfzehn bis zwanzig Meilen entfernt liegen dürfte, stöhnte sie laut auf. Das war ein Fußmarsch von vier bis fünf Stunden.

Sie ging zu den Kartons hinüber, die Harold für die Altkleidersammlung der Wohlfahrt zusammengepackt hatte. Vielleicht fand sie ja ein Paar Schuhe darin, auch wenn es nur Hausschuhe waren. Sie durchwühlte die Kisten und zog schließlich ein Paar nagelneue Sportschuhe hervor. Wahrscheinlich hatte Stormy sie Armand irgendwann einmal gekauft, ohne zu ahnen, dass er lieber gestorben wäre, als dass er Joggingschuhe angezogen hätte.

Arme Stormy. Nach sieben Jahren hätte sie es eigentlich besser wissen müssen. Doch sie hatte ihn einfach nur als den Armand gesehen, den sie hatte sehen wollen. Stormys Armand wünschte sich ein Kind und Joggingschuhe. Der wirkliche Armand wünschte sich Barbara Ross und ihr Geld.

Da Mae die Schuhe natürlich viel zu groß waren, waren nun noch Socken vonnöten. Sie wandte sich dem Korb zu und kramte die dicksten Exemplare hervor, die sie finden konnte. Noch drei solche Paare, dann würden ihr die Schuhe wenigstens annähernd passen.

Als sie nach dem vierten Paar grub, stieß sie auf etwas Hartes und zog es hervor.

Es war ein braunes, in Leder gebundenes Buch. Sie wusste sofort, worum es sich handelte, und schloss für einen Moment überwältigt die Augen, doch nur Bruchteile von Sekunden später erkannte sie die Ironie des Schicksals. Nun endlich, nach langem Suchen, war sie auf das Tagebuch gestoßen, aber jetzt war das Geld verschwunden, und daran konnten auch Armands Aufzeichnungen nichts ändern.

Sie steckte das Tagebuch dennoch in ihre Handtasche und stand kurz darauf in vier Paar Socken und Armands Joggingschuhen auf der Straße, die nach Overlook führte.

Erschöpft saß Mae viereinhalb Stunden später auf Mitchs Bett und sah zu, wie sich der Himmel in ein goldenes Meer verwandelte, dann orange wurde, schließlich purpurfarben und endlich blauschwarz.

Schweißgebadet war sie nach viereinhalb Stunden Fußmarsch hier angekommen, und da sich auf ihr Läuten hin niemand gemeldet hatte, war sie kurzerhand über die Feuerleiter in Mitchs Wohnung eingestiegen. Das Erste, was sie getan hatte, war, sich die Kleider vom Leib zu reißen und sich unter die Dusche zu stellen. Hinterher zog sie eins von Mitchs Hemden an, setzte sich auf sein Bett und vertiefte sich in Armands Tagebuch, in der Hoffnung, etwas zu finden, was ihr in dieser verzwickten Angelegenheit weiterhalf. Doch es gelang ihr einfach nicht, den Knoten zu entwirren, obwohl sie viele interessante Dinge erfuhr. Was jedoch nichts an der Tatsache änderte, dass man versucht hatte, sie zu ermorden, und dass sie von der Polizei gesucht wurde.

Mittlerweile war es neun Uhr abends.

Wo Mitch bloß blieb!

Hatten die Schüsse gar nicht ihr gegolten, sondern ihm?

Vielleicht war er schon gar nicht mehr am Leben.

Sie brauchte ihn, weil sie ihn liebte.

Sie holte tief Luft. Ja, sie brauchte ihn, weil sie ihn liebte. Nicht, weil sie sich wünschte, dass er sie beschützte oder gar unterstützte. Nein, nur allein aus dem Grund, weil sie ihn liebte. Die Liebe hat ihre eigenen Gesetze, und die Wahrscheinlichkeit ihres Erfolgs oder Scheiterns hat nichts mit der Tatsache an sich zu tun. Liebe ist irrational, entweder sie ist da oder sie ist nicht da.

Plötzlich hörte Mae, wie sich ein Schlüssel im Schloss drehte, und Mitch trat in den dunklen Raum.

„Gott sei Dank", sagte sie, und es klang wie ein Gebet.

„Mae?" In der Dämmerung sah sie, wie er überrascht stehen blieb, sich mit dem Rücken gegen die Tür lehnte und sie dadurch zudrückte.

„Ich bin hier."

Er rang nach Luft und sagte: „Ich habe dich gesucht, Mabel", wobei er sich darum bemühte, seine innere Anspannung zu verbergen.

„Ich warte schon seit Stunden auf dich", erwiderte sie krampfhaft locker. „Ich hatte dich schon im Verdacht, dass du dir wieder mal mit einer Bibliothekarin ein paar schöne Stunden machst."

Er kam zu ihr und setzte sich neben sie aufs Bett. Zärtlich fuhr er ihr mit der Hand über die Wangen, als könnte er es noch gar nicht glauben, Mae wirklich vor sich zu haben.

Er seufzte. „Ich habe fast den Verstand verloren vor Sorge um dich", erklärte er mit bebender Stimme.

Mae streckte die Hand nach ihm aus. „Und ich erst! Ich hatte schon Angst …"

„Ich liebe dich."

Und dann küsste er sie so leidenschaftlich, dass ihr ganz schwindlig wurde vor Erleichterung. Sie legte ihm die Arme um den Hals und drängte sich eng an ihn. Sie hätte laut jubeln können vor Glück.

„Von nun an bleiben wir immer zusammen", flüsterte er ihr ins Ohr. „Ich hatte einfach zu viel Angst um dich. Jetzt lass ich dich nie mehr los."

„Das willst du wirklich?" fragte sie. „Keine neuen Kontinente mehr, die du erforschen möchtest?"

Der Klang seiner Stimme verriet, dass er lächelte. „Nein. Das Einzige, was ich noch erforschen will, bist du."

„Du würdest mich nicht anlügen, oder?" fragte sie.

„Jeder lügt, Mabel. Jeder außer uns", erklärte er feierlich.

Sie nickte stumm, viel zu durchdrungen von ihrer Liebe zu ihm, als dass sie auch nur ein Wort hätte hervorbringen können. Er küsste sie noch einmal, schlüpfte mit seiner Hand unter ihr Hemd und ließ seine Finger über ihren nackten Rücken gleiten.

„Schlaf mit mir", flüsterte sie. „Ich will ein Teil von dir werden."

„Du bist schon ein Teil von mir", versicherte er gefühlvoll.

Sie stand auf und zog sich das Hemd über den Kopf. Er erhob sich ebenfalls, streifte Hemd und Hose ab und kam auf sie zu. Sein herrlicher Körper, der muskulös und geschmeidig war wie der einer Raubkatze, schimmerte matt in der Dunkelheit.

Mae hielt den Atem an, als er sie in seine Arme schloss. Wie hart er war, wie überwältigend männlich!

Eng umschlungen taumelten sie aufs Bett, ließen streichelnd die Hände über den Körper des anderen gleiten und küssten sich.

„Es reicht mir fast, dich einfach nur so zu halten“, flüsterte er rau und zog Mae unter sich.

Sie bog sich ihm voller Verlangen entgegen, und der Wunsch, mit ihm zu verschmelzen, wuchs bis ins schier Unerträgliche, als er sanft ihre Beine auseinander bog, um das pulsierende Zentrum ihrer Begierde zu liebkosen.

Mae stieß einen kehligen Laut aus und umklammerte seine Schultern so fest, dass ihre Fingernägel kleine rote Halbmonde auf seiner straffen Haut hinterließen.

„Aber nur fast“, fügte er heftig atmend hinzu, während sie mit der Zunge über sein Schlüsselbein fuhr, und dann schob er ihre Schenkel noch weiter auseinander und drang aufstöhnend mit einem einzigen kraftvollen Stoß tief in sie ein.

„Ich liebe dich, ich liebe dich“, flüsterte Mae, während die Lust in ihr aufbrandete und sie fortwirbelte zu fernen Gestaden, wo nichts mehr von Bedeutung war außer ihnen beiden und den unbeschreiblichen sinnlichen Freuden, die sie einander schenkten. „Ich werde dich immer lieben.“

Am nächsten Morgen wachte Mitch auf, als Mae sich behutsam von ihm löste, um aufzustehen. Er packte sie am Arm. „Halt, nicht so eilig!“

„Ich brauche dringend eine Dusche.“ Sie küsste ihn, riss sich los und sprang blitzschnell aus dem Bett.

Mitch folgte ihr ins Bad.

Sie duschten lange.

„Du bist dir aber darüber klar, dass wir um einiges früher aufstehen müssen, wenn wir das öfter so machen, ja?“ neckte Mae ihn später, während sie seinen Kühlschrank inspizierte. „Warum gibt's denn in diesem Haushalt eigentlich nicht mal ein Stück Brot?“

„Weil ich nie hier esse. Die Kakerlaken, die sich hier tummeln, haben etwa Bobs Größe, und das beeinträchtigt meinen Appetit ungemein.“

Mae sah sich argwöhnisch um.

Mitch saß auf der Bettkante und fischte eine Socke unter dem Bett hervor. „Mabel, was den Tod deines Onkels angeht, haben sich einige neue Aspekte ergeben.“

„Ich weiß. Ich werde von der Polizei gesucht.“

„Nun, ich hoffe, zumindest das haben wir im Griff. Ich habe Nick Jamieson, einen Freund von mir, der Anwalt ist, beauftragt, sich darum zu kümmern. Wir fahren am besten gleich zu ihm.“

„Okay. Das klingt nicht übel.“

Mitch zögerte. „Aber es gibt noch ein paar andere Neuigkeiten.“

„Sag schon“, verlangte sie, auf alles gefasst.

„Also, die gute Nachricht ist, dass du nicht pleite bist. Die schlechte ist, dass Armand das Geld, das deine Eltern für dich als Treuhandvermögen angelegt haben, veruntreut hat. Aus seinem Tagebuch geht hervor, dass irgendjemand ihn gezwungen hat, alles zurückzuzahlen. Er hat in den letzten drei Monaten acht Millionen Dollar in deinen Fonds eingezahlt.“

Mae blieb vor Verblüffung fast der Mund offen stehen.

„Acht Millionen! Und die Polizei denkt, dass ich ihn so lange unter Druck gesetzt habe, bis er das Geld aufgetrieben hatte, und ihn dann umgebracht habe?“ Sie schwieg einen Moment. „Schau mal, was ich gestern in Armands Stadthaus gefunden habe.“

Mitch starrte auf das Tagebuch. „Aber dort habe ich doch alles gründlich durchsucht.“

„Vielleicht wollte jemand, dass es dort gefunden wird – nicht unbedingt von mir, aber von der Polizei. Die letzten Seiten fehlen, doch ich konnte mir auch so zusammenreimen, dass er gezwungenermaßen eine Menge Geld in meinen Fonds und auf diverse Konten anderer Leute eingezahlt hat, deren Vermögen ihm anvertraut war. Er war sehr unglücklich über diese Rückzahlungen, denn man hätte ihm die Unterschlagungen niemals nachweisen können, außer er hätte ein Geständnis abgelegt, was er nur in seinem Tagebuch tat.“

„Das passt zu ihm.“ Mitch öffnete das Tagebuch. „Wer hat ihn zur Rückzahlung der Gelder veranlasst?“

„Claud. Als er von den Unterschlagungen Wind bekam, setzte er Armand gewaltig unter Druck, die Sache schleunigst zu bereinigen, damit der Name Lewis nicht noch mehr Schaden litt.“ Sie lachte. „Aber dass es acht Millionen waren, habe ich nicht gewusst. Der arme Claud! Da setzt er Himmel und Hölle in Bewegung, um die Familienehre zu retten, und dann kommen wir daher und machen einen Riesenwirbel um das verschwundene Tagebuch.“ Sie setzte sich neben Mitch. „Kein Wunder, dass er dir so viel Geld angeboten hat, damit du aussteigst. Erinnerst du dich, wie er sagte: ‚Für dich und June und Harold ist gesorgt‘? Das bezog sich auf meinen Vermögensfonds.“

„Warum hat er dir das nicht klipp und klar erklärt?“ fragte Mitch.

„Das ist nun mal nicht seine Art. Er *kümmert* sich um solche Dinge, verstehst du?“

„Ab wann kannst du über den Fonds verfügen?“

„Von meinem fünfunddreißigsten Geburtstag an, also in sechs Wochen.“

Mitch pfiff durch die Zähne. „Dann hat Armand es also nur ganz knapp geschafft.“ Er blätterte in dem Tagebuch. „Jemand hat die letzten Seiten herausgerissen. Was hat Armand vor seinem Tod gemacht?“

Mae zuckte die Achseln. „Er hat Barbara geheiratet und sein Haus an Dalton verkauft. Er hat mit Stormy geschlafen. Vielleicht sind sie alle in die Sache verwickelt.“

Mitch grinste. „Barbara, Dalton und Stormy? Ausgeschlossen. Aber wie wäre es mit Claud, Gio und Carlo?“

„Die haben ihn nicht umgebracht. Sie mochten ihn nicht … aber Mord? Niemals!“

„Nun, jeder von ihnen hatte ein Motiv. Bei Claud war es die Sorge um die Familienehre. Gio ist früher mal von ihm reingelegt worden und hat jahrelang auf Rache gesonnen. Carlo denkt – jedenfalls nach dem, was ich gehört habe –, dass Armand ihn damals bei der Polizei angeschwärzt hat.“

Mae hatte Mühe, alle Neuigkeiten einzuordnen. „Und wer hat auf mich geschossen?“

„Du hattest mein Jackett an. Ich gehe davon aus, dass man es auf mich abgesehen hatte. Irgendjemand scheint es nicht zu mögen, dass ich für dich arbeite.“

Mae stöhnte verzweifelt. „Können wir nicht vielleicht

erst mal was essen? Ich bin fast am Verhungern. Weißt du übrigens, dass du mir noch einen Zwanziger schuldest?"

„Ach, du hast doch jetzt so viele Zwanziger."

„Noch nicht. Bis zu meinem Geburtstag bin ich dir auf Gedeih und Verderb ausgeliefert. Also, gib mir meinen Zwanziger zurück."

„Wenn du mein Geld willst, musst du mich heiraten."

„Heiraten?" Mae schluckte. „Und was ist mit den Bibliothekarinnen? Und mit all dem Neuland, das noch erobert werden will?"

„Lass den Blödsinn." Mitch schüttelte belustigt den Kopf. „Das hatten wir doch gestern schon."

„Aber …" Mae schluckte. „Es ist aber doch nur, weil… weil wir uns erst seit einer Woche kennen. Und weil ich von der Polizei gesucht werde … Und weil ich so hungrig bin …"

„Okay, okay. Dann will ich mich mal auf die Socken machen und dafür sorgen, dass du was zwischen die Zähne bekommst. Ich hole uns was zum Frühstück. Du bleibst hier und rührst dich nicht vom Fleck", befahl er lächelnd.

„Rühren kann ich mich sowieso nicht mehr, weil ich gleich vor Hunger sterbe." Aufstöhnend ließ sie sich aufs Bett fallen.

Der Geldautomat, an dem er vor dem Einkaufen noch vorbeimusste, war nur einen Häuserblock entfernt, und so machte Mitch sich zu Fuß auf den Weg.

Als er seine Geheimnummer eingab, piepste der Automat, und auf dem Bildschirm erschien die Meldung „Keine Auszahlung möglich. Ihr Konto ist gesperrt. Wenden Sie sich bitte an Ihr Kreditinstitut".

„Was?“ schrie Mitch die Maschine an. „Das gibt's doch gar nicht.“ Er landete einen Faustschlag auf dem Automaten, was ihn jedoch auch nicht weiterbrachte. „Verdammter Mist!“ knurrte er und wandte sich frustriert zum Gehen.

Er sah den Kinnhaken nicht kommen. „Fahr zur Hölle“, brummte Carlo, als Mitch lautlos in die Knie ging.

10. KAPITEL

Als Mitch nach einer Stunde noch immer nicht zurück war, begann Mae unruhig zu werden. Sie fing an, in Gedanken alle Möglichkeiten durchzugehen.

Die Erste war, dass Mitch der ganzen Angelegenheit einschließlich ihrer selbst überdrüssig geworden war und sich still und leise davongemacht hatte. Diese Möglichkeit erschien Mae jedoch so unwahrscheinlich, dass sie sie sofort ausschloss.

Eine andere Möglichkeit war, dass Carlo es satt hatte, seine Eifersucht an Mitchs Auto abzureagieren, und sich Mitch nun direkt zugewandt hatte. Denkbar war es, aber Carlo würde Mitch nicht eine Stunde lang verprügeln.

Eine dritte Möglichkeit war, dass die Polizei ihn aufgegriffen und zum Verhör aufs Revier geschleppt hatte. Wenn die Beamten dann anschließend hierher in seine Wohnung kämen, sähe es für sie, Mae, allerdings nicht gut aus.

Mae neigte der letzten Version zu – was bedeutete, dass sie Mitchs Apartment so schnell wie möglich verlassen musste. Also schnappte sie sich ihre Handtasche und machte sich auf den Weg zu dem einzigen Ort in Riverbend, an dem sie sich einigermaßen sicher fühlen konnte.

Als Mitch die Augen aufschlug, landete sein Blick direkt auf dem abgeschlagenen Haupt des Holofernes. Das schien ihm kein gutes Omen. Er lag in Gios Büro auf dem Teppich, über sich gebeugt die Köpfe der drei Menschen, die zu sehen er am wenigsten Lust hatte.

„Ah, Mr. Peatwick geruht aufzuwachen", ließ sich Claud bissig vernehmen.

„Wo ist Mae Belle?" fragte Gio drohend.

„Das nächste Mal bring ich dich um!" kam es von Carlo.

Mitch betastete vorsichtig seine Schläfe, und als er seine Hand zurückzog, sah er, dass sie voller Blut war. Stöhnend rappelte er sich auf, taumelte kurz wie ein angeschlagener Boxer im Ring und verpasste Carlo dann einen Kinnhaken, der den überraschten Mann postwendend zu Boden schickte.

„Der war dafür, dass du mein Auto demoliert hast. Jetzt schulde ich dir noch einen dafür, dass du Mae fast erschossen hättest, und dann noch einen dafür, dass du mich niedergeschlagen hast."

„Was?" herrschte Gio Carlo an. „Du hast auf Mae geschossen? Bist du verrückt geworden?"

„Er lügt." Carlo war wieder aufgestanden und fuhr sich mit dem Finger über seine aufgeplatzte Unterlippe, die rasch anschwoll. „Ich würde Mae niemals im Leben etwas antun."

„Fast hätte er sie durchsiebt", stellte Mitch klar. „Er hat sie mit mir verwechselt, weil sie mein Jackett trug. Man sollte dem Jungen wirklich keinen Revolver in die Hand geben."

„Gib mir deine Pistolen", befahl Gio Carlo, der Mitch einen wütenden Blick zuwarf. „Alle."

„Die Messer vielleicht besser auch", empfahl Mitch. „Da gab es doch diesen kleinen Vorfall mit dem Finger ..."

„Sie halten sich da raus!" fuhr Gio ihn an.

„Ich denke gar nicht daran."

Gio kam auf ihn zu und baute sich drohend vor ihm auf.

„Kein Mensch auf dieser Welt hat es jemals gewagt, mir zu widersprechen …"

„Na, dann wird es ja höchste Zeit. Ich habe langsam wirklich genug von Ihnen allen. Was glauben Sie denn, wer Sie sind?" Mitch redete sich in Rage. „Ich möchte wissen, was hier eigentlich gespielt wird."

„Wo ist Mae Belle?" verlangte Gio wieder zu wissen.

„Ich weiß es genauso wenig wie Sie. Vermutlich sucht sie den Mörder."

„So ein Quatsch. Es gibt keinen Mörder." Claud ließ sich in einen Stuhl fallen.

„Was auch immer Sie glauben, es ist mir egal. Ich jedenfalls suche jetzt Mae Belle." Damit ging Mitch entschlossen um Gio und Carlo herum zur Tür.

Gio stellte sich ihm in den Weg. „Sie gehen nirgendwohin."

Mitch musterte ihn finster. „Oh doch, ich gehe – koste es, was es wolle."

Gerade als Mae die Eingangstür von Armands Stadthaus hinter sich schloss, kam Stormy mit einem Koffer in der Hand die Treppe herunter.

Überrascht sahen sich die beiden Frauen an.

„Sie verreisen?" fragte Mae.

„Ja. Nach Südamerika. Ich wollte nur noch meinen Pass holen." Stormy setzte den Koffer ab und runzelte die Stirn. „Ich dachte, man hätte Sie verhaftet."

„Wie kommen Sie denn darauf?" Mae warf ihre Handtasche auf den Tisch.

„Ich hab es in den Morgennachrichten gehört."

„Das kann nicht sein. Ich hatte den ganzen Morgen das Radio an." Mae lehnte sich gegen den Tisch und sah Stormy an. „Sie haben mich angezeigt, stimmt's?"

Stormy biss sich auf die Unterlippe. „Sie wären bald wieder freigekommen. Man hätte Ihnen doch gar nichts nachweisen können. Und Ihr Onkel hätte Ihnen den besten Anwalt von Riverbend verschafft."

„Warum haben Sie das getan?"

Stormy zuckte die Schultern. „Sie haben doch die Mordgerüchte in Umlauf gebracht. Ich habe mir gedacht, dass es Sinn macht …"

„Nein. Ich meine, warum haben Sie Armand getötet?"

Entsetzt riss Stormy die Augen auf. „Ich? Ich habe Armand nicht getötet."

„Ach, Stormy, lassen Sie doch die Lügen. Sie haben Armand getötet, weil Sie ihn geliebt haben, nicht wahr?" Mae versuchte, sich nicht von ihrem Mitleid für Armands Geliebte überwältigen zu lassen. Die Frau war trotz allem eine Mörderin.

Stormy schnaubte empört. „Warum wohl sollte ich ihn geliebt haben? Er war ein gemeiner alter Mann. Und Sie glauben doch wohl nicht, dass ich so dumm war, ihn umzubringen. Warum hätte ich das tun sollen? Er hat …"

„Weil Sie ihn geliebt haben. Er wollte Sie verlassen. Sie haben schon seit einiger Zeit versucht, ihn durch ein Kind an sich zu binden, aber es hat nicht geklappt, obwohl Sie sämtliche Kondome durchlöchert haben."

„Nein … ja … nein …" Plötzlich brach Stormy zusammen. Verzweifelt blickte sie Mae an. „Ich habe ihn geliebt, und er hat mir immer versprochen, dass wir eines Tages zusammen ein Baby haben würden, dass wir eine richtige Familie sein könnten."

„Ach, Stormy, das alles tut mir so Leid für Sie. Sie haben sich so viele Illusionen gemacht. Armand konnte Kinder nicht ausstehen." Nun erzählte sie Stormy von Ronnie und wie gleichgültig Armand sein Sohn gewesen war. „Armand hat Ihnen etwas vorgemacht, und dann hat er Ihnen den Laufpass gegeben, nur um an Barbara Ross' Geld heranzukommen." Mae sah die jüngere Frau an, die sich in einen Sessel gekauert hatte und sie verängstigt anblickte. „Er hat Ihnen in der bewussten Nacht erzählt, dass er geheiratet hatte, stimmt's? Er hat Ihnen gesagt, dass es aus ist?"

„Nein." Stormy straffte die Schultern. „Ich habe es in seinem Tagebuch gelesen. An dem Abend war alles wie immer. Armand goss sich vor dem Schlafengehen noch einen großen Whiskey ein und stellte das Glas auf den Nachttisch. Dann ging er ins Bad, um zu duschen. Währenddessen las ich sein Tagebuch."

„Sie haben in seinen privaten Aufzeichnungen herumgeschnüffelt?" fragte Mae entsetzt.

„Nur manchmal, wenn ich das Gefühl hatte, dass er mich belügt. Armand hat nie viel erzählt. Und dann las ich, dass er diese Frau geheiratet hat. Ich konnte es nicht fassen. Und ich konnte ihn nichts fragen, weil ich wusste, dass er dann sofort gehen würde. Armand hasste es, wenn man ihn ausfragte."

Mae ließ sich in einen Sessel sinken. „Sie waren sieben Jahre mit ihm zusammen, und er war nie bereit, mit offenen Karten zu spielen?"

Stormy nickte. „Nie. Irgendwann machte mich das so fertig, dass er mich zu einem Arzt schickte, der mir Beruhigungspillen verschrieb. Armand hatte Recht, die Pillen wirkten. Immer, wenn ich eine genommen hatte, interessierte es mich nicht mehr, was er trieb, wenn er nicht bei mir war."

Mae schloss die Augen. Armand war gewissenlos genug gewesen, Stormy mit Tranquilizern ruhig zu stellen. „Guter alter Armand, wie sehr er sich doch immer um das Wohl seiner Mitmenschen gesorgt hat."

„Also entschied ich, eine meiner Pillen in seinen Brandy zu tun. Ich wollte ihn einfach nur ein bisschen müde machen, weil ich hoffte, dass er dann vielleicht bereit wäre, mit mir zu reden."

„Sie haben seinen Whiskey mit Tranquilizern versetzt?" Mae schluckte.

Stormy nickte unglücklich, zog ein Taschentuch hervor und putzte sich die Nase. „Nachdem er davon getrunken hatte, wartete ich noch ein wenig und stellte ihn dann zur Rede. Ich sagte ihm auf den Kopf zu, dass ich von der Heirat wüsste. Ich verlangte von ihm, sich wieder scheiden zu lassen. Er meinte nur, ich solle vernünftig sein. Er sei zwar jetzt verheiratet, wolle mich aber dennoch behalten."

Mae seufzte. „Er war vollkommen pleite und wollte an Barbara Ross' Geld."

Stormy machte eine abwehrende Geste. „Nein. Armand war nicht pleite. Armand war reich."

Mae erzählte Stormy, dass Armand sein gesamtes Hab und Gut verkauft hatte.

„Und deshalb hat er sie geheiratet?" Stormy war fassungslos.

„Ja, deshalb." Mae zögerte eine Sekunde. „Es tut mir wirklich Leid, Stormy, aber Sie haben Besseres verdient."

Einen Moment lang sah Stormy sie an, dann nickte sie. „Das glaube ich auch."

Sie schwiegen beide.

Nach einer Weile fragte Mae: „Wie ist er gestorben?"

Stormy blinzelte die Tränen weg und sah Mae an. „Wir haben uns schrecklich gestritten. Schließlich trank er seinen Whisky in einem Zug aus und legte sich hin. Er schlief sofort ein. Ich legte mich neben ihn, und dann ..." Sie schauderte und schloss die Augen.

„Dann merkten Sie, dass er tot war", beendete Mae den Satz.

„Er hörte einfach auf zu atmen", flüsterte Stormy und vergrub das Gesicht in den Händen. Zwischen ihren Fingern quollen dicke Tränen hervor. „Einige Zeit später rief ich Claud an." Sie schnäuzte sich. „Ich habe Armand wirklich geliebt."

„Ich weiß." Mae kam flüchtig der Gedanke, dass Armand ein gerechtes Schicksal ereilt hatte, doch dann konzentrierte sie sich wieder auf die Gegenwart. Sie blickte zu Stormys Koffer und fragte: „Wollen Sie noch immer wegfahren?"

Stormy riss sich zusammen. „Ja. Mein Flug geht in einer Stunde. Mein Taxi kommt gleich." Sie bot ein Bild des Jammers. „Oder wollen Sie mich aufhalten?"

„Nein." Mae wusste, dass für Stormy die Chance zu entkommen verschwindend gering war. Spätestens nach ein oder zwei Wochen würde die Polizei sie aufgreifen. Stormy war zu lebensuntüchtig, um sich allein durchzuboxen.

Stormy beobachtete Mae, und ihre Unsicherheit wuchs. „Ich habe ihn nicht vorsätzlich getötet, glauben Sie mir."

„Ich weiß." Mae erhob sich und sah sie an. „Hören Sie,

ich bin nicht hier, um Sie anzuklagen. Sie können sich darauf verlassen, dass ich nicht die Polizei rufe."

Noch immer misstrauisch, beäugte Stormy Mae von oben bis unten. „Dann lassen Sie mich also gehen?"

„Ja."

„Okay." Es klingelte an der Tür, und Stormy griff nach ihrem Gepäck. „Das ist mein Taxi." Sie zögerte. „Ich habe Sie immer gemocht."

„Danke."

„Und der einzige Grund, warum ich Sie da mit reingeritten habe, war der, dass ich mir sicher war, dass Sie sich bestimmt zu helfen wissen."

Mae lag eine bissige Erwiderung auf der Zunge, die sie jedoch hinunterschluckte. „Ich weiß Ihr Vertrauen zu schätzen."

Es läutete wieder.

„Nun, dann viel Glück", sagte Stormy.

„Ihnen auch viel Glück."

Stormy wandte sich um und ging zur Tür.

„Hallo, Stormy." Mitch warf einen Blick über ihre Schulter hinüber zu Mae. „Wir sind auf der Suche nach Mabel. Da ist sie ja. Können wir einen Moment hereinkommen?" Er nahm Stormy am Arm und zog sie in die Eingangshalle zurück, dicht gefolgt von Claud, Gio und Carlo.

Stormy setzte ihren Koffer ab.

„Was soll denn das hier sein, eine Parade?" erkundigte sich Mae verärgert. Dann entdeckte sie die blutige Schramme an Mitchs Schläfe. „Was ist denn mit dir passiert?"

Mitch ließ Stormy los und wandte seine Aufmerksamkeit Mae zu. „Deine verrückten Verwandten haben mich gekidnappt und weigerten sich, mich gehen zu lassen, also blieb mir nichts anderes übrig, als sie mitzubringen."

„Oh, Mitch, das tut mir aber Leid." Mae fuhr behutsam mit dem Finger über die Schramme.

Er berührte ihre Hand. „Ist schon okay."

Maes Herz schlug schneller. Doch dann fiel ihr Stormy wieder ein. „Hör zu, Stormy muss weg ..."

„Nein, muss sie nicht", widersprach Mitch.

„Muss sie doch", schaltete sich nun Stormy überraschend energisch ein, und als Mae sie verblüfft anschaute, blickte sie direkt in die Mündung einer Pistole, die Stormy auf sie gerichtet hielt. „Ich habe nichts gegen Mae, aber ich weiß, dass sie hier die Einzige ist, an der euch etwas liegt. Wenn irgendjemand versucht, mich am Weggehen zu hindern, muss ich sie leider erschießen."

Mitch sah Mae an. „Heute läuft aber auch nichts nach Plan."

Erst war er diesen Verrückten in die Falle gegangen, und jetzt hielt auch noch die nächste Wahnsinnige ausgerechnet der Frau, die er liebte, einen Revolver an die Schläfe. Wenn er nur Stormy davon überzeugen könnte, dass sie statt auf Mae lieber auf Carlo zielen sollte, wäre viel gewonnen!

Streng deinen Grips an, befahl er sich. „Wissen Sie, Stormy, wir können Ihnen den besten Anwalt der Stadt besorgen. Er wird sich um alles kümmern."

„Wenn du Mae was antust, bring ich dich um", zischte Carlo Stormy zu.

„Ruhe jetzt." Stormy starrte Carlo wachsam an, was Mitch sofort ausnutzte, um sich zwischen Mae und die Pistole zu schieben.

„Was machst du denn?“ Mae bohrte ihren Zeigefinger in seinen Rücken und blickte ihm über die Schulter.

Mitch langte hinter sich und schob sie aus der Schusslinie. „Hör zu, ich bin mir nicht unbedingt sicher, ob sie nicht vielleicht doch noch anfängt herumzuballern.“

„Ich dachte, du hast auch deine Bedürfnisse.“ Mae klang etwas atemlos.

„Habe ich auch.“ Mitch holte tief Luft, während er Stormy und die unruhig in ihrer Hand liegende Pistole im Auge behielt. „Es ist nur so, dass sich meine Prioritäten ein wenig verlagert haben.“

„Oh.“

Mitch spürte, wie sie für einen Moment ihren Kopf gegen seine Schulter lehnte. „Bist du okay?“

„Ja, ich will“, gab Mae zurück.

„Du willst was?“

„Ja, ich will dich heiraten.“ Sie legte von hinten die Arme um seine Taille. „Ohne Wenn und Aber.“

„Mae!“ brüllte Carlo so laut, dass Stormy erschrocken zusammenfuhr und die Pistole nun auf ihn richtete.

Mitch versuchte, Maes Arme, die noch immer seine Taille umklammerten, abzuschütteln. „Können wir das später diskutieren?“

„Sicher.“ Sie machte keine Anstalten, ihn loszulassen. „Ich wollte es nur für den Fall, dass einer von uns beiden hier in einem Feuergefecht ums Leben kommt, vorsorglich schon mal gesagt haben.“

„Hier wird niemand erschossen.“ Mitch versuchte Stormys Blick aufzufangen.

„Ich liebe dich.“

„Ich bring dich um, du Dreckskerl!“ rief Carlo und stürzte sich auf Mitch. Stormy wich kreischend zurück, dabei löste sich ein Schuss aus der Pistole und traf Carlo ins Bein.

Carlo ging mit einem Aufschrei zu Boden, Gio fiel neben ihm auf die Knie, und dann läutete es wieder an der Tür.

„Das ist mein Taxi.“ Stormy schob sich an Gio vorbei. „Lassen Sie mich durch, ich hab's eilig.“ Sie warf Carlo noch einen flüchtigen Blick zu. „Sie sind selbst schuld. Sie hätten sich nicht bewegen dürfen.“

Gio legte seinem Enkel eine Hand auf die Schulter.

„Ich bin okay, Grandpa“, stieß Carlo heldenhaft zwischen zusammengebissenen Zähnen hervor, und Mitch konnte ihm zum ersten Mal seinen Respekt nicht versagen. Er hatte zwar noch keine persönliche Bekanntschaft mit einer Kugel gemacht, aber er konnte sich gut vorstellen, dass es höllisch wehtat.

Gio erhob sich und ging zur Tür.

„Ich habe die Tickets, mein Täubchen“, sagte Newton, als er hereinkam. Dann blieb er wie angewurzelt auf der Schwelle stehen. „Was ist denn hier los? Ist das eine Abschiedsparty?“ Er stellte sich neben Stormy und nickte Mae zu. „Sie müssen Mabel sein. Freut mich, zu guter Letzt doch noch Ihre Bekanntschaft zu machen.“

„Ganz meinerseits“, erwiderte Mae leise.

„Du und Stormy?“ schaltete sich Mitch ein. „Darüber müssen wir noch mal reden, Newton.“

„Nein!“ So energisch hatte Mitch Stormy noch niemals erlebt. „Wir müssen sofort von hier verschwinden“, sagte sie zu Newton. Sie lehnte sich an ihn, und Mitch sah, wie sein Freund einen Moment lang die Augen schloss.

Mitch seufzte. Er konnte nur hoffen, dass es Newton in Südamerika gefallen würde, denn an eine Rückkehr war nicht zu denken.

Plötzlich trat Newton hinter Stormy und riss die Hand, in der sie die Pistole hielt, nach oben. Wieder löste sich ein Schuss, die Kugel fräste sich in die Decke. Eine Sekunde später hatte Newton der völlig überraschten Stormy die Waffe auch schon entwunden.

„Newton!“ sagte Stormy fassungslos, doch er schüttelte nur den Kopf.

„Hast du geglaubt, ich spiele den Trottel für dich, *Sweetheart?*“

Empört stieß Mae Mitch beiseite und baute sich drohend vor Newton auf. „Sie Dreckskerl, wollen Sie damit sagen, dass Sie die Absicht haben, die Frau, die Sie lieben, zu verraten?“

Newton zuckte gleichmütig die Schultern. „Das Leben ist hart, Mabel.“ Er wandte seine Aufmerksamkeit Gio zu. „Öffnen Sie die Tür und winken Sie mit einem Taschentuch. Es ist das Zeichen für die Polizei.“

„Die Polizei?“ Stormys Knie gaben nach, sie glitt wie in Zeitlupe zu Boden. „Jetzt ist alles aus“, flüsterte sie.

Mitch starrte Newton an. „Hast du wenigstens dafür gesorgt, dass sie einen guten Anwalt bekommt?“

„Sicher“, erklärte Newton. „Noch bevor ich die Polizei angerufen habe, habe ich Nick benachrichtigt.“ Er sah Stormy an und lächelte. „Ich habe ihm gesagt, dass er eine wunderschöne Frau verteidigen muss, die ihren Liebhaber aus Leidenschaft getötet hat.“

Stormy schlug die Hände vors Gesicht.

„Und was hat er geantwortet?“ erkundigte sich Mitch.

„Er sagte: ‚Mae hat Mitch erschossen?‘“

„Glauben Sie nur nicht, dass ich das nicht schon öfter in Erwägung gezogen hätte“, versicherte Mae, die neben Carlo auf dem Boden kniete und ein Taschentuch auf seine Wunde presste.

Fünfzehn Minuten später hatten Stormy und Newton zusammen mit der Polizei das Haus verlassen, und die Sanitäter, die irgendjemand benachrichtigt hatte, legten Carlo auf die Trage.

„Warten Sie noch einen Moment. Ich muss nur noch eine Kleinigkeit ein für alle Mal klarstellen.“ Mae stellte sich ihnen in den Weg und fixierte Carlo streng, wobei sie auf Mitch deutete. „Ich werde diesen Mann heiraten, kapiert?“

„Dann bring ich ihn um!“ stieß Carlo zwischen zusammengebissenen Zähnen hervor.

Mitchs Blick wanderte angewidert von Carlo zu Gio und blieb schließlich auf Claud ruhen. „Wissen Sie …“, sagte er, nun an alle gewandt, „… bisher habe ich noch nicht Ja gesagt. Vielleicht heirate ich Mae ja gar nicht. Es gibt noch so viele Bibliothekarinnen, die ich nicht …“

„Halt den Mund!“ fuhr Mae dazwischen. „Ich heirate ihn und damit Schluss.“

Carlo hob drohend die Faust gegen Mitch. „Ich bring dich um!“

„Das wirst du schön bleiben lassen“, riet Gio ihm. „Er gehört jetzt zur Familie.“

Carlo ließ sich stöhnend auf die Trage zurücksinken, und die erleichtert wirkenden Sanitäter trugen ihn endlich, gefolgt von Gio und Claud, aus dem Haus.

„Das kommt alles ein bisschen sehr plötzlich", sagte Mitch zu Mae, als sie schließlich allein waren. „Ich brauche Zeit, um darüber nachzudenken. Vielleicht …"

„Liebst du mich?" wollte Mae wissen.

„Mehr als mein Leben."

Mae schluckte. „Wirklich?"

„Wirklich." Mitch grinste jungenhaft. „Überrascht mich selbst, um ehrlich zu sein."

Sie trat ganz nah an ihn heran, schlang die Arme um seinen Hals und bettete den Kopf an seine Brust. „Ich bin hungrig und zum Umfallen müde, aber du kannst dir gar nicht vorstellen, wie glücklich ich bin, dass wir alles gut überstanden haben."

„Ja, jetzt ist alles gut", flüsterte Mitch. „Alles ist vorbei bis auf das, was zwischen uns ist. Das wird niemals vergehen."

„Ich liebe dich", sagte Mae. „Ich will keinen Tag meines Lebens mehr ohne dich verbringen."

Mitch drückte sie an sich. „Das musst du auch nie mehr – vorausgesetzt, wir können Carlo zur Vernunft bringen."

EPILOG

Bob hatte es sich schon wieder einmal auf Mitchs Schreibtischstuhl bequem gemacht.

„Wir haben das doch schon lang und breit diskutiert“, meinte Mitch brummig. „Runter mit dir.“

Bob sah ihn vorwurfsvoll mit seinen großen Augen an, als hätte Mitch ihn verprügelt. Das war seine neueste Masche. Nun, da er in einem Haus lebte, in dessen Küche ihn nichts mehr an ein heruntergefallenes Steak erinnerte, und somit für ihn auch die Notwendigkeit entfiel, sich ständig irgendwo fast den Schädel einzuschlagen, hatte er die schlechte Angewohnheit angenommen, Anspruch auf die Sitzmöbel zu erheben. Ein Verhalten, das zweifellos in der Tatsache wurzelte, dass seine neuen Brüder und eine Schwester – Maurice, George II. und Carmen – das Stockwerk über ihm übernommen hatten. Ich Armer muss hier in diesem Sessel sitzen, schienen seine Augen ständig zu verkünden, während das junge Gemüse dort oben herumtollen darf. In Wahrheit jedoch leuchtete Bob dabei der Triumph aus den Augen.

„Runter, du Schauspieler!“ befahl Mitch, und Bob winselte erbarmungswürdig, sprang vom Stuhl und trottete zu seinem Platz unter dem Fenster, vor dem sich die weißen Vorhänge im Wind bauschten.

„Ja, ich weiß, das Leben ist hart“, sagte Mitch und streichelte ihm den Kopf, als Mae zur Tür hereinkam. Sie sagte irgendetwas, das Mitch, der nur Augen für ihren herrlichen Gang hatte, nicht gleich verstand. „Was?“

„Ich hab dich gefragt, ob du schon wieder mit Bob geschimpft hast.“ Sie beugte über das Tier und kraulte ihn hinter den Ohren. „Er ist sehr sensibel.“

„Sensibel! Dieses Schlitzohr von Hund. Dass ich nicht lache.“ Mitch riss sich vom Anblick seiner Frau los und schaltete seinen Computer ein.

„June sagt, dass das Essen in etwa einer Stunde fertig ist. Harold will sich heute Nachmittag das Football-Spiel im Fernsehen ansehen und fragt, ob du Lust hast, ihm dabei Gesellschaft zu leisten.“

„Gern. Aber bis dahin muss ich noch ein bisschen was tun. Ich …“

„Stormy hat geschrieben.“ Mae trat an seinen Schreibtisch und warf ihm den Brief hin.

„Ich habe gestern mit Nick gesprochen. Er hofft, dass sie in spätestens einem Jahr wieder draußen ist.“

Mae kaute auf ihrer Unterlippe. „Das ist eine lange Zeit.“

„Nicht für Mord“, entgegnete Mitch. „Wenn Nick nicht ein so glänzender Verteidiger wäre, hätte man ihr sicher eine härtere Strafe aufgebrummt. Er hat übrigens erzählt, dass es ihr recht gut geht. Sie hat beschlossen, nach ihrer Entlassung ein Studium anzufangen, und lässt sich schon alle Unterlagen zuschicken.“

„Ihr scheint selbst das Gefängnis noch besser zu bekommen als Armand. Hat Newton ihr geschrieben?“

„Nein.“ Mitch sah sie finster an. „Und komm du bloß nicht auf die Idee, ihm diesen Floh ins Ohr zu setzen. Er hat genug mit der Detektei zu tun.“

Mae grinste und setzte sich auf die Schreibtischkante. „Onkel Gio hat angerufen. Er will am Sonntag ein bisschen früher kommen, damit ihr beide vor dem Essen noch ein bisschen Boccia spielen könnt."

„Nur wenn Carlo nicht mitmacht. Ich könnte schwören, dass er mich die letzten sechs Male absichtlich mit dem Ball getroffen hat. Ich habe noch blaue Flecken an den Beinen."

„Du leidest ja an Verfolgungswahn." Mae sah ihren Mann zärtlich an. „Onkel Gio ist übrigens ganz verrückt danach, mit dir zu spielen."

„Ist mir wirklich schleierhaft, warum. Ich schlage ihn doch jedes Mal."

„Vielleicht ja gerade deswegen. Seine Angestellten lassen ihn immer gewinnen."

„Warum?"

„Weil er sie sonst feuert."

Mitch lachte laut auf. „Deine Familie ist wirklich vollkommen verrückt."

„Nicht alle. Ich habe vorhin mit Onkel Claud telefoniert, und er hat wieder ein paar prima Ideen für Geldanlagen. Davon versteht er wirklich etwas. Übrigens ist ja nun meine Familie mit ihrer verrückten Art schuld daran, dass wir uns überhaupt kennen gelernt haben, Mitch."

Mitch lachte und zog sie auf seinen Schoß. „Ich bin verrückt nach dir, Mabel."

„Zum Glück." Sie schmiegte sich an ihn. „Denn ich bin auch verrückt nach dir."

Nun küsste er sie leidenschaftlich und deutete, nachdem er sich wieder von ihr gelöst hatte, viel sagend auf den Teppichboden.

„Was, hier?" fragte sie skeptisch, doch er hatte sie bereits hochgehoben und ließ sie nun sanft zu Boden gleiten.

Ein paar Minuten später, als ihm niemand mehr Aufmerksamkeit schenkte, witterte Bob seine Chance, erhob sich, trottete durchs Zimmer und sprang auf Mitchs Schreibtischstuhl. Triumphierend wie ein Feldherr nach dem Sieg blickte er in die Runde und streckte behaglich alle viere von sich.

– ENDE –

Jennifer Crusie

Beim zweiten Mann ist alles anders

Roman

Aus dem Amerikanischen von
von Eleni Nikolina

MIRA®

1. KAPITEL

„Ich kenne außer dir niemanden, der bei seiner eigenen Scheidung versetzt wurde“, sagte Tina Savage zu ihrer Schwester. „Wie fühlt man sich denn dabei?“

„Nicht gut.“ Lucy Savage Porter strich nervös ihren Rock glatt. „Können wir jetzt nicht gehen? Ich amüsiere mich nicht sonderlich.“ Sie drückte ihre Tasche an sich, während sie sich in der Marmorhalle des Gerichts von Riverbend umsah. „Bradley hat die Scheidungspapiere unterschrieben. Eigentlich bräuchten wir gar nicht hier zu sein.“

Tina schüttelte den Kopf. „Aus rein psychologischen Gründen müssen wir das sehr wohl. Du hattest eine Hochzeitszeremonie, also brauchst du auch eine Scheidungszeremonie. Ich möchte, dass du dich geschieden fühlst – und frei. Und jetzt setz dich auf die Bank dort drüben, während ich Benton frage, warum das hier so lange dauert.“

Ich würde mich viel freier fühlen, wenn du mich nicht dauernd herumkommandieren würdest, dachte Lucy, sagte es aber nicht laut. In letzter Zeit hatte sie häufig solche rebellischen Augenblicke, aber die hielten auch nur diesen einen Augenblick an, und wenn sie doch einmal ihrem Impuls folgte, endete es in einer Katastrophe. Im Moment war sie dazu verdammt, mit stumpf messingfarbenem Haar durch die Gegend zu laufen, weil sie beschlossen hatte, als Zeichen ihrer neuen Freiheit eine Blondine zu werden.

Das wahre Problem war wahrscheinlich, dass sie nun einmal nicht zu der unabhängigen Sorte von Menschen gehörte. Abgesehen von dem Haarfiasko, hörte Lucy sonst immer auf die kühle Stimme der Logik. Und deshalb hatte Tina auch Recht: Die Bank dort war der beste Ort zum Sitzen. Es wäre unlogisch, zu widersprechen, nur um zu widersprechen – so schön es auch gewesen wäre.

Lucy ging zu der Bank und setzte sich.

Tina war schon dabei, in der Flut von tadellos gekleideten Anwälten ihren eigenen herauszufinden. Armer Benton. Er hatte mehr als seine juristische Pflicht getan und die Scheidung in knapp zwei Wochen durchgezogen, aber für Tina war das nicht genug. Tina wäre erst dann zufrieden, wenn Benton ihr Bradleys Kopf auf einem Tablett servieren würde. Einen Moment hatte Lucy das Bild vor Augen, wie Tina in ihrem eleganten weißen Leinenkostüm vor Benton stand und dieser ihr Bradleys gut aussehenden Kopf auf einem silbernen Tablett servierte.

Die Vorstellung gefiel ihr.

Plötzlich stand ihre Schwester dann wieder vor ihr, nachdem sie sich ohne Probleme einen Weg durch die Menge gebahnt hatte.

„Es gibt eine Verzögerung von etwa einer Stunde. Danach können wir essen gehen."

Himmel, noch eine Stunde. „Na gut. Im ‚Harvey's'?"

Tina zuckte die Achseln. „Wie du willst."

„Danke." Lucy holte ihr Physikbuch aus der Tasche.

„Was machst du denn da?"

„Ich unterrichte morgen Plancks Konstantentheorie." Suchend blätterte Lucy herum. „Es ist ein ziemlich schwieriges Thema, das ich vorher noch einmal durchgehen möchte."

„Das Nächste, das ich dir unbedingt besorgen muss, ist ein neuer Job", erklärte Tina.

„Ich liebe meinen Job", sagte Lucy, aber Tina war schon wieder verschwunden.

Okay, jetzt reicht's, beschloss Lucy und schlug ihr Buch mit einem Knall zu. Niemand soll mich mehr herumkommandieren. Von jetzt an werde ich unabhängig sein. Ich will ein neuer Mensch werden.

„Okay, jetzt reicht's. Ich steige aus", verkündete Tom Warren seinem Partner. Das dunkle Haar fiel Tom in die Stirn und fast in die Augen, aber er war zu wütend, um es zurückzustreichen.

„Sag das nicht mir, sag das Jerry." Anthony Taylor, der wie immer kühl und gefasst war, nickte zu dem Mann hinüber, der sie beide mit einer Pistole bedrohte.

Tom betrachtete die Pistole in Jerrys Händen, dem Betrüger, der zitternd hinter dem Schreibtisch stand. „Ich steige aus, Jerry", wiederholte er. „Du kannst mich gehen lassen, weil ich nun ja kein Polizist mehr bin. Du kannst meine Marke haben." Er wollte in seine abgetragene schwarze Lederjacke greifen.

„Pfote weg!" schrie Jerry.

„Okay. Kein Problem." Tom wägte die Möglichkeiten ab, Jerry hier in seinem Büro zu überwältigen. Sie waren nicht gut, denn Jerry war sehr nervös und der Raum sehr klein. Es gäbe nichts, wohinter man in Deckung gehen könnte, außer dem Metallschreibtisch, zwei Plastikstühlen und Jerry. Anthony und er hatten diesen Schlamassel verdient. Nur weil der Kerl ein bemitleidenswerter Hohlkopf war, waren sie unvorsichtig geworden. Erneut betrachtete er die Pistole. Ein beeindruckendes Kaliber. Das Büro hatte zwar keine Fenster, konnte aber schnell welche erhalten, denn diese Waffe hinterließ normalerweise ziemlich große Löcher – in Wänden oder in Menschen.

„Warum tun wir das hier eigentlich?“ fragte Tom stirnrunzelnd. „Ist das Leben nicht so schon deprimierend genug?“

„Hör auf, dich zu beschweren“, erwiderte Anthony ruhig. „Wahrscheinlich bist du an dem Ganzen selbst schuld. Kommst hier einfach herein in deiner schwarzen Lederjacke und siehst aus, als ob du dich eine Woche nicht rasiert hättest. Jerry hat dich bestimmt für irgendein übles kriminelles Subjekt gehalten.“ Er lächelte Jerry zu. „Ich hätte auch ’ne Pistole gezogen, Jerry. Ich verstehe dich. Warum reden wir nicht in Ruhe darüber?“

Jerry schüttelte den Kopf, aber er hörte Anthonys leiser, entspannter Stimme wie hypnotisiert zu.

Im Zeitlupentempo bewegte Tom sich nach rechts und übernahm dann das Gespräch. „Wenn ich also einen feinen Zuhälteranzug getragen hätte wie du, dann hätte er die Pistole nicht gezogen. Sag schon, Jerry, war’s die Jacke oder die Marke?“

Jerry starrte ihn finster an, und Anthony bewegte sich nun fast unmerklich nach links.

„Keine Bewegung!“ Nervös schwankte Jerry vor und zurück. „Die Hände oben lassen!“

„Wir bewegen uns doch gar nicht, Jerry“, meinte Anthony beruhigend. „Du bewegst dich. Entspann dich, dann fühlst du dich besser.“

„Schluss mit dem Gerede!“ Jerry schwenkte die Pistole erregt von Tom zu Anthony. „Oder ich schieße.“

„Lass das lieber, man bekommt einen höllischen Ärger,

wenn man einen Polizisten erschießt. Du würdest es nicht glauben“, sagte Tom gedehnt.

Jerry drehte sich zu ihm, und Anthony gelang es, noch ein paar Zentimeter nach links zu gehen. „Und wenn man dreißigtausend unterschlägt, bekommt man keinen Ärger?“ brummte er.

„Ist gar nichts im Vergleich dazu“, antwortete Anthony, und Jerry richtete den Blick wieder auf ihn. „Bei Polizistenmord schmeißen sie den Schlüssel zu deiner Zelle weg, und das willst du doch nicht, Jerry, oder? Also, leg das Schießeisen weg.“

Jerry atmete immer schneller und blickte hastig zu Tom hinüber, der plötzlich gefährlich dicht an ihn herangekommen war. „Und ihr Typen bewegt euch doch!“ Er zielte auf Tom und drückte leicht auf den Abzug.

Bevor der Schuss losging, lag Tom schon der Länge nach auf dem Boden, und Anthony schrie: „Jerry!“ Der fuhr nervös zu ihm herum, doch bevor er schießen konnte, hatte Tom sich quer über den Schreibtisch geworfen und ihn gepackt. Anthony bückte sich, und der Schuss ging direkt durch die Tür.

Mit ein paar schnellen, geschickten Bewegungen warf Tom seinen Gegner zu Boden und hielt ihm die Arme auf dem Rücken fest.

„Alles in Ordnung, Tom?“ fragte Anthony.

„Mir geht’s gut“, erwiderte Tom, der leicht außer Atem war, und holte die Handschellen hervor. „Auf jeden Fall besser als Jerry, möchte ich wetten.“

„Da waren Leute im Flur.“ Anthony vergewisserte sich, dass Jerry niemanden getroffen hatte.

„Du hast das Recht, die Aussage zu verweigern, du Laus.“ Während er Jerry seine Rechte zitierte, setzte Tom sich rittlings auf ihn.

„Gratuliere, Jerry“, bemerkte Anthony trocken, als er wieder hereinkam. „Du hast eine Kaffeemaschine erschossen.“

„Ach, geh doch zum Teufel“, stieß Jerry gepresst hervor.

Tom seufzte. „Wir müssen anfangen, uns mit höflicheren Gangstern abzugeben.“

„Der hier gehört doch schon zur Elite.“ Anthony suchte seine Jacke nach einem eventuellen Schaden ab. Doch wie immer war sie tadellos. „Möchtest du lieber bei der Sitte oder im Morddezernat arbeiten?“

„Nein“, entgegnete Tom. „Ich möchte Leute verhaften, die nicht mit der Pistole auf mich zielen. Im Grunde möchte ich gar keinen mehr verhaften. Zur Abwechslung würde ich gern mal so was wie einen guten Menschen kennen lernen. Gibt es das überhaupt noch – gute Menschen?“

„Nun, da gäbe es dich und mich“, meinte Anthony geduldig. „Wir gehören zu den Guten, erinnerst du dich? Was ist überhaupt los mit dir? Du benimmst dich so seltsam in letzter Zeit.“

„Könnt ihr Typen nicht ein bisschen schneller machen?“ jammerte Jerry vom Boden her. „Es ist nicht sehr bequem hier unten.“

„Weißt du, Jerry“, Toms Stimme klang gefährlich leise. „So wie du da liegst, könnte ich dir mit einem Tritt das Licht ausblasen und behaupten, du hättest dich der Verhaftung widersetzt. Also, fordere dein Glück nicht heraus.“

Jerry hielt den Mund.

Anthony beugte sich über ihn und brachte ihn auf die Füße. „Ein guter Rat, Jerry, werd nicht frech zu einem Mann, den du gerade mit der Pistole bedroht hast. Alles spricht dafür, dass der dir nicht sehr gewogen ist. Und um ehrlich zu sein, wir haben dich auch ohne Pistole schon nicht besonders gemocht."

„Ich habe gehofft, er würde sich widersetzen", brummte Tom.

„Nein, das hast du nicht. Du hast nämlich Pläne für heute Mittag. Du wirst einen Meister der Unterschlagung im ‚Harvey's' festnehmen. Was ist nur los mit dir?"

„Nichts." Tom schob Jerry unsanft vor sich her in den Flur. „Das Wetter. Ich hasse den Februar. Vielleicht werde ich wirklich aussteigen und mir einen schönen Job irgendwo weit weg suchen. Meinst du, ich würde einen guten Ranger abgeben?"

„Du machst mir ernsthaft Sorgen."

„Dein Problem", erwiderte Tom und drängte seinen Gefangenen vorwärts.

Kopfschüttelnd folgte Anthony ihnen. „Na, Jerry, was hast du mit all dem Geld denn gemacht?"

Lucy saß ihrer Schwester gegenüber in einer Nische mit lilafarbenen Plastiksitzen im „Harvey's", einem ziemlich schäbigen Lokal, und pickte in einem Salat herum. Tina betrachtete finster ihren eigenen Teller. „Bist du sicher, dass es ungefährlich ist, hier zu essen? Ich glaube, lila Plastik ist ungesund, und dieses Grünzeug ist mir eindeutig nicht geheuer." Sie holte eine Zigarette aus einem silbernen Etui und zündete sie sich so elegant an wie ein Kinostar der vierziger Jahre.

Lucy beugte sich vor, stützte das Kinn in die Hand und gab vor, Tina zuzuhören. Ihr messingfarbenes Haar fiel ihr dabei ins Gesicht. Tinas Haar war wie immer seidig und dunkel und perfekt frisiert, wie Lucy in einem Anflug von Neid registrierte. Vielleicht waren Tina und sie ja gar keine Schwestern. Vielleicht hatte ihre Mutter sie angelogen. Nein, sie hatten beide das gleiche schmale, katzenartige Gesicht mit der hohen Stirn, den großen Augen, dem kleinen Mund und dem spitzen Kinn. Aber Tina sah aus wie eine reinrassige Katze, während man sie, Lucy, wohl eher im Teich ersäuft hätte.

Hör schon auf, befahl Lucy sich. Hör auf, dich selbst zu bemitleiden. Du hast nur einen schlechten Tag gehabt. Okay, da war die Scheidung gewesen – also hast du einen schlechten Monat gehabt. Reiß dich trotzdem zusammen. Der Frühling steht vor der Tür.

„Du wirst natürlich sofort seinen Namen ablegen, Lucy. So vergisst du schneller, dass du mit einem Mistkerl verheiratet warst, der dich nach Strich und Faden mit einer blöden Blondine betrogen hat."

„Ach, sei doch ruhig, Tina." Lucy blinzelte. „Können wir nicht von etwas anderem reden?" Sie strich sich das Haar aus der Stirn und spähte verlegen um sich. Das Lokal war nicht nur schwach beleuchtet, sondern auch eng, und die Möglichkeit, dass jemand sie hörte, war groß. Doch glücklicherweise war es fast leer. Nur eine gelangweilte Kellnerin lehnte an der Theke, und zwei Männer saßen in einer Nische wie ihrer auf der gegenüberliegenden Seite.

Der eine war hoch gewachsen, schlank und elegant, und sein perfekt sitzender Anzug hatte keine einzige Falte.

Der andere Mann war sein genaues Gegenteil. Er war

nicht ganz so groß, muskulöser und wirkte ziemlich angespannt. Seine Lederjacke war zerknittert, und er stieß mit dem Finger wiederholt auf die Plastikoberfläche des Tisches. Er war unrasiert, und sein Haar war dunkel und unordentlich. Er hatte eine sehr intensive Ausstrahlung, und gegen ihren Willen war Lucy sich seiner bewusst seit dem Augenblick, als er hereingekommen war. Sie machte sich innerlich Vorwürfe, dass sie immer wieder zu ihm hinübersah, aber es gelang ihr einfach nicht, ihn zu ignorieren. So ein Mann würde einer Frau sicher viel zu schaffen machen. Wie gut, dass sie nicht jemanden wie ihn statt Bradley geheiratet hatte!

Andererseits – wie aufregend wäre das Leben dann gewesen!

„Nein, das wäre ausgesprochen dumm gewesen", sagte sie laut.

„Was wäre ausgesprochen dumm gewesen?" fragte Tina sofort.

„Ach, nichts. Das ist wirklich ein hübsches Kostüm, das du da anhast."

„Das muss es auch sein. Es hat mich ein Vermögen gekostet. Du könntest es dir nicht leisten. Warum konntest du nicht wenigstens jemanden heiraten, der Geld hat?"

„Nein." Lucy pickte wieder in ihrem Salat herum und verfehlte dabei absichtlich ein Stück Gurke. „Geld ist nicht wichtig."

„Ach! Und was ist wichtig? Und warum hast du geglaubt, dass ausgerechnet der Versager Bradley der Richtige für dich wäre? Warum hast du ihn bloß geheiratet?"

Lucy fielen mehrere bissige Bemerkungen zu Tinas zweitem und drittem Ehemann ein, aber sie behielt sie für sich.

„Ich habe ihn auf Grund des zweiten Hauptsatzes der Thermodynamik geheiratet."

„Wie bitte? Du bist diese Ehe wegen eines physikalischen Gesetzes eingegangen?" Tina drückte heftig ihre Zigarette aus und zündete sich sofort eine neue an. „Wenigstens behauptest du nicht, es aus Liebe getan zu haben", erwiderte sie sarkastisch. „Und was, bitte sehr, ist das für ein Gesetz?"

„Vereinfacht ausgedrückt besagt es, dass isolierte Systeme sich auf einen Zustand der Unstabilität zubewegen, doch nur bis zu einem gewissen Punkt. Danach bleiben sie konstant."

„Auch wenn ich das nicht ganz begreife, was hat das mit Bradley zu tun?"

„Nichts. Aber es hat alles mit mir zu tun." Lucy schob ihren Salat von sich. „Ich war ein isoliertes System. Ich meine, ich lebte allein in meiner kleinen Wohnung. Einstein war meine einzige Gesellschaft. Der ist zwar sehr lieb, aber eben nur ein Hund."

„Ich habe mich schon gefragt, ob du das bemerkt hast."

„Natürlich habe ich das bemerkt. Also, da war ich nun, hatte zwölf Jahre als Physiklehrerin hinter mir, war den ganzen Tag mit Kindern zusammen und am Abend allein im Haus, um bis in die Nacht hinein Arbeiten zu korrigieren. Die einzigen sozialen Kontakte, die ich hatte, waren die auf deinen Hochzeiten."

Tina streckte ihr die Zunge heraus.

„Und eines Tages im Unterricht, als wir gerade zu dem besagten Gesetz kamen, fiel mir auf: Das trifft auch auf mich zu. Ich bin ein isoliertes System, und den Punkt, ab dem sich nichts mehr tut, habe ich vermutlich schon jetzt erreicht, wo ich nur mit Einstein zusammenlebe. Also beschloss ich, mich von einem abgeschlossenen System in ein offenes zu verwandeln. Und genau zu dem Zeitpunkt sprach Bradley mich in der Bibliothek an, und ich dachte: Das muss es sein. Die Physik hat uns zusammengebracht. Ich meine, sein Timing war perfekt. Es war so logisch."

Tina verdrehte die Augen. „Kein Wunder, dass dein Leben ein einziger Fehlschlag ist. Das Leben ist nicht logisch und eine Ehe ganz bestimmt nicht. Hör auf, alles zu analysieren, und versuch es mal mit etwas Impulsivität."

„Einmal war ich ja impulsiv. Ich heiratete Bradley nach nur zwei Monaten Bekanntschaft." Lucy wurde rot vor Scham. Himmel, was war sie doch für ein Schaf gewesen! „Jetzt bin ich das eben nicht mehr. Nichts für ungut, aber ich finde nicht, dass deine Impulsivität dir so viel Gutes gebracht hat."

Tina lächelte. „Ich besitze zwölfeinhalb Millionen Dollar, Liebling. Und was besitzt du? Ein altes Haus und drei Hunde. Meine Impulsivität hat mir mehr gebracht als dir deine Logik. Sieh dich doch an. Hast du jemals Spaß?"

„Spaß?" Unwillkürlich blickte Lucy zu dem dunkelhaarigen Mann am anderen Ende des Raums. Dann griff sie nach der Gabel und attackierte wieder ihren Salat. „Ich glaube nicht, dass ich der Typ dafür bin."

„Und ich glaube, dass du das Leben zu ernst nimmst. Es wird Zeit, dass du etwas lockerer wirst. Tu etwas Wildes, etwas Spontanes."

Lucy runzelte die Stirn. „Ich habe dir schon gesagt, meine spontane Handlung war, Bradley zu heiraten. Das Ergebnis kennst du."

„Bradley zu heiraten, war nicht spontan. Du hast mir gerade einen sehr vernünftigen Grund genannt, warum du ihn genommen hast. Spontan bedeutet, dass es nicht vernünftig ist, du es aber trotzdem tust, weil du es tun möchtest."

„Das ist nicht spontan, das ist verantwortungslos."

„Na gut, dann tu etwas Verantwortungsloses. Am besten tust du etwas Spontanes und Verantwortungsloses. Tu es ganz einfach, weil es dich glücklich macht. Sei endlich einmal selbstsüchtig, Lucy."

Erneut spähte Lucy zu dem dunkelhaarigen Mann. „Ich weiß nicht", murmelte sie zögernd.

„Wie solltest du auch, wenn du es nicht ausprobierst? Du hast noch nie etwas Egoistisches in deinem Leben getan."

„Doch", sagte Lucy leise. „Ein Mal. Ich glaube, das ist der wahre Grund, weswegen ich Bradley geheiratet habe. Ich bin mit ihm wegen des zweiten Gesetzes ausgegangen, aber ich habe ihn geheiratet, um mein Haus zu bekommen."

Tina horchte interessiert auf. „Wirklich? Das sieht dir gar nicht ähnlich."

Lucy nickte. „Ich glaube, ich habe mir eingeredet, dass ich ihn liebe, weil es so am vernünftigsten war, und als er mir dann das Haus anbot, war es einfach zu viel." Sie wich Tinas Blick aus. „Das Haus bedeutet mir mehr, als Bradley es je getan hat. Wahrscheinlich hat er das schließlich gespürt und mich deswegen betrogen."

„Ich bin sprachlos." Tina lehnte sich zurück. „Das erklärt eine Menge. Habt ihr deswegen letzten Oktober diesen Streit gehabt?"

„Woher weißt du ..."

„Das war doch, als du in das Dachzimmer umgezogen

bist. Ich habe dir die Geschichte über Bradleys Schnarchen natürlich nie abgekauft. Da musste ein Streit gewesen sein."

„Nein, wir haben nicht gestritten. Wir hatten nur eine … Meinungsverschiedenheit wegen der Hunde."

Tina verzog das Gesicht. „Bei jedem anderen würde ich sagen, das ist eine Ausrede, aber bei dir … Dass Bradley deine Hunde nicht mochte, erklärt auch, weswegen dir die Scheidung nicht viel ausmacht. Du bist zwar aufgebracht, aber nicht wegen Bradley. Du bist froh, dass er weg ist, stimmt's?"

„Ja", antwortete Lucy leise. „Es ist schlimm, aber es stimmt."

„Nein, es ist nicht schlimm, es ist gesund. Aber dann verstehe ich nicht, wieso du so bedrückt bist. Du bist frei. Du kannst tun und lassen, was du willst. Was ist los mit dir?"

„Ich komme mir so dumm vor."

„Du?" Impulsiv beugte Tina sich vor. „Du hast mehr Verstand als …"

„Nur wissenschaftlichen Verstand. Aber was das wahre Leben betrifft …" Lucy schüttelte den Kopf. „Ich weiß nicht mal, was in meiner Ehe schief gegangen ist. Für mich war sie fürchterlich, aber ich hätte schwören können, dass Bradley glücklich war und mich liebte. Und dann komme ich nach Haus und finde ihn mit einer Blondine. In meinem Haus. Sie sagt, sie hätten eine Affäre, und er druckst offensichtlich schuldbewusst herum, und als ich wütend werde, geht er. Er geht ganz einfach."

„Männer", warf Tina verächtlich ein.

„Also habe ich nicht die geringste Ahnung, was ich falsch gemacht habe", fuhr Lucy fort. „Bisher habe ich mich für klug gehalten, und jetzt begreife ich gar nichts mehr. Es ist wirklich ärgerlich. Und nicht genug, dass er mich betrogen hat, jetzt will er nicht mal mit mir reden." Sie biss sich auf die Unterlippe. „Er hat nicht mal seine restlichen Sachen und Papiere abgeholt. Ein Stück meines Lebens ist plötzlich weg."

„Oh." Tina senkte den Blick. „Daran bin ich wahrscheinlich nicht ganz unschuldig."

Lucy erstarrte. „Was hast du getan?"

„Na ja. Du warst so erregt an dem Tag, als du mich angerufen und mir von dieser Blondine erzählt hast …"

„Was hast du getan?"

„Ich habe die neuen Schlösser anbringen lassen …"

Lucy nickte. „Und du hast all seine Sachen auf den Rasen vors Haus geworfen. Sicher, das weiß ich. Aber was hast du noch getan?"

„Nun, als er kam und mit dir sprechen wollte …"

„Er wollte mit mir sprechen?"

„Du warst oben und hast geweint." Tina zögerte. „Und ich war … wütend."

„Oh, nein."

„Okay, okay, ich verliere die Selbstbeherrschung, wenn ich wütend bin", gab Tina zu, zündete sich eine weitere Zigarette an und inhalierte tief. „Ich habe ihm gesagt, dass er nie wieder versuchen soll, mit dir in Kontakt zu treten, sonst würde ich Privatdetektive auf ihn hetzen, die jede schleimige Tat in seinem Leben ans Tageslicht bringen würden, und dann würde ich persönlich dafür sorgen, dass sie auf alle Titelblätter kommen."

Lucy war aufrichtig verblüfft.

„Ich glaube, ich habe auch erwähnt, dass er körperlichen

Schaden davontragen könnte. Ich war verdammt wütend. Du weinst sonst nie."

„Also deswegen hat er nicht angerufen. Du bist wirklich unmöglich, Tina."

„Tut mir Leid, aber ich wollte nicht riskieren, dass er dich dazu bringt, diese verdammte Ehe weiterzuführen. Ich konnte nicht ertragen, dich unglücklich zu sehen."

„Ich hätte ihn nicht wieder aufgenommen, aber ich hätte gern mit ihm geredet." Lucy holte tief Luft. „Ich liebe dich, Tina, aber du musst aufhören, dich in mein Leben einzumischen."

Tina spielte mit ihrer Zigarette. „Aber du brauchst Hilfe, Liebling. Ich meine, du wählst dieses Restaurant aus ... Schau dich doch mal um, wo wir gelandet sind."

„Ich hatte einen Grund für meine Wahl. Bradley hat mir geschrieben, ich solle herkommen, dann würde er mir alles erklären."

„Willst du ihn etwa doch zurückhaben?" fragte Tina alarmiert.

„Nein."

„Was willst du dann? Sag es, und ich arrangiere es."

Lucy schlug mit der Gabel auf den Tisch. „Das wirst du nicht. Ich möchte mein eigenes Leben leben und meine eigenen Fehler machen. Du bist meine Schwester, nicht mein Wärter. Du musst nicht auf mich aufpassen."

„Ich weiß, dass ich das nicht muss", erwiderte Tina stirnrunzelnd. „Aber ich möchte es. Ich will, dass du glücklich bist."

Lucy holte erneut tief Luft. „Weißt du, was ich will?"

Tina schüttelte den Kopf und sah sie gespannt an.

„Ich will unabhängig sein. Wirklich unabhängig. Ich will auf mich selbst aufpassen, ohne dass du gleich mit Geld oder Anwälten zu Hilfe eilst. Du sagst mir immer, was ich tun soll, und meistens macht es mir nichts aus, aber dann habe ich Bradley geheiratet, und er war noch schlimmer als du. Seit mehr als einem Jahr habe ich keine eigene Entscheidung getroffen, und in welchem Zustand ist mein Leben? Es ist fürchterlich."

Lucy reckte das Kinn vor. „Deshalb werde ich mich ändern. Ich werde meine eigenen Fehler machen und sie hinterher allein ausbaden. Ich möchte meinen Exmann sprechen können, ohne dass du ihm mit Mord drohst. Und wenn ich mein Haar purpurrot färben oder weitere zehn Hunde adoptieren will oder …", ihr Blick glitt zu dem Mann mit der Lederjacke, „… oder mit unpassenden Männern ausgehen will, dann möchte ich, dass du dich da heraushältst. Es ist mein Leben, und ich will es zurückhaben."

„Oh."

„Ich weiß zu schätzen, was du für mich getan hast, aber bitte hör jetzt damit auf."

„In Ordnung. Unpassende Männer willst du also."

Lucy sank etwas in sich zusammen. „Wahrscheinlich nicht. Ich habe nur den Mund zu voll genommen."

„Und was ist mit dem Typen da drüben, den du ständig anstierst?"

„Oh, nein", flüsterte Lucy und schloss die Augen. „Ist es so deutlich?"

„Er scheint nichts bemerkt zu haben." Tina warf einen kurzen Blick hinüber. „Dein Instinkt ist nicht schlecht, der Mann ist attraktiv."

„Er ist umwerfend."

„Na ja, vielleicht ein bisschen langweilig. Aber wenn es das ist, was du willst … Mal sehen, was ich tun kann." Entschieden stand Tina auf.

„Langweilig?" wiederholte Lucy entgeistert. „Wohl eher wild."

Tina hielt inne. „Du redest doch von dem im Tweedanzug, oder? Den mit der Lederjacke wirst du ja wohl nicht meinen."

„Er ist mein Tagtraum. Und jetzt setz dich wieder. Du machst mich lächerlich, wenn du da rübergehst."

Tina setzte sich wieder. „Er wäre nicht gut für dich."

„Ich kann dir gar nicht sagen, wie satt ich es habe, ständig zu hören, was gut für mich ist."

„Okay, okay, aber deswegen musst du noch lange nicht emotionalen Harakiri begehen. Der Kerl ist total unbeständig."

Lucys Blick glitt erneut zu der gegenüberliegenden Nische. „Im Grunde verkörpert er genau das, was du mir verschrieben hast. Und was ich für ihn empfinde, ist eindeutig spontan und unverantwortlich."

„Du kannst ja seinen Körper genießen und ihn dann wegschicken."

„Nein, das könnte ich nicht. Du weißt, dass ich überhaupt nicht der Typ dafür bin." Mühsam riss Lucy ihren Blick los. „Niemals. Am besten konzentriere ich mich allein auf meine Unabhängigkeit und vergesse den Teil über unpassende Männer."

Aber dann sah sie doch noch einmal zu dem Mann in der schwarzen Lederjacke hinüber, und sie seufzte.

„Ich spüre es in den Knochen." Ungeduldig trommelte Tom mit den Fingern auf die Tischplatte. „Bradley ist hier. Oder er war's. Oder jemand, den er kennt. Oder ..."

Anthony seufzte. „Also gut, er ist hier, und wir sind auch hier. Aber jetzt ist schon eine Stunde vergangen, und ich langweile mich. Also, zeig ihn mir einfach, und ich nehme ihn fest. Er ist als eine der beiden Frauen verkleidet, nicht wahr?"

„Schon gut." Tom starrte ihn finster an. „Es geht auch ohne deine Hilfe." Er trommelte weiter auf den Tisch.

„Tom, ich will ihn ebenso wie du. In den letzten neun Monaten ist er uns immer wieder entwischt und schleppt immer noch unbehelligt anderthalb Millionen mit sich herum. Aber dein Instinkt allein hält mich nicht länger in diesem Loch."

„Wir haben einen bombensicheren Tipp, dass er hier ist, und leider ist das unser einziger in dieser Sache, und deshalb ..."

„Tom, du machst mich verrückt."

„Was? Oh, die Finger." Tom hörte mit dem Trommeln auf.

„Es sind nicht nur die Finger, es ist die ganze Art, wie du dich in letzter Zeit aufführst." Anthony schüttelte den Kopf. „Das heute mit Jerry hat mir nicht gefallen. Ich dachte, du würdest ihn wirklich treten."

„Ich? Ach, was", brummte Tom. Er stockte. „Wahrscheinlich nicht."

„Genau dieses ‚wahrscheinlich' beunruhigt mich. Und dein Gerede, dass du aussteigen willst, auch. Das gefällt mir nicht. Du warst schon immer etwas verrückt, aber damit kann ich leben. In letzter Zeit allerdings bist du verrückt und deprimiert. Und das wird mir eindeutig zu viel."

„Ich bin nicht deprimiert.“ Tom riss heftig ein Tütchen Zucker auf und entleerte es in seinen Kaffee. „Ich bin zwar nicht direkt in Hochstimmung, aber auch nicht deprimiert.“

„Du hast gerade eine Zuckertüte enthauptet. Das sollte dir zu denken geben.“

„Tony, der alte Jerry hat mich heute verdammt enttäuscht. Das ist der Punkt. Einfach auf uns zu schießen ... Manchmal glaube ich wirklich, es gibt keine anständigen Menschen mehr.“ Tom runzelte die Stirn. „Okay, der Job macht mir etwas zu schaffen, aber deswegen bin ich noch lange nicht deprimiert.“

„Du bist deprimiert“, wiederholte Anthony klar und deutlich, als spräche er mit einem geistig Zurückgebliebenen. „Und das beeinträchtigt deine Arbeit. Ich weiß, was los ist.“

Verärgert sah Tom ihn an. „Ich hasse das. Habe ich jemals erwähnt, wie sehr ich es hasse, dass du diesen Psychologiekurs mitgemacht hast? Verdammt, mit deiner Küchentisch-Psychologie dürftest du nicht mal einen Hund analysieren.“

„Du machst dir Sorgen über das Älterwerden“, blieb Anthony beharrlich beim Thema. „Es hat mit deinem sechsunddreißigsten Geburtstag angefangen.“

„Ich möchte nicht darüber sprechen.“ Tom wandte seine Aufmerksamkeit wieder auf das Lokal. „Sehen die beiden Frauen nicht verdächtig aus? Die Blonde ist irgendwie seltsam. Ich glaube, es liegt an ihrem Haar. Die Farbe ist nicht echt.“

„Seitdem du sechsunddreißig bist, fährst du die jüngeren Männer auf dem Revier gnadenlos an.“

„Es ist nicht das Alter. Außerdem bist du doch genauso alt."

„Ja, aber mich deprimiert das nicht."

„Nun, das sollte es aber. Im Moment fährt mit dem alten Falk ein Grünschnabel Streife, der geboren wurde, als ich auf der High School war. Er wohnte nur ein paar Häuser weiter."

„Tom, du wirst dich damit abfinden müssen, dass es Menschen gibt, die jünger sind als du."

„Ich bin nicht mehr so schnell wie früher."

„Das bildest du dir nur ein. Ich habe nichts davon bemerkt."

„Weil du auch langsamer wirst."

Anthony kniff die Augen zusammen. „Hast du etwas dagegen, diese Depression auf dich zu beschränken? Ich persönlich werde besser, nicht älter."

„Du wirst älter, aber es macht dir nichts aus, weil du das Köpfchen in unserem Team bist."

„Ach! Und du hast die Muskeln?" fuhr Anthony empört auf. „Ich kann dich jederzeit aufs Kreuz legen."

„Nein, kannst du nicht, weil ich ein Instinktmensch bin und blitzschnell und instinktiv handle. In letzter Zeit klappt es allerdings nicht mehr so. Gestern zum Beispiel, als wir diesen Kerl übers Dach jagten, vierzig Stock über der Erde, da bin ich stehen geblieben und habe gedacht: Das ist Wahnsinn. Ich werde vom Dach fallen, weil irgendein Blödian einen Videorecorder geklaut hat. Das ist es nicht wert. Und dann das mit Jerry heute. Ich habe den verflixten Schreibtisch beäugt und gedacht: Das wird ganz schön wehtun, wenn ich da rüberhechte. Die ganze Zeit habe ich gehofft, dass Jerry sich ergibt, damit ich da nicht drüber muss. Ich sag' dir, ich werde langsam alt."

„Hör zu, Tom. Du wirst nicht langsamer, dein Instinkt hat dich nicht verlassen, und du beißt auch nicht gleich morgen ins Gras. Du wirst ganz einfach erwachsen, und das wurde allmählich auch Zeit."

„Ich meine es ernst, Tony ..."

„Ich auch, Tom. Seit ich dich kenne, und das sind immerhin achtzehn Jahre, jagst du mit hundertachtzig Stundenkilometern durchs Leben. Früher habe ich mich immer gefragt: Wie schafft er das nur? Mittlerweile bin ich erwachsen geworden, und nun frage ich mich: Warum tut er das? Du musst niemandem etwas beweisen, trotzdem benimmst du dich wie ein durchgedrehter Cop aus einer Fernsehserie." Anthony beugte sich vor. „Dass du den Typ mit dem Videorecorder nicht weiter über die Dächer verfolgt hast, war gut. Es war ein Zeichen für Reife."

„Sprich das Wort nicht aus. Reife bedeutet Tod."

„Was ist denn das für ein Quatsch?" Anthony schüttelte den Kopf. „Weißt du, was du nötig hast?"

„Nichts. Ich habe nichts nötig. Das wird schon wieder."

„Aber bestimmt nicht so, wie's war. Bisher hast du nur für deinen Job gelebt, aber das reicht dir jetzt nicht mehr. Und das ist gut. Es zeugt von Reife, und Reife bedeutet nicht Tod, sondern ist ganz einfach der nächste Schritt im Leben. Die meisten Menschen tun diesen Schritt eher als du, aber du wirst ihn auch noch schaffen." Anthony nahm einen Schluck von seinem Kaffee. „Du wirst dir allerdings eine andere Sorte von Freundinnen zulegen müssen."

„Was stimmt denn nicht mit meinen Freundinnen?" fuhr

Tom auf und sah Anthony so wütend an, dass der schnell den Blick senkte.

„Sie sind jünger als dein Wagen, tragen Messer mit sich herum und fahren halb nackt auf Motorrädern durch die Gegend."

„Sie sind auf jeden Fall besser als die korrekten Kunststoffpuppen, mit denen du herumziehst. Wie heißt die letzte noch? Cheryl? Ich bitte dich." Tom verdrehte die Augen.

„Cheryl hat viele gute Eigenschaften."

„Nenn mir nur eine."

„Sie kann lesen. Hast du dich je an eine herangemacht, die mal einen Blick in ein Buch wirft?"

„Hör zu, du Schlaumeier, ich möchte mich im Moment an keine heranmachen."

„Du hast zurzeit keine Frau?" fragte Anthony beunruhigt.

„Ich ruhe mich aus und konzentriere mich auf meinen Job."

„Wie lange ist es her, dass du mit einer ausgegangen bist?"

„Neujahr."

„Tom, das ist zwei Monate her! Kein Wunder, dass du deprimiert bist."

„Können wir dieses Thema bitte fallen lassen?" knurrte Tom und trommelte wieder ungeduldig auf die Tischplatte.

„Na gut, für eine Beziehung bist du also noch nicht reif. Dann fang doch klein an. Schaff dir einen Hund an."

„Einen Hund?" Tom schlug mit der flachen Hand auf den Tisch. „Das hat mir gerade noch gefehlt! Ein blöder Hund mit großen, traurigen Augen, der mir wortlos sagt, dass ich nie zu Hause bin!"

„Tom ..."

„Außerdem hatte ich mal einen Hund. Ich bekam ihn, als ich drei war. Er ist gestorben. Ich ging aufs College, und er starb. Hunde sind eine große Verantwortung. Man darf sie nie allein lassen."

„Ich traue meinen Ohren nicht. Wenn du ihn bekommen hast, als du drei warst, war er fünfzehn, als er starb. Das sind einhundertfünf Jahre für einen Hund. Er starb, weil er uralt war, nicht weil du aufs College gegangen bist."

Tom beachtete Anthonys Einwand nicht und fuhr fort: „Wenn man für jemanden die Verantwortung übernimmt, gehen sofort die Sorgen los. Ich kann ohne das leben. Sorgen machen einen langsam, und man überlegt sich jeden Schritt zehnmal, bis jedes Gefühl für Instinkt verloren ist."

„Also gut, vergiss die Idee mit dem Hund, aber ..."

„Wollen wir uns nicht wieder unserem Job zuwenden? Die Unterhaltung fängt an, mich wirklich zu deprimieren."

„Okay, aber denk darüber nach, was ich dir gesagt habe."

Tom warf ihm einen finsteren Blick zu, und Anthony hob beschwichtigend die Hand. „Schon gut, zurück an die Arbeit. Welche der beiden Frauen ist denn nun unser Herzchen John Bradley? Was sagt dein sechster Sinn? Die heiße Brünette hat einen harten Zug an sich, aber die Blondine wäre auch eine Möglichkeit."

„Du findest die Blonde nicht heiß?" fragte Tom überrascht. „Du hast wirklich überhaupt keinen Geschmack. Das Haar ist etwas komisch, aber das Gesicht ist nicht übel, und die Figur ist fantastisch. Ich werde vielleicht älter, aber ich bin noch nicht tot. Die Blonde wäre eindeutig ein bisschen Zeit wert."

Verstohlen spähte Tom zu ihr hinüber. „Weißt du was? Ich glaube, sie sieht schon die ganze Zeit zu mir her."

„Stimmt."

„Frauen sehen sich doch noch tatsächlich nach mir um."

„Na, wenigstens bist du nicht mehr deprimiert." Anthony blickte auf seine Uhr. „Wir sitzen nun seit einer Stunde nutzlos hier herum. Möchtest du die Blondine jetzt verhaften, um sie abtasten zu können, oder wollen wir einfach gehen?"

„Mach dich ruhig lustig über mich." Tom warf ein paar Münzen auf den Tisch. „Aber hier gibt es etwas, das uns im Bradley-Fall weitergeholfen hätte. Und jetzt werden wir es nie erfahren."

„Damit kann ich leben", meinte Anthony ungerührt.

„Weil du keinen Funken Instinkt hast."

„So", sagte Tina entschieden. „Und nun lass uns über dein neues Leben reden."

„Oh, bitte nicht", antwortete Lucy bedrückt.

„Zuerst einmal musst du alle Sachen von Bradley loswerden", blieb Tina hartnäckig. „Dann müssen wir etwas mit deinem Haar anstellen. Und dann stelle ich dich einigen präsentablen Männern vor. Alle haben viel Geld, also wirst du wenigstens in anständigen Restaurants essen und nicht in einem Loch wie diesem."

„Moment mal! Keine Kuppelei. Mein Haar werde ich in Ordnung bringen, weil es fürchterlich aussieht, aber ich will mit keinem deiner Freunde zusammengebracht werden."

„Und Bradleys Sachen? Ich finde, du solltest sie auf dem Rasen anhäufen, in Brand setzen und darum herumtanzen."

„Das ist ja lächerlich. Du übertreibst mal wieder wahnsinnig, Tina."

„Nein, es wird dir sehr gut tun. Auf diese Weise wirst du seine Sachen und gleichzeitig ihn los."

„Ich bin ihn schon los. Ich möchte nur noch mal mit ihm reden. Zurückhaben will ich ihn bestimmt nicht."

„Na prächtig, und vergiss das nicht." Tina stand auf und reichte Lucy deren Jacke und Tasche. „Was schleppst du mit dir herum? Diese Tasche wiegt mindestens eine Tonne."

„Meine Physikbücher, erinnerst du dich nicht? Ich dachte, falls die Scheidung langweilig ist, könnte ich …"

Tina verdrehte entnervt die Augen. „Ich muss dich wirklich retten. Geh sofort nach Hause und schmeiß Bradleys Sachen auf den Rasen. Ich besorge dir einen Termin beim Friseur."

„Das werde ich selbst tun, Tina."

„Aber ich kenne eine tolle …"

„Tina, nein!"

„Na gut, aber schaff dir wenigstens Bradleys Sachen vom Hals."

„Vielleicht", entgegnete Lucy und atmete ein paarmal tief durch, als wollte sie sich von etwas befreien. „Vielleicht."

„Verdammt, ich war mir so sicher, dass wir hier etwas über Bradley finden", sagte Tom einige Meter entfernt.

„Deine Blondine geht", bemerkte Anthony, und sie sahen zu der Nische auf der anderen Seite.

Die Blonde ging Richtung Vordertür und die Dunkelhaarige zum Hinterausgang, der auf den Parkplatz führte. Kurz davor drehte sie sich noch einmal um.

„Lucy …", rief sie in befehlendem Ton, „… hör auf das

was ich gesagt habe … ich meine es ernst. Sobald du zu Hause bist, wirst du …"

„Ja, ja", unterbrach die Blonde sie. „Sobald ich zu Hause bin, schaffe ich mir Bradley vom Hals." Damit ging sie hinaus.

„Intuition", sagte Tom prahlerisch und folgte ihr.

„Ich hasse dieses Wort", knurrte Anthony und ging seufzend zur Hintertür, um die Dunkelhaarige aufzuhalten.

2. KAPITEL

Der scharfe Februarwind blies Lucy ins Gesicht, und die schwere Tasche schlug ihr beim Gehen gegen die Beine. Sie hatte schon fast die Nebenstraße erreicht, wo sie ihr Auto geparkt hatte, als jemand sie am Arm packte und herumwirbelte. Erschrocken wich sie zurück und fiel dabei gegen eine Hauswand.

Vor ihr stand der Mann mit der Lederjacke. „Verzeihen Sie …", sagte er, „… aber wir müssen miteinander reden." Er verstellte ihr den Weg und griff dann in seine Jackentasche. „Ich bin …"

„Nein." Nervös schüttelte sie den Kopf. „Ich habe es eilig. Sie haben wahrscheinlich bemerkt, dass ich Sie angesehen habe. Das hätte ich nicht tun sollen, und es tut mir Leid. Aber jetzt muss ich gehen." Sie versuchte, an ihm vorbeizuschlüpfen, aber er hielt sie fest.

„Ich muss Sie über Bradley ausfragen."

„Bradley?" Sie blinzelte verblüfft. „Oh, Sie meinen, was ich zu meiner Schwester gesagt habe, von wegen vom Hals schaffen? Das war nur ein Scherz. Sozusagen."

Der Mann lächelte zu ihr hinunter, und sie hielt unwillkürlich den Atem an. „Ich liebe Scherze, erzählen Sie."

Dir würde ich alles erzählen, dachte sie spontan, und dann hörte sie plötzlich einen kleinen, dumpfen Knall wie von einer Fehlzündung. Im nächsten Moment löste sich ein Stückchen von der Wand hinter ihr und traf sie an der Wange. Der Mann fluchte leise und zerrte sie zu Boden. Er schubste sie hinter einen Mülleimer und presste sie mit seinem Körper dagegen. Er war jetzt so nah, dass sie seinen heftigen Herzschlag fühlen konnte. Entschlossen wollte sie ihn wegschieben, aber er rührte sich nicht vom Fleck.

„Was tun Sie denn da?“ Sie gab nicht auf, von ihm freizukommen. „Lassen Sie mich los!“

„Seien Sie leise.“ Er holte ruhig eine Pistole aus der Jacke.

Sie erstarrte. Beweg dich, sagte sie sich, aber es ging nicht. Sie betrachtete den Mann, konnte aber nicht erkennen, ob er nur wahnsinnig oder auch gewalttätig war. Wahrscheinlich Ersteres.

Halbherzig begann sie, sich wieder zu wehren, natürlich erfolglos, und während er aufmerksam die Straße hinuntersah, flüsterte er ihr zu: „Würden Sie bitte stillhalten?“

Bitte? Zumindest war er höflich.

„Sie zerquetschen mich“, wies sie ihn darauf hin, und er rückte tatsächlich ein Stück von ihr weg, so dass sie sich freimachen und zur Straße laufen konnte.

Aber dort holte er sie ein, packte sie am Saum ihrer Jacke und zerrte sie zurück. „Sind Sie wahnsinnig?“

„Ich?“ schrie sie und entriss ihm ihre Jacke. „Und was sind Sie?“

„Hören Sie zu, Lady, ich bin …“

„Es ist mir egal, wer oder was Sie sind. Lassen Sie mich los!“ Sie holte schwungvoll mit ihrer Tasche aus, und drei Kilo Physikbücher trafen seine Magengrube.

Er schnappte nach Luft und ließ sie los. Sie stolperte zurück, und diesmal landete ihre Tasche auf seinem Mund. Stöhnend taumelte er rückwärts, und sie rannte weiter. Sie war so aufgeregt, dass sie fast in einen vorbeikommenden Polizeiwagen gelaufen wäre, als sie um die nächste Ecke bog.

„Ein Mann hat mich gerade gepackt und da hineingezerrt“, berichtete sie den beiden Polizisten und deutete keuchend hinter sich. „Er ist groß, hat dunkles Haar und ein markantes Kinn. Er ist unrasiert und trägt eine alte schwarze Lederjacke. Wahrscheinlich ist er ein Drogenhändler. Sie müssen ihn sofort festnehmen.“

Der jüngere Polizist sprintete schon los, wahrend der ältere, rundlichere ihr zurief, sie solle warten, bevor er ihm folgte.

Erregt ging sie neben dem Streifenwagen auf und ab. Sie vibrierte vor Energie. Was für ein Gefühl! Das war es, was Tina gemeint hatte: Spontaneität. Es war toll, es war wundervoll. Aber natürlich konnte sie nicht durch die Gegend rennen und jeden Mann zusammenschlagen, der ihr über den Weg lief. Doch sie fühlte sich wirklich wahnsinnig gut.

Im nächsten Moment musste sie sich an den Wagen lehnen. Der Energieschub schien wieder vorbei zu sein. Wenn sie den Mann nun getötet hatte? Er hätte es zwar verdient, aber wenn sie ihn nun wirklich ernsthaft verletzt hatte? Die Physikbücher waren recht schwer. Oh Gott, was hatte sie bloß getan? Sie durfte auf keinen Fall bleiben. Sie musste hier weg.

Völlig durcheinander fuhr sie sich an die Wange. Als sie den Arm dann wieder senkte, war Blut an ihrer Hand. Wieso blutete sie denn?

Hastig riss sie ein Blatt aus ihrem Adressbuch, schrieb Namen, Adresse und Telefonnummer darauf und steckte es unter die Scheibenwischer des Streifenwagens. Dann eilte sie zu ihrem Auto und fuhr immer noch zitternd vor Aufregung nach Hause.

„Sie sagt, du seist ein Drogenhändler."

„Nehmt sie fest." Tom lehnte an der Wand und versuchte, zu Atem zu kommen. „Sperrt sie ein. Sie weiß etwas über Bradley."

„Die sah so aus, als ob sie nicht mal ihren eigenen Namen wüsste", schnaubte Matthews.

Tom sah ihn missbilligend an. Der junge Polizist war hoch gewachsen und blond und sah nicht übel aus, wenn man den glatten Filmstartyp mochte, aber vor allem war er jung. „Hör zu, Junior. Wenn du erst so lange dabei bist wie ich, wirst du begreifen, dass es nicht wichtig ist, wie sie aussehen, sondern was sie tun." Er berührte seine aufgeplatzte Lippe. „Au."

Matthews grinste. „Falk hat dich gleich bei ihrer Beschreibung erkannt und mir gesagt, dass ich nicht auf dich schießen soll, auch wenn du noch so sehr wie ein gefährlicher Drogenhändler ausschaust. Auf der Wache werden sie sich schieflachen."

Tom blickte ihn kühl an, bis seinem jungen Kollegen das Grinsen verging. Der schluckte und sagte: „Falk wird sicher gleich hier sein ... Da kommt er schon", fügte er dann erleichtert hinzu.

Tom stieß sich vorsichtig von der Wand ab und sah suchend in den Streifenwagen, der vor ihm hielt. „Wo ist sie?"

Falk stieg aus und gab ihm ein Blatt Papier. „Bleib ganz ruhig. Sie hat ihre Adresse hinterlassen. Sollen Matthews und ich sie holen?"

„Lucy Savage", las Tom. „Nein, das werde ich selbst erledigen, weil ihr sie nicht festhalten könntet. Ich kümmere mich darum."

„Sollen wir dir Rückendeckung geben? Sie war mindestens einssiebzig groß und bestimmt ganze fünfundfünfzig Kilo schwer. Somit schlägst du sie nur mit zehn Zentimetern und dreißig Kilo."

„Wahnsinnig komisch", sagte Tom gereizt. „Ruft die Spurensuche. Eine Kugel steckt in der Wand."

„Sagt dir das deine Intuition?"

„Nein", knirschte Tom. „Jemand hat auf die kleine Wildkatze geschossen und die Wand getroffen."

Matthews suchte die Wand ab. „Er hat Recht."

„Natürlich habe ich Recht. Dass grüne Jüngelchen meine Arbeit überprüfen, hat mir gerade noch gefehlt. Vielleicht setzt du dich mal in Bewegung und meldest den Zwischenfall." Tom funkelte Matthews wütend an, bis der missmutig zum Wagen ging.

„War ich auch mal so unausstehlich?" fragte er Falk.

„Wieso *war*? Du bist es immer noch. Bist du sicher, dass sie nicht auf dich geschossen haben? Nicht jeder hängt so an dir wie wir auf dem Revier", fügte Falk lächelnd hinzu.

„Nein, die wollten eindeutig sie haben. Mir ist nur schleierhaft, wieso sie am helllichten Tag danebenschießen."

„Brauchst du Hilfe?"

Tom verzog verärgert den Mund. „Ich glaube, mit einer Frau ihrer Größe kann ich gerade noch selbst fertig werden."

„Ich weiß nicht. Sie hat dich ganz gut abgefertigt, wenn du mich fragst. Ich denke, du brauchst uns."

„Klar brauche ich dich und Junior, aber hier, wo ihr seid."

„He, ich bin schon zwanzig und war zwei Jahre auf dem

College", verkündete Matthews, der wieder zu ihnen getreten war.

Tom drehte sich nur wortlos um und ging zu seinem Auto.

„He, Warren", rief Falk ihm nach. „Hat deine Intuition dich gewarnt, kurz bevor die Frau dich umgehauen hat, oder gleich danach?"

Tom ging einfach weiter. Er wusste, dass seine Intuition ihn nicht trog, was Bradley betraf. Lucy Savage würde es noch bedauern, dass sie und John Bradley sich je mit ihm angelegt hatten – sobald er eine Aspirintablette geschluckt und etwas Eis auf seine schmerzende Lippe gelegt hatte.

Lucy schloss die schwere Eichentür ihres Hauses auf und danach die Innentür, die aus Glas war. Gleich dahinter erwarteten ihre drei Hunde sie.

Müde setzte Lucy sich auf den Boden und streichelte jeden einzelnen. Einstein, der große Schäferhund, schmiegte sich an sie, Heisenberg, der an einen wandelnden Mopp erinnerte, und Maxwell, die kleine Promenadenmischung, kletterten auf ihren Schoß und leckten ihr das Gesicht ab. Liebevoll drückte sie alle an sich und genoss es, wieder in ihrem schönen alten Haus zu sein.

Sie ließ ihre Tasche auf dem Boden liegen, befreite sich von den Hunden und ging dann zum Telefon, um ihre Schwester anzurufen. Geistesabwesend kraulte sie Einstein hinterm Ohr, während sie auf den Klingelton lauschte.

„Tina?" Aber am anderen Ende war der Anrufbeantworter, und so hinterließ sie eine Nachricht. „Ich bin's, Lucy. Ich wollte dir nur sagen, dass ich eben wahrscheinlich einen

Drogenhändler verprügelt habe. Das ist wirklich wahr, und es war einfach wundervoll. Mach dir also keine Sorgen, ich bin okay. Mir geht es sogar fantastisch. Du hattest Recht. Ich liebe dich!“

Danach setzte sie sich völlig entspannt in ihren Lieblingssessel. Sie war zwar müde, aber glücklich.

Ihr Blick fiel auf die Einkaufstüte. Auf dem Heimweg war sie noch schnell in dem Supermarkt an der Ecke gewesen. „Seht mal“, rief sie den Hunden zu und öffnete die Tüte. „Ich habe mir Jod für meine Wange besorgt. Und das hier …“, triumphierend hielt sie eine Schachtel hoch, „… habe ich mir auch gekauft!“

Einstein argwöhnte, dass es sich nicht um Hundekuchen handelte, und legte sich enttäuscht hin. Maxwell stierte in die Luft, und Heisenberg rollte sich auf den Rücken.

Lucy betrachtete die Schachtel, auf der eine schöne Frau mit nachtschwarzen Locken herausfordernd unter schweren Lidern aufschaute. „Das ist mein neues Ich. Meine Haare aufzuhellen, war ein Fehler. Ich habe nicht bedacht, dass Blond nicht zu mir passt.“

Maxwell und Einstein sahen sich viel sagend an, Heisenberg blieb auf dem Rücken liegen.

„Ihr lacht vielleicht, aber mit meiner Haarfarbe ändere ich zugleich mein Leben. Kein Mausbraun mehr und bestimmt kein Messingblond. Ich werde von jetzt an dunkelhaarig sein. Dunkel, faszinierend und gefährlich. Und unabhängig. Alle Männer werden mich begehren. Alle Männer werden mich fürchten.“

Die Hunde gähnten.

„Na ja, auf jeden Fall werden sie nicht voller Unglauben

auf mein Haar starren. Ich werde mich ein bisschen stärker fühlen und bald mit aufregenden Männern ausgehen." Sie dachte an den letzten aufregenden Mann, von dessen Anblick sie sich kaum hatte losreißen können und der sie dann auf der Straße überfallen hatte.

„Na ja, vielleicht halte ich mich besser nur an euch. Ihr seid ja auch ganz toll."

Also keine Männer, zumindest für eine Weile. Aber eins war sicher: Sie würde von jetzt an ihr Leben selbst in die Hand nehmen. Maxwell und Einstein sahen sie verständnisvoll an. Heisenberg lag immer noch auf dem Rücken.

„Oh, entschuldige bitte, Heisenberg." Eilig folgte sie seiner stummen Aufforderung und sagte: „Toter Hund."

Heisenberg sprang begeistert auf, und sie lächelte. „Du bist total verzogen, Heisenberg. Und wisst ihr, was wir jetzt tun werden?"

Die Hunde spitzten gespannt die Ohren.

„Wir schaffen uns Bradley vom Hals!"

Die Hunde rasten vor Freude.

„Genau meine Meinung!"

Ausgelassen lief Lucy die Treppe hinauf, um ihr neues Leben in Angriff zu nehmen.

Anderthalb Stunden später hielt Tom vor Lucys Haus. Es war eine ruhige Gegend in der Nähe der Universität mit wunderschönen alten und restaurierten Gebäuden im Stil der Jahrhundertwende.

Tom blickte sich prüfend um. Lucy Savages Haus war zweistöckig und aus hellem Backstein. Ein blauer Kleinwagen stand in der Auffahrt. Niemand war zu sehen.

Tom stieg aus und ging die wenigen Stufen zum Haus hinauf. Seinem Gefühl nach war es hier viel zu ruhig. Aber dann folgte ein höllisches Bellen auf sein Klingeln, das von tausend Hunden zu kommen schien. Erst beim zweiten Klingeln wurde die Tür von einer dunkelhaarigen Frau geöffnet.

Sie hatte das schwärzeste Haar, das er je gesehen hatte. Es war die Sorte von totem, stumpfem Schwarz, das jedes Licht aufsaugte. Doch er erkannte die Frau an ihrem kleinen Kinn und den großen Augen, die sie nun erschrocken aufriss. Sie wollte die Tür zuschlagen, aber er stellte blitzschnell den Fuß in die Öffnung.

Leider hatte er vergessen, dass er weiche Turnschuhe trug. Sie hatte das natürlich sofort bemerkt, schlug die Tür noch einmal gegen seinen Fuß und schrie: „Verschwinden Sie! Ich habe bissige Hunde im Haus. Ich rufe die Polizei!“

„Ich bin von der Polizei!“ Er biss vor Schmerz die Zähne zusammen und hielt seine Polizeimarke an den Türspalt. „Wissen Sie, was auf Körperverletzung eines Polizisten steht?“

„Was?“ Sie starrte auf die Marke und öffnete dann flink die Tür. „Ich glaube es nicht“, murmelte sie und stöhnte. „Ich glaube es einfach nicht.“

„Glauben Sie es ruhig, Lady. Kann ich nun hereinkommen, oder wollen Sie noch ein bisschen auf mich einschlagen?“

Kleinlaut trat sie beiseite.

„Danke.“ Er humpelte in den Flur, und sie schloss die Tür. Im nächsten Moment griffen die Hunde ein. Der große Schäferhund schmiegte sich an ihn und rieb den Kopf an seinem Schenkel. Ein kleiner Brauner ließ sich auf seinem

Fuß nieder und sah ins Leere. Und ein moppähnliches Wesen bellte ihn kurz an und warf sich dann auf den Rücken.

„Das sollen bissige Hunde sein?"

„Ich habe Sie für einen Straßenräuber oder Schlimmeres gehalten. Und zumindest Ihre Stimme hörte sich ja auch gefährlich an."

„Was ist mit dem Mopp los?"

„Er ist kein Mopp", stellte sie entschieden klar und wollte dann wissen: „Stehe ich unter Arrest, weil ich Sie verprügelt habe?"

„Sie haben mich nicht verprügelt, Lady. Sie haben mich nur deswegen schlagen können, weil ich mich nicht verteidigt habe, um Sie nicht zu verletzen." Er betrachtete den Hund, der immer noch unbeweglich auf dem Rücken lag.

„Ist er krank?"

„Nein. Das ist nur der einzige Trick, den er beherrscht."

„Trick?"

„Ja. Man sagt die passenden Worte, und er steht sofort wieder auf."

Er sah sich im Flur um. Der Raum, der am nächsten lag, war hell, mit einer hohen Decke, gemütlich und voll bequemer Möbel. Irgendwo glaubte er das Knistern eines Kaminfeuers zu hören. Er blickte wieder zu der zerknirschten Schwarzhaarigen mit ihren drei Hunden. Wenn diese Frau eine Verbrecherin war, dann war er die Königin von England.

Er lächelte sie an, was sie offenbar überraschte, denn sie blinzelte. „Sie sind keine Verbrecherin, nicht wahr?"

„Nicht, wenn Sie mich nicht wegen Körperverletzung festnehmen", antwortete Lucy und war erleichtert, dass seine Stimme nun fast sanft klang. „Ich verdiente das zwar, aber Sie haben mich wirklich erschreckt." Sie runzelte die Stirn. „Warum haben Sie mich in diese Straße gezerrt?"

„Wir müssen miteinander reden." Tom reichte ihr die Hand. „Ich bin Detective Thomas Warren."

Sie nahm seine Hand. „Ich bin Lucy Savage, und es tut mir aufrichtig Leid, dass ich Sie verprügelt habe. Ihre Lippe sieht fürchterlich aus."

„Sie haben mich nicht verprügelt. Und würden Sie diesem Hund hier bitte die passenden Worte sagen, damit wir uns endlich setzen können?"

„Toter Hund", sagte Lucy gehorsam, und Heisenberg sprang auf und bellte beglückt.

Tom blickte stumm von Lucy zu Heisenberg. Dann seufzte er und brummte: „Könnten wir uns jetzt setzen? Mein Fuß bringt mich um."

„Wenn Sie nichts dagegen haben, möchte ich Ihnen zuerst ein paar Fragen stellen", sagte Tom, nachdem er auf dem Sofa vor dem Kaminfeuer Platz genommen hatte.

„Natürlich", erwiderte Lucy und setzte sich ihm gegenüber auf einen großen, hässlichen olivgrünen Stuhl, der irgendwie nicht zu der übrigen harmonisch abgestimmten Einrichtung passte.

„Geht es Ihnen nicht gut?" begann Tom. „Sie sehen bedrückt aus."

„Ich bin heute geschieden worden, und mein Exmann hat mich versetzt. Meine Schwester ist entschlossen, mein Leben zu verändern, ein Drogenhändler hat mich angegriffen, ich habe ihn zusammengeschlagen und gedacht, dass ich endlich einmal etwas richtig gemacht habe, und dann stellt sich heraus, dass es ein Polizist ist." Lucy blinzelte. „Ein schlechter Tag, mehr nicht. Ich werd's überleben."

„Sie haben mich nicht zusammengeschlagen. Ich habe nicht einmal versucht, mich zu verteidigen."

„Ja, ja, natürlich."

Tom ließ diesen Punkt vorerst fallen. „Erzählen Sie mir alles über Bradley."

„Warum wollen Sie alles über meinen Exmann erfahren?"

„Warum haben Sie den Zettel mit Savage unterschrieben?" schob Tom ein.

„Das ist mein Mädchenname." Skeptisch blickte Lucy ihn an. „Hat Bradley etwas Kriminelles getan, dass Sie so an ihm interessiert sind?"

„Wenn er der Mann ist, nach dem wir suchen, dann hat er anderthalb Millionen in Staatsanleihen von der Bank veruntreut, für die er arbeitet."

„Bradley? Von seiner Bank veruntreut?" wiederholte Lucy perplex.

„Banken sind dafür ein beliebter Ort", sagte Tom trocken. „Weil sie so schön viel Geld anhäufen."

„Entschuldigung, ich möchte nicht dumm klingen, aber ... Bradley? Das kann ich mir gar nicht vorstellen."

„Ich weiß, es ist ein Schock, aber alles spricht gegen ihn. Also, wo und wann haben Sie ihn kennen gelernt?"

„Er hat mich in der Bibliothek angesprochen", antwortete Lucy benommen. „Ich bereitete gerade eine Unterrichtsstunde vor, und als ich aufsah, war er da und fragte mich, ob er sich zu mir setzen dürfe. Wir haben uns unterhalten, danach brachte er mich zu meinem Wagen, und zwei Monate später heirateten wir."

„So schnell?“ warf Tom ein, der jedes Wort mitschrieb.

„Na ja, ich hatte meine Gründe.“ Lucy lehnte sich zurück und schloss die Augen. „Es waren die falschen Gründe, aber das wusste ich damals noch nicht.“

Das könnte es sein, dachte Tom und hatte Lucys letzte Worte nicht mehr gehört. Die Daten stimmten überein. Er betrachtete Lucy, wie sie verloren in diesem hässlichen Stuhl saß, und plötzlich überkam ihn der Wunsch, sie zu beschützen. Ein Wunsch, der eigentlich gar nicht zu ihm passte. Aber die Frau tat ihm irgendwie Leid. Zur Hölle, sie schien tatsächlich keine Ahnung zu haben, was für eine Ratte Bradley war.

Er räusperte sich. „Und wann genau war dieses erste Treffen?“

„Und dann gab es da natürlich noch den zweiten Hauptsatz der Thermodynamik“, fuhr Lucy gedankenverloren fort.

„Da bin ich ganz sicher. Wann haben Sie ihn getroffen?“

„Wir heirateten Anfang Juni. Wir trafen uns Mitte März.“

„Und jetzt im Februar haben Sie sich scheiden lassen.“ Tom sah von seinem Notizblock auf. „Aus einem bestimmten Grund? Hat er angefangen, sich seltsam zu benehmen?“

„Es war die Blondine.“

„Oh. Eine andere Frau. Das tut mir Leid.“

„Eigentlich eher ein Mädchen. Sehr jung, vielleicht zwanzig.“

„Das könnte seine Frau sein.“

„Seine Frau?“ fragte Lucy schwach.

„Äh… ja. Tut mir Leid, Sie zu verletzen, aber er war schon verheiratet.“

„Oh."

„Bianca Bradley. Blond und jung, vierundzwanzig. Er muss ein Faible für Blondinen haben." Tom betrachtete Lucys unmöglich schwarzes Haar und sah dann hastig wieder auf seine Notizen.

„Das ist komisch", murmelte Lucy. „Ihr Mädchenname lautet genau wie sein Vorname."

„Nein, ihr Mädchenname ist Bergman. Sie …"

„Wieso heißt sie dann Bradley?"

„Natürlich, weil sie John Bradley geheiratet hat", antwortete Tom, der langsam ungeduldig wurde. „Denselben John Bradley, den Sie geheiratet haben."

„Ich habe keinen John Bradley geheiratet." Lucy setzte sich kerzengerade auf. „Ich habe Bradley Porter geheiratet. Unfassbar. Da stellen Sie mir die ganze Zeit Fragen über den falschen Bradley. Was geht hier eigentlich vor?"

3. KAPITEL

„Das ist das Dümmste, was ich je gehört habe." Tom ignorierte Lucys Bemerkung und überlegte angestrengt.

„Ich meine, zuerst zerren Sie mich in eine enge Straße ..."

„Hören Sie zu." Tom sah sie streng an. „John Talbot Bradley ist einsfünfundachtzig groß und wiegt etwa neunzig Kilo. Er hat braunes Haar und braune Augen, und er ist in sehr guter physischer Verfassung. Er war früher Sportlehrer. Klingt das nach Ihrem Exmann?"

Lucy schüttelte entschieden den Kopf. „Nein. Bradley ist blond und sieht sehr gut aus, ist aber ein bisschen außer Form. Er war der Meinung, körperliches Training sei nur etwas für Leute ohne Verstand. Die Größe stimmt, aber er hat graue Augen."

„Trotzdem", beharrte Tom starrsinnig. „Das lässt sich alles simulieren. Sie haben ihn im März kennen gelernt, und das ist genau die Zeit, als John Bradley in Kalifornien vermisst wurde."

„Dann ist er es bestimmt nicht, denn als ich Bradley im März kennen lernte, war er schon seit einem Jahr Zweigstellenleiter einer Bank."

„Zweigstellenleiter einer Bank? Zwei Bradleys, zwei Banken. Und dann der Telefontipp. Es muss eine Verbindung geben. Meine Intuition sagt mir, dass es die gibt."

„Und meine Logik sagt mir, dass es keine gibt", entgegnete Lucy.

„Warum waren Sie heute in diesem Lokal? Wollten Sie Bradley dort treffen?"

„Nicht direkt. Eigentlich wollte ich Bradley vor Gericht treffen. Aber er schickte mir eine Nachricht, dass ich nach der Verhandlung ins ‚Harvey's' kommen solle. Also bin ich mit meiner Schwester dort hingegangen, aber er ist nicht aufgetaucht. Dafür habe ich dann, dank meiner Schwester, einen Polizisten verprügelt."

„Sie haben keinen Polizisten verprügelt. Ich habe Ihnen schon gesagt, dass ich mich nur nicht gewehrt habe." Tom beugte sich vor, bis er Lucy fast berührte, und blickte sie intensiv an. „Jetzt hören Sie bitte genau zu und konzentrieren Sie sich."

Seine blauen Augen sind faszinierend, dachte Lucy und blinzelte. „Okay", murmelte sie und versuchte sich zu erinnern, worüber Tom und sie gerade gesprochen hatten.

„Mein Partner und ich waren in dem Lokal, weil eine Frau angerufen hatte und sagte, dass Bradley dort sein würde." Er sprach so klar und langsam, als zweifelte er an ihrem Verstand. „Könnte die Anruferin Ihre Schwester gewesen sein?"

Sie wich ein wenig zurück, damit sie klar denken konnte. „Meine Schwester würde Bradley zwar liebend gern verhaften und erschießen lassen, aber selbst sie würde nicht die Polizei rufen, wenn es keinen Grund gäbe, um Bradley festzunehmen. Für einen Verbrecher hält Tina ihn sicher nicht, und ich auch nicht. Und Sie ebenso wenig. Sie sind nur verärgert, weil Ihre Intuition Sie im Stich gelassen hat."

„Nein", sagte Tom ruhig, aber fest. „Jemand hat heute auf Sie geschossen." Er beobachtete Lucy, die erneut verdutzt blinzelte. Jeder Zweifel, den er noch gehabt haben mochte, verschwand in diesem Moment. Lucy Savage war völlig ahnungslos. Sie war wirklich süß, aber sie hatte nicht den Schimmer, was gespielt wurde.

„Erinnern Sie sich, wie ich Sie gepackt habe?"

„Lebhaft."

Er beugte sich noch ein wenig weiter vor und berührte die Schramme an ihrer Wange.

Automatisch wich Lucy noch mehr zurück.

„Woher kommt das?"

„Ein Auto traf ein Steinchen und ..."

„Nein, jemand hat auf Sie geschossen, hat Sie verfehlt, und ein Steinchen von der Wand, an der Sie standen, ist an Ihre Wange geprallt. Ich habe es genau gesehen. Deswegen habe ich Sie doch zu Boden gezerrt."

„Oh." Lucy brauchte einen Moment, um diese Neuigkeit zu verdauen. „Also haben Sie geglaubt, mir das Leben zu retten, während ich dachte, dass Sie mich überfallen wollten."

„Ich habe nicht nur geglaubt, Ihnen das Leben zu retten."

„Und ich habe Sie verprügelt. Es tut mir so Leid."

Tom schloss resigniert die Augen. Er war in einen Albtraum geraten mit drei paranoiden Hunden und einer Frau, die sich für Rambo hielt. Und nirgendwo ein Zeichen von Bradley. Entweder ließ seine Intuition nach oder er übersah etwas.

„Hören Sie mir bitte aufmerksam zu", begann er von neuem. „Jemand versucht, Sie umzubringen."

Lucy erwiderte fest seinen Blick. „Jetzt hören Sie mir mal aufmerksam zu. Keiner versucht, mich umzubringen. Wenn Sie kurz logisch nachdenken würden, kämen Sie selbst darauf. Da sind zwei Menschen, eine ruhige Schullehrerin, die von ihren Schülern angebetet wird, und ein hochmütiger Polizist, der unschuldige Frauen rüde anpackt und vermutlich auch sonst nicht viele Fans hat. Bei welchem von beiden ist es wohl wahrscheinlicher, dass auf ihn geschossen wird?"

„ Bei Ihnen. Meine Intuition sagt mir das."

„Ihre Intuition spinnt. Tut mir Leid. Normalerweise bin ich nicht so unhöflich, aber ich habe einen schweren Tag hinter mir."

„Schon gut. Ich bin Kummer gewöhnt."

Tom steckte seinen Notizblock in die Jackentasche und stand auf. „Wir werden später weiterdiskutieren", erklärte er. „Jetzt sehe ich mich erst mal vor Ihrem Haus um. Sie bleiben hier."

Lucy stand ebenfalls auf. „Wie bitte?"

„Hier im Haus. Sie und die Hunde."

Lucy stemmte die Hände in die Hüften und starrte Tom gereizt an. „Für wen halten Sie sich eigentlich?"

„Ich?" knurrte Tom, der schon auf dem Weg nach draußen war. „Ich bin der Mann, der Ihnen das Leben gerettet hat, also schulden Sie mir etwas. Bleiben Sie, wo Sie sind."

Lucy beherrschte sich nur mühsam. „Kommt einfach herein ...", wandte sie sich an die Hunde, „... sagt mir aus heiterem Himmel, jemand habe auf mich geschossen, und erteilt mir Befehle. Das hat mir noch gefehlt. Noch so einer, der mich herumkommandiert."

Aber sie hatte nicht klein beigegeben. Sie hatte zurückgeschlagen, diesmal mit Worten, und sie fühlte sich großartig.

„Ich glaube, diese Unabhängigkeitssache ist gar nicht so übel. Ich habe es richtig genossen, mit ihm zu streiten."

Es hatte zwar keine große Wirkung auf ihn gezeigt. Er

hatte sie nur komisch angesehen und sich nicht beirren lassen. Aber dann hatte er sogar ein wenig gelächelt. Sie rief sich wieder diese herrlichen blauen Augen und das verführerische Lächeln in Erinnerung, bis sie sich zusammenriss und sich klar machte, dass sie ja eigentlich wütend auf ihn war.

„Das ist mein Fehler", fuhr sie fort. „Ich bin zu nachgiebig. Dabei sollte ich ihn besser umbringen wollen." Bei dem Gedanken hielt sie inne.

Er hatte gesagt, dass jemand sie umbringen wollte. Doch wer sollte auf so eine Idee kommen? Es war einfach lächerlich. So etwas geschah nur im Fernsehen. In ihrer kleinen Stadt liefen die Menschen nicht mit Pistolen durch die Gegend und erschossen harmlose Mitbürger.

Er musste im Irrtum sein. Bestimmt. Aber er war umwerfend.

Dieses Lächeln, diese blauen Augen, bei deren Blick sie ein gewisses Kribbeln im Nacken gespürt hatte.

„Die Sache ist die, obwohl ich weiß, dass er ein Polizist ist, sieht er nicht wie einer aus. Er sieht wie ein unheimlich aufregender Bösewicht aus."

Sie hörte ein Geräusch hinter sich und wirbelte herum. Er stand in der Tür. Am liebsten wäre sie im Erdboden versunken.

„Sie reden ja mit den Hunden", sagte er.

„Natürlich rede ich mit ihnen." Hoffentlich, flehte sie innerlich, hat er meine letzten Worte nicht gehört. „Es ist ja nicht so, dass ich mit Blumen oder empfindungsunfähigen Dingen rede."

„Ich wollte Sie eigentlich fragen, warum Sie überall so teure Schlösser angebracht haben, selbst an den Fenstern."

Lucy war froh, dass Tom das Thema wechselte. „Ach ja? Sind die wirklich so teuer?"

„Dann war diese Sicherheitsmaßnahme also nicht Ihre Idee", stellte Tom fest und war sehr zufrieden mit sich. „Bradley hat die Schlösser anbringen lassen, stimmt's?"

„Nein, meine Schwester."

Seine Zufriedenheit schwand schlagartig. „Ihre Schwester?"

„Sie hasst meinen Exmann und wollte ihn damit ärgern. So würde sie ihn daran hindern, etwas zu holen, was ich ihm bei der Scheidung abknüpfen könnte, behauptete sie. Meine Schwester ist ziemlich rücksichtslos – bei jeder Scheidung."

„Das möchte ich wetten", brummte Tom und zog seinen Notizblock wieder heraus. „Und wann hat sie das veranlasst?"

„Oh, gleich nachdem ich ihr von der Blondine erzählt hatte. Innerhalb einer Stunde war ein Schlosser hier. Das war vor etwa zwei Wochen. Ende Januar."

Tom ging in den Flur hinaus. „Haben Sie ein Alarmsystem?"

„Nein." Lucy folgte ihm. „Schauen Sie sich doch um. Sieht es hier so aus, also bräuchte man ein Alarmsystem?"

„Dann haben Sie zu Ihrem Schutz also nur die Schlösser und die Hunde." Tom warf den dreien, die in einer Reihe saßen und ihn treuherzig ansahen, einen Blick zu.

„Machen Sie sich nicht über meine Hunde lustig."

„Das tue ich gar nicht. Hundegebell verscheucht die meisten Einbrecher. Diebe hassen Lärm. Auch Mörder sind nicht gerade wild darauf, aber die finden sich damit ab."

Lucy seufzte. „Keiner versucht, mich umzubringen."

„Es hat schon Fälle gegeben, da sind Exmänner sehr wütend geworden, wenn ihre Frauen sie ausgesperrt haben."

„Bradley hat dieses Haus gar nicht gewollt. Er hat die Scheidungspapiere ohne Widerspruch unterschrieben. Er wollte weder das Haus noch mich."

Tom lächelte Lucy ermutigend an. „Bradley muss ein Idiot sein."

„Danke", murmelte Lucy.

„Gern geschehen. Und jetzt bleiben Sie wieder schön hier, während ich mich weiter umschaue."

Tom ging um das Haus herum und kontrollierte Türen und Fenster. Die Schlösser waren ausgesprochen stark. Dieses Herzchen von Schwester musste Bradley wirklich sehr hassen, oder sie machte sich große Sorgen um Lucy.

Und möglicherweise hatte sie auch allen Grund dazu. Stirnrunzelnd besah er die Kratzspuren an dem Schloss der Hintertür. Dann knipste er seine Taschenlampe an und richtete den Lichtkegel auf das Schlüsselloch, als dicht neben ihm ein Kreischen ertönte. Er ließ die Lampe fallen und fuhr herum.

„Ich habe die Polizei gerufen, hauen Sie also besser ab", krächzte eine alte Frau.

„Verdammt, Sie haben mich zu Tode erschreckt!" Die grauhaarige Frau stand auf der hinteren Veranda des Hauses neben Lucys und beugte sich in einem Mantel, der mindestens drei Größen zu groß für sie war, über das Geländer. Einen Moment schwieg sie verblüfft. Dann schrie sie weiter.

„Verschwinden Sie, Sie Tunichtgut!"

„Verzeihen Sie bitte", sagte er zwischen zusammengebissenen Zähnen. „Aber Sie haben mich überrascht. Ich bin Polizeibeamter."

„Wenn Sie zur Polizei gehören, dann ist die Welt in einem übleren Zustand, als ich dachte. Und ich dachte schon, dass sie im Gully liegt“, keifte sie und funkelte ihn böse an.

„Hallo, Mrs. Dover“, rief Lucy von ihrer Hintertür. „Schon gut, er ist wirklich von der Polizei.“

„Ich wusste ja, dass die Nachbarschaft im Eimer ist, als Sie hierher gezogen sind“, schrie Mrs. Dover zurück. „Sie mit Ihren drei Kötern, die meine arme Katze quälen.“

„Schöner Tag heute, nicht?“ Lucy kam auf die Veranda heraus.

„Phoebe ist nicht mehr die Gleiche, seit die Porters hier wohnen. Ich habe schon den Tierschutzverein angerufen, aber die tun nichts.“

„Die Sonne scheint im Februar sonst nicht so schön“, sagte Lucy unbekümmert. „Wir haben wirklich Glück heute.“

„Und jetzt dieses Gesindel.“ Mrs. Dover wies auf Tom. „Weiß Ihr Mann, dass Sie Kontakt mit Gangstern haben?“

„Ich bin jetzt geschieden, Mrs. Dover. Und Detective Warren ist kein Gangster. Ich habe den gleichen Fehler gemacht, aber er ist tatsächlich sehr nett.“

„Es muss an Ihrem Kinn und dem Zweitagebart liegen“, erklärte Mrs. Dover und beäugte Tom genauer. „An Ihrem Kinn können Sie ja nichts ändern, aber Sie würden schon viel vertrauenswürdiger aussehen, wenn Sie sich mal rasieren und das Haar schneiden ließen.“

„Danke“, entgegnete Tom trocken.

Ein Streifenwagen fuhr vor.

„Vielleicht ist er ja Polizist.“ Mrs. Dover wiegte den Kopf. „Aber nur vielleicht. Ich wette, in der Verbrecherkartei gibt es ein Bild von ihm. Ha! Jetzt werden wir es ja gleich wissen." Damit eilte sie zur Straße hinunter, wo zwei Beamte aus dem Wagen stiegen.

„Na prima", murmelte Tom. „Das ist heute schon das zweite Mal, dass jemand wegen mir die Polizei ruft."

„Ich glaube ja eigentlich auch, dass Sie Ihr Image ein wenig aufpolieren sollten", meinte Lucy und fügte dann eilig hinzu: „Aber wahrscheinlich müssen Sie so oft Ihre Identität als Polizist verbergen und ..."

„Nein, muss ich nicht."

„Oh. Entschuldigung."

„Vergessen Sie's." Tom ging auf die Beamten zu und schrie im nächsten Moment vor Schmerz auf.

Eine große gelbe Katze war an sein Bein gesprungen und hatte ihre Krallen tief in seine Jeans gegraben. Heftig schüttelte er das Tier ab, und die Katze fiel herunter, während Mrs. Dover ihn von der Straße aus ankeifte.

„Darf ich Ihnen Phoebe vorstellen?" sagte Lucy.

„Verdammt!" Tom hielt sich die schmerzende Stelle. „Was stimmt nicht mit dem blöden Tier?"

„Ich halte sie für psychotisch und kann sie nicht ausstehen, weil sie mein Auto als Abfalleimer benutzt, so dass ich selbst im Sommer die Fenster immer geschlossen lassen muss. Außerdem haben meine Hunde Angst vor ihr."

„Vor wem? Der Frau oder der Katze?"

„Vor beiden. Wollen Sie etwas Jod?"

„Nein", erwiderte Tom, während ein junger Polizeibeamter vor ihm stehen blieb. „Ich möchte diese verdammte Katze erschießen."

„Sir?" begann der Polizist. „Die Dame hier hat eine Beschwerde."

Tom holte wieder seine Marke hervor. „Ich untersuche den Mordanschlag auf diese Frau."

„Nein", warf Lucy ein. „Man hat auf Sie geschossen."

„Halten Sie den Mund." Tom sah den jungen Polizisten gequält an. „Haben Sie es manchmal nicht auch satt, die braven Bürger zu verteidigen?"

„Ununterbrochen", erwiderte der Beamte und entschuldigte sich, um Meldung zu machen.

Mit einem resignierten Seufzer wandte Tom sich wieder an Lucy. „Was hat es bloß zu bedeuten, wenn jeder um einen herum jünger ist als man selbst?"

„Es bedeutet, dass man älter wird. Eine junge Lehrerin an meiner Schule hat mich neulich gefragt, wie es denn in der guten alten Zeit gewesen sei, als ich anfing zu unterrichten."

„Haben Sie sie geohrfeigt?"

„Nein." Lucy streckte das Kinn vor. „Aber vielleicht tue ich es morgen. Heute bin ich viel gemeiner geworden."

Tom lachte. Hoch aufgerichtet in ihrer braven Kleidung und mit dem seltsam schwarzen Haar stand sie vor ihm, während sie verkündete, wie gemein sie geworden sei. Was für eine süße Naive! Naiv und rührend, wirklich süß.

„Sie gehen morgen nicht zur Schule", erklärte er fest. „Sie ziehen bei Ihrer Schwester ein, bis ich weiß, was vorgeht."

„Wie lange wird das dauern?" gab sie wenig begeistert zurück. „Besonders, wenn Sie sich dabei allein auf Ihre Intuition verlassen. So viele Tage kann ich gar nicht krankmachen."

Sie war doch nicht so süß. „Und wie viele Tage können Sie ‚totmachen'? Das ist kein Scherz. Sie sind ernsthaft in Gefahr."

„Ich denke ..."

„Denken Sie nicht, vertrauen Sie mir einfach. An Ihren Schlössern ist herumgefummelt worden."

„Was?"

Er wies auf die Hintertür. „Da sind Kratzer am Schloss. Jemand wollte unbedingt hier herein."

Sie schluckte. „Bradley."

„Vermutlich. Vielleicht will er ja auch nur seine Golfschläger zurückhaben, aber wer weiß … Immerhin hat vor kurzem jemand auf Sie geschossen."

„Auf Sie." Aber sie klang nicht mehr ganz so sicher.

„Bleiben Sie einfach eine Weile bei Ihrer Schwester."

„Das geht nicht. Sie wird die Hunde nicht nehmen, und ich lasse sie nicht allein." Wieder reckte sie das Kinn vor. „Außerdem glaube ich das alles nicht."

Tom verlor die Geduld. Er packte Lucy am Arm und zerrte sie mit sich. „Sehen Sie die Kratzer?"

Sein Gesicht war so nah, dass Lucy seinen Atem spürte.

„Die stammen von einem spitzen Gegenstand. Jemand hat versucht, bei Ihnen einzubrechen."

Lucy blinzelte nervös. „Aber er hat es nicht geschafft, oder? Also muss ich ziemlich sicher sein."

„Nur, weil der Einbrecher nicht auffallen wollte. Noch nicht. Früher oder später wird er einfach ein Fenster einschmeißen und hineinklettern. Gehen Sie zu Ihrer Schwester."

„Nein."

Tom ließ sie los, schloss die Augen und zählte langsam bis zehn. Dann sah er Lucy so geduldig wie möglich an. Trotzig, aber vertrauensvoll erwiderte sie seinen Blick.

Himmel, wenn ihr etwas geschah, würde es seine Schuld sein, weil er nicht auf sie aufgepasst hatte.

„Tun Sie mir nur einen Gefallen, ja? Bleiben Sie heute im Haus. Und morgen rufe ich Sie an, wenn ich etwas Neues weiß, okay? Ein Streifenwagen wird ein Auge auf Sie haben."

Sie wollte etwas sagen, aber er kam ihr zuvor. „Nur heute und morgen, das ist doch nicht zu viel verlangt. Bitte."

„Aber ich muss zur Schule. Ich bin Lehrerin. Selbst wenn ich nicht zum Unterricht gehe, muss ich wenigstens meine Stundenvorbereitungen vorbeireichen."

„Ich bringe sie für Sie hin. Inzwischen nehmen Sie sich einfach ein paar Tage Krankenurlaub."

Schon wieder wollte sie protestieren, aber er ließ sie nicht zu Wort kommen. „Betrachten Sie diesen Kerl, der Sie umzubringen versucht, einfach als lebensbedrohende Krankheit, okay?"

„Ich denke wirklich ..."

„Sie sollen doch nicht denken. Tun Sie nur, was ich Ihnen sage. Wenn es Sie gnädiger stimmt, dann werde ich mich sogar rasieren und einen Anzug anziehen. Was immer Sie wollen. Denn ich glaube wirklich, dass Sie in Gefahr sind." Er wies auf die Eingangstür. „Das sind alles sehr gute Schlösser. Profitieren Sie davon und bleiben Sie im Haus, bis ich morgen nach Ihnen sehe."

„Ich weiß wirklich nicht ..." Sie blickte ihn unter der Masse schwarzen Haars so verwirrt an, dass seine Gereiztheit plötzlich verschwand und er von neuem das Bedürfnis hatte, sie zu beschützen. Sie wirkte so hilflos, so lieb und so realitätsfern.

„Bitte", sagte er. „Nur heute Nacht."

„In Ordnung. Ich glaube trotzdem, dass Sie sich irren.

Aber wenn Sie ein paar Minuten warten, gebe ich Ihnen die Unterrichtsvorbereitungen mit. Und es ist wirklich sehr freundlich von Ihnen, Detective Warren, dass Sie sich diese Umstände machen."

„Tom." Er ignorierte ihren leisen Spott und lächelte sie erleichtert an. „Detective Warren heiße ich nur für die Leute, die mir nicht mit der Tasche über den Kopf schlagen."

Ein wenig unsicher lächelte sie zurück. „Tom." Sie zögerte. „Ich heiße Lucy." Dann wandte sie sich um und ging schnell ins Haus.

Süß. Ein bisschen eigensinnig und manchmal etwas schnippisch, aber sehr süß. Selbst mit dem seltsamen Haar. Wirklich süß. Und sie hielt ihn für aufregend. Vielleicht konnte er sie doch noch davon überzeugen, dass sie in Lebensgefahr schwebte, und sie würde ihm ihre Dankbarkeit zeigen.

Er versuchte, sie sich nackt vorzustellen, nackt und sehr dankbar, aber beunruhigt stellte er fest, dass alles, was er sah, eine blinzelnde Lucy war, umringt von ihren drei Hunden.

„Sir?" Der junge Polizist war wieder zu ihm getreten. „Alles in Ordnung, Sir. Aber was genau geht denn hier eigentlich vor?"

„Ich bin nicht sicher", antwortete er. „Und nun befragen Sie bitte die Nachbarin für mich."

„Die alte Dame?"

„Ja. Ich glaube nicht, dass sie mit mir reden will."

„Das glaube ich auch nicht. Sie wollte, dass ich Sie niederschieße. Was soll ich sie also fragen?"

„Sie behauptet, hier habe jemand herumgelungert. An den Schlössern ist jedenfalls herumgefummelt worden. Finden Sie heraus, was sie gesehen hat und wann, und informieren Sie mich so schnell wie möglich."

„Okay. Sonst noch etwas?"

„Behalten Sie das Haus in den nächsten zwei Tagen im Auge. Ich glaube, die Besitzerin wird reichlich Ärger bekommen."

„Bei solchen Nachbarn ist das nicht verwunderlich."

„Da sollten Sie erst mal ihre Schwester kennen lernen", brummte Tom.

Lucy schob die Gardine vom Fenster zurück und blickte auf die leere Straße hinaus. „Er sah so anders aus, findet ihr nicht?" meinte sie zu den Hunden. „Irgendwie wollte ich, dass er noch bleibt." Sie seufzte. „Schon wieder geht das los. Da mache ich hochtrabende Pläne, unabhängig zu sein, und dann klammere ich mich an den ersten Mann, den ich genau eine Stunde nach meiner Scheidung treffe. Aber ihr hättet hören sollen, wie er dem anderen Polizisten gesagt hat, er soll Phoebe erschießen. Ihr wärt begeistert gewesen."

Lächelnd trat Lucy vom Fenster zurück und ließ den Blick durchs Zimmer schweifen. Ihr geliebtes Wohnzimmer, ihr geliebtes Haus. Sie dachte daran, als sie es das erste Mal gesehen hatte. Eines Tages war sie hier vorbeigekommen, weil sie die falsche Abzweigung zur Universität genommen hatte. Auf dem Rasen hatte ein Schild gestanden, das es zum Verkauf anbot.

Sie hatte das Haus mit einer Leidenschaft gewollt, die sie noch für keinen Mann jemals verspürt hatte. Ein großes, warmes, sicheres Haus, das sie mit Hunden und Büchern und kleinen Dingen, die ihr kostbar waren, anfüllen konnte. Ein

Haus mit einer großen Küche, in der sie kochen und backen und Brot machen würde. Ein Haus, in dessen Garten Einstein herumtollen konnte und vielleicht noch ein anderer Hund oder zwei. Einstein sollte nicht allein bleiben.

Ihr Haus.

Selbst nachdem sie Bradley kennen gelernt hatte, war sie immer wieder daran vorbeigefahren und hatte es sehnsuchtsvoll angeschaut.

Eines Tages hatte Bradley dann gesagt: „Wenn wir verheiratet wären, könnten wir das Haus kaufen. Willst du mich heiraten?"

Und sie hatte sofort Ja gesagt.

Aber damals hatte sie noch nicht erkannt, dass ihr Ja dem Haus galt, nicht Bradley.

„Vielleicht war diese Heirat doch kein Fehler", überlegte sie. „Zumindest haben wir jetzt das Haus."

Das klang zynisch und egoistisch. Tina wäre hochzufrieden mit ihr. Einstein bellte sie an.

„Ich weiß, ich sollte mich zusammenreißen und aufhören, mit Hunden zu reden. Aber ihr seid die Einzigen, die mir zuhören, ohne mir Vorschriften zu machen. Besonders Tina ist da in letzter Zeit sehr fix."

Tina, die ihr befahl, sich Bradley vom Hals zu schaffen.

Aber die Idee, seine Sachen wegzuschmeißen, war eigentlich nicht schlecht. Sie würde sie zwar nicht auf den Rasen werfen, aber sie konnte sie fein säuberlich im Keller verstauen. Dann würde das Haus ihr wirklich ganz allein gehören.

Allein. Plötzlich fühlte sie sich einsam, als würde ihr etwas Warmes, Starkes fehlen. Tom?

„Genug Tagträumereien“, schalt sie sich und straffte unwillkürlich die Schultern. „Wir haben Dinge zu erledigen und unser Leben selbst in die Hand zu nehmen. Und deshalb schaffen wir uns als Erstes Bradley vom Hals.“

Lucy packte alles, was sie von Bradleys Habseligkeiten finden konnte, in drei große Kartons. Das meiste waren Bücher und Papiere. Seine Kleidung war bereits aus dem Haus. Tina hatte sie einfach auf die Straße geworfen, während die neuen Schlösser angebracht wurden. Mrs. Dover hatte das Schauspiel sichtlich genossen.

Bradley hat ja nicht lange um mich gestritten, dachte Lucy. Er hatte an die Tür geklopft, Tina hatte geöffnet und ihm gedroht, und er war gegangen. Bradley war kein besonders guter Kämpfer – und auch kein besonders guter Liebhaber. Vielleicht hatte das auch an ihr gelegen. Vielleicht war er bei der Blondinen besser.

Lucy versteifte sich, als sie daran dachte, wie geschockt sie gewesen war, diese blonde Frau hier vorzufinden. In ihrem Wohnzimmer. Höhnisch hatte die ihr mitgeteilt, dass sie und Bradley schon oft in ihrem Haus zusammen gewesen wären. Wie habe ich nur so dumm sein können? überlegte sie. Und wie hat Bradley mir das bloß antun können?

Bradley hatte einfach dagestanden und kein Wort gesagt, außer dass er ihr alles später erklären würde. Aber das hatte er nicht getan.

Wenigstens war sie ihn jetzt los. Jedenfalls würde sie das sein, sobald sie diese Kartons in den Keller gebracht hatte. Da sie ziemlich schwer waren, schob sie sie über den Boden bis zur Kellertreppe und gab ihnen dort einen Tritt, so dass sie polternd die Treppe hinunterkollerten.

„Schade, dass nichts Zerbrechliches dabei war", sagte sie zu den Hunden und schloss die Tür.

Danach ging sie ins Wohnzimmer zurück und betrachtete es zufrieden. Wie wunderschön. So bradleylos. Fast.

Sein Liegesessel stand noch mitten im Raum, ein hässliches knallgrünes Monstrum mit roten Litzen. Wenn Bradley als Möbelstück zur Welt gekommen wäre, hätte er bestimmt wie dieser Liegesessel ausgesehen.

„Was meint ihr? Einen vollkommen intakten Sessel wegzuschmeißen, wäre doch total unverantwortlich, richtig?"

Die Hunde legten den Kopf schief.

„Richtig. Stellt euch bloß vor, wie stolz Tina auf uns sein wird." Damit öffnete sie wieder die Kellertür und warf den Sessel mit Schwung die Treppe hinunter. Mit einem lauten Knall prallte er auf den Steinfußboden.

„Unabhängigkeitstag", rief Lucy und schlug vergnügt die Tür zu.

4. KAPITEL

„Und dann sagte sie: Sie meinen, dieser Rüpel ist hinter meiner Schwester her?“ erzählte Anthony eine Stunde später. Er und Tom waren wieder in ihrem Büro und hatten lässig die Füße auf den Schreibtisch gelegt.

„Sie wollte hinter euch herrennen“, fuhr er fort. „Fast hätte ich zugelassen, dass sie dich schnappt. Ich hoffte, sie würde dir diese verflixte Jacke vom Leib reißen und sie in tausend Stücke zerfetzen. Aber dann habe ich mich daran erinnert, dass du mein Partner bist, und dich gerettet.“

„Herzlichen Dank.“ Tom streckte sich. Er spürte jeden blauen Flecken, den Lucy ihm am Nachmittag verabreicht hatte. „Hat sie mit dir geredet?“

„Natürlich.“

„Nicht natürlich. Nach dem, was Lucy mir über ihre Schwester erzählt hat, kannst du froh sein, dass du noch ganz bist.“

„Wir haben noch einen Kaffee zusammen getrunken“, sagte Anthony gelassen. „Sie war kein Problem.“

„Du bekommst die Gemeine, und sie frisst dir aus der Hand. Ich bekomme die Nette, und sie schlägt mir ihre Tasche um die Ohren. Dein Glück möchte ich haben.“

„Das ist kein Glück, sondern Charme.“

Tom grinste spöttisch. „Und was hast du mit deinem Charme rausbekommen? Was weiß Tina Savage über Bradley?“

„Dass er ein rückgratloses, schleimiges Ungeziefer ist, das ihre Schwester zum Weinen gebracht hat und deshalb erschossen, gehängt, gevierteilt und kastriert werden sollte. Ich hatte nicht den Eindruck, dass sie ihn besonders mag."

Toms Gesichtsausdruck verfinsterte sich. „Er hat Lucy zum Weinen gebracht? Dann bin ich ganz ihrer Meinung."

„Aber das Problem ist ..."

„Dass er leider nicht unser Bradley ist."

Anthony lachte. „Lucys Schwester hat das auch sehr bedauert. Die Vorstellung, dass Bradley wegen Bigamie, Veruntreuung und Steuerunterschlagung ins Gefängnis müsste, hat sie richtig aufgeheitert. Am Ende unseres Gesprächs war sie regelrecht herzlich." Dann schüttelte er den Kopf. „Das Ganze ist reine Zeitverschwendung, Tom. Der Schuss heute bedeutet noch lange nicht, dass Lucy Savages Bradley Porter etwas mit unserem John Bradley zu tun hat."

„Er ist nicht Lucys Bradley. Diese Ratte ist niemandes Bradley. Aber es muss eine Verbindung geben. Komm schon, Tony. Wir kriegen einen Tipp, dass John Bradley im Lokal ist, und Lucy soll Bradley Porter am selben Tag dort treffen. Das ist doch kein Zufall!"

„Vielleicht nicht. Aber ich bin nicht überzeugt."

Tom blickte nachdenklich zur Decke. „Lass mich überlegen. Irgendwo in der Stadt ist John Bradley mit anderthalb Millionen in Staatsanleihen. Dann ist da noch Bradley Porter mit einer nicht identifizierten Blondine. Eine nicht identifizierte Anruferin gibt uns den Tipp, dass John Bradley im ‚Harvey's' sein wird. Lucy sollte ihren Bradley im selben Lokal treffen. Wenig später schießt jemand auf Lucy."

„Oder auf dich", warf Anthony ein. „Unterschätz nicht deine Unbeliebtheit. Und noch etwas: Warum sollte jemand Lucy Savage aus dem Weg haben wollen?"

„Bradley ist wütend auf sie wegen der Scheidung."

„Und deswegen schießt er auf sie? Das glaube ich nicht."

„Und was hältst du davon, dass jemand versucht, bei Lucy einzubrechen?"

Anthony horchte auf.

„Es gibt Kratzer an ihren Schlössern, und die Nachbarin hat jemanden ums Haus schleichen sehen. Die Frau ist zwar ein bisschen bekloppt, aber ..."

„Du hast mit ihr gesprochen?"

„Nein", brummte Tom verdrossen. „Sie hielt mich anscheinend für einen Punk."

„Einen Punk? Immerhin", meinte Anthony grinsend. „Punks sind wenigstens jung."

„Ich danke dir."

„Du glaubst also, dass jemand bei Lucy einbrechen will. Aber das ergibt keinen Sinn. Er hätte sie doch viel einfacher auf der Straße packen können." Anthony betrachtete Toms Lippe. „So einfach vielleicht doch nicht. Sie scheint einen gesunden Sinn für Selbsterhaltung zu besitzen."

Tom warf ihm einen bösen Blick zu. „Ich habe sie nur nicht verletzen wollen. Wenn ich entschlossen gewesen wäre, sie zu überwältigen, wäre es mir gelungen, und jedem anderen auch."

„Dann haben sie es also nicht auf Lucy, sondern auf die Staatsanleihen abgesehen, die John Bradley diesem Bradley Porter gegeben hat? Und der hat sie in die Schublade mit dem Silberbesteck getan? Was er dann ganz vergessen hat, als Lucy ihn rausgeschmissen hat? Das kann ich mir nicht vorstellen."

„Moment mal, er konnte nicht wieder zurück, weil Tina sofort andere Schlösser hat anbringen lassen."

„Also ist er brav weggegangen und hat anderthalb Millionen dagelassen? Nein“, sagte Anthony entschieden. „Diese Papiere bringen ihn hinter Gitter, wenn jemand anders sie findet.“

„Aber irgendetwas ist in dem Haus, und die beiden Bradleys sind darin verwickelt.“ Tom trommelte ungeduldig auf die Tischplatte. „Ich muss sie da rausbekommen, bis wir dieses Etwas haben. Aber der kleine Querkopf will einfach nicht gehen.“

„Kann sie denn nicht bei ihrer Schwester bleiben?“

„Sie will nicht ohne Einstein, Heisenberg und wie der dritte auch immer heißt für länger aus dem Haus. Sie rührt sich nicht von der Stelle.“ Toms Blick wurde besorgt. „Das hoffe ich jedenfalls.“

„Einstein?“

Aber Tom ignorierte ihn, blätterte in seinem Notizblock nach Lucys Nummer und rief sie ohne Umschweife an.

„Lucy? Hier Warren … Mir geht’s gut, danke. Ich wolle nur überprüfen, ob Sie auch nicht ausgegangen sind.“ Er lauschte.

„Nein, ich traue Ihnen nicht … Weil Sie eine Träumerin sind, darum. Hören Sie zu, hat Bradley irgendwelche Papiere zurückgelassen? Ja? Und, haben Sie sie angeguckt? … Sehr gut. Waren irgendwelche offiziell aussehenden Formulare darunter? Nein, ich bin nicht herablassend zu Ihnen. Haben Sie Staatspapiere gefunden? Sehr viele. Hundertfünfzig, um genau zu sein.“ Tom seufzte und trommelte noch schneller. „Lucy, wir werden morgen zu Ihnen kommen und das Haus durchsuchen … Irgendwann im Laufe des Tages. Bis dahin rühren Sie sich nicht von der Stelle und öffnen Sie niemandem die Tür. Und halten Sie sich von Türen und Fenstern fern. Diese Spitzengardinen sind ein Witz. Wenn das Licht an ist, kann man alles sehen … Warum Sie das tun sollen? Weil ich es Ihnen sage … Für wen ich mich halte? Verdammt, ich bin der Mann, der Ihnen das Leben gerettet hat … Was?" knurrte Tom. „Ich habe Ihnen doch schon gesagt, dass Sie mich nicht verprügelt haben. Und jetzt bleiben Sie im Haus. Verstanden? Gute Nacht."

Tom hängte ein und starrte auf den Hörer. „Ich weiß gar nicht, weswegen ich mir Sorgen um diese Frau mache. Sie könnte jeden Angreifer zu Tode diskutieren."

„Ich dachte, du wolltest dir nie um jemanden Sorgen machen?" sagte Anthony. „Ich dachte, Verantwortung bedeutet Tod für dich. Und wieso nennst du sie Lucy? Was wird hier eigentlich gespielt?"

„Sie ist ganz allein in dem großen Haus mit drei Hunden, die keiner Fliege etwas zu Leide tun könnten. Sie hat eine Ratte geheiratet, und jemand schießt auf sie. Da muss man doch auf sie aufpassen."

Anthony lachte amüsiert. „Tom, du redest von einer Frau, die dich in einer Seitenstraße zusammengeschlagen hat."

„Sie hat mich nicht … „

„Schon gut, schon gut. Dann durchsuchen wir morgen also ihr Haus, ist das dein Plan?" Anthony schüttelte den Kopf. „Ich sag' das nicht gern, aber eine Menge Schreibarbeit wartet auf uns. Können wir die ganze Suche nicht etwas abkürzen?"

„Wir können morgen zu Bradley Porter gehen. Vielleicht bekommen wir etwas aus ihm heraus. Er arbeitet in Gamble Hills bei einer Bank. Wo er jetzt wohnt, ist unbekannt." Versonnen sah Tom zur Decke. „Ich bin schon sehr gespannt darauf, ihn kennen zu lernen."

„Warum?" fragte Anthony scheinbar harmlos.

„Ich will sehen, wie so eine Ratte aussieht. Du würdest nicht glauben, was für ein Schatz Lucy ist."

„Ein Schatz?" Anthony musste wieder grinsen. „Sie hat dich verprügelt."

„Sie hat mich nicht …" Tom gab entnervt auf. „Vergiss es. Mir tut jeder Knochen weh, und in meinem Kopf hämmert es, dass mir gleich der Schädel platzt. Ich brauche ein heißes Bad und ein Bier. Okay, du hast gewonnen: Sie hat mich verprügelt."

Anthony stand auf. „Brauchst du Hilfe, um die Treppe hinunterzukommen, alter Herr?"

„Geh zum Teufel", brummte Tom, stand vorsichtig auf und unterdrückte ein Stöhnen.

„Er hat zwei Wochen Urlaub genommen?" Tom sah die tadellos gekleidete Sekretärin in der „Gamble Hills Bank" ungläubig an. Sie trug ihr dunkles Haar kurz wie einen Helm und blickte ihn durch eine dicke Hornbrille missbilligend an.

„Wie kann ein Bankfilialleiter sich so einfach zwei Wochen freinehmen?"

„Er hat gerade eine Scheidung hinter sich", erwiderte sie kühl. „Er war sehr deprimiert. In den letzten zwei Wochen konnte er sich kaum konzentrieren. Mr. Porter war immer sehr gewissenhaft, und wir haben ihn kaum wiedererkannt. Wir haben alle bemerkt, dass er ein wenig Ruhe braucht."

„Wir wissen Ihre Hilfe zu schätzen, Mrs. Elmore", versuchte Anthony Toms Ungeschicklichkeit auszubügeln. Er wurde durch ein Lächeln belohnt. „Wir müssen Ihnen nur noch einige wenige Fragen stellen, dann gehen wir. Sie sind sicherlich sehr beschäftigt, da Mr. Porter momentan ja nicht da ist. Gestern war er noch hier?"

„Vorgestern", antwortete Mrs. Elmore und senkte die Stimme. „Gestern war die Scheidung."

„Das muss sehr viel zusätzliche Arbeit für Sie bedeuten", sagte Anthony mitfühlend.

Mrs. Elmore strich ihre Bluse glatt und lächelte selbstgefällig. „Ich mache es gern. Das ist das Mindeste, was ich für den armen Mann tun kann."

„Den armen Mann?" fuhr Tom entrüstet auf.

Mrs. Elmore sah ihn pikiert an.

„Tom, warum gehst du nicht dort hinüber und ... äh ... vernimmst jemand anderen?" Anthony wies auf die Kassierer.

„Na, schön." Verstimmt machte Tom sich auf den Weg.

„Hi."

Tom drehte sich überrascht um.

Eine sehr junge blonde Kassiererin lächelte ihn an. „Kann ich Ihnen irgendwie helfen?" Ihr Lächeln vertiefte sich. „Ich heiße Deborah."

„Deborah." Tom blieb vor ihrem Schalter stehen und lächelte zurück. „Wie ist es denn, für Mr. Porter zu arbeiten?"

„Langweilig. Und ich rede nicht über meine Vorgesetzten."

Tom zeigte ihr seine Marke. „Ich bin einer von den Guten, Deborah. Erzählen Sie mir von Mr. Porter."

„Sie sehen aber nicht wie ein guter Junge aus", erwiderte sie kokett.

„Mr. Porter, Deborah. Konzentrieren Sie sich auf ihn. Was war er außer langweilig?“

Sie zuckte die Achseln. „Nichts. Er kam, arbeitete hart und ging nach Hause.“

„Hat er jemals versucht, sich an Sie heranzumachen?“

Deborah riss die Augen auf. „Mr. Porter? Niemals. Er war so verrückt nach seiner Frau, dass er andere Frauen überhaupt nicht bemerkt hat.“

Tom verging das Lächeln. „Aber er hat sich gerade scheiden lassen.“

„Oh, das war ihre Idee.“ Hastig sah Deborah sich um und fuhr dann leise fort: „Das war längst überfällig, wenn Sie mich fragen. Ich meine, mich hätte er zu Tode gelangweilt. Ich habe sie auf der Weihnachtsparty kennen gelernt. Ruhig, aber nett. Man konnte Mr. Porter ansehen, dass er verrückt nach ihr war. Ich meine, Evan Hatch hat sie nur um einen Tanz gebeten, und er wurde richtig wütend. Seitdem hat er nicht mehr mit Evan gesprochen.“

Sie wies unauffällig nach rechts, wo ein Mann von zirka einem Meter fünfundfünfzig, etwa siebzig Kilo und weit fortgeschrittenem Kahlkopf stand.

„Porter war auf ihn eifersüchtig?“ fragte Tom verblüfft.

„Er war auf jeden eifersüchtig. Ich hab Ihnen doch gesagt, er war verrückt nach ihr.“

„Ich habe gehört, dass sie sich hat scheiden lassen, weil er fremdging.“

„Ach was, für ihn gab es nur seine Frau. Dabei hatte er bestimmt genügend Angebote. Ich meine, haben Sie ihn je gesehen?“

Tom schüttelte den Kopf.

„Sein Foto hängt dort drüben an der Wand." Deborah deutete auf eine große Glastür. „Er sieht wirklich fantastisch aus. Glauben Sie mir, eine Menge Frauen wären sehr interessiert. Aber ich nicht. Ich mag meine Männer ein wenig rauer, nicht ganz so gut aussehend, wenn Sie wissen, was ich meine." Sie lächelte Tom wieder verführerisch an.

„Und ich habe mich auch noch rasiert", murmelte Tom.

„Was?"

„Nichts. Dann ist er also der perfekte Boss?"

„Na ja, er ist penibel." Deborah verzog das Gesicht. „Aber man gewöhnt sich daran. Vor zwei Wochen allerdings ging etwas mit ihm vor. Seitdem kontrolliert er uns nicht mehr so. Es wäre hier echt gut gewesen, wenn er nicht so schlechte Laune gehabt hätte. Und dann hat Mrs. Elmore uns von der Scheidung erzählt und gesagt, wir sollten Verständnis zeigen."

„Sie sieht mir aber nicht nach dem verständnisvollen Typ aus."

„Ist sie auch nicht, nur wenn es um Mr. Porter geht."

„Oh."

„Mr. Porter mag die Scheidung ja deprimiert haben, aber Mrs. Elmore ist seitdem bester Stimmung. Wenn er zurückkommt, wird er keine Chance gegen sie haben."

„Dann verhafte ich ihn am besten nicht. Das wäre schon Strafe genug."

Deborah war fassungslos. „Sie wollen ihn verhaften?"

„Nein", verbesserte Tom sich hastig. „Ich übe mich nur in schwarzem Polizistenhumor." Er griff in seine Jackentasche. „Hier ist meine Karte. Wenn Ihnen noch etwas einfällt, rufen Sie mich an."

„Egal, was?" fragte Deborah mit süßem Augenaufschlag.

„Etwas, das mit Mr. Porter in Verbindung steht. Sie sollten sich schämen, einen Polizisten im Dienst anzumachen."

„Sind Sie denn immer im Dienst?"

„Ja. Ich lebe für meine Arbeit." Tom sah, dass Anthony seine Vernehmung beendet hatte und an der Tür wartete. „Nun, ich muss jetzt gehen. Danke, Deborah. Sie waren eine große Hilfe."

„Jederzeit zu Diensten", erwiderte Deborah keck. „Wirklich."

Sekunden später stiegen Tom und Anthony wieder in ihren Wagen.

„Noch eine Blondine?" fragte Anthony amüsiert. „Wird das bei dir zur Gewohnheit?"

„Deborah? Nein. Blondinen sind mir zu gefährlich. Ich bin nur an Brünetten interessiert – wie Mrs. Elmore. Jetzt fahr los und erzähl mir alles über Mrs. Elmores unsterbliche Leidenschaft für Bradley Porter. Und in welchem Motel sie sich treffen, damit wir ihn abholen können."

Anthony setzte den Wagen zurück. „Das können wir leider nicht. Er ist in Kentucky."

„Kentucky?" Tom starrte ihn an, als wäre das seine Schuld. „Was zum Teufel tut er in Kentucky?"

„Er sucht in der freien Natur seine verwundete Seele zu heilen. Der Mann hat ein gebrochenes Herz, weil seine kalte, gefühllose Frau ihn nicht verstanden hat."

„Das hat er gesagt? Diese Ratte! Fahr sofort nach Kentucky."

„Wohl kaum. Wir müssen Berichte schreiben, und wir haben keinen Beweis, dass es eine Verbindung zwischen Lucys Bradley und unserem Bradley gibt."

„Verdammt, er ist nicht Lucys Bradley. Komm, lass uns das Haus untersuchen. Wir werden die Verbindung schon noch finden. Vertrau mir. Ich habe ..."

„Berichte zu schreiben."

„Zum Teufel mit dir."

Die Dusche war herrlich wohltuend.

Das heiße Wasser brachte Lucys Haut zum Prickeln. Ihre Gedanken wanderten zu Tom, und das Prickeln wurde stärker.

Es war einfach lächerlich. Dieser Mann hatte sie überfallen und stritt ununterbrochen mit ihr, und sie konnte nicht aufhören, an ihn zu denken. Und besonders lächerlich war es, sich auf ein Wiedersehen mit ihm zu freuen. Sie steckte den Kopf direkt unter den Wasserstrahl, als könnte sie damit jeden Gedanken an Tom aus dem Kopf waschen.

Denk an etwas anderes, befahl sie sich und beugte sich zur Unterstützung noch ein wenig vor. Erschrocken riss sie die Augen auf, als sie das Wasser sah, das in den Abfluss lief.

Es war schwarz. Das schwärzeste Schwarz, das sie je gesehen hatte. Was bedeutete, dass ihr Haar es nicht mehr war.

„Oh, nein", stöhnte sie.

Fünf Minuten später hatte Lucy sich in einen weißen Bademantel gewickelt und ihr Haar in ein Frotteehandtuch, stand vor dem Spiegel und betete. Dann holte sie tief Luft und nahm langsam das Handtuch herunter.

Es war eine seltsame Farbe, wie halb verfaultes Moos, eine Art trübes Dunkelgraugrün, das sich ihrem Blick bot.

„Himmel, mein Haar hat sich in ein schwarzes Loch verwandelt“, murmelte sie erschüttert. „Total glanzlos.“ Entsetzt blickte sie auf das verfärbte Handtuch. „Wie lange wird es dauern, bevor das ganz herausgewaschen ist?“ Plötzlich kam ihr ein schrecklicher Gedanke. *Oder bevor mir das Haar ausfällt?*

Einstein kam ins Schlafzimmer getapst, blieb stehen und starrte sie an.

„Unabhängigkeit bekommt mir nicht“, murmelte Lucy.

„Der Laborbericht ist fertig.“ Tom kam zurück ins Büro und legte ihn Anthony auf den Schreibtisch. „Die Wand hat die Kugel völlig deformiert – eine Achtunddreißiger. Patricia sagt, mit dieser Kugel könnten wir vor Gericht nichts ausrichten.“

Anthony schob den Bericht beiseite, um weitertippen zu können. „Also haben wir immer noch nichts.“

„Nicht ganz. Wir haben Lucy“, stellte Tom klar und setzte sich auf die Tischkante. „Und Lucys Haus, das wir jetzt schleunigst untersuchen werden. Ich muss sowieso mit Lucy reden.“

„Sagt dir das deine Intuition?“

„Jawohl, in Bezug auf Lucy Savage fühle ich eindeutig etwas.“

„Fragt sich nur, was.“

„Was?“ Tom war einen Moment verwirrt. „Ach, so. Nein, nein, ich kann sie mir ja nicht mal nackt vorstellen.“

„Wie bitte?“ Anthony hörte auf zu tippen und lachte. „Ich fasse es einfach nicht. Du hast dir doch selbst die Königin von England nackt vorstellen können.“

„Das war auf dem College."

„Ja, aber ich habe es nie vergessen. Und diese wahnsinnige Vorstellungskraft hast du jetzt verloren? Tom, das ist ein böses Zeichen."

„Ich habe überhaupt nichts verloren", fuhr Tom ihn an. „Und es passiert mir auch nur mit Lucy. Das ist ihr Fehler. Sie ist irgendwie nicht der Typ von Frau."

„Ach, aber die Königin von England ist der Typ, was? Ich glaube eher, dass du dich zu Lucy hingezogen fühlst. Du respektierst sie. Das ist es. Liebe. Heirat." Anthony machte eine beredte Pause. „Reife."

„Sei nicht albern. Hast du die Hotels angerufen, wo mit Porters Kreditkarte bezahlt wurde?"

„Vor wenigen Minuten. Bei dem Anschluss in Kentucky meldet sich niemand, und bei dem Hotelzimmer hier in Overlook ist ständig besetzt."

Tom stand auf. „Dann lass uns als Erstes dieses Hotelzimmer überprüfen, bevor, wer immer das ist, auflegt." Ungeduldig ging er auf und ab. „Könntest du dich mit dem Getippe vielleicht etwas beeilen? Ich möchte vor Mittag bei Lucy sein."

„Einen Moment musst du schon noch warten."

Der Telefon auf Anthonys Schreibtisch klingelte, und fluchend nahm er den Hörer ab. „Betrugsdezernat, Taylor." Sein Gesichtsausdruck wurde plötzlich ernst. „Sofort." Er hängte ein. „Wir haben ein weibliches Schussopfer."

Tom blieb fast das Herz stehen. „Nicht Lucy. Ich habe sie allein gelassen, und irgend so ein …"

„Die Frau ist nicht Lucy. Jedenfalls, wenn sie nicht schlagartig wieder blond geworden und in ein Hotelzimmer in Overlook gezogen ist."

Unendlich erleichtert atmete Tom aus. „Auf keinen Fall. Die Hunde würden Overlook nicht mögen." Er stockte. „Overlook? Das ist doch nicht möglich ..."

„Doch, und es ist das gleiche Hotel, in dem Bradley Porter abgestiegen ist oder wer auch immer mit seiner Kreditkarte herumläuft. Nach meinem Anruf ist der Mann von der Rezeption hochgegangen und hat die Frau bewusstlos auf dem Boden gefunden, den Hörer hatte sie noch in der Hand. Er hat einen Rettungswagen gerufen. Sie ist jetzt auf dem Weg ins Krankenhaus. Bradley – oder wer auch immer – ist natürlich abgehauen."

„Bradley mietet sich in Kentucky ein Hotelzimmer und fährt zurück, steigt mit einer Blondinen in der übelsten Gegend ab und schießt auf sie? Das ergibt keinen Sinn. Warte. Wieso haben die vom Morddezernat eigentlich bei uns angerufen?"

„Weil sie deine Karte in ihrer Handtasche gefunden haben. Detective Warren. Betrugsdezernat."

Tom schlug mit der Hand auf den Tisch. „Die Frau ist unsere anonyme Anruferin. John Bradley hat das herausgefunden und will sie erledigen. Aber wie passt Bradley Porter ins Bild? Komm, lass uns sofort in dieses Hotel fahren."

„Und was ist mit Lucy? Willst du sie nicht anrufen?"

„Doch, aber später." Tom griff nach seiner Jacke. „Im Moment ist sie ja in Sicherheit. Schließlich habe ich ihr verboten, das Haus zu verlassen. Jetzt komm endlich."

„Was hast du gemacht mit der Frau? Sie hypnotisiert?"

Es war früher Nachmittag, als Lucys Telefon klingelte. Na endlich, dachte Lucy.

„Hallo?“ meldete sie sich so desinteressiert wie möglich.

Es war Tina, die in ihrer direkten Art sofort auf den Punkt kam. „Deine Nachricht hat mich umgehauen. Hast du diesen Gangster wirklich verprügelt?“

„Ja, obwohl er ständig behauptet, dass das nicht stimmt.“

„Du hast mit dem Kerl gesprochen?“

„Na ja, weil ich ihm die Polizei auf den Hals gehetzt habe. Ich habe erst erfahren, was eigentlich los war, als er zu mir nach Hause kam …“

„Wer?“ fragte Tina verwirrt.

„Tom. Der Mann, der mich angefallen hat.“

Tina stöhnte. „Jetzt nennt ihr euch schon beim Vornamen. Er hat dir wohl von seiner unglücklichen Kindheit erzählt, dass du keine Anzeige erstattet hast. Oh, Lucy!“

„Nicht ganz …“

„Ich komme gleich rüber, und dann gehen wir zur Polizei. Ich kenne jetzt einen Polizisten. Bleib du zu Hause. Ich rufe ihn an und dann Benton.“

Lucy straffte die Schultern. „Nein, Tina …“

„Glaubst du, dass die Polizei ihn findet?“

„Wahrscheinlich. Er arbeitet für sie.“

Es folgte Totenstille.

„Was?“ krächzte Tina schließlich.

„Er ist selbst Polizist.“

„Du hast einen Polizisten geschlagen?“

„Von meiner Sicht aus, ja. Wenn du ihn fragst, Detective Thomas Warren, dann nein.“ Lucy lehnte sich entspannt zurück. „Weißt du, er hat herrliche blaue Augen. Du erinnerst dich bestimmt an ihn. Er ist der mit der schwarzen Lederjacke, gestern im ‚Harvey’s‘.“

„Lucy, wir müssen unbedingt miteinander reden."

„Tom hat mir verboten, aus dem Haus zu gehen. Er denkt, dass jemand mich umzubringen versucht."

Wieder herrschte Totenstille.

„Bleib da", sagte Tina dann. „Ich komme zu dir und bringe etwas zu essen mit. Dann erzählst du mir alles."

„In Ordnung, aber ich muss dich warnen. Mein Haar sieht … anders aus."

„Anders? Ich kann es kaum erwarten."

„Sie ist bewusstlos." Tom setzte sich erschöpft auf einen Stuhl im Wartesaal. „Kein Ausweis. Nichts. Es ist zum Wahnsinnigwerden."

„Du warst schon vorher wahnsinnig." Anthony sah auf die Uhr. „Komm jetzt. Auf uns wartet Arbeit. Der Hotelangestellte hat John Bradley als den Mann identifiziert, der das Zimmer gemietet hat."

„Ich frage mich, wo Bradley Porter ist. Ich würde den Kerl zu gern verhaften."

„Beweg dich endlich. Es sieht so aus, als läge noch eine Menge Ärger vor uns."

„Diese Ratte Bradley", knurrte Tom.

Anthony zog ihn kurzerhand hoch und schob ihn zum Ausgang.

„Danke", sagte Lucy zweifelnd und nahm den Baseballschläger entgegen, den Tina ihr mitgebracht hatte.

„Das ist zu deinem Schutz." Tina ging an ihr voraus ins Wohnzimmer. „Damit kannst du jeden Einbrecher zur Strecke bringen. Und jetzt erzähl mir, was los ist."

Eine Stunde später war Tinas Neugier immer noch nicht gestillt. „Er glaubt also wirklich, dass jemand auf dich geschossen hat?“ fragte sie und aß den letzten Bissen von ihrem süßsauren Schweinefleisch.

„Ja. Ist das nicht das Dümmste, was du je gehört hast?“

„Nein, vor allem deshalb nicht, da Kratzspuren an den Schlössern sind. Du bleibst im Haus.“

Lucy schob ihren leeren Teller von sich. „Was ist bloß los mit euch beiden? Ich rede nicht einmal zu meinen Hunden in diesem Ton, den ihr mir gegenüber anschlagt.“

„Vielleicht solltest du das“, erwiderte Tina mit einem misstrauischen Blick auf Einstein. „Wie ist dieser Tom überhaupt?“

„Übellaunig und wie Quecksilber. Er hält nie still, hat diese herrlichen blauen Augen und kann nie länger als zwei Sekunden zuhören. Überhaupt nicht mein Typ.“ Lucy blinzelte und fügte dann hinzu: „Obwohl ich ein oder zwei unziemliche Gedanken über ihn hatte. Sehr unziemliche sogar, aber ich werde natürlich nie etwas in der Sache unternehmen. Komischerweise mögen ihn die Hunde. Na ja, er ist reichlich herrisch, aber genau genommen mag ich ihn auch.“

Tina lächelte. „Na, so was. Vielleicht solltest du doch etwas in der Sache unternehmen.“

Lucy schüttelte den Kopf. „Bestimmt nicht. So, wie mein Haar aussieht, sucht jeder Mann sofort das Weite.“

Tina ging erst gegen Mitternacht. Tom hatte immer noch nicht angerufen.

Wahrscheinlich ist das auch am besten so, dachte Lucy. Immerhin war sie frisch geschieden. Außerdem war dieser Mann viel zu verrückt und unberechenbar, um gut für sie zu sein, ganz davon zu schweigen, dass ihr Haar wie ein verdorbener Teppich aussah.

„Morgen ist auch noch ein Tag", sagte sie zu den Hunden. „Der erste Tag meiner Unabhängigkeit. Zum Kuckuck mit Tom Warren – mit Männern überhaupt. Es ist sowieso leichter, ohne sie unabhängig zu sein. Lasst uns zu Bett gehen."

„Natürlich haben wir noch keinen Fall fürs Gericht", sagte Anthony, nachdem er am nächsten Morgen mit dem Labor telefoniert hatte. „Aber Patricia und ihr Team schicken dir ihre Glückwünsche. Sie meinen, dass die Kugel aus der Blondine und die, die dich verfehlt hat, aus derselben Waffe stammen."

„Zeit, dass wir zu Lucy gehen", entgegnete Tom entschieden und wählte schon ihre Nummer.

„Von mir aus. Immerhin hast du dich wegen dieser Frau schon zwei Tage hintereinander rasiert. Wir sind ihr hier alle sehr dankbar dafür."

Tom achtete nicht auf ihn. „Komm schon, nimm endlich ab", murmelte er in den Hörer. „Du solltest nur die Haustür nicht öffnen, aber ans Telefon gehen kannst du doch."

Nach dem zwölften Klingelton verwandelte seine Gereiztheit sich in kalte Angst. „Sie antwortet nicht."

Mit einem Satz war er aus dem Zimmer.

Anthony griff sich seine Jacke und folgte ihm. „Scheint, dass sie doch die Tür geöffnet hat."

5. KAPITEL

Lucy versuchte, ihre Wut mit einem Jogginglauf in der kalten Morgenluft abzureagieren. Es war reine Zeitverschwendung, auf einen Mann wütend zu sein, weil er nicht angerufen und nicht vorbeigeschaut hatte. Männer hielten ihre Versprechen nie.

Besonders solche wie Tom, die in der einen Minute ein panisches Getue um einen veranstalteten und in der nächsten vergaßen, dass man überhaupt existierte.

Sie machte sich auf den Rückweg. Als dann ihr Haus in Sicht kam, sah sie Tom auf ihrer Veranda stehen. Ihr erster Gedanke war, dass er sogar noch anziehender war als in ihrer Erinnerung. Ihr zweiter Gedanke, dass ihr Haar in der hellen Sonne wahrscheinlich noch seltsamer wirkte als bei künstlichem Licht.

Beim Näherkommen fiel ihr Toms wutentbrannter Blick auf. Na und? Dann war er eben zornig. Sie auch. Und sie hatte auch allen Grund dazu. Für wen, zum Kuckuck, hielt er sich eigentlich?

Er kam ihr entgegen, als sie die Treppen hinaufstieg. Er sah einfach umwerfend aus. Groß, dunkel – und aufgebracht.

„Sie sind ja rasiert“, begrüßte sie ihn spöttisch und war noch etwas atemlos vom Laufen. „Und Ihre Lippe sieht viel besser aus. Sie wirken jetzt fast verlässlich.“

„Ich, verlässlich? Und Sie? Ich habe Ihnen doch gesagt, Sie sollen im Haus bleiben!“

Sie rang um Fassung, was ihr schwer fiel, denn sie freute sich wirklich, ihn zu sehen, und er war so teuflisch attraktiv. Um überzeugender zu wirken, stemmte sie die Hände in die Hüften. „Sie sagten, es wäre nur für einen Abend und dann würden Sie anrufen. Das haben Sie aber nicht getan, was mich eigentlich nicht überrascht, weil Sie ein Mann sind. In dieser Situation allerdings hatte ich gedacht ..."

„Ich bin vor Sorge um Sie ganz krank gewesen", stieß er heftig hervor. „Ich habe Sie schon tot in einer Blutlache vor Ihrem Kamin liegen sehen. Und jetzt stehen Sie frech und lebendig vor mir, und ich würde Sie am liebsten selbst umbringen."

„Wer sind Sie denn, mir zu sagen, ich solle mich nicht von der Stelle wagen? Bin ich ein dressierter Hund?"

„Verdammt, ich habe Sie für tot gehalten." Er packte sie an den Schultern. „Ich dachte schon, ich müsste Ihre verflixten Hunde aufnehmen."

„Ich brauchte nur etwas Bewegung." Sie versuchte, sich seinem Griff zu entziehen. „Deshalb bin ich zwei Meilen gelaufen. Na und? Lassen Sie mich los."

„Mein Partner ist gerade dabei, einen Suchtrupp nach Ihrer Leiche anzufordern." Sein Griff wurde noch fester. „Ich bin wahnsinnig wütend auf Sie. Gehen Sie sofort ins Haus!"

„Moment mal!" rief Lucy, aber da lenkte ein vorbeisausender gelber Streifen sie ab. „Achtung, Phoebe ist los!"

In Sekundenschnelle war die Katze über den Rasen gerannt und in Lucys Wagen gesprungen.

„Oh nein!" Lucy riss sich von Tom los. „Zur Hölle, jetzt reicht es mir aber mit diesem blöden Vieh", fluchte sie und lief zu ihrem Wagen. Doch bevor sie ihn erreicht hatte, hatte Tom sie an ihrem Sweatshirt gepackt und sich über sie geworfen, und gemeinsam rollten sie den Rasen hinunter.

Mit einem dumpfen Laut landeten sie vor Mrs. Dovers Einfahrt. Lucy schnappte nach Luft und wollte protestieren, brachte aber nur ein heiseres Flüstern heraus.

Tom bedeckte sie mit seinem ganzen Körper und schien angestrengt auf etwas zu horchen. Er sah genauso aus wie vor ein paar Tagen in der kleinen Seitenstraße. Nur dass er jetzt rasiert war.

Lucy gab den Versuch auf, ihn wegzuschubsen. „Tom? Hat man wieder auf Sie geschossen?"

Er sah ernst auf sie hinab. „Sagten Sie nicht, dass Sie die Autofenster wegen Phoebe immer geschlossen lassen?"

„Ja ..." Sie konnte sich nicht ganz konzentrieren. Sie war sich zu sehr seiner Nähe bewusst. „Äh, Tom ..."

„Die Fenster sind jetzt geöffnet. Phoebe ist hineingesprungen."

„Na, wenn schon. Offenbar habe ich einfach vergessen, sie hochzukurbeln. Tom, Sie erdrücken mich. Gehen Sie runter von mir."

„Sie waren aber zu, als ich vorgestern hier wegging. Und inzwischen haben Sie den Wagen doch nicht benutzt, oder?"

Sein Gesicht war nur wenige Zentimeter entfernt, und er sah sie mit seinen elektrisierenden Augen durchdringend an. Sie spürte jeden Muskel seines kraftvollen Körpers und war so aufgeregt, dass sie völlig vergaß, was sie sagen wollte. Es war einfach unfair. Er war überwältigend, er lag auf ihr, und da stellte er ihr Fragen über eine blöde Katze.

„Tom." Sie tippte ihn sanft an. „Hier ist wirklich nichts passiert. Kein Schuss ist gefallen, gar nichts. Gehen Sie endlich runter."

Ihr klopfte das Herz bis zum Hals, als ihre Blicke sich trafen.

„Ich würde nicht sagen, dass hier nichts passiert", sagte er mit einem Lächeln.

„Na ja, niemand versucht, mich umzubringen", erwiderte sie und tat ihr Bestes, um einigermaßen ruhig zu bleiben.

Er stützte sich auf den Ellbogen und nahm eine Locke ihres Haars zwischen die Finger. „Komisch, Ihr Haar sieht in diesem Licht irgendwie grün aus."

„Gehen Sie endlich runter von mir!" fuhr sie ihn gereizt an, und dann erschien Mrs. Dover auf der Veranda und keifte: „Ihr Perversen!", und Phoebe schnellte mit ausgefahrenen Krallen über Toms Rücken, und Tom schrie vor Schmerz auf.

Und dann flog der Wagen in die Luft.

„Tom!" Lucy warf die Arme um ihn und zog ihn an sich. Mrs. Dover schrie auf und taumelte in ihr Haus zurück, und Phoebe verschwand blitzschnell unter der Veranda.

Nach einem Moment totaler Stille hob Tom den Oberkörper und sah nachdenklich zu Lucys brennendem Auto. „Nette kleine Bombe."

Die Augen vor Schreck geweitet, sah Lucy ebenfalls hinüber.

Als sie sich dann wieder anschauten, waren sie nur einen Atemzug voneinander entfernt.

„Tom, jemand versucht, mich umzubringen."

„Wissen Sie, ich hatte das irgendwie im Gefühl."

„Okay, Lucy, noch einmal von vorn", forderte Tom sie auf. Er und Lucy saßen eine halbe Stunde später auf dem Sofa in Lucys Wohnzimmer. „Wie lange waren Sie weg?"

„Ich habe es Ihnen doch gesagt. Fünfzehn oder zwanzig Minuten. Ich habe nicht auf die Uhr geschaut."

„Das reicht nicht." Anthony, der in einem Sessel ihnen gegenüber saß, sah wie bei einem Tennismatch von einem zum anderen. „Bei hellem Tageslicht hätte ihn jemand bemerkt. Er muss die Bombe letzte Nacht angebracht haben, Tom."

„Es war so ein nettes Auto." Lucy seufzte. „Und jetzt hat es Totalschaden."

„Lucy, das war eine Bombe, kein kleiner Zusammenprall!"

Ebenso wütend wie Tom blickte Lucy ihn an. „Schreien Sie mich nicht an, Sie ... Sie ..."

„Okay, Kinder, das reicht", mischte Anthony sich ein. „Streitet in eurer Freizeit. Wir haben hier ein ernstes Problem."

„Es tut mir Leid", wandte Lucy sich an ihn. „Normalerweise bin ich nicht so grob. Es liegt an Tom. Er bringt das Schlechteste in mir zum Vorschein."

„Gut zu wissen", konterte Tom bissig. „Ich möchte ungern glauben, dass das Ihr Bestes ist."

„Tom, halt die Klappe." Anthony lächelte Lucy an. Es war sein unwiderstehliches Du-kannst-mir-vertrauen-Lächeln, und Lucy erwiderte es spontan.

Finster beobachtete Tom die beiden.

„Dass Tom Sie nicht angerufen hat ...", fuhr Anthony fort, „... war falsch. Es wird nicht wieder passieren, das verspreche ich. Wichtig ist jetzt nur, dass wir gut auf Sie aufpassen, denn mittlerweile ist sicher, dass man Sie verletzen will. Am liebsten würden wir Sie – natürlich mit Ihrer Erlaubnis – in ein Hotel bringen ..."

„Dahin will ich nicht."

„Ich hab's dir doch gesagt, Tony, sie ist ein Querkopf", brummte Tom. Er sah Lucy fest an. „Sie gehen entweder in ein Hotel oder zu Ihrer Schwester, und damit basta. Keine Widerrede. Packen Sie ein paar Sachen."

„Nein."

„Ich schau' nach Ihren Hunden", bot Tom widerwillig an.

„Sie werden es vergessen."

„Werde ich nicht. Packen Sie Ihre Sachen."

„So, wie Sie nicht vergessen haben, mich anzurufen? Nein."

„Lucy!" Tom sprang auf und stellte sich drohend vor sie.

„Ich kann meine Hunde nicht zurücklassen. Sie würden es nicht begreifen. Und wenn dieser Gangster nun beschließt, das Haus abzubrennen? Selbstverständlich weiß ich, dass ich in Gefahr bin, aber ich gehe nicht von hier weg."

„Dann werden wir jemanden bei Ihnen lassen müssen", meldete Anthony sich wieder zu Wort. „Wir sind zwar ziemlich unterbesetzt, aber ich denke, ich kann Sergeant Eliot bekommen."

„Bist du verrückt?" rief Tom. „Eliot ist vierundsechzig, halb blind und kurz vor der Pensionierung. Lucy würde ihn beschützen müssen, nicht umgekehrt."

„Dann hätten wir noch Matthews ..."

„Wer ist Matthews?"

„Der große Blonde, den du dauernd Junior nennst. Übrigens, er möchte, dass du endlich damit aufhörst. Es stört ihn. Matthews käme in Frage, er ist jung, stark und zuverlässig. Zufrieden?"

„Nein." Tom suchte nach einem Grund, weswegen nicht. „Er ist zu jung und zu neu. Er weiß noch zu wenig ..."

„Na, wunderbar. Du willst also jemanden, der nicht zu jung und nicht zu alt ist und der genug weiß. Das führt uns zu einem Polizisten mittleren Alters mit Erfahrung. Der Einzige, der da zur Verfügung steht, bist du. Einverstanden?"

Tom zögerte keine Sekunde. „In Ordnung. Aber nur ...", fügte er hastig hinzu, „... weil ich überzeugt bin, dass auch die Spur von John Bradley hierher führt. Sobald ich zurück bin, durchsuchen wir das Haus."

„Ich dachte, für so etwas braucht man einen Durchsuchungsbefehl", sagte Lucy spitz.

„Nicht, wenn der Hausbesitzer uns die Erlaubnis gibt, und die werden Sie uns geben, weil ich Ihnen gerade das Leben gerettet habe. Zum zweiten Mal."

Mit diesen Worten ging Tom.

Anthony blieb noch einen Moment. „Das Unangenehmste an ihm ist, dass er die unmöglichsten Theorien aufstellt und dann auch noch Recht behält." Wieder schenkte er Lucy sein hinreißendes Lächeln. „Zum Glück ist er auch ein netter Kerl, wenn man sich erst mal an ihn gewöhnt hat."

„Oh, ich könnte mich schon an ihn gewöhnen", meinte Lucy versonnen.

Na, das ist ja interessant, dachte Anthony.

Lucy reckte das Kinn. „Aber gestern hat er nicht mal angerufen. Er hat mich einfach vergessen."

„Das hat er nicht. Gestern gab es ein paar Probleme. Eine Frau wurde lebensgefährlich angeschossen. Es war das erste Mal, dass ich Tom richtig besorgt erlebt habe."

„Ja? Warum war er denn mehr besorgt als sonst?"

„Weil er dachte, dass Sie die Frau wären."

„Oh."

Aha, folgerte Anthony sofort. Sie mag ihn. Wenn Tom hier einzieht, ist es um ihn geschehen, und ich muss ihn endlich nicht mehr ständig psychisch aufrichten.

„Wissen Sie, Lucy, Tom ist in letzter Zeit ziemlich deprimiert. Wenn er sich ein wenig entspannen könnte, würde ihm das sehr gut tun. Hier bei Ihnen zu wohnen, wird ihm bestimmt helfen. Oh, und noch etwas: Bitte schlagen Sie ihn nicht wieder. Das letzte Mal hat er eine leichte Gehirnerschütterung davongetragen."

„Oh, nein!" rief Lucy entsetzt. „Er sagte, er wäre nicht verletzt."

„Tom hält sich für Superman. Passen Sie auf ihn auf. Okay?"

Lucy nickte nach kurzem Zögern. „In Ordnung."

Na, prächtig, sagte sich Anthony. Das läuft doch gar nicht schlecht.

Tom ließ seine Tasche auf das Bett im Dachbodenzimmer fallen.

„Schönes Zimmer." Er wandte sich zu Lucy um, die ihm nach oben gefolgt war. „Wenn Sie klug wären, würden Sie hier schlafen."

„Das wollte ich auch, aber Bradley meinte, das Zimmer unten sei größer."

Tom spürte einen Anflug von Ärger, wie jedes Mal, wenn Lucy von sich und Bradley in einem Atemzug sprach. „Warum haben Sie auf ihn gehört?"

„Nun, es wäre ja auch sein Schlafzimmer gewesen, also

musste ich seinen wunsch respektieren", antwortete sie, und er wurde richtig missmutig.

Er öffnete seine Tasche und leerte alles auf einmal aufs Bett. „Bradley ist ein Idiot."

„Eigentlich nicht. Nachts kann es hier oben ziemlich kalt werden."

„Woher wissen Sie das?"

„Ab Oktober habe ich dann doch hier geschlafen. Bradley und ich … hatten eine Meinungsverschiedenheit."

Tom fühlte sich wieder bedeutend besser. Warum eigentlich? fragte er sich. Er hatte doch gar kein Interesse an dieser Frau, nur ein gewisses Verantwortungsgefühl für sie. Er hatte nur die Staatspapiere zu finden und dann ihren Exmann festzunehmen. Danach würde er sie nie wiedersehen.

Als sie nun an ihm vorbeiging, während er seine Sachen einräumte, berührte sie ihn leicht. Sie duftete zart nach Blumen.

Sie nie wiederzusehen, hatte plötzlich keinen Reiz mehr.

Er ließ die Schublade offen und trat hastig zurück. „Wo fangen wir am besten mit der Suche an?"

„Ich habe alle Sachen von Bradley in den Keller hinuntergeworfen." Lucy schloss die Schublade.

„Die Kellertreppe hinunter?"

Tom lächelte sie auf einmal so lieb an, dass Lucys Herz wie wild zu klopfen begann und sie nur stumm nicken konnte.

„Dann wollen wir mal in den Keller gehen, damit ich diesen Fall lösen kann und Sie mich endlich loswerden."

Keine Eile, dachte Lucy, von mir aus kann er ruhig noch eine Weile bleiben.

Tom pfiff leise, als er das Durcheinander am Fuß der Kellertreppe sah. „Mann, Sie haben wirklich ganze Arbeit geleistet, sogar das Geländer hat was abbekommen. Bleiben Sie dicht an der Wand, während wir da hinuntergehen."

„Ich bin kein hilfloses Mäuschen", fauchte Lucy ihn aufgebracht an.

„Sind das alle Kartons?" fragte Tom ungerührt, als sie unten standen.

„Ja, nur die drei. Und es ist nichts Besonderes in ihnen. Ich habe sie selbst gepackt, also muss ich es wissen. Da sind nur Papiere drin und Ähnliches."

„Ich liebe Papiere. Stehen Zahlen auf diesen Papieren?" Tom setzte sich auf den Boden neben einen der Kartons und zerrte an dem Klebeband. „Haben Sie die für die Ewigkeit versiegelt?"

„Ich habe mich von meiner Begeisterung hinreißen lassen. Warten Sie, ich hole ein Messer."

„Okay. Übrigens, können Sie mexikanisch kochen?"

„Ich denke schon", antwortete Lucy zögernd und blickte Tom misstrauisch an. „Warum?"

„Ich habe einige Zutaten besorgt auf dem Weg hierher – Oliven, Käse und so was." Da Tom weiter mit dem Klebeband kämpfte, bemerkte er Lucys gerunzelte Stirn nicht. „Ich fand, Sie sehen aus wie der Typ, der kochen kann. Darf ich jetzt bitte das Messer haben?"

Ja, genau zwischen die Rippen, zischte Lucy insgeheim. Dann holte sie das Messer.

Zwei Stunden später hatten Tom und Lucy jedes Stück in den drei Kartons geprüft, jede Kleinigkeit genauestens untersucht, aber keinen Hinweis gefunden, der Tom wegen Bradley weitergeholfen hätte.

Lucy seufzte. „Ist das nicht traurig? All seine persönlichen Papiere sind Geschäftspapiere."

„Jetzt haben Sie bloß kein Mitleid mit ihm. Er ist eine Ratte."

„Das war er nicht immer."

„Aha! Was wissen Sie denn von ihm? Wo kommt er zum Beispiel her?"

Lucy setzte sich auf einen der Kartons. „Er kommt aus einer kleinen Stadt namens Beulah Ridge. Das steht ja auch auf dem Jahrbuch der High School, Sie erinnern sich. Seine Eltern sind tot. Wir hatten eine sehr kleine Hochzeitsfeier. Bradley lud nur drei Leute ein, und keiner von ihnen konnte kommen. Nur meine Eltern, Tina und ein paar Freunde waren da."

„An wen hatte er die Einladungen denn verschickt?"

Lucy überlegte. „An Freunde von der High School, glaube ich. Aber es schien ihm nichts auszumachen, dass alle absagten. Nach der Hochzeit haben wir uns hier niedergelassen. Er arbeitete in der Bank, und ich unterrichtete. Später kamen Einstein, Heisenberg und Maxwell dazu, und dann erschien diese Blondine, und er zog aus. Wir ließen uns scheiden, und Sie überfielen mich. Ende der Geschichte."

Nachdenklich sah Tom sie an. „Warum sind Sie im Oktober in die Dachkammer umgezogen?"

„Bradley schnarcht."

„Ja, sicher." Tom holte noch einmal das Jahrbuch aus einem der Kartons.

„Warum glaubt mir das bloß niemand?"

„Weil kein Mann bei normalem Verstand Sie deshalb aus seinem Bett lassen würde.“ Tom blätterte in dem Buch herum. „John Bradley war Sportlehrer an einer High School“, begann er Lucy zu erzählen, was er über den anderen Bradley wusste. „Damit begann sein Untergang.“

„Was meinen Sie damit?“

„Er verführte eine Schülerin und schwängerte sie. Daraufhin verlor er seinen Job. Aber der Knüller ist, dass die Familie des Mädchens sehr einflussreich ist. Sie hätten ihn ohne große Mühe umbringen lassen können, aber ihre Bianca war schwanger, also besorgten sie ihm einen Job bei der Bank und zwangen ihn, sie zu heiraten.“

„Wie fürchterlich für das Mädchen.“

„Für ihn vermutlich auch. Ich habe diese Bianca mal am Telefon gesprochen. Sie ist keine sehr angenehme Person. Ich persönlich hätte Daddy gebeten, mich zu erschießen, statt auch nur eine Woche mit ihr zusammenzuleben. Aber Bradley und ich sind ja auch verschieden.“

„Das sind Sie bestimmt.“ Lucy errötete, als Tom sie fragend ansah.

„Ich meine, ich kann mir nicht vorstellen, dass Sie einen Teenager schwängern.“

„Ich habe mir zwar große Mühe gegeben, es zu tun, als ich selbst einer war, hatte aber nicht viel Glück dabei. Meine Technik brauchte etwas Schliff.“ Tom blickte wieder in das Buch auf seinen Knien.

Jetzt braucht sie das sicher nicht mehr, dachte Lucy spontan und rief sich dann sofort zur Ordnung. Es musste Vollmond sein. Noch nie hatte sie ein solches Kribbeln verspürt, nur weil ein Mann in ihrer Nähe war. Sie fühlte sich wohl und geborgen bei Tom, und sie war bis in die Fingerspitzen erregt.

„Ihr Ex sieht gar nicht aus wie ein Betrüger“, sagte Tom und betrachtete ein Foto. „Aber alles spricht dafür, dass er in ein schweres Verbrechen verwickelt ist. Eine Frau ist erschossen worden, und er und John Bradley sind nicht aufzutreiben. Mit Sicherheit wissen wir von ihm nur, dass er ein Verführer ist. Hier in Ihrem Haus hat er Sie hintergangen, diese Ratte.“

„Bradley ist vielleicht eine Ratte, aber nicht gewalttätig und bestimmt kein Verführer. Die Frau muss ihn verführt haben. Er war gar nicht so interessiert an Sex. Aber das kann natürlich auch an mir gelegen haben.“

„Nein, das lag nicht an Ihnen. Glauben Sie mir.“

Bevor Lucy Zeit hatte, dieses schmeichelhafte Kompliment richtig wirken zu lassen, pfiff Tom leise durch die Zähne.

„Na, so was!“ Aufgeregt hielt er ihr das Buch hin und zeigte auf das nächste Foto. „Jetzt schauen Sie sich mal den Namen darunter an.“

„John Talbot Bradley“, las Lucy.

„Sie sind gemeinsam zur High School gegangen“, rief Tom triumphierend. „Dass beide Bradley heißen, hätte ein Zufall sein können, auch dass beide bei einer Bank arbeiten. Aber dass sie zur selben Zeit in einem Lokal gewesen sind, für das wir einen Telefontipp hatten? Kaum. Und das hier …“, er tippte zufrieden auf das Foto, „das ist eindeutig kein Zufall.“

„Nein“, sagte Lucy leise. „Das ist es wohl nicht.“

Tom wunderte sich über den traurigen Ton in ihrer Stimme. „He, das hat nichts mit Ihnen zu tun.“

„Das ist mir klar, ich komme mir nur so dumm vor, weil ich so wenig über Bradley weiß."

„Sie sind nicht dumm." Tom klappte das Buch zu, stand auf und hielt Lucy die Hand hin. „Kommen Sie. Wir gehen nach oben und rufen Tony an. Dann essen wir. Was werden Sie kochen?"

Dankbar nahm Lucy seine Hand und ließ sich hochhelfen. Es war schwierig, in der Nähe dieses Mannes deprimiert zu sein. „Ich koche nicht." Sie klopfte sich den Staub von der Jeans. „Sie kochen", sagte sie lächelnd.

„Ich kann nicht kochen", murmelte er und blickte sie dabei ganz seltsam an.

„Was ist denn?"

„Ich habe Sie noch nie so lächeln sehen. Sie sollten das öfter tun." Er drehte sie herum und schob sie vor sich her die Treppe hinauf. Nach dem ersten Schritt blieb er plötzlich stehen.

„Was ist denn jetzt?" Lucy spähte über die Schulter.

„Nette Jeans", antwortete Tom leise. „Und ziemlich eng, würde ich sagen."

„Sie gefällt Ihnen nicht?" fragte Lucy enttäuscht. „Es tut mir Leid, dass der Anblick Ihnen so unangenehm ist."

Tom schüttelte fassungslos den Kopf. „Wovon reden Sie? Ich habe lüsterne Blicke auf Ihre Kehrseite geworfen. Unangenehm war das für mich bestimmt nicht. Geben Sie mir eine Ohrfeige, wenn Sie wollen, aber sehen Sie mich nicht so bekümmert an."

„Oh."

„Jetzt verstehe ich. Bradley mochte Sie nicht mit Jeans. Stimmt's?"

„Er mochte mich nur in Kostümen. Er hasste Jeans."

„Bradley ist ein Idiot. Aber das war uns ja schon bekannt. Genug von ihm. Ich habe Hunger. Bewegen Sie sich."

Entspannt ging Lucy weiter.

„Doch, wie gesagt, ich kann nicht kochen."

„Bald können Sie es. Ich bringe es Ihnen bei."

„Was ist nur aus den Frauen geworden, die es liebten, jeden Tag für ihre Männer zu kochen?" murmelte Tom wehmütig.

„Die hat es nie gegeben", erwiderte Lucy. „Das sind reine Männerfantasien. Frauen haben nur gekocht, um zu überleben. Und jetzt sind die Männer dran. Betrachten Sie es als Überlebenstraining, das ist doch wohl männlich genug."

Seufzend folgte Tom ihr in die Küche.

„Ich bin wirklich gut", verkündete Tom eine Stunde später, als er und Lucy sich mit ihren Tellern vor das Kaminfeuer setzten.

„Tom, es ist bloß eine simple Pizza, kein *Bœuf Bourguignon.*"

„Ja, aber ich habe den Belag gemacht. Und ich habe festgestellt, dass es gar nicht so übel ist, alles mögliche Gemüse klein zu schnippeln." Er schenkte ihr ein sorgloses Lächeln, und Lucys Herz machte einen freudigen Satz.

„Von jetzt an dürfen Sie die Zwiebeln schneiden."

„Prima." Tom nahm stolz noch ein Stück Pizza. „Vergiss es", sagte er zu Maxwell, der ihn bettelnd ansah.

Lucy lachte amüsiert.

„Was haben Sie und Tony heute Morgen eigentlich über mich geredet?"

„Er sagte, Sie hätten eine Gehirnerschütterung gehabt." Lucy wurde ernst. „Ich fühle mich entsetzlich deswegen."

Tom grinste. „Dennoch haben Sie mich gezwungen zu kochen."

„So entsetzlich fühle ich mich nun auch wieder nicht. Außerdem haben Sie es genossen."

„Und was hat Tony noch gesagt?" bohrte Tom weiter und nahm sich das nächste Stück Pizza.

„Das weiß ich nicht mehr."

„Oh, doch. Los, spucken Sie's aus. Sie waren doch ganz hin und weg von ihm."

Lucy reckte das Kinn. „Ich finde ihn nur sehr nett."

„Bleiben Sie ihm von der Pelle. Sie sind nicht sein Typ. Er steht eher auf erfolgreiche Yuppies mit Kostüm, Aktenmappe und Autotelefon." Tom schauderte es bei dem Gedanken.

„Und was ist Ihr Typ?" fragte Lucy und hätte sich im nächsten Moment am liebsten die Zunge abgebissen. Jetzt fing Tom womöglich an zu glauben, dass sie an ihm interessiert war.

„Ich habe keinen Typ. Ich bin dafür, allen eine faire Chance zu geben."

„Wie tolerant von Ihnen", erwiderte sie und gab Einstein heimlich ein Stück Pizza ab.

„Und wie sind Sie ausgerechnet auf Bradley verfallen?"

„Ich traf ihn zu einer Zeit, wo ich kurz davor war, eine komische alte Jungfer zu werden. Jedenfalls dachte ich das."

„Eine ziemlich absurde Vorstellung", murmelte Tom und spähte auf Lucys Teller. „Wollen Sie den Rest nicht mehr?"

„Nein, den schaffe ich nicht." Lucy reichte ihm ihren Teller, und die drei Hunde setzten sich neben Tom.

„Hört mal zu, ich habe euch Jungs eine Riesenschüssel Hundefutter gegeben, macht mir also nicht vor, ihr wärt am Verhungern. Schluss damit."

Sie starrten ihn vorwurfsvoll an.

„Okay, ein Stück für jeden. Eins, mehr nicht, verstanden?"

Lucy beobachtete ihn, als Tom die Hunde fütterte, und ihr Herz klopfte schneller vor Glück und Erregung. Sie war erst seit zwei Tagen geschieden, und schon begehrte sie einen herrischen Mann, der lieb zu ihren Hunden war.

Leider riss das Klingeln des Telefons sie aus ihrer Stimmung. Tom nahm den Hörer auf.

„Hallo?" Er runzelte die Stirn. „Er hat einfach aufgelegt", sagte er dann. „Wer würde auflegen, wenn ein Mann sich meldet?"

„Tina jedenfalls nicht. Die würde Sie sofort ins Kreuzverhör nehmen. Meine Eltern würden es kaum bemerken und meine Freunde wohl eher neugierig sein."

„Und wie steht es mit Bradley?"

„Bradley ruft hier nicht an. Tina hat ihm gesagt, er soll es nicht mehr tun, und sie kann sehr überzeugend sein. Seit dieser Nachricht vor dem Scheidungstermin habe ich nichts mehr von ihm gehört."

„Das ist komisch. Dieser Bradley kommt mir immer seltsamer vor."

„Wieso? Er ist doch glücklich mit seiner Blondine. Weiter nichts."

„Wenn ich Bradley finde, hoffe ich, dass er sich der Verhaftung widersetzt." Eigentlich war Tom ganz froh, dass dieser Mann nicht ständig bei Lucy am Telefon hing. Andererseits hätte er ihn sich dann schon längst schnappen können.

Kurz darauf kam Anthony vorbei, um das Jahrbuch zu sehen, und gemeinsam suchten sie im Keller weiter, bis es elf Uhr war. Aber sie fanden nichts Brauchbares, außer der Nachricht an Lucy.

„Er klingt ja nicht besonders zerknirscht", sagte Tom. „Hört euch das an. ‚Triff mich bitte im Lokal in der Second Street, damit ich dir erklären kann, warum du voreilig reagiert hast'. Und Sie sind darauf eingegangen?" Er sah Lucy aufmerksam an. „Sie müssen ihn immer noch mögen."

„Nein", widersprach Lucy. „Ich will ihn nicht zurückhaben. Ich wollte nur verstehen, was los war. Bradley hat nie zugegeben, an etwas schuld zu sein. Es ist schon ein Wunder, dass er überhaupt diese paar Zeilen geschrieben hat. Armer Bradley, er muss wirklich aufgeregt gewesen sein, wenn er sogar *bitte* schreibt."

„Mir gefällt Bradley nicht", sagte Tom.

„Mir eigentlich auch nicht."

„Gut. Vergessen Sie das nicht."

Anthony war wieder gegangen, und Lucy duschte oben. Tom genoss das Kaminfeuer und sein Bier. Nett ist es hier, dachte er und streckte behaglich die Beine aus.

Plötzlich kam ihm ein Gedanke. Dass er sich so pudelwohl fühlte, erinnerte ihn wieder an das, was Anthony ihm gesagt hatte. Nur für seinen Job zu leben, reiche ihm nicht mehr. Und ein paar Tage später war er sogar noch weiter gegangen. Er fühle sich zu Lucy hingezogen, hatte Anthony von ihm behauptet und von so etwas wie Liebe und Heirat gesprochen.

Verdammt, Tony hatte ihm eine Falle gestellt, und er, Tom, hatte nichts Eiligeres zu tun gehabt, als hineinzulaufen.

„Ich bringe ihn um“, brummte er zu den Hunden, und Heisenberg rollte sich auf den Rücken.

Aber es dürfte eigentlich kein Problem sein, aus dieser Falle wieder herauszukommen. Er würde Anthony ganz einfach morgen anrufen und einen Ersatz verlangen. Natürlich nicht Eliot. Und ganz bestimmt nicht Junior, weil …

Leise fluchend stand er auf, brachte die leere Bierflasche in die Küche und pfiff nach den Hunden, weil er mit ihnen noch einmal kurz vor die Tür gehen wollte. Maxwell und Einstein kamen sofort. Suchend sah er nach Heisenberg. Der lag noch immer auf dem Rücken. Der Trick, natürlich! „Toter Hund“, sagte er, und Heisenberg rannte schwanzwedelnd zu ihm.

„Freundlich von dir, uns Gesellschaft zu leisten.“

Wenig später kam er mit den Hunden zurück und stieg die Treppen zum Dachboden hinauf. Dort traf er auf Lucy, die in einen knöchellangen Bademantel gehüllt war, der groß genug für einen Couchüberwurf war. Ihr Haar trug sie offen, und es fiel ihr in feuchten Locken über die Schulter.

„Ich habe die Hunde schon rausgelassen.“ Die drei waren ihm gefolgt, saßen jetzt gespannt da und beobachteten Lucy und ihn.

„Ab nach unten in mein Zimmer“, forderte Lucy sie auf. „Sie sind ein bisschen irritiert, weil ich sonst ja immer auf dem Dachboden schlafe. Ich habe ihnen extra Körbe gekauft, aber sie wollten lieber bei mir schlafen.“

Gar nicht so dumm von ihnen, dachte Tom.

„Ich habe Ihnen Handtücher hingelegt. Brauchen Sie sonst noch etwas?"

Dich, hätte er fast gesagt. Ihr Bademantel war ein Ungetüm, und ihr Haar war grün, aber er begehrte sie. Es war verrückt, aber er musste dringend eine Dusche haben. Eine eiskalte.

„Nein, danke", antwortete er. „Gute Nacht."

„Gute Nacht."

Er drehte sich abrupt um. Das Letzte, was er gebrauchen konnte, war, sich mit Lucy Savage und ihren drei Hunden einzulassen. Obwohl sein Gefühl und sein Körper ihm da zusprachen.

Tom schüttelte den Kopf und beeilte sich, unter die Dusche zu kommen.

6. KAPITEL

Am nächsten Morgen fuhr Tom mit Lucy ins Krankenhaus. Die Frau, die lebensgefährlich angeschossen worden war, hatte immer noch nicht das Bewusstsein wiedererlangt, und ihre Identität war immer noch unbekannt.

„Das ist sie“, flüsterte Lucy und starrte auf das bleiche Gesicht unter dem dünnen blonden Haar. „Bradleys Geliebte.“

Tom führte sie besorgt zu einem Stuhl. Lucy war fast ebenso blass wie die Frau im Krankenbett. „Sind Sie okay?“

„Bradley hätte so etwas nicht tun können. Es ist dieselbe Frau, aber er könnte nicht ... Nur ein gewalttätiger Mensch tut so etwas, und Bradley ist nicht gewalttätig. Ich glaube nicht, dass er überhaupt Gefühle hat.“

Tom drückte sie beruhigend an sich. „Genau das sind für gewöhnlich diejenigen, die schließlich durchdrehen. Die Leute, die herumschreien, werden ihre Wut damit los, aber die, die immer still sind, explodieren regelrecht, wenn sie einmal Dampf ablassen.“

„Ich habe das Gefühl, dass alles in meinem Leben sich als Lüge herausstellt. Ich kann meinem eigenen Urteil nicht mehr trauen. Sehen Sie doch, wie sehr ich mich geirrt habe, und ich werde nie erfahren, warum. Und weil ich die Ursache nicht kenne, kann mir das alles im Grunde noch mal passieren.“

Was für ein Idiot muss Bradley sein, dass er Lucy wegen einer Blondine aufs Spiel gesetzt hat, dachte Tom. Wie hatte er mit irgendjemandem außer Lucy zusammen sein wollen?

Traurig lehnte Lucy sich gegen die Wand. „Wie konnte ich nur so blind und so dumm sein?“

Tom ertrug es nicht, sie so verwirrt und bedrückt zu sehen. Er zog sie an sich und legte beide Arme um sie, als könnte er sie so vor Bradley und jedem anderen, der sie verletzen wollte, beschützen. „Viele Menschen tun Dinge, für die niemand sie für fähig gehalten hätte. Es passiert immer wieder. Wir werden Sie schön im Auge behalten, bis wir ihn bekommen haben. Und dann können Sie ja mit ihm sprechen, wenn Sie wollen. Bald sind Sie darüber hinweg, keine Sorge."

„Ich fühle mich mit Ihnen nach nur drei Tagen sicherer als mit Bradley nach acht Monaten", flüsterte Lucy an seiner Schulter. „Ich bin ja so dumm."

„Ich finde das sehr klug von Ihnen", entgegnete Tom zufrieden.

Anthony kam am Sonntagnachmittag vorbei. Bewundernd ließ er den Blick durch Lucys blumengeschmücktes Wohnzimmer gleiten. „Das ist ein wundervolles Zimmer. Man fühlt sich rundum wohl." Er lächelte Lucy zu. „Es ist wie Sie."

Lucy strahlte ihn an. „Das ist das Netteste, das man mir je gesagt hat." Sie stellte sich auf die Zehenspitzen und küsste ihn auf die Wange, und er legte den Arm um sie.

„He", knurrte Tom. „Lasst uns professionell bleiben."

„Wenn du professionell sein willst, lass endlich dein Haar schneiden."

„Sehr komisch. Was willst du hier?"

Anthony ließ Lucy los und setzte sich in einen der weichen Sessel. „Ich bringe dir den Laborbericht zu der Bombe in Lucys Auto."

Tom setzte sich auf die Couch und zog Lucy neben sich.

„Erst einmal war es keine besonders starke Bombe, und

dann ging sie auch noch so spät los, dass du Zeit hattest, die Katze zu bemerken, dich mit Lucy über den Rasen zu rollen und danach ein gemütliches Gespräch mit ihr zu führen …"

„Komm zur Sache."

„Außerdem waren ein riesiger Wecker und Unmengen von Draht angebracht worden, die nichts mit dem eigentlichen Mechanismus zu tun hatten, der den Wagen dann in die Luft jagte."

Tom fluchte leise.

„Ich verstehe nicht", sagte Lucy.

„Wenn Sie ein großes Bündel von Drähten mit einem Wecker in Ihrem Auto gesehen hätten, was hätten Sie dann getan?" fragte Anthony.

„Ich hätte es für eine Bombe gehalten und wäre gerannt wie verrückt. Aber ich verstehe immer noch nicht."

„Er versucht Ihnen zu sagen, dass Sie Recht gehabt haben", erklärte Tom unwillig. „Niemand versucht Sie umzubringen. Man will Sie nur aus dem Haus haben. Sie hätten uns angerufen, wir hätten Sie hier rausgeholt, und somit wäre das Haus leer gewesen und stünde zu seiner Verfügung."

„Der Kerl hat mein Auto in die Luft gejagt, nur um mich aus dem Haus zu bekommen? Er hätte mich umbringen können!"

„Nein, Sie hätten mindestens fünf Minuten Zeit gehabt wegzulaufen, bevor das Ding losging. Er wollte Ihnen nur Angst machen. Und das bedeutet …"

„Dass es etwas in diesem Haus gibt", beendete Anthony Toms Folgerung.

„Nein", sagte Lucy. „Wir haben doch überall geguckt. Das ist alles so furchtbar. Ich fühle mich hier nicht mehr sicher."

„Sind Sie verrückt?“ brauste Tom auf. „Mit mir als Leibwächter fühlen Sie sich nicht sicher?“

„Und was passiert, wenn ich morgen zur Schule gehe?“

„Sie gehen nicht zur Schule“, erklärte Tom scharf. „Wir haben es hier mit versuchtem Mord zu tun, der sich jeden Augenblick in Mord verwandeln kann. Da gibt es irgendwo hier im Haus anderthalb Millionen, und es gibt einen Typen, der Bomben baut und um sich schießt. Wie, bitte sehr, sollten wir Sie in der Schule vor ihm beschützen?“

Anthony warf Tom einen kurzen Blick zu. „In Ordnung, Lucy?“

„In Ordnung“, gab Lucy zögernd nach und ging nach oben, um den Schulleiter anzurufen.

„Was ist los?“ fragte Anthony, als sie fort war. „So ernst und unerbittlich habe ich dich ja noch nie erlebt.“

„Ich habe Angst um sie“, antwortete Tom. „Du hättest sie im Krankenhaus sehen sollen. Sie war völlig fertig. Ich will nur, dass sie in Sicherheit ist, bis wir den Kerl haben. Aber wir sind nahe dran, lange wird's nicht mehr dauern.“

„Da ist noch etwas, das du wissen solltest. Ich war heute in Beulah Ridge, Pennsylvania, und habe mit ein paar Leuten gesprochen, die beide Bradleys kannten.“

„Und?“

„John Bradley war der Goldjunge der High School, bis er einmal zu oft beim Betrügen erwischt wurde. Der Einzige, der mit Bradley durch dick und dünn gegangen sein soll, war …“

„Lass mich raten.“

„Genau. Lucys Bradley.“ Anthony hob beschwichtigend die Hand, als Tom protestieren wollte. „Entschuldige. Bradley Porter. Ansonsten war Bradley Porter der absolute Musterschüler. Alle Spannung in seinem Leben scheint von John Bradley gekommen zu sein. Klarer Fall von Heldenverehrung."

„Das ist doch zwanzig Jahre her."

„Bradley Porter hat ihn zur Hochzeit eingeladen."

Tom setzte sich so abrupt auf, dass er fast von der Couch gefallen wäre. „Was?"

„Bianca Bradley hat die Einladung gefunden und ist vor zwei Wochen hergekommen, um Porter kennen zu lernen. Die Bergmans, ihre Eltern, riefen heute an. Ihre Beschreibung passt genau auf unser Schussopfer."

„Aber wie kann sie Bianca Bradley sein? Lucy hat sie als Bradley Porters Freundin identifiziert."

„Vielleicht ist sie beides."

„Aber wie denn?" sagte Tom ungeduldig. „Vor zwei Wochen war sie doch noch in Kalifornien."

Anthony beachtete den Einwand nicht. „Wenn John Bradley sich hier bei Bradley Porter verstecken wollte, ergibt alles Sinn. John Bradley veruntreut das Geld in Kalifornien und flieht hierher, weil er hier einen Freund hat, der ihm immer treu ergeben war. Bradley gibt ihm eine seiner Kreditkarten, und John Bradley mietet sich ein Zimmer in Overlook."

„Und was ist mit den Staatspapieren?"

„John Bradley gibt sie Bradley zur Aufbewahrung. Dann taucht Bianca auf, und er schießt auf sie."

„Na gut, und wie ist sie an meine Nummer gekommen?"

„Sie ruft im Revier an und fragt nach dem Mann, der den Bradley-Fall behandelt, und die nennen dich oder mich. so muss es gewesen sein."

Tom sank in die Kissen zurück. „Und die Papiere sollen hier im Haus sein?" Er schüttelte den Kopf. „Wir haben alles durchsucht. Wenn er nicht die Fußböden aufgerissen hat, sind sie nicht hier."

Anthony sah auf die Uhr und stand auf. „Pass du weiter auf Lucy auf. Und glaube nicht, nur weil sie dasitzt und blinzelt, hättest du sie im Griff."

„Oh, das mit dem Blinzeln ist dir auch aufgefallen, was?" Tom folgte ihm zur Tür. „Du verbringst eindeutig zu viel Zeit mit ihr. Was hast du ihr überhaupt noch erzählt, außer der Sache mit der Gehirnerschütterung?"

„Nichts Wichtiges. Ich gehe jetzt nach Hause, um den Rest meines Sonntags zu retten. Grüß Lucy von mir."

„Nein."

Lachend schloss Anthony die Tür hinter sich.

„Aber etwas ergibt einfach keinen Sinn", sagte Lucy wenig später, während sie Tom beim Zwiebelschneiden zusah. „Bradley ist nicht der Typ, der komplizierte Pläne schmiedet oder gar ein Verbrechen vorbereitet."

„Vielleicht hat er diese Seite seiner Persönlichkeit vor Ihnen verborgen." Tom schüttete die Zwiebeln in eine gusseiserne Pfanne. „Geben Sie es zu. Sie standen sich nicht nah."

„Das stimmt. Bradley ist sehr verschlossen. Ich dachte, nach der Hochzeit würde er lockerer werden, aber das wurde er nicht, und nach einer Weile gab ich es auf, ihm nahe zu kommen. Ich hatte das Haus und die Hunde, das reichte mir." Lucy rührte die Zwiebeln um. „Ich hätte es weiter versuchen müssen."

„Warum? Er ist ein Verbrecher, der wahrscheinlich versucht hat, seine Freundin umzubringen."

Lucy seufzte. Sie spürte, dass sie wieder deprimiert wurde. Sie reichte Tom den roten Pfeffer und wechselte das Thema. „Anthony wird Augen machen, wenn er erfährt, dass Sie kochen können."

„Vergessen Sie Anthony", brummte Tom.

Bald waren die Hamburger fertig, und sie aßen im Esszimmer im sanften Licht der Tiffanylampe an dem alten Eichenholztisch. Sie redeten über ihre Familie und ihre Arbeit und zogen nach dem Essen vors Kaminfeuer um. Die Stunden vergingen, aber sie vergaßen die Zeit. Nur zwei Telefonate unterbrachen ihr Gespräch, und Tom wurde leicht nervös, weil jedes Mal aufgelegt wurde. Er bemühte sich, über keinen der beiden Bradleys zu sprechen, und bemerkte nach kurzer Zeit, dass Lucy sich entspannte und ein paarmal sogar sorglos lachte.

Wenn all das vorbei war, konnte er sie vielleicht mal anrufen.

Vielleicht würden sie zusammen ausgehen oder einfach im Haus bleiben und gemeinsam lachen. Und wenn Lucy dann endgültig über Bradley hinweg war, konnten sie vielleicht miteinander schlafen – und sich verlieben.

Der Gedanke erschreckte Tom, weil er ihm so sehr gefiel.

Sich in eine Frau zu verlieben, bedeutete, dass er sich an sie binden würde. Und das wiederum bedeutete, dass er sie heiratete. Der nächste Schritt waren Verantwortung und Reife, und bald würde er jede Intuition verloren haben und alt geworden sein.

Einstein stupste ihn mit der Nase an, und er tat ihm den Gefallen, ihn zu streicheln. Dabei sah er sich in dem großen, gemütlichen Zimmer um. Die drei Hunde hatten sich behaglich an seine und Lucys Beine geschmiegt. Sein Blick glitt zu Lucy.

Er wäre ein Idiot, sich in sie zu verlieben. Sie war eine Frau, die eine dauerhafte Beziehung haben wollte, und seine Definition von dauerhaft war ein Wochenende.

Lucy sah auf und ertappte ihn dabei, wie er sie anstarrte.

„Tom?" Ihre Augen waren riesengroß im Feuerschein des Kamins, ihre Lippen waren weich und voll. Ohne zu überlegen und ganz schwach vor Verlangen, beugte er sich zu ihr und küsste sie.

Sie öffnete die Lippen und erwiderte seinen Kuss. Sie kam ihm unmerklich entgegen, so dass der Druck ihrer Lippen sich verstärkte und ihm fast schwindlig wurde.

Er wünschte sich mehr als alles andere, Lucy an sich zu ziehen. Sie war so weich und warm, und es gab keinen Menschen, mit dem er lieber zusammen sein wollte. Aber er musste verschwinden. Denn wenn er das nicht tat, würde er etwas so Verrücktes tun, wie sich in sie zu verlieben, und wenn er sie dann verließ – so wie er es bei jeder Frau tat –, wäre sie unglücklich. Der Gedanke, Lucy wehzutun, ließ ihn innehalten.

„Tut mir Leid." Er zog sich zurück. „Wirklich sehr unprofessionell von mir."

Lucy sah ihn etwas verloren an, und er wich ihrem Blick schnell aus. Behutsam schubste er die Hunde von seinen Beinen und stand auf. „Entschuldigen Sie mich. Ich muss noch mal mit Tony sprechen. Bleiben Sie bitte sitzen, ich benutze den Apparat oben."

Damit flüchtete Tom in den ersten Stock, während Lucy tief aufseufzte und verwirrt in das Kaminfeuer starrte.

„Hol mich hier raus“, sagte Tom, als Anthony endlich an den Apparat ging. Er stand im Flur am Treppengeländer und blickte nervös nach unten.

„Tom?“ murmelte Anthony noch halb im Schlaf. „Bist du in Schwierigkeiten? Wo steckst du?“

„Bei Lucy. Ich brauche sofort einen Ersatz.“ Er überlegte kurz. „Aber nicht Junior.“

„Wovon redest du? Es ist mitten in der Nacht.“

„Ach was, es ist gerade mal eins. Wach auf.“

„Ich bin leider wach, und zwar nur, weil du plötzlich entschieden hast, dass du die Gesellschaft, in der du dich befindest, nicht magst.“

„Das ist nicht das Problem.“ Tom presste die Hand auf die Stirn. „Ich bin verrückt auf die Gesellschaft hier. Ich habe unmoralische Gedanken über die Gesellschaft hier, und jeden Moment werde ich einen Übergriff auf diese Gesellschaft starten, und dann bin ich wirklich in Schwierigkeiten. Hol mich hier raus, bevor ich etwas tue, das ich später bereue.“

„Geh unter die kalte Dusche. Besser noch, werd erwachsen und kontrollier deine niederen Instinkte.“

Tom vergewisserte sich, dass Lucy nicht in Hörweite war. „Sie läuft in einem Bademantel herum, der groß genug ist, um das Olympiastadion zu bedecken, und trotzdem macht sie mich wahnsinnig. Eine kalte Dusche wird nicht helfen.“

„Und dann hat sie auch noch grünes Haar. Ich wollte sie die ganze Zeit schon fragen, ob sie das absichtlich gemacht hat.“

„Konzentrierst du dich jetzt bitte? Ich meine es ernst. Ich bin zu jung, um zu heiraten.“

„Heiraten? Tom, du bist ganze zwei Tage bei ihr. Reiß dich zusammen, du bist ja hysterisch."

„Glaub mir, Lucy ist nicht die Frau, die herumspielt. Sie will heiraten, und ich bin wild auf sie, aber ich will nicht heiraten. Und ich will ihr nicht wehtun."

„Das will ich auch nicht, denn ich mag sie."

„Vergiss es, du wärst nichts für sie. Und wenn du sie wirklich gern hast, dann holst du mich hier raus, sonst werde ich der Stiefvater von drei Hunden."

„Es gibt Schlimmeres."

„Hol mich hier raus."

„Nein", sagte Anthony und legte auf.

Tom holte tief Luft und zwang sich, den Hörer nicht aufzuknallen. „Kalte Dusche", murmelte er heiser und schloss sich im Bad ein.

Nach einer langen Nacht voller unbefriedigender Träume von Lucy in vollständiger Bekleidung kam Tom die Treppe herunter und nahm sich vor, Lucy mitzuteilen, dass er nach dem Frühstück verschwinden würde. Unten klingelte das Telefon, und als er sich meldete, legte der Anrufer auf.

„Mir gefällt das nicht", sagte er zu Lucy, als er in die Küche kam. „Es macht mich nervös."

„Alles macht Sie nervös, und es überrascht mich, dass Sie nicht schon längst fort sind, statt so lange an einem Ort zu bleiben."

Er blieb wie angewurzelt stehen. „Wieso?"

Lucy öffnete den Kühlschrank. „Ich dachte, Sie würden sich langweilen, aber Sie haben ja wirklich Stehvermögen. Und ich möchte Ihnen sagen, dass ich das zu schätzen weiß." Sie lächelte ihn mit dem süßesten Lächeln an, das er je gesehen hatte. „Was möchten Sie zum Frühstück?“ Soll ich Ihnen irgendetwas Besonderes machen?“

Er blickte ihr in die Augen. Sie brauchte ihn, er durfte sie nicht allein lassen. „Eier. Die restlichen Hamburger können wir zum Mittag essen.“

Im Laufe des Tages wurde er dann immer unruhiger. Er musste seinen Händen etwas zu tun geben, und zwar schnell, bevor er sie auf Lucy legte.

„Diese Küchenfliesen sind wirklich hässlich“, sagte er schließlich und klopfte mit dem Fuß auf den grauen Boden. „Ich frage mich, was darunter ist.“

„Ich weiß nicht“, antwortete Lucy. „Es steht als Nächstes auf meiner Liste … He!“

Tom hatte die Kante einer Fliese hochgehoben und zerrte daran, bis sie sich löste. „Ich fasse es nicht. Diese Idioten haben Fliesen auf einen wunderschönen Holzfußboden geklebt.“ Er guckte darunter, so dass er Lucys ungläubigen Blick nicht bemerkte.

„Tom, hören Sie auf.“

„Schauen Sie, Wasser ist darunter gekommen, und die Fliesen sind locker. Wir müssen den Tisch und die Stühle hinausbringen und die Fliesen lösen. Darunter ist Holz!“

„Natürlich ist Holz darunter, aber …“

„Los, helfen Sie mir. Der Tisch passt nur seitwärts durch die Tür.“

Lucy gehorchte seufzend. Früher oder später musste der Fußboden sowieso gemacht werden, und so blieb Tom wenigstens noch eine Weile bei ihr. Vielleicht küsste er sie sogar wieder. Und diesmal würde sie die Gelegenheit ergreifen und ihn verführen.

Aber er musste den ersten Schritt tun.

„Okay, neigen Sie den Tisch ein bisschen nach rechts", forderte er sie auf.

Am besten zog sie ihre alte, enge Jeans an. Neulich im Keller schien er recht beeindruckt davon gewesen zu sein.

„Hören Sie", sagte sie, als sie den Tisch im Flur abstellten. „Ich glaube, ich zieh' mir lieber meine Jeans an, die können ruhig dreckig werden."

Abends um acht Uhr hatte man die Telefonwanze gebracht, um die Tom gebeten hatte, damit er den nächsten Anruf aufnehmen konnte. Und er und Lucy hatten die Küchenfliesen mit einem Minimum an Zeitaufwand und einem Maximum an Durcheinander herausgerissen. Danach hatte Lucy Tom gezeigt, wie man Roastbeef mit einer Zwiebelgewürzmischung machte.

„Das ist erstaunlich", sagte Tom, als sie nun am Tisch saßen. „Nur etwas Wasser und Gewürzmischung auf das Fleisch und ab in den Ofen – und drei Stunden später essen wir das tollste Abendessen. Haben Sie eine Vorstellung, was Küchenchefs so verdienen?"

Lucy lachte so vergnügt auf, dass er sie lächelnd fragte: „Was ist?"

„Es macht alles so viel Spaß mit Ihnen. Selbst langweilige Sachen wie Fliesenherausreißen oder Kochen. Alles scheint Sie zu begeistern."

„Nicht alles. Nur einige Dinge." Nachdenklich blickte er sie an. Sie sah entspannt und glücklich aus in dem weichen Licht. Seltsam, in letzter Zeit schien für ihn Frieden zu herrschen, wann immer sie in seiner Nähe war. Immer wenn er sie anschaute, fühlte er sich geborgen und wie zu Hause. Wenn sie das nach nur drei Tagen bei ihm fertig brachte, was würde erst in einer Woche mit ihm sein?

„Tom …“ begann sie, aber er unterbrach sie: „Erzählen Sie mir von sich.“

„Von mir?“ rief sie überrascht. „Da gibt es nichts zu erzählen.“

„Doch, natürlich. Dass Sie eine großartige Lehrerin sind und eine tolle Köchin, weiß ich schon. Und Sie haben eine Schwester, die direkt aus der Hölle zu kommen scheint.“

„Nein, das stimmt nicht. Sie hat nur nicht viel Glück mit Männern gehabt. Einer ihrer Männer hat mit ihrer besten Freundin geschlafen, der andere hat sie geschlagen. Kritisieren Sie Tina nicht. Sie hat eine Kämpfernatur. Ich sollte ein bisschen mehr wie sie sein.“

„Nein, das sollten Sie nicht“, sagte Tom beunruhigt.

Lucy dachte einen Moment nach. „Ich glaube, das war einer der Gründe, dass ich Bradley geheiratet habe. Ich meine, bei Tina hat es ja auch funktioniert, ohne Leidenschaft zu heiraten. Sie hat alles bekommen, was sie wollte.“

„Sie verspürten also keine Leidenschaft für Bradley? Wie schade. Reichen Sie mir bitte die Kartoffeln.“

„Wahrscheinlich bin ich sowieso nicht besonders leidenschaftlich.“ Lucy vermied sorgfältig, Tom anzusehen.

„Wenn Sie den richtigen Mann treffen, werden Sie sich wundern“, erwiderte Tom. „Gibt es etwas zum Nachtisch?“

Gegen zehn Uhr hörten Tom und Lucy damit auf, Klebstoff vom Küchenfußboden zu kratzen, und setzten sich mit Bier und Keksen vor den Kamin.

„Das ist das wahre Leben: gutes Essen, gutes Feuer und gute Gesellschaft.“ Tom betrachtete die drei Hunde, die erwartungsvoll zu ihm aufsahen. „Guckt mich nicht so an. Euer Frauchen hat die Kekse.“

„Vergesst es“, sagte Lucy. „Kekse sind schlecht für eure Figur.“

Die Hunde blieben ungerührt in ihren Lieblingspositionen und sahen Lucy bewundernd an.

„Einstein, Heisenberg und Maxwell – gibt es da ein gewisses System?“ fragte Tom.

„Alle drei waren berühmte Physiker, aber Einstein war Heisenberg gegenüber misstrauisch. Werner Heisenberg sagte, dass das Universum ein unsicherer Ort sei, ohne die geringsten Regeln, womit er Albert Einstein wahnsinnig machte, denn der glaubte fest, dass das Universum völlig verständlich sei. Als also dieser kleine Hund an der Vordertür auftauchte und Einstein knurrte und er am nächsten Tag verschwunden war, aber am Abend wieder erschien, dachte ich, na ja, Einstein ist misstrauisch, und Heisenberg ist unsicher, ob er bleiben soll. Also nannte ich ihn Heisenberg, aber in einem irrte ich mich.“

„Worin?“

„Heisenberg war gar nicht unsicher“, antwortete Lucy bitter.

„Was?“

„Heisenberg verschwand jeden Morgen, drei Tage hintereinander. Bradley erzählte mir, dass er ihn zum Laufen hinausließe und dass Heisenberg dann einfach weg wäre. Aber als ich eines Morgens früher aufwachte und aus dem Fenster sah, erwischte ich Bradley dabei, wie er Heisenberg in seinen

Wagen schob. Ich bin zu ihm gegangen und habe ihn gefragt, was er da tat."

Lucy schluckte ein paarmal. „Er sagte nichts, aber während er stumm dastand, sprang Heisenberg heraus und trottete zum Haus zurück. Ich hätte Bradley am liebsten umgebracht. Schon damals hätte ich wissen müssen, dass alles vorbei war, aber ..."

„Aber?" ermunterte Tom sie weiterzusprechen.

„Na ja, wir waren verheiratet. Man kann vor Gericht ja schlecht sagen: Ich möchte mich scheiden lassen, weil mein Mann versucht hat, meinen Hund wegzuschaffen."

Tom verspürte den starken Wunsch, jemanden zu schlagen. Am liebsten Bradley. „Bradley war ein Idiot, dass er Sie verloren hat."

„Oh." Lucy blinzelte. „Danke."

„Gern geschehen."

Ihre Blicke trafen sich, aber dann sah Tom hastig weg und suchte nach einer Ablenkung. „He, horten Sie nicht die Kekse."

Lucy reichte ihm die Kekse, und Tom brachte sich krampfhaft in Erinnerung, aus welchen Gründen er keine Beziehung eingehen wollte.

Er zwang sich, an den Fall zu denken. „Was für ein Typ ist Bradley denn nun eigentlich? Sie scheinen sich so sicher zu sein, dass er kein Verbrecher ist."

„Ich kann es mir einfach nicht vorstellen. Er hat keine Fantasie und ist ziemlich langweilig. Wenn er ein Verbrecher wäre, wäre er zumindest interessant."

Wie langweilig? überlegte er. War Bradley auch langweilig im Bett?

„Im Grunde waren wir beide langweilig. Wir waren das langweiligste Paar in ganz Riverbend."

„Auch im Bett?"

„Wie bitte?"

„Das ist eine professionelle Frage", antwortete Tom, obwohl er nicht einmal sich selbst davon überzeugen konnte. „Vielleicht hätte er ja doch diese Blondine verführen und erschießen können."

„Nein, die Blondine hat ihn verführt, was mehr ist, als ich je zu Stande gebracht habe." Lucy errötete. „Bradley ging Sex genauso an wie alles andere in seinem Leben. Er tat es auf die korrekte Art, wie es sich gehört, und danach war die Sache für ihn erledigt."

„Wie es sich gehört?" Tom hätte fast sein Bier verschüttet. „Es gibt eine korrekte Art, miteinander zu schlafen?"

„Na gut, dann eben zufrieden stellend. Ich mochte es aber trotzdem nicht. Ich meine, er tat alles, was dazugehört, aber …"

„Sie brauchen eindeutig einen Aufpasser." Tom war außer sich. „Wie konnten Sie diesen Widerling nur heiraten?"

Lucy sah ihn verstimmt an. „Warum reden wir zur Abwechslung nicht mal über eine Ihrer Exfreundinnen? Ich wette, Sie könnten mir Tausende von Geschichten erzählen."

„Haben Sie denn nicht vor Ihrer Ehe bemerkt, wie unangenehm er im Bett war?" fragte Tom unwirsch.

„Wir haben vor der Hochzeit nicht miteinander geschlafen. Bradley respektierte mich."

Tom verschluckte sich.

„Nein, wirklich. Deswegen verstehe ich das Ganze ja auch nicht. Ich bin sicher, dass er mich respektierte und sogar liebte. Nicht leidenschaftlich, aber immerhin fast. Er wollte mich immer um sich haben, und er war sehr aufgebracht, als ich in das Dachzimmer umzog, nachdem er Heisenberg entführen wollte."

Tom versetzte sich in Bradleys Lage. Eben noch hatte er Lucy warm und liebevoll an seiner Seite gespürt, im nächsten Augenblick verlor er sie. „Ich wette, dass er aufgebracht war. Warum ist er nicht auch nach oben umgezogen? Ich wäre wie ein Blitz die Treppe hochgekommen."

Es folgte eine kurze Stille. Dann sagte Lucy: „Bradley war nicht wie Sie."

Tom bewegte sich unbehaglich. „Tut mir Leid, dass ich so nachbohre. Ich weiß, dass es Sie aufregt, über Bradley zu reden."

„Über Bradley zu reden, macht mir nichts aus. Der Gedanke, dass jemand mich umbringen will, regt mich viel mehr auf. Bradley ist nicht wichtig."

„Gut." Tom zögerte.

Gespannt hielt Lucy den Atem an.

„Gute Nacht", brummte Tom und ging die Treppe hinauf.

„Gute Nacht." Lucy blickte wieder ins Feuer. Wie sollte sie sich trauen, selbst einen Annäherungsversuch zu starten, wenn sie aussah wie ein grün gescheckter Teppich? Gleich würde Tom oben in seinem Bett liegen. Die Vorstellung ließ sie erschauern. Aber was machte das schon aus? Sie würde ja doch nie einen Vorstoß wagen …

Andererseits sehnte sie sich so sehr nach ihm, dass sie sterben würde, wenn sie ihn nicht bekam. Schon bei dem Gedanken an ihn wurde ihr ganz heiß. Die Hitze begann unten und breitete sich langsam überall in ihr aus. Sie brauchte nur an seine Hände und seinen Mund zu denken und an seinen kraftvollen Körper, als er in Mrs. Dovers Auffahrt auf ihr gelegen hatte. Und dann seine hinreißenden Augen und dieses aufregende Lächeln …

Entschlossen stand sie auf und ging ins Bad. Sie war so deprimiert wie lange nicht mehr, und als sie schließlich ins Bett stieg, war sie den Tränen nahe.

Doch es war unmöglich. Wenn sie jetzt zu Tom hochging und zu ihm ins Bett kletterte und er nun Nein sagte? Aber vielleicht würde er das ja gar nicht. Vielleicht würde er sie in die Arme nehmen, sie streicheln und sie lieben …

Lucy atmete immer schneller, während sie sich vorstellte, wie Tom sie mit Händen und Lippen liebkoste. Sie überließ sich ihrer Fantasie und rief sich seinen Kuss vor dem Kamin und seine muskulöse Brust an ihrer in Erinnerung. Sie wusste, dass Tom einfach überwältigend und voller Energie sein würde. Unbewusst grub sie die Finger ins Laken, als sie sich ausmalte, wie er hart und fest in ihr war, und mit einem unterdrückten Stöhnen schloss sie die Augen.

Schließlich hielt sie es nicht länger aus. Sie setzte sich auf und schlang die Arme um sich. Ihr grünes Haar war ihr egal. Sie hatte einen Entschluss gefasst.

Ich will unabhängig sein, und dann lege ich mich hin und bin zu ängstlich, um mir das zu holen, was ich will? Unabhängigkeit bedeutet, sich zu holen, was man will.

Und ich will Tom.

Sie schlüpfte aus dem Bett, wahnsinnig vor Verlangen nach ihm, und ging mit wild klopfendem Herzen die Treppe zum Dachzimmer hinauf.

7. KAPITEL

Tom setzte sich im Bett auf und knipste das Licht an, da er Schritte auf der Treppe gehört hatte. So war das Erste, was Lucy sah, als sie hereinkam, seine nackte Brust. Die harten Muskeln standen in seltsamem Kontrast zu dem Blümchenmuster der Tapete. Sein dunkles Haar war zerzaust, seine Augenlider schwer vom Schlaf. Ihr Verlangen nach ihm schnürte ihr fast die Kehle zu. Sie konnte kaum atmen und lehnte sich zitternd gegen den Türrahmen.

„Lucy?“

Und dann bewegte sie sich auf ihn zu, von einer Kraft getrieben, die von ihm ausgehen musste, weil sie selbst völlig kraftlos vor Sehnsucht war.

Sie sank neben ihn auf das Bett und suchte nach den richtigen Worten, aber sie war von einer solchen Glut erfüllt, dass sie ihn nur stumm anblickte.

Im nächsten Moment – sie hätte nicht sagen können, ob sie sich zu ihm gebeugt hatte – lag sein Mund auf ihrem, und sie küsste Tom wie eine Ertrinkende, die endlich die rettende Oase gefunden hatte. Er zögerte noch. Erst als sie mit der Zunge fordernd zwischen seine Lippen drang, zog er sie aufstöhnend an sich und erwiderte ihren Kuss.

Die Hitze seines Körpers erregte sie so sehr, dass sie die Nägel in seine Schultern grub. Er rollte sich mit ihr herum, bis sie unter ihm lag, zerrte ihr das Nachthemd herunter und bedeckte ihren Hals und die Brust mit kleinen heißen Küssen. Sie schrie leise auf, als sein Mund sich um eine hart aufgerichtete Knospe schloss.

Tom berührte sie so, wie Lucy es sich erträumt hatte, mit der gleichen Intensität, mit der er jede Sekunde seines Lebens auskostete. Bebend wand sie sich unter seinen Liebkosungen und berührte auch ihn mit einem Hunger, den sie nie für möglich gehalten hätte. Er lockte sie mit seiner Zunge und seinen geschickten Händen, bis sie es kaum noch aushielt. Als er sanft ihre intimste Stelle streichelte, seufzte Lucy kehlig auf vor Vergnügen. Sie sah ihn an, und in seinen Augen stand die gleiche entfesselte Leidenschaft, die in ihr tobte.

„Himmel, bist du schön", flüsterte er atemlos. „Wunderschön."

Sie schmiegten sich aneinander, und es war herrlich, ihn hart und fest an ihren weichen Schenkeln zu spüren. Ihre Küsse wurden immer tiefer und verlangender. Sie verzehrte sich vor Sehnsucht nach ihm, und ihre Erregung war so stark, dass es ihr die Tränen in die Augen trieb.

„Jetzt", keuchte sie und zog seine Hüften an ihren Schoß. „Ich möchte dich in mir spüren."

„Warte, Liebling, nur einen Moment." Er küsste sie noch einmal, dann setzte er sich auf die Bettkante.

Sie streichelte seinen Rücken und genoss es, dass Tom erschauerte. Noch nie hatte sie sich so sinnlich und verführerisch gefühlt, so lebendig und leidenschaftlich.

Dann kam er wieder zu ihr, und sie bog sich ihm entgegen, und in dem Moment, als er in sie eindrang, schienen sich Zeit und Raum aufzulösen.

Sie bäumte sich stöhnend auf und war sich nur noch der berauschenden Bewegungen seines kraftvollen Körpers bewusst. Wieder und wieder glitt er in sie hinein, und sie schlang die Beine um ihn, um ihn noch tiefer in sich aufzunehmen und ihn für immer zu halten, damit dieses herrliche Gefühl niemals aufhörte.

„Du bist unglaublich", flüsterte er an ihrem Ohr und küsste sie von neuem.

Mit der Zunge strich er über ihre weichen Lippen. Plötzlich rollte er sie herum, und sie glaubte zu zerfließen, so intensiv spürte sie ihn, als er sie rittlings auf seine Lenden setzte. Heiße Wellen unendlicher Lust überschwemmten sie mit einer Wucht, dass sie aufschrie.

Noch immer von Schauern durchströmt, sank sie auf ihn und lag heftig atmend an seiner Brust. Sekunden später fand auch er seine Erfüllung. Er stöhnte auf und barg dann das Gesicht in ihrem Haar. Danach lagen sie einander still in den Armen.

„Ich wusste nicht ...", flüsterte Lucy, als sie aus ihrem wunderbaren Rausch wieder aufgetaucht war, „... dass es so schön sein kann."

„Mir geht es genauso", erwiderte Tom. Er zog die Decke über sie beide und umarmte Lucy wieder. „Das nächste Mal ...", sagte er und drückte sie noch fester an sich, „... gehen wir aber langsamer vor. Diesmal habe ich dich so sehr gewollt, doch ich hatte nicht damit gerechnet, dich zu bekommen, und als ich dich dann bekam, habe ich nicht damit gerechnet, dass du so wild sein würdest." Er lachte zärtlich. „Und ich hielt dich für ein braves Mädchen."

„Bin ich auch", murmelte Lucy schon halb im Schlaf. „Aber du hast mich verdorben. Ich dachte, ich würde sterben, wenn ich dich nicht bekäme. Ich konnte nicht länger warten."

„Du glaubst gar nicht, wie froh ich darüber bin. Und nun schlaf." Tom küsste sie auf die Schläfe.

Er selbst war noch lange wach, und ihm wurde mit jeder Minute klarer, dass er jetzt wirklich in Schwierigkeiten steckte. Er hatte die perfekte Frau gefunden, und diese Frau lebte ein beschauliches Leben in einem großen Haus mit drei dummen Hunden. Das Klügste wäre, wenn er sofort das Weite suchte.

Ein Leben mit Lucy würde in ruhigen Bahnen verlaufen, etwas, das er nie gewollt hatte – und jetzt wollte er es. Aber vor allem wollte er Lucy, damit sie ihn anblinzelte, ihm sagte, dass er unlogisch sei, und sich voller Leidenschaft in seine Arme warf. Im Grunde hatte er das immer gewollt.

Wer hätte das gedacht? sagte er sich überrascht. Doch wie immer würde er auch jetzt auf sein Gefühl vertrauen. Und das sagte ihm: Lucy musste seine Frau werden.

Am nächsten Morgen, als Tom in die Küche kam, stand Lucy an der Theke und bereitete das Frühstück zu. Tom trat hinter sie und zog sie an sich, und Lucy lehnte sich genüsslich zurück. Ihr ganzer Körper schien vor Glück zu vibrieren, und sie bog den Kopf nach hinten, und Tom küsste sie. Dann drehte sie sich zu ihm und schmiegte sich dicht an ihn.

„Keine Reuegefühle?“ flüsterte er ihr ins Ohr.

„Natürlich nicht“, erwiderte sie lächelnd. „Du bist ein wundervoller Liebhaber.“

„Ich würde auch ein wundervoller Ehemann sein.“

Lucys Lächeln verschwand. „Wie bitte?“

„Ich denke, wir sollten heiraten.“

Heiraten? Nach fünf Tagen? Drei Wochen nach ihrer Scheidung? Nachdem sie gerade erst beschlossen hatte, unabhängig und frei zu sein? „Nein“, sagte sie und entzog sich seiner Umarmung. „Ich möchte dich hier haben, Tom, aber ich möchte nicht wieder heiraten."

Tom runzelte die Stirn. „Wieso wieder? Du warst mit mir noch nicht verheiratet. Ich bin nicht wie Bradley."

Lucy lachte leise. „Das ist sicher."

Toms Miene hellte sich etwas auf.

„Aber ich heirate dich trotzdem nicht. Es wäre völlig unlogisch. Ich kenne dich erst knapp fünf Tage."

„Fünf unglaubliche Tage. Sechs, mit heute. Gib es zu. Dein Leben ist viel aufregender, seit ich darin aufgetaucht bin … Soll die Pfanne so rauchen?"

„Dass das Auto in die Luft geflogen ist, kannst du dir nicht zuschreiben." Lucy beeilte sich, den brutzelnden Speck zu retten.

„Nun, da hat es ja auch noch andere aufregende Augenblicke gegeben. Mir fallen gleich mehrere von letzter Nacht ein. Warte, ich nehme die Pfanne, du wirst dich nur verbrennen … Aua!"

„Tu kalte Butter drauf", sagte Lucy ruhig und nahm Tom die Pfanne wieder ab. „Das Omelett ist in der Mikrowelle."

Tom holte es heraus. „Lucy, wir müssen heiraten. Ich liebe das Leben mit dir."

„Setz dich und iss dein Omelett."

Schweigend saßen sie dann am Tisch und aßen ihre Omeletts mit Speck. Die Zärtlichkeit und Wärme von vorhin waren verschwunden. Ebenso schweigend räumten sie nach dem Frühstück gemeinsam das Geschirr weg.

Lucy räusperte sich. „Ich gehe am Montag wieder zur Schule."

„Nein, das wirst du nicht." Tom betrachtete den Fußboden. „Der Kleber wird sicher abgehen, wenn wir den Boden weiter mit Seife und Wasser einweichen."

„Tom, ich kann mich nicht ewig hier im Haus verkriechen. Ich muss zurück zu meiner Arbeit."

„Nein."

„Jetzt hör mir mal zu", explodierte Lucy. „Du kannst Nein sagen, soviel du willst. Ich gehe am Montag zur Schule, und nichts, was du sagst, wird das ändern." Mit diesen Worten drehte Lucy sich um und verließ die Küche.

„Frauen sind so emotional", sagte Tom zu den Hunden. „Was meint ihr zum Fußboden?"

In diesem Moment klingelte es an der Tür. Tom öffnete. Es war Anthony, der gleich weiter ins Wohnzimmer ging.

„Hallo, Lucy", begrüßte er sie und nahm sie in den Arm.

„Was soll das?" brauste Tom auf. „Gib die Frau frei."

Anthony grinste ihn an. „Was ist, kommst du mit? Ein Polizeiwagen beobachtet Lucys Haus, während wir fort sind. Aber überleg nicht lange, wir müssen uns beeilen."

„Nehmt mich wenigstens mit", bat Lucy. „Ich werde noch wahnsinnig, wenn ich hier weiter herumhocke."

„Kommt nicht in Frage." Tom schlüpfte in seine Jacke. „Bradley schießt auf Leute. Dem kann ich dich nicht aussetzen."

„Welcher Bradley, deiner oder meiner?"

„Du hast keinen Bradley, vergiss das nicht. Komm, Tony." An der Tür drehte Tom sich noch einmal kurz um. „Warum kochst du nicht mal zur Abwechslung etwas für heute Abend?"

„Ich bestelle eine Pizza", erwiderte Lucy starrköpfig, aber Tom war schon gegangen.

Gegen Mittag ging Lucy die Stille auf die Nerven. Sie schaltete das Radio an und kochte einen riesigen Topf Gemüsesuppe, aber das änderte nichts an der Stille. Niemand sprach mit ihr. Bisher hatte sie das nie gestört, aber jetzt, nachdem tagelang Tom um sie gewesen war und es sich so ausgiebig mit ihm streiten ließ, kam ihr das Haus auf einmal leer vor.

Sie erhaschte einen Blick von sich im Spiegel und erschrak. Das Grün ihrer Haare war fleckig geworden. Sie sah fürchterlich aus. „Ich könnte zum Friseur gehen." Genau. Ihr Entschluss war gefasst. „Wie viele Leute wurden schon beim Friseur erschossen?"

Die Hunde sahen sie skeptisch an.

„Lächerlich, ich gehe zum Friseur und damit basta!" Sie schrieb eine Nachricht für Tom, falls er vor ihr zurückkommen sollte, und bestellte sich ein Taxi zur Hintertür, damit der Polizeiwagen vor ihrem Haus nichts bemerkte.

Drei Stunden später stieg Lucy die Vorderstufen zu ihrem Haus hinauf. Während sie noch dabei war, ihre Schlüssel aus der Tasche zu fischen, öffnete ein junger Polizist die Tür und sah sie anerkennend von oben bis unten an.

„Kann ich Ihnen behilflich sein?" fragte er.

„Ja", antwortete Lucy. „Wir kennen uns übrigens. Sie sind Matthews, aber Tom nennt Sie Junior, und das hier ist mein Haus. Lassen Sie mich also bitte hinein. Was machen Sie überhaupt hier?"

Matthews trat sofort beiseite. „Mann, bin ich vielleicht froh, Sie zu sehen. Wir waren kurz davor, im Fluss nach Ihnen zu fischen."

Ein älterer Polizist stand am Telefon im Flur und hob nun den Kopf, als Lucy näher kam. „Waren Sie nicht mal blond?"

„Erinnern Sie mich nicht daran. Kennen wir uns?"

„Alles in Ordnung, Jungs", sagte er in den Hörer und legte auf. „Mein Name ist Falk. Sie haben uns vor einigen Tagen auf Warren gehetzt."

„Oh. Und was ist hier los?"

Falk grinste. „Warren konnte Sie nicht finden. Das hat ihn aufgebracht. Also sucht so etwa die Hälfte des Reviers nach Ihrer Leiche."

„Oh, nein", stöhnte Lucy. „Ich habe ihm doch eine Nachricht auf dem Flurtisch hinterlassen. Warum liest er keine Nachrichten?"

Tom trat ins Haus und versuchte, nicht das Schlimmste zu denken. Er hatte sie nirgendwo gefunden. Sie war weder bei Tina noch bei ihren Eltern. Er ging ins Wohnzimmer und fand Junior dabei vor, sehr angestrengt mit einer Rothaarigen zu flirten. Sie sah süß aus, mit ihren kurzen, glänzenden kupferfarbenen Locken. Aber er blieb uninteressiert, denn es war nicht Lucy, und Lucy war die Einzige, die er jetzt sehen wollte.

Und dann drehte sie sich um, und es war Lucy.

„Wo, zum Teufel, bist du gewesen?" schrie er sie an.

Ihr Blick war eindeutig feindselig. „Ich habe dir eine Nachricht hinterlassen, und ich hatte dir gesagt, dass du mich nicht einfach hier parken kannst, wie es dir beliebt. Warum hast du all diesen Wirbel veranlasst?"

„Wirbel?" Eine Sekunde war er sprachlos. „Zuerst einmal habe ich keine Nachricht gefunden. Das kannst du mir glauben, denn wir haben das Haus Zentimeter für Zentimeter durchgekämmt in Erwartung, deine Leiche oder sonst etwas zu finden. Da war keine Nachricht."

„Aber ich habe einen Zettel auf den Flurtisch gelegt." Lucy verschränkte die Arme vor der Brust. „Weißt du, Tom, du musst aufhören, immer gleich so zu übertreiben."

„Übertreiben?" Tom stellte sich drohend vor sie. „Lucy, jemand versucht, dich aus dem Weg zu haben!"

„Ach was, das ist …"

„Und wer hat verdammt noch mal ein Auto hochgehen lassen? Heisenberg?"

Anthony kam herein. „Sie ist … Lucy? Sind Sie das?"

„Natürlich bin ich es."

Anthony lächelte erleichtert und warf Tom einen viel sagenden Blick zu. „Das bedeutet also, dass Sie nicht entführt worden sind."

„Natürlich nicht. Denn wer sollte …"

„Verdammt, was heißt hier *natürlich?*" unterbrach Tom sie gereizt.

Während Lucy und Tom stritten, besprach Anthony sich mit den anderen Polizisten. „Entschuldigt", sagte er dann unüberhörbar laut. „Wir gehen jetzt alle. Freut mich, Sie gesund und munter zu sehen, Lucy. Übrigens, Ihr Haar sieht großartig aus, aber unterlassen Sie solche Alleingänge in Zukunft bitte. Tom, bis morgen."

Kaum war er draußen, ging der Streit weiter.

„Wir müssen miteinander reden", fauchte Tom.

Lucy warf ihre Tasche auf den Tisch und stürmte in die Küche. Wütend schob sie den Topf mit der Suppe auf den Herd. Da ließ sie ihr Haar in Ordnung bringen, und dieser Mann alarmierte die Armee. Also, wirklich!

Sie schaltete den Herd an und drehte sich dann zu Tom, der in der Tür stand.

„Ich war vorsichtig. Ich habe ein Taxi gerufen und mich vergewissert, dass mir niemand folgt. Ich bin zu einem Friseur gegangen, bei dem ich noch nie vorher war. Und ich habe eine Nachricht für dich dagelassen. Ich war vorsichtig", betonte sie noch einmal.

„Ich sagte dir, dass du hier bleiben sollst. Du hast den Streifenwagen absichtlich überlistet. Ich habe mir Sorgen gemacht. Ach was, Sorgen, ich war halb wahnsinnig vor Angst um dich."

„Tom, ich kann nicht für ewig hier im Haus bleiben, nur weil du dir Sorgen machst", entgegnete Lucy, aber sie fühlte sich schrecklich. Es war Tom anzusehen, dass er gelitten hatte. „Du kannst mich nicht für immer hier einsperren."

Tom fuhr sich nervös durchs Haar. „Es wird nicht für immer sein. Nur bis der Fall aufgeklärt ist."

„Und wenn du ihn nicht aufklärst?"

„Oh doch, das werde ich. Aber irgendetwas stimmt bei dieser Sache nicht – etwas, das ich noch nicht ganz fassen kann. Mein Gefühl hilft mir da im Augenblick nicht weiter. Aber das wird es."

„Ich kann nicht mein ganzes Leben darauf warten, bis deine Gefühle dir den richtigen Weg weisen." Lucy drehte sich wieder zum Herd und rührte die Suppe um.

„Nein, aber du könntest aufhören, wegen irgendeinem Quatsch dein Leben aufs Spiel zu setzen."

„Das war kein Quatsch. Ich bin eine unabhängige Frau, und mein Haar machte mich wahnsinnig."

„Du bist wirklich nur wegen deines Haars nach draußen

gegangen?" rief Tom ungläubig. „Das kann nicht dein Ernst sein!"

„Nein?" Lucy wurde immer wütender. „Macht es dir eigentlich gar nichts aus, wie ich aussehe? Heißt das, sobald das Licht aus ist, sehe ich wie jede andere Frau für dich aus? Im Dunkeln sind wir alle gleich, was?"

„Lucy ...", zischte Tom warnend, „... halt den Mund!" Er holte tief Luft. „Du bist wie keine andere Frau, die ich je getroffen habe, Gott sei Dank, und es ist mir egal, welche Farbe dein Haar hat, und wenn du mir je wieder so eine Angst einjagst wie heute, werde ich verschwinden, weil ich so etwas nicht noch einmal ertragen könnte." Tom schluckte. „Du hattest Recht mit dem Heiraten. War eine schlechte Idee von mir. Ich bin nicht reif dafür."

„Genau meine Meinung", entgegnete Lucy, dabei kroch plötzlich ein Gefühl furchtbarer Leere in ihr hoch.

Tom sah sie nachdenklich an. „Ich habe es Tony ja gesagt. Man fängt an, sich aus einer Frau etwas zu machen, und schon ist jede Intuition zum Teufel. Es macht mir nichts aus, Angst um mich selber zu haben. Das passiert mir ständig." Er atmete tief ein. „Aber was ich heute durchgemacht habe ... nein. Ich hatte so eine Angst, dass ich nicht mehr klar denken konnte. Das wird mir nie wieder passieren – bei niemandem."

Schweigend sahen sie sich an. Dann drehte Lucy sich um, weil sie den Schmerz in Toms Blick nicht länger ertragen konnte. „Entschuldige, aber ich denke immer noch, du übertreibst. Du und Anthony, ihr habt doch gesagt, dass er mich nur aus dem Haus graulen will. Keiner glaubt, dass ich noch in Gefahr bin."

„Ich übertreibe also?"

„Ja."

„Gut." Tom verließ die Küche und kam fünfzehn Minuten später mit seiner gepackten Reisetasche zurück.

Lucy erstarrte bis ins Innerste, ließ sich aber nichts anmerken. „Du gehst?"

„Es funktioniert nicht, Lucy. Ich bin gefühlsmäßig zu engagiert, um dir von Nutzen sein zu können. Und du hast wahrscheinlich Recht. Vermutlich übertreibe ich wirklich. Wenn du jemanden für eine Weile hier haben willst, schicke ich Matthews."

„Nein, das brauchst du nicht." Lucy holte tief Luft. „Danke, dass du bei mir warst."

„Oh, das Vergnügen war ganz auf meiner Seite." Tom lächelte gezwungen. „Ein Streifenwagen wird vor dem Haus Wache schieben. Und morgen ruft Tony dich an."

„Gut", sagte Lucy, und Tom nickte und ging.

Lucy stand da und rührte geistesabwesend in der Suppe, während ihr Tränen über die Wangen liefen.

Später am Abend ging Lucy ins Bad. Sie blickte lustlos auf ihr Spiegelbild. Dabei sah ihr neues rotes Haar wirklich gut aus. Während sie dann ausgiebig badete, dachte sie an Tom. Es wunderte sie eigentlich nicht, dass er seine Absicht, sie zu heiraten, wieder fallen gelassen hatte. Sie hatte ja geahnt, dass das nicht lange andauern würde. Nur wegen Sex und weil sie gut kochen konnte, hatte er sie heiraten wollen. Bestimmt. Nicht, dass sie erwartet hätte, er würde ihr sagen, dass er sie liebte. Aber etwas in dieser Art tauchte doch normalerweise in jedem Heiratsantrag auf.

Und dann war er einfach gegangen. Weil er Angst um sie gehabt hatte. Nun, ihr machte er auch Angst. Denn ohne ihn fühlte sie sich so verloren und einsam. Ohne ihn war die Welt grau. Aber was nützte ihr diese Erkenntnis? Er war fort. Es war vorbei.

Lucy kletterte aus der Wanne, wickelte sich in ein riesiges Badetuch und ging ins Schlafzimmer. Sie knipste das Licht an und wollte ins Bett kriechen, aber dann blieb sie einige Meter davor stehen.

Irgendetwas stimmte nicht. Angestrengt überlegte sie, was. War etwas mit der Steppdecke? Mit dem Kopfkissen? Fing sie jetzt etwa auch mit Intuitionen an wie Tom?

Während sie noch grübelnd dastand, kam Heisenberg herein und wollte wie gewohnt aufs Bett springen. Spontan schlug sie ihn beiseite, bevor er auf der Steppdecke landen konnte. Heisenberg plumpste jaulend auf den Boden und wich ängstlich vor ihr zurück.

„Oh mein Kleiner“, flüsterte sie erschrocken und nahm den zitternden kleinen Hund in die Arme. „Es tut mir so Leid, aber …“ Sie streichelte ihn und blickte verstört auf das Bett. „Ich weiß nicht, was los ist, aber wir müssen mit Tom sprechen.“

Die Erleichterung, die sie plötzlich fühlte, war so heftig, dass sie eilig zum Telefon raste.

Tom saß in seiner leeren Wohnung und starrte die nackten Wände an, als das Telefon klingelte. Gereizt nahm er sich vor, Anthony zusammenzustauchen, sollte der am Apparat sein und ihm wieder Vorhaltungen wegen Lucy machen wollen.

„Was ist?“ meldete er sich unwirsch.

„Irgendetwas stimmt nicht mit meinem Bett."

„Lucy?"

„Ja, ich bin es. Tom, es klingt dumm, aber ich habe Angst."

Das Herz schlug ihm bis zum Hals. Er packte den Hörer fester. „Was ist passiert?"

„Ich weiß nicht. Ich wollte zu Bett gehen, aber etwas kam mir komisch vor. Und dann wollte Heisenberg auf das Bett springen, und ich habe ihn geschlagen."

„Du hast deinen Hund geschlagen?"

„Ich fühle mich ja auch entsetzlich deswegen. Aber ich habe ganz automatisch gehandelt. Ich weiß nicht, was los ist, aber …"

„Intuition. Bleib vom Bett weg. Ich komme."

Fünfzehn Minuten später stand Tom in Lucys Schlafzimmertür.

„Geh nicht hinein, bleib in der Tür stehen", forderte er sie auf. „So, was genau stimmt nicht?"

Lucy seufzte. „Da ist nichts. Es tut mir Leid."

Tom schüttelte den Kopf. „Doch, wenn du Heisenberg geschlagen hast, dann ist da etwas. Lass dir Zeit."

Lucy sah sich im Zimmer um, und wie magisch angezogen schaute sie immer wieder zum Bett.

„Es ist das Bett, nicht wahr?" fragte Tom, der ihrer Blickrichtung gefolgt war.

„Es sieht nicht anders aus als sonst, aber … Ach, vergiss es. Es war nur so ein komisches Gefühl."

„He, sprich nicht so abfällig über komische Gefühle. Sie haben mir öfter das Leben gerettet, als ich …"

„Deine Gefühle dir vielleicht, aber nicht meine mir."

„Ich sag dir, was wir tun werden. Du holst eine Sicherheitsnadel und eine Schnur." Tom trat einen Schritt ins Schlafzimmer.

„Tom, komm da raus!" rief Lucy voller Angst.

„Hol die Sachen, um die ich dich gebeten habe."

Lucy tat es. Danach sperrte sie die Hunde in die Küche. Als sie dann zurückkam, hatte Tom das Ende der Schnur mit der Sicherheitsnadel an einer Ecke der Steppdecke befestigt.

„Alles in Ordnung unten?" fragte er.

„Ja, aber ich hoffe, du hast Anthony nicht gesagt, er soll hier anrufen. Einstein hatte den Hörer wieder hinuntergeworfen. Das ist schon das zweite Mal heute."

„Vergiss das Telefon." Tom holte tief Luft. „So, wenn es eine Bombe ist, dann ist ein gewisser Druck nötig, um sie hochgehen zu lassen. Wenn wir die Decke also vorsichtig herunterziehen, sollten wir sehen können, ob darunter etwas liegt. Wenn ja, rufen wir die Bombensicherung. In Ordnung?"

Lucy nickte. „Es wird mir ganz schön peinlich sein, wenn unter der Decke nichts ist."

„Wenn du unter die Decke geschlüpft wärst und da ist tatsächlich etwas drunter, wäre dir nicht mal mehr etwas peinlich." Bei dem Gedanken standen Tom buchstäblich die Haare zu Berge. „Ich bin froh, dass du mich angerufen hast."

„Danke, dass du gekommen bist. Und bitte, sei vorsichtig."

„Werde ich." Tom schloss die Tür halb. „Bleib hinter mir."

Lucy trat hinter ihn, und er zog an der Schnur.

Das Bett flog in die Luft, noch bevor die Decke herunter war, und eine Staubwolke wirbelte durchs Zimmer.

„Es war überhaupt kein Druck nötig!“ rief Tom hustend und knallte die Tür zu. „Ruf die Feuerwehr. Wo ist dein Feuerlöscher?“

Lucy deutete auf einen Wandschrank. Unten klingelte das Telefon, und sie rannte die Treppe hinunter. Hastig ergriff sie den Hörer, um dem Anrufer zu sagen, er solle sofort auflegen, damit sie Hilfe herbeirufen konnte.

„Verlassen Sie das Haus“, forderte eine fremde Stimme sie auf. „Es ist eine Bombe im Haus.“

„Was?“ flüsterte sie.

„Verschwinden Sie aus dem Haus. Es ist eine Bombe drin, die losgehen wird.“

„Die ist schon losgegangen“, schrie sie wütend. „Wer sind Sie, Sie Widerling?“

Der Anrufer legte auf, und Lucy rief nach Tom, während sie die Nummer der Feuerwehr wählte.

8. KAPITEL

Die Feuerwehr fuhr weg, nachdem das Feuer gelöscht war. Die Männer von der Bombensicherung gingen, nachdem sie das Haus nach weiteren Bomben durchsucht und Tom darauf hingewiesen hatten, was geschehen konnte, wenn Amateure sich in ihre Arbeit einmischten. Die meisten kannten Lucy von dem Tag, als ihr Auto explodiert war. Es war fast wie eine Party.

Anthony blieb als Letzter. „Das ist interessant", sagte er und betrachtete die Überbleibsel von Lucys Bett.

„Ein Typ rief Lucy an, um ihr von der Bombe zu erzählen", informierte Tom ihn. „Nachdem sie hochgegangen war."

„Sie ging gegen halb zwölf los, um diese Zeit sind bereits ziemlich viele Leute im Bett." Anthony machte eine kurze Pause. „Der Anruf kam eigentlich zu spät."

„Das war Einsteins Schuld. Er hat den Hörer vom Telefon gestoßen. Der Typ hat wahrscheinlich seit Stunden ununterbrochen hier angerufen. Es ist das Gleiche wie mit dem Auto. Niemand versucht, Lucy umzubringen. Er wollte sie warnen, damit sie nicht wirklich in Gefahr kam."

„Aber ich hätte getötet werden können!" rief Lucy aufgebracht. „Ich wäre beinahe in das Bett gestiegen! Das war eine wirkliche Explosion, falls dir das nicht aufgefallen ist."

„Das kann man wohl sagen", knurrte Tom. „Nach dem Fehlschlag mit der Bombe im Auto hat der Mistkerl diesmal schwereres Geschütz aufgefahren. Ich hasse Bradley. Er ist dumm und gefährlich."

„Du glaubst, Bradley hat das getan?" Lucy schüttelte den

Kopf. „Nein. Er kann jederzeit herkommen, wenn er will, das weiß er. Ich würde ihn nicht aufhalten."

„Aber wie ist derjenige – wer immer es war – hier hereingekommen? Welche Tür hast du unverschlossen gelassen?"

„Keine", erklärte Lucy empört. „Aber das ist nicht der springende Punkt. Wenn er hereinkonnte, um die Bombe anzubringen, warum hat er dann nicht einfach mitgenommen, was er wollte?"

„Weil er nicht weiß, wo es ist", antwortete Tom. „Er hat es irgendwo hier verloren."

„Den Schlüssel zu einem Banksafe", warf Anthony ein.

Tom nickte. „Wenn die Staatsanleihen in einem Banksafe liegen und der Schlüssel hier ist, dann kann John Bradley nicht die Stadt verlassen."

„Dabei ist das sein größter Wunsch", fuhr Anthony fort. „Er hat Bianca erschossen, jedenfalls so gut wie, und ihre Familie ist hinter ihm her. Nur die Anleihen halten ihn noch hier."

„Und die hat er deshalb nicht, weil er sie Bradley zur Aufbewahrung anvertraut hat."

„Bradley würde nie stehlen", meinte Lucy. „Aber ein Banksafe, das klingt ganz nach ihm. Er ist sehr vorsichtig."

„In Gamble Hills hat er aber keinen Banksafe." Tom sah zu Anthony. „Wenn wir den Schlüssel hätten, könnten wir auch die Bank finden und den Safe öffnen. Er muss den Schlüssel hier irgendwo im Haus verloren haben."

„Sein Sessel!" rief Lucy plötzlich.

„Was?"

„Sein Sessel. Wenn er nun darin saß und der Schlüssel ihm aus der Tasche gefallen ist ... Es ist einer von diesen verstellbaren Liegesesseln."

Tom war schon an der Kellertreppe. Der ziemlich ramponierte Sessel bot einen trostlosen Anblick. Tom nahm das Sitzkissen ab und reichte es Lucy.

Sorgfältig tastete sie darüber. „Keine Naht ist offen. Das Kissen ist wie immer." Sie warf es beiseite.

Tom zog sein Taschenmesser aus der Hosentasche und schlitzte das Sitzkissen und das Polster der Rückenlehne auf. Anthony und er wühlten darin herum – erfolglos.

„Stellt ihn wieder richtig hin." Lucy kniete sich vor den Stuhl. „Wenn man in diesem Stuhl sitzt und es fällt einem etwas aus der Tasche, würde es in die Falte zwischen Rücken- und Sitzpolster rutschen."

„Da habe ich schon nachgeguckt", sagte Tom.

„Wenn es vor zwei Wochen hier hineingefallen ist, kann es inzwischen überall in diesem Sessel sein. Gib mir dein Messer."

Tom reichte es ihr, und Lucy ging um den Stuhl herum, riss das Polster hinten auf und holte die Füllung heraus, bis die Sprungfedern zu sehen waren. Dann kauerte sie sich hin und steckte die Hand hinein.

„Lucy, ich habe bereits …"

Tom stockte, als Lucy einen kleinen Schlüssel zu Tage förderte, auf dem eine Nummer eingraviert war.

„Woher wussten Sie das?" fragte Anthony beeindruckt.

„Reine Logik."

„Alle Achtung", sagte Tom.

Lucy starrte auf ihr verwüstetes Bett.

Tom legte ihr den Arm um die Schultern. „Mach die Tür zu, und komm mit nach oben auf den Dachboden."

„Meine Decke“, flüsterte Lucy.

„Sie muss so liegen bleiben, damit die Leute vom Labor morgen einen Blick darauf werfen können. Aber vielleicht können wir sie ja später in Ordnung bringen“, sagte Tom, klang aber ziemlich zweifelnd.

„Ich lege sie immer so, dass das Rechteck mit den roten Punkten oben ist. Vorhin lag es an der Seite. Das muss ich wohl unbewusst bemerkt haben.“

Tom drückte sie an sich. „Komm.“

Sie gingen die Treppe hinauf, da ertönte plötzlich ein lautes Krachen.

Lucy blieb erstarrt stehen. „Noch eine Bombe?“

„Das war die Zimmerdecke. Geh nicht wieder da hinein, okay?“ Tom öffnete die Tür zum Dachboden.

„Ich glaube, ich werde mich hier nie wieder sicher fühlen“, sagte Lucy leise.

Ohnmächtige Wut überkam Tom. Lucy liebte dieses Haus, und jetzt versuchte so ein Mistkerl, es ihr zu verleiden.

Er zwang sich zu einem Lächeln, als sie ihn traurig anblickte. „Ich kann dir zumindest garantieren, dass du nicht in Sicherheit sein wirst, wenn du mit mir ins Bett gehst. Ich garantiere, dass du sofort angegriffen wirst. Meine Gefühle sagen mir das ganz deutlich.“

„Ich dachte, es ist vorbei mit uns.“

„Das dachte ich auch.“ Er senkte den Blick. „Ich kann immer noch gehen, wenn du willst. Meine Gefühle könnten sich ja auch mal irren.“

„Nein“, erklärte Lucy entschieden. „Deine Gefühle irren sich nie.“

„Gut.“ Tom atmete erleichtert aus, und Lucy lächelte ihn

so liebevoll an, dass ihm ganz schwindlig wurde. „Weißt du, ich finde dein Haar wirklich schön."

„Danke."

„Du hättest Junior doch nicht angerufen, oder?"

Lucy schüttelte lachend den Kopf.

Am nächsten Morgen fühlte Tom als Erstes Lucys warmen Körper neben sich. Dem Himmel sei Dank, sie war wieder bei ihm. Jetzt musste er sich nur überlegen, wie er mit ihr zusammenbleiben konnte. Er beobachtete, wie Lucy, noch ganz weich vom Schlaf, langsam erwachte. Er würde später weiter nachdenken, jetzt musste er sie erst einmal küssen.

„Hmm", murmelte sie zufrieden. „Ich liebe es, so mit dir aufzuwachen. Du wirst dich später zwar rasieren müssen, aber jetzt mag ich es, dass dein Bart so kitzelt. Es erinnert mich an das erste Mal, als ich dich gesehen habe."

Tom umarmte sie und zog sie auf sich. „Im Bett gefällt dir ein Mann also unrasiert."

„Ja. Es passt auch besser zu dem neuen Spiel, das ich mir ausgedacht habe."

„Oh!" sagte Tom interessiert. „Was für ein Spiel?"

Lucy lächelte ihn geheimnisvoll an. „Das Spiel mit der unschuldigen Schullehrerin und dem gemeinen, hinterhältigen Bullen."

Aufreizend sanft streichelte Tom ihr den Rücken. „Und wer von den beiden willst du sein?"

„Ich bin selbstverständlich die unschuldige Lehrerin", erwiderte Lucy und tat ganz zimperlich.

„Dann bin ich also der Bulle. In Ordnung, Sie haben das Recht, die Kleidung zu verweigern."

Lucy lachte.

„Unschuldige Lehrerin, was?" Mit ungezügelter Leidenschaft strich Tom über ihren Körper. „Das wird nicht klappen."

„Wieso nicht?" murmelte Lucy leicht abgelenkt.

„Deshalb." Und schon lag sie nach einem geschickten Manöver unter ihm.

„Jedenfalls war ich mal eine unschuldige Lehrerin."

Tom nahm mit einem heißen Kuss Besitz von ihrem Mund.

Wie himmlisch, dass ich es nicht mehr bin, war Lucys letzter Gedanke, bevor sie im Strudel der Leidenschaft versank.

Tom ließ Anthony ins Haus. „Hi." Damit ließ er ihn einfach stehen und ging zu Lucy ins Wohnzimmer zurück.

„Auf keinen Fall, Lucy. Die Idee ist unmöglich."

Lucy saß in einem Sessel und kämpfte sichtlich um ihre Beherrschung.

„Was ist denn jetzt wieder? Fällt Lucy die Decke auf den Kopf?" Aus den Augenwinkeln sah Anthony verblüfft, dass Heisenberg sich auf den Rücken gedreht hatte.

„Sie will den Küchenboden anmalen", erklärte Tom aufgebracht. „Kannst du dir das vorstellen, einen herrlichen Holzfußboden anzumalen?"

„Aber er ist doch fleckig!" schimpfte Lucy. „Und wenn wir ihn anmalen …"

„Nein, das werden wir nicht. Sobald wir ihn lackiert haben, wird er fantastisch aussehen. Aber jetzt mache ich uns erst mal was zu essen." Tom ging in die Küche.

Anthony blickte ihm sprachlos nach. „Was haben Sie

mit Tom angestellt? Weswegen ist ihm Ihr Küchenboden so wichtig?"

„Na ja, er hat ihn vor ein paar Tagen sozusagen entdeckt, und jetzt werde ich ihn nicht streichen können, weil es Tom das Herz brechen würde. Dabei ist er doch ganz fleckig."

Aufmerksam betrachtete Anthony sie. Lucy trug ein Hemd von Tom, dessen obere drei Knöpfe offen standen, und eine wirklich unglaublich enge Jeans. Ihr Haar lag in hübschen Locken um ihr Gesicht, und sie stand mit leicht gespreizten Beinen da und starrte gereizt und mit geröteten Wangen Richtung Küche. Sie sah selbstbewusst und lebendig und strahlend aus. Und verflixt sexy.

„Ich habe den Pizzateig gefunden", rief Tom aus der Küche. „Für zwei oder drei?"

„Du machst Pizza?" fragte Anthony verblüfft.

Leicht überrascht steckte Tom den Kopf aus der Tür. „Wie jeder Mensch muss auch ich essen, oder?"

„Für drei", sagte Lucy. „Und denk daran, wenn der Käse in der Mikrowelle explodiert ..."

„Mach ich sie sauber."

Heisenberg bellte, und Tom warf ihm einen Blick zu. „Toter Hund", brummte er automatisch und verschwand wieder in der Küche.

Heisenberg rollte sich glücklich auf den Bauch, sprang hoch und folgte Tom.

„Das ist ja unheimlich", sagte Anthony. „Was geht hier eigentlich vor?"

„Was soll sein?" Lucy errötete. „Nichts."

Anthony lächelte zufrieden. Lucy war also verliebt. Jetzt musste er sich nur noch über Tom vergewissern. Deshalb ging er zu ihm in die Küche. Tom bot ihm ein Bier an, und er nahm dankend an.

„Ich habe die Bank gefunden", erzählte er Tom und sah ihm beim Kochen zu. „Morgen müssten wir den Durchsuchungsbefehl haben."

„Ich komme mit. Den Safe möchte ich mir anschauen."

„Soll wieder ein Streifenwagen vor Lucys Haus stehen?"

„Ja, ich glaube, ihre Schwester kommt auch rüber. Wir sind uns gestern zum ersten Mal begegnet." Tom schüttelte den Kopf. „Die Begegnung war nicht sehr angenehm. Noch ein Grund, morgen nicht hier zu sein."

Anthony sah ihn ernst an. „Wenn wir die Papiere finden, wirst du sowieso von hier weggehen können. Wir werden die Nachricht in allen Zeitungen verbreiten, und dann wird der Bradley, der hier einzubrechen versucht, aufgeben, und Lucy wird keinen Beschützer mehr brauchen."

„Nein, aber mich wird sie brauchen. Ich bleibe hier." Tom schob die belegten Pizzas in die Mikrowelle und stellte den Timer ein.

„Tom, du machst mir Sorgen. Ich mag Lucy, und ich möchte nicht, dass du ihr wehtust."

„Warum sollte ich Lucy denn wehtun?" fuhr Tom verärgert auf. „Wovon redest du überhaupt?"

„Ich rede von deinen Absichten, du Idiot", wurde Anthony direkter. „Willst du für immer hier bleiben?"

„Ja. Und um deine nächste Frage zu beantworten, ich habe ihr schon einen Antrag gemacht, und sie hat abgelehnt."

„Du hast ihr einen Antrag gemacht?" Anthony fiel fast die Kinnlade herunter.

„Aber sie wird schon noch Ja sagen. Ich will nichts überstürzen, sie nicht drängen. Sie braucht nur etwas Zeit. Immerhin ist sie erst seit kurzem geschieden."

„Moment mal, du willst heiraten? Du?"

„Aber nur Lucy." Die Mikrowelle summte, und Tom holte die Pizzas heraus. Er gab Anthony die Platte. „Vorsicht, heiß."

Anthony rührte sich nicht. „Das ist unheimlich."

„Nein." Tom holte noch zwei Flaschen Bier aus dem Kühlschrank. „Das sind Lucy und ihr Einfluss auf mich, und es gefällt mir."

Um Punkt neun Uhr am nächsten Morgen erschien Tina und betrat Lucys Küche, als ob sie ihr gehörte.

„Dein Babysitter ist da", rief sie. „Der Kaffee riecht herrlich. Ich kann es kaum glauben, dass ich zu dieser unmenschlichen Stunde wach bin. Nur dir zuliebe."

„Geh nach oben und schlaf noch ein bisschen", schlug Lucy vor und nahm sie kurz in den Arm.

„Nein, gib mir nur etwas Kaffee." Tina trat einen Schritt zurück, als Tom mit den drei Hunden im Schlepptau hereinkam. „Oh, du hast einen Schäfer angestellt." Sie schaute nach unten, als Maxwell sich über ihre Kalbslederschuhe drapierte. „Komm da runter, du kleine Ratte."

„Ich lass die Jungs in den Garten." Tom winkte mit den Schlüsseln und zog sich dann seine Jacke an. „Anthony wartet schon. Ich muss gehen." Er küsste Lucy zärtlich auf die Wange. „Und vergiss die Hunde nicht. Es ist ziemlich kalt draußen. War nett, Sie wiederzusehen", wandte er sich knapp an Tina, als er an ihr vorbeikam.

„Vergiss die Hunde bitte nicht?" sagte Tina, als er draußen war. „Und er duzt dich? Macht er Witze? Lucy, was geht hier vor?“

„Nichts.“ Aber auf Lucys Gesicht breitete sich ein Lächeln aus.

Tina ließ nicht locker. „Erzähl mir alles.“

Lucy reichte ihr eine Tasse und einen Teller. „Ich bin glücklich, und ich bin vorsichtig. Du kannst also ganz unbesorgt sein.“

„Was heißt das, *vorsichtig?*“

Lucy zuckte mit den Achseln. „Du weißt, wie wenig ich mich mit Männern auskenne. Ich rechne nicht damit, dass Tom bei mir bleibt. Ich bleibe unabhängig.“ Sie legte zwei Toastscheiben auf Tinas Teller. „Kirsch- oder Orangenmarmelade? Lass uns ins Wohnzimmer gehen, da ist es gemütlicher.“

„Kirsch.“ Tina folgte ihr und setzte sich. „Irgendwie hast du da nicht alles mitbekommen. Du musst dir keine Sorgen darüber machen, ob Tom hier bleibt. Er ist bereits eingezogen. Er hat deine Hunde adoptiert. Der Mann hat vor, die nächsten sechzig Jahre hier zu verbringen. Bereite dich besser darauf vor, einen Heiratsantrag abzulehnen.“

„Er hat den Antrag schon gemacht.“

„Männer versprechen einem alles im Bett“, entgegnete Tina trocken.

„Oh, wir waren dabei nicht im Bett. Wir waren hier und frühstückten.“ Lucy biss herzhaft in ihren Toast.

Tina hätte sich fast an ihrem Kaffee verschluckt. „Er hat bei hellem Tageslicht um dich angehalten? Am frühen Morgen?“

„Ja, noch bevor er etwas im Magen hatte.“

Tina lehnte sich zurück und dachte nach. „Finde dich damit ab. Er meint es ernst.“

„Vielleicht. Aber ich weiß nicht, ob ich es auch tue."

Aufmerksam betrachtete Tina Lucys glühendes Gesicht. „Wenn du das glaubst, dann machst du dir etwas vor. Er ist zwar nicht der Typ Mann, den ich für dich ausgesucht hätte, aber offensichtlich ist er der Typ, den du haben willst."

„Sei nicht lächerlich. Ich bin gerade erst geschieden. Es wäre idiotisch, jetzt schon wieder zu heiraten."

„Und unlogisch." Tina butterte sich eine Scheibe Toast.

„Genau."

„Bitte such keine rosafarbenen Kleider für die Brautjungfern aus. Ich hasse Rosa."

Tom und Anthony prüften den Inhalt eines Banksafes der „National Bank" von Riverbend, den sie gerade beschlagnahmt hatten. Sie fanden keine einhundertfünfzig Staatsanleihen darin, sondern nur einhundertzweiunddreißig.

„Tony, er hat in weniger als einem Jahr einhundertachtzigtausend Dollar ausgegeben. Dieser Typ braucht dringend einen Kurs in Haushaltsführung."

„Die Flucht vor der Polizei und den mörderischen Schwiegereltern ist eben nicht billig", erwiderte Anthony. „Alarmieren wir die Zeitungen, damit der Kerl Lucy in Ruhe lässt."

Doch als sie im Revier ankamen, erwartete sie ein neuer Bericht. Erneut hatte jemand mit Bradley Porters Kreditkarte bezahlt – und zwar wieder in einem Hotel in Overlook.

Tom und Anthony machten sich sofort auf den Weg. Das Hotel befand sich neben einer Tankstelle und einem Schnellimbiss, dessen Mülltonnen seit Wochen nicht geleert worden waren. Keine Menschenseele war zu sehen. Das einzige Zeichen, dass jemand in der Nähe war, waren zwei geparkte Autos.

„Du bringst mich immer zu den besten Plätzen", brummte Tom.

Fünfzehn Minuten später verließen sie das Hotel wieder. John Bradley war hier gewesen, aber inzwischen wieder fort. Und Bradley Porter hatte nie jemand gesehen.

„Es ist verrückt, und es ergibt einfach keinen Sinn", sagte Tom enttäuscht. „Wir wissen doch, dass er bei John Bradley ist. Warum sieht ihn dann nie jemand? Der Kerl ist nicht die ganze Zeit in Kentucky ..."

„Tom!"

„Was ist?"

„Du musst aufhören, so besessen von diesem Bradley Porter zu sein. Kehr zurück zum eigentlichen Fall. Es ist sehr gut möglich, dass Porter damit nichts zu tun hat, dass er nur einem alten Freund einen Gefallen tun wollte und dass ihm das über den Kopf gestiegen ist."

Tom sah Anthony störrisch an. „Porter steckt bis zum Hals mit drin. Lass uns im Schnellimbiss nach ihm fragen. Vielleicht haben sie hier gegessen."

Anthony betrachtete das Innere des Ladens mit Widerwillen. „Wenn ja, dann waren sie wirklich verzweifelt."

Fünf Minuten später waren sie immer noch nicht weitergekommen. Das Mädchen hinter der Theke hatte Bradley Porter noch nie gesehen, aber John Bradley erkannte sie auf dem Foto sofort.

„Sind Sie sicher, dass Sie den nie gesehen haben?" Tom hielt ihr noch einmal Bradley Porters Foto hin.

„Ganz sicher. Der Typ sieht echt scharf aus. An den würde ich mich bestimmt erinnern."

Na, wunderbar. Bradley sah also scharf aus. Tom ging

wortlos hinaus und überließ es Anthony, das Mädchen weiter wegen John Bradley zu befragen. Vor der Mülltonne, ein paar Schritte von ihm entfernt, bemerkte er eine Promenadenmischung. Es war ein Hund von mittlerer Größe und schmutzig brauner Farbe. Sein Fell war verfilzt, und er hatte riesige Augen, mit denen er flehend zu ihm aufsah – und zu dem Hamburger, den er in dem Imbiss erstanden hatte.

„Heute ist dein Glückstag, Freundchen." Tom teilte den Hamburger in vier kleinere Stücke auf, damit der Hund nicht daran erstickte, wenn er sich darauf stürzte. Aber als er ein Stück auf den Boden legte, sah der Hund es sich nur an und blickte dann wieder zu ihm auf.

„Komm schon. Iss."

Der Hund kam zitternd näher und schlang gierig.

„Langsam." Er legte das zweite Stück auf den Boden, und der Hund schlang es hinunter.

Das dritte und vierte Stück nahm er direkt aus Toms Hand, aber als er ihn streicheln wollte, wich er erschrocken zurück. Dabei bemerkte er, dass das Tier hinkte.

„Hartes Leben gehabt, was?"

Der Hund kam wieder vorsichtig näher.

Tom streckte langsam die Hand aus und kraulte ihn hinterm Ohr. Das Tier schloss genüsslich die Augen.

„Gewöhn dich bloß nicht daran."

„Du redest mit Hunden?" Anthony, der gerade den Imbiss verließ, grinste amüsiert.

„Natürlich rede ich mit Hunden." Tom richtete sich hastig auf, und der Hund lief aufgeschreckt einige Meter weit weg. „Es ist ja nicht so, dass ich mit Blumen oder empfindungsunfähigen Dingen rede."

Anthony hob die Augenbrauen. „Empfindungsunfähig?"

Tom lachte leise. „Ich glaube, Lucy färbt auf mich ab."

„Nun, wenn dein Gespräch beendet ist, lass uns gehen."

Tom stieg ins Auto und sah dabei absichtlich nicht zu dem Hund hinüber. Anthony ließ den Motor an. Und dann glitt Toms Blick doch zu dem Hund. Das Tier saß da und schaute ihn mit seinen großen Augen traurig an.

Tom seufzte tief auf. „Warte, Tony." Er öffnete die Tür. „Kommst du, Kleiner?"

„Du machst Witze, Tom."

Der Hund kam langsam näher.

„Komm schon rein, Kleiner. Wir haben nicht den ganzen Tag Zeit."

Der Hund kletterte langsam ins Auto und rollte sich vor Toms Füßen zusammen.

„Ich traue meinen Augen nicht", staunte Anthony.

„Fahr einfach zu Lucy."

Anthony starrte Tom nur an.

„Ich hatte keine Wahl", verteidigte der sich. „Wenn ich diesen Hund hier lassen würde, würde sie nie wieder mit mir sprechen."

„Aber sie wüsste es doch gar nicht."

„Du kennst Lucy nicht." Tom zwinkerte dem Hund zu, der zufrieden mit dem Schwanz wedelte. „Außerdem ist es ein prima Hund."

Anthony blickte fassungslos zwischen dem verfilzten Straßenköter und Tom hin und her. Dann fuhr er zu Lucy.

9. KAPITEL

Als Anthony und Tom zurückkamen, war Lucy gerade dabei, einen Kuchenteig zu rühren. „Ihr seid aber früh zurück. Ist etwas passiert?"

Tina erschien in der Tür und verzog bei Toms Anblick das Gesicht.

„Nein, nein", erwiderte Tom. „Wir haben das Geld gefunden – und noch etwas." Er trat einen Schritt zur Seite, und hinter ihm kauerte der mitleiderregendste Hund, den Lucy je gesehen hatte.

„Du armes Kerlchen." Sie sank auf die Knie und hielt dem kleinen Hund die Hand hin. Er kam sofort zu ihr gehumpelt, und sie kraulte ihn sanft hinter den Ohren und versuchte, nicht loszuheulen.

Tom hatte ihr einen Hund gebracht. Das hatte noch nie jemand getan. Normalerweise hielt man sie für verrückt, wenn man hörte, dass sie drei Hunde besaß. Und Tom brachte ihr noch einen. Einen wunderbaren Hund, der ganz offensichtlich ihre Hilfe brauchte. Und Toms.

Sie sah zu ihm auf, und ihre Augen glänzten vor Glück und Liebe. „Wo hast du ihn gefunden? Er muss ja halb tot vor Hunger sein. Tina, gib mir die Kekse."

Tom kauerte sich neben Lucy. „Er braucht jetzt keine Kekse, er hat den Bauch voller Hamburger. Er kommt aus Overlook, aber er ist ein netter Hund."

„Er ist ein wunderschöner Hund", sagte Lucy zärtlich.

„Es ist der hässlichste Hund, den ich je gesehen habe", verkündete Tina.

Anthony atmete hörbar auf. „Danke, ich fing schon an,

Schuldgefühle zu haben, weil ich ihn nicht mit der Kneifzange anfassen würde."

Tom und Lucy achteten nicht auf sie.

„Er ist kaum größer als Heisenberg und Maxwell", sagte Tom. „Er wird nicht viel Arbeit machen."

„Er wird überhaupt keine Arbeit machen", erklärte Lucy. „Aber er wird mal viel größer als Heisenberg und Maxwell. Er ist erst halb ausgewachsen."

„Vier Hunde." Tom nickte zufrieden. „Zwei große, zwei kleine."

„Wir haben genug Platz."

Tina und Anthony tauschten einen Blick.

„Du musst einen Namen für ihn finden."

„Okay. Pete."

„Pete?"

„Als ich ein Kind war, hatte ich mal einen Hund, der Pete hieß. Ich finde, es ist ein guter Hundename", verteidigte sich Tom.

Lucy lachte. „Okay, also Pete. Hallo, Pete."

Pete, der den Kopf bequem auf Lucys Knie gelegt hatte, war von einer Sekunde zur nächsten eingeschlafen.

Als Tina wenig später ging, brachte Tom sie zu ihrem Wagen.

„Es gibt da etwas, was ich Sie schon lange fragen wollte", sagte er, während sie sich in ihren schicken Sportwagen setzte.

Tina startete und sah ihn ungeduldig an.

„Warum haben Sie damals die Schlösser an Lucys Haus angebracht?"

Tina überlegte kurz und stellte den Motor wieder ab. „Steigen Sie ein.“ Sobald Tom neben ihr saß, erklärte sie: „Ich habe Angst vor Bradley. Ich meine, ich mache mir Sorgen um Lucy.“

„Was hat er getan?“ fragte Tom mit unterdrückter Wut.

„Nichts“, fuhr Tina auf. „Wenn er etwas getan hätte, hätte ich ihn verhaften lassen. Aber so konnte ich nichts tun.“

„Sie müssen mir nichts beweisen“, beschwichtigte Tom sie. „Auch wenn Sie nur ein schlechtes Gefühl wegen Bradley haben, ist das okay. Sagen Sie es mir, ich muss es wissen. Ich habe auch Angst um Lucy.“

Tina starrte auf die Straße. „Es ist so schwierig zu erklären. Es war die Art, wie er Lucy angeblickt hat, wie seinen Besitz. Dieser Blick jagte mir Schauer über den Rücken.“ Sie sah Tom in die Augen. „Bradley hasste mich, weil Lucy mich liebt. Er wollte Lucy ganz für sich allein haben. Deshalb hasste er auch ihre Hunde. Er war auf alles eifersüchtig, woran Lucy hing.“

Tom versuchte, Ruhe zu bewahren. „Hat er je die Beherrschung verloren und sie geschlagen?“

„Nein. Er behandelte sie wie eine Königin. Er kannte die wahre Lucy gar nicht.“ Tina suchte nach den richtigen Worten. „Auf den ersten Blick ist sie sehr ruhig und höflich, weil sie schüchtern ist.“

„Das erste Mal, als ich Lucy traf, hat sie mich verprügelt.“

Tina lächelte plötzlich und sah auf einmal ein wenig wie Lucy aus. „Na, dann kennen Sie ja die wahre Lucy.“ Sie wurde wieder ernst. „Aber Bradley dachte, er heiratet den ruhigen, in jeder Hinsicht perfekten Frauentyp. Sie hat versucht, ihm klar zu machen, dass sie nicht so ist. Aber er wollte ihre wirkliche Persönlichkeit gar nicht sehen. Sie hat mir mal erzählt, dass er tagelang nicht mit ihr gesprochen hat, wenn sie Jeans anzog. Er tat einfach, als wenn sie nicht da sei, wenn sie etwas trug oder machte, das nicht in sein Bild einer anständigen Frau passte."

„Bradley ist ein Idiot."

„Nein, Bradley ist unheimlich, aber er ist kein Idiot. Noch ein Grund, weswegen ich ihn gehasst habe. Ich hatte Angst, dass er nie so dumm sein würde, etwas zu tun, das Lucy dazu bringen würde, sich scheiden zu lassen."

„Aha", sagte Tom leise. „Ich fange an zu verstehen. Die Blondine."

Tina packte hart das Lenkrad. „Als Lucy mich an jenem Tag anrief und weinte, hätte ich ihn am liebsten umgebracht. Aber ich war auch dankbar, weil er endlich einen großen Fehler begangen hatte. Sofort ließ ich die Schlösser anbringen, da ich sicher war, dass er zurückkommen würde, und fürchtete, Lucy würde ihm verzeihen." Tina sah Tom wieder direkt an. „Lucy ist sehr gerecht. Ich nicht."

Tom lächelte anerkennend. „Wissen Sie, ich mag Sie."

„Das wird nicht lange anhalten. Ich bin ein Biest. Fragen Sie Bradley. Als er an dem Tag auftauchte, habe ich ihm mit meinen Drohungen ziemlich die Hölle heiß gemacht."

Toms Lächeln vertiefte sich. „Ich mag Sie wirklich. Ein Glück, dass Sie da waren."

Tinas Blick war wieder sehr ernst geworden. „Er hat sich nicht einfach zurückgezogen. Er wird nicht aufgeben, denn er ist wie … besessen von Lucy. Bald wird er wieder da sein."

„Keine Angst, jetzt bin ich ja hier. Und ich lasse Lucy nicht allein."

„Er wird sehr wütend auf Sie sein. Unter normalen Umständen würde er nichts Ungesetzliches tun. Aber wenn er einmal die Beherrschung verlieren sollte, wäre er meiner Meinung nach sogar zu einem Mord fähig. Und er würde nicht Lucy umbringen."

„Ach, man versucht andauernd, mich umzubringen", winkte Tom ab. „Es hat nie geklappt."

Tina verdrehte die Augen. „Na, wunderbar, Sie Supermann. Aber wenn ich Sie wäre, würde ich das nicht so lässig nehmen. Irgendwo da draußen gibt es einen Wahnsinnigen, der Lucy zurückhaben will."

„Seien Sie unbesorgt, ich werde vorsichtig sein." Tom überlegte, zögerte und gab sich dann einen Ruck. „Da wir schon so offen zueinander sind, sollte ich Sie wahrscheinlich warnen. Es wird Ihnen nicht gefallen, aber ich werde Ihre Schwester heiraten. Sie hat noch nicht Ja gesagt, aber sie wird."

Tina seufzte. „Ich weiß. Sie wären zwar nicht meine Wahl gewesen, aber Lucy will Sie haben."

Tom entspannte sich. „Ich möchte Sie auf meiner Seite haben. Sie wären ein gefährlicher Feind."

„Stimmt, und vergessen Sie das ja nicht. Wenn Sie meiner Schwester je wehtun, schneide ich Ihnen die Leber heraus. Und jetzt machen Sie, dass Sie aus meinem Auto kommen. Ich habe zu tun."

Spontan küsste Tom Tina auf die Wange. „Sie sind gar nicht so hart", sagte er und stieg aus, bevor sie etwas erwidern konnte.

Am Freitagmorgen kam Anthony mit schlechten Neuigkeiten. Tom war gerade dabei, einen Streit zwischen den Hunden zu schlichten.

„Wir sind in den Zeitungen, aber nicht auf der Titelseite. Die neue Stadthalle und eine Sturmwarnung hatten Vorrang. Wir sind auf der zweiten. Der Zeitungsmensch meinte, wenn wir jemanden verhaftet hätten, wären wir auf die erste Seite gekommen, aber nur die Staatsanleihen sind nicht interessant genug."

Tom richtete sich abrupt auf und überließ die Hunde sich selbst. „Aber wir hatten zwei Bomben."

„Das ist bereits Schnee von gestern."

Tom sank auf einen Sessel. „Also können wir nur hoffen, dass John Bradley die Zeitung von vorn bis hinten liest. Fantastisch. Tony, wir haben's vermasselt."

„Für den Fall, dass John Bradley kein so eifriger Zeitungsleser ist …", sagte Anthony, „… lass Lucy nicht aus den Augen."

„Tu' ich nie", erwiderte Tom.

Am Samstagabend ließen Tom und Lucy die Hunde zu einem langen Auslauf hinaus und rieben währenddessen den Küchenboden ab. Tom hatte Anthony, bevor der wieder gegangen war, noch einkaufen geschickt, und Anthony hatte drei große Dosen und eine Spraydose Klarlack besorgt.

„Wozu brauchen wir denn die Spraydose?" fragte Lucy.

„Für die schwer zu erreichenden Plätze."

„Es gibt auf einem Fußboden keine schwer zu erreichenden Plätze."

„Wart's ab", sagte Tom. „Was immer schief gehen

kann, wird auch schief gehen. Besser, man ist darauf vorbereitet."

Lucy ließ den Blick über seinen Körper gleiten, und wie immer in letzter Zeit stockte ihr der Atem dabei. Tom kniete auf dem Boden und kratzte an dem letzten hartnäckigen Rest von Klebstoff. Das Hemd war ihm aus der Hose gerutscht, sein Haar war zerzaust, und er war hochkonzentriert. Er sah stark und elektrisierend aus und sicher und aufregend, so, wie sie es sich immer bei einem Mann gewünscht hatte.

Sie lehnte sich an den Küchenschrank und versuchte, normal zu atmen. Selbst bei dieser ganz alltäglichen Arbeit machte Tom den Eindruck einer angespannten Sprungfeder. Sie sehnte sich danach, ihn zu berühren und all die elektrisierende Kraft unter seinen festen Muskeln zu spüren. Tom besaß so viel Energie, dass etwas davon sich auch auf sie zu übertragen schien. Und etwas von ihrer Ruhe auf ihn. Vielleicht hatte er Recht und sie sollten wirklich heiraten. Denn obwohl sie ihn erst zwei Wochen kannte, eins wusste sie mit Sicherheit: Sie wollte mit keinem anderen Mann zusammen sein als mit ihm. Für immer.

Sie dachte daran, wie oft sie in den vergangenen Tagen miteinander gelacht und gestritten hatten. Sie hatten mit den Hunden geredet oder einfach nur vor dem Kaminfeuer gesessen und waren glücklich gewesen, zusammen zu sein. Und sie dachte daran, wie sie sich geliebt hatten. Sein Körper war so aufregend hart, und seine Haut schmeckte so erregend, wenn sie mit der Zunge zärtlich darüber strich. Sie stellte sich vor, ihn hier mitten auf dem Küchenfußboden zu lieben. Sie würde ihm sein Hemd abstreifen und seine Schultern küssen und langsam mit den Lippen immer tiefer wandern …

Ich kann nicht fassen, dass ich ihn so sehr begehre, dachte sie. Ich möchte ihn ganz, die ganze Zeit und überall. So bin ich früher nie gewesen. Es muss an ihm liegen.

In diesem Moment sah Tom auf und ertappte sie dabei, wie sie ihn anstarrte. „Was ist?"

Sie blinzelte.

„Lucy, lass das Geblinzle. Sag, was du sagen willst."

Sie zögerte und war hin- und hergerissen zwischen Schüchternheit und aufwallender Lust. „Einen Moment noch. Ich muss erst überlegen, wie ich es ausdrücken soll."

Tom setzte sich gemütlich mit dem Rücken gegen den Herd. „Denk nicht so viel. Sag es einfach."

„Okay." Lucy musste schlucken. „Also. Okay, es ist so." Sie stockte. Dann blinzelte sie wieder.

„Lucy!"

„Ich will dich. Ich will dich … hier auf dem Küchenfußboden. Die ganze Zeit habe ich an nichts anderes denken können als daran, hier mit dir zu schlafen."

Tom holte tief Luft. „Du musst damit aufhören, mich in zwei Sekunden von null auf hundert zu bringen, sonst hält mein Herz das nicht durch." Er warf den Spachtel hinter sich und kroch zu ihr herüber. „Komm her."

Sie trafen sich in der Mitte, und sie bog sich ihm entgegen, um seine Brust an ihrer zu fühlen, während er sie sanft auf den Rücken legte und sich über sie beugte. Als er sie dann küsste, schlang sie die Beine um ihn und presste sich leidenschaftlich an ihn.

In diesem Moment klingelte das Telefon.

„Oh, verdammt." Tom richtete sich schwer atmend auf. „Ich muss abnehmen. Es könnte der anonyme Anrufer sein."

„Nein, lass es klingeln. Bitte“, flehte sie und zog ihn wieder an sich. Mit zitternden Fingern knöpfte sie sein Hemd auf.

Und Tom fuhr fort, sie zu küssen, während sie ihn eilig von seinem Hemd befreite und seinen nackten Rücken streichelte. Ungeduldig riss er ihren Reißverschluss herunter und schob seine Hand hinein. Sein Kuss wurde tiefer und wilder.

Sie erschauerte am ganzen Körper und hob ihm die Hüften entgegen, um seine Liebkosungen voll auszukosten. Ihre Erregung wuchs, und stöhnend biss sie sanft in seine Unterlippe.

Das Telefon klingelte weiter.

„Ich will dich so sehr“, flüsterte sie heiser. „Die ganze Zeit.“

„Lucy“, stieß er verlangend hervor.

Sie drückte ihn an den Schultern auf den Rücken und schwang sich über ihn, so dass sie jetzt rittlings auf ihm saß. Er schlüpfte mit den Händen unter ihr weites Hemd und presste ihre Schenkel dicht an seine. Sie spürte seine Erregung durch ihre Jeans.

Das Telefon klingelte weiter.

„Oh, verdammt.“ Tom blickte wütend und verzweifelt zur Küchentür. Das Telefon stand im Wohnzimmer. „Wenn das Anthony ist, wird er nicht auflegen. Er weiß, dass wir hier sind.“ Seufzend hob er Lucy von seinen Hüften und stand auf. „Ich werde ihn umbringen. Und dann lasse ich den Hörer unten.“

„Beeil dich“, flüsterte Lucy, und er küsste sie wieder, einmal schnell und hart und einmal langsam und heiß. „Darauf kannst du Gift nehmen“, sagte er dann atemlos.

Das Telefon klingelte weiter.

Fluchend ging Tom los, aber dann drehte er sich noch einmal zu Lucy um, die halb ausgezogen auf dem Boden lag. „Du bleibst da, genau so. Und wehe, du ziehst die Jeans wieder zu."

Das Telefon klingelte weiter.

„Zur Hölle!" Tom stürmte ins Wohnzimmer.

Lucy befreite sich von ihrer Jeans, folgte ihm und blieb in Slip und Hemd in der Tür stehen.

Tom lächelte sie an. „Zieh alles aus", murmelte er und nahm den Hörer ab. „Was ist denn?" Er knallte den Hörer wieder auf die Gabel. „Wenn ich diesen Kerl zu fassen kriege, der da ständig auflegt, dann ..."

Und dann zersplitterte eins der Fassadenfenster, und Tom packte Lucy und warf sich mit ihr zu Boden.

„Bleib unten!" schrie er.

Noch ein Fenster zerbrach, und er kroch mit Lucy in eine Ecke und wich dabei geschickt den herumliegenden Scherben aus.

Plötzlich herrschte völlige Stille.

„Bist du okay?" Tom hielt Lucy so fest an sich gepresst, dass sie kaum atmen konnte. „Sag mir, dass es dir gut geht. Sag etwas."

„Das waren Gewehrschüsse, nicht wahr?" flüsterte Lucy. „Jemand schießt auf uns."

„Bleib hier unten. Beweg dich nicht." Tom wollte aus der Ecke kriechen, aber Lucy hielt ihn zurück.

„Was machst du denn da? Wohin willst du? Jemand mit einem Gewehr ist da draußen!"

Mit einem kleinen Lächeln befreite Tom sich von ihrem Griff. „Ist das nicht wunderbar?"

„Wunderbar! Bist du verrückt geworden?“

„Lucy, ich hatte fast jede Hoffnung aufgegeben, dass ich den Kerl noch kriege. Jetzt, da er ganz in der Nähe ist, sollte ich ihn zumindest begrüßen. Du bleibst hier sitzen und rührst dich nicht von der Stelle. Überall liegen Scherben, und du bist halb nackt.“

„Nein!“ Lucys Stimme überschlug sich fast vor Panik. „Er wird auf dich schießen! Rühr du dich nicht von der Stelle, und ich rufe die Polizei!“

„Wie ich deine Nachbarin Mrs. Dover kenne, hat die schon die Luftwaffe und die Armee alarmiert. Und jetzt lass mich gehen. Ich habe zu tun.“

„Wie dich erschießen zu lassen?“ Lucy hängte sich an seinen Arm. „Nein. Warte auf die Polizei.“

„Lucy, ich bin die Polizei. Es ist mein Job, mich anschießen zu lassen. Gewöhn dich daran.“

Entsetzt starrte Lucy ihn an. „Tom!“

„Können wir später darüber reden? Inzwischen kann Bradley schon über alle Berge sein. Bleib hier.“

Tom kroch bis zu einem der Esstischstühle, über dem seine Jacke hing, holte seine Pistole aus der Innentasche und entsicherte sie. Danach verschwand er in die Küche, und Lucy hörte das leise Auf- und Zuklappen der Hintertür.

Plötzlich begann sie, am ganzen Körper zu zittern. Bis ins Innerste fröstelnd kauerte sie in der Ecke und wartete darauf, dass Tom zurückkam.

Lucy hörte das Heulen der Sirenen und das Quietschen von Reifen. Sie saß immer noch in der Ecke des Wohnzimmers und zitterte vor Kälte und Verzweiflung. Stimmen ertönten, aber keine war Toms Stimme. Türen wurden zugeknallt, und Menschen rannten hin und her.

Wenn es einen Lackmustest für die Liebe gab, dann war es dieser. Noch nie hatte Lucy so viel Angst um einen Menschen gehabt. Wenn er zurückkommt, werde ich ihm sagen, wie sehr ich ihn liebe, nahm sie sich vor. Wenn er zurückkommt …

Weitere unendliche Minuten vergingen. Dann beseitigte ein Mann die restlichen Glasstücke aus dem mittleren Wohnzimmerfenster und kletterte hindurch.

Es war nicht Tom.

„Lucy?" Anthony brauchte einen Moment, bevor er sie in der Ecke entdeckte. „Sind Sie in Ordnung?"

„Er ist tot, nicht wahr?" Lucys Stimme war nur ein Flüstern.

„Tom? Nein, es geht ihm gut. Man hat zwar auf ihn geschossen, ihn aber nicht getroffen." Anthony ging neben Lucy in die Knie. „Er hat neun Leben, hat er Ihnen das nicht gesagt?" Er legte ihr den Arm um die Schultern und half ihr auf. „Kommen Sie aus all den Scherben heraus."

Zitternd stand Lucy auf.

Anthony sah auf ihre langen nackten Beine. „Barfuß bis zu den Schenkeln, was?" Damit nahm er sie auf die Arme, und Lucy lehnte den Kopf an seine Schulter, während er sie in die Küche trug.

„Ich weiß nicht, was ich tun würde, wenn Tom etwas zustieße", flüsterte sie. „Das ist mir jetzt klar geworden."

Da Lucy immer noch zitterte, hielt Anthony sie weiter fest. „Ich will Ihnen nichts vormachen, Tom hat die Neigung, Ärger anzuziehen. Aber er ist nicht dumm, und er ist nicht unvorsichtig, vor allem jetzt nicht, wo Sie da sind und er das Leben so liebt. Ihretwegen wird er jetzt noch vorsichtiger sein."

Die Tür wurde aufgestoßen, und Tom kam herein. Abrupt blieb er stehen. „Sehr nett. Mein bester Freund und meine Frau. Lass sie los, du Ratte. Ich lasse mir da draußen den Hintern wegschießen, und du …"

„Halt die Klappe", fuhr Anthony ihn an. „Solche Witze sind im Augenblick völlig unangebracht."

Tom sah Lucys totenblasses Gesicht und lief nun so schnell zu ihr, dass Anthony hastig zurückweichen musste, um ihm Platz zu machen.

„Es geht mir gut." Liebevoll nahm Tom Lucy in die Arme. „Der Kerl kann nicht zielen."

„Das Warten war fürchterlich", flüsterte Lucy an seiner Brust.

Tom rieb sein Kinn an ihrem weichen Haar. „Buchhalter sind meistens kurzsichtig und schlechte Schützen, und ich habe Luchsaugen und bewege mich natürlich mit Supergeschwindigkeit."

„Natürlich." Ein kleines Lächeln glitt über Lucys Gesicht, und ihre Wangen bekamen wieder Farbe. „Hör zu, du großer Dummkopf", sagte sie leise. „Wenn du das jemals wieder tust, werde ich dich persönlich erschießen."

Tom tat ganz beleidigt. „He, es ist mein Job. Dadurch kommen unsere Pizzas auf den Tisch – und in die Mägen deiner Hunde."

„Meine Hunde brauchen gar nicht so viele Pizzas", konterte Lucy.

„Da hier wieder alles beim Alten ist …", ließ Anthony

sich vernehmen, „... werde ich mal weiterarbeiten. Sie gehen am besten nach oben, Lucy, während die Spurensicherung hier unten die Kugeln aus Ihrer Tapete pult."

Er winkte Lucy kurz zu. „Hübsche Beine", sagte er beim Hinausgehen zu Tom und grinste, als der sich sofort vor Lucy stellte.

Sekunden später kam Matthews in die Küche, gefolgt von den vier Hunden.

„Lassen Sie sie nicht ins Wohnzimmer, da liegt überall Glas auf dem Boden." Lucy trat um Tom herum, um Matthews gegebenenfalls aufzuhalten. Aber der stand wie angewurzelt da und betrachtete sie voller Anerkennung.

„So, jetzt reicht's", brummte Tom. „Entschuldigt uns." Er schob Lucy in den Flur und weiter zur Treppe. „Geh nach oben, und komm erst wieder herunter, wenn du angezogen bist."

Anthony und Tom blieben noch im Wohnzimmer, nachdem die Männer von der Spurensicherung gegangen waren.

„Wir hätten getötet werden können, Tony. Der Kerl wollte diesmal wirklich Ernst machen. Lucy hat er womöglich gar nicht gesehen und nur auf mich geschossen. Ich sage dir, das war nicht John Bradley. Das war Bradley."

Anthony seufzte. „Der Mann ist dir zur Manie geworden. Das war der gleiche Kerl, der versucht hat, Lucy aus dem Haus zu ekeln. Ich baue jetzt auf die Zeitungen. Die Schüsse sollten genügen, um auf die Titelseite zu kommen. Und dann wird er aufhören, Lucy zu bedrängen."

„Es wird nichts nützen, denn das hier war Bradley", betonte Tom es noch einmal. „Auf jeden Fall lasse ich Lucy morgen nicht zur Arbeit gehen."

Der erste Streit am Montagmorgen begann um sechs Uhr früh, als Tom merkte, dass Lucy bereits aufgestanden war. Das konnte nur bedeuten, dass sie zur Arbeit gehen wollte.

„Man hat gestern auf uns geschossen, falls du das vergessen haben solltest." Aufgebracht stand er in der Badezimmertür, während Lucy ihr Haar trockenrieb.

„Ein Grund mehr, zur Arbeit zu gehen. Warum sollte ich an einem Ort bleiben, wo man auf mich schießt?"

„Lucy, es ist zu gefährlich."

Störrisch sah sie ihn an, trat aus dem Bad und verschwand ins Schlafzimmer. „Ich gehe zur Arbeit …", rief sie ihm von dort aus zu, „… und damit basta. Wer immer hier hereinwill, will nicht mich, sondern den Schlüssel. Und da die ganze Geschichte wegen der Schüsse jetzt bestimmt auf die Titelseite rückt, werde ich in Sicherheit sein."

Tom folgte ihr. Lucy zog sich gerade einen rosafarbenen Pullover über ihre rosa Dessous. „Wenn du glaubst, dass du jeden Streit damit gewinnst, indem du halb nackt durch die Gegend läufst …", sagte er verstimmt, „… dann hast du vermutlich Recht."

Lucy lachte ihn liebevoll an.

„Lass mich dich wenigstens nach der Schule hier erwarten."

„Sehr gern sogar." Sie beugte sich hinab, um ihren Rock vom Bett zu nehmen.

„Wie lang ist deine Mittagspause?" fragte Tom und genoss die Aussicht. „Wir könnten …"

„Eine halbe Stunde, und nein, wir könnten nicht." Lucy drehte sich zu ihm. „Ich bin um halb vier fertig. Kannst du es so lange aushalten?" Sie stieg in ihren Rock.

„Aber nicht länger. Ich werde mich beeilen, nach Hause zu kommen.“ Tom streckte die Arme nach ihr aus, und Lucy schmiegte sich weich und warm an seine Brust. Was immer geschieht, dachte er, unsere Zärtlichkeit füreinander dürfen wir niemals verlieren.

Etwas später ließ Tom die Hunde zu ihrem Morgenauslauf hinaus. Versonnen betrachtete Lucy ihn. Er trug heute ein helles Hemd und eine Krawatte. Es war ein ungewohnter Anblick, doch er gefiel ihr.

„Was ist?“ fragte Tom misstrauisch. „Du starrst mich so an.“

„Ich bewundere dich nur. Du siehst heute so … erwachsen aus. So kultiviert und reif. Es steht dir.“

Tom runzelte die Stirn. „Sag nicht reif.“

„Ich mag die Krawatte. Sie regt mich richtig an.“

„Eine Krawatte macht dich an? Du bist ja noch verrückter, als ich dachte.“

„Ich werde versuchen, mich zusammenzureißen.“

Tom nahm sie in die Arme. „Oh nein, bloß nicht! Reiß dich bitte nie zusammen.“

Er küsste sie lang und hart, bis ihr fast schwindlig wurde vor Lust. Als er sie schließlich losließ, griff er hastig nach seinen Schlüsseln und seiner Jacke. „Wir haben um halb vier eine Verabredung. Ich muss mir diesen rosa Slip noch mal genauer anschauen.“ Dann gab er ihr noch einen schnellen Kuss und ging.

Vielleicht mache ich ihm heute Nachmittag einen Antrag, dachte sie. So gegen halb fünf.

Als sie dann wenig später gerade Marmelade auf ihren Toast strich, klingelte es an der Tür.

Tom würde nicht klingeln, also musste es Anthony sein. Sie ging zur Tür, um ihm zu öffnen.

Der Mann auf der Veranda, den sie durch die Scheibe sah, war hoch gewachsen und dunkelhaarig. Sie hatte ihn noch nie vorher gesehen. Es war vielleicht unhöflich, ihn so stehen zu lassen, aber bestimmt klüger, und sie würde nichts unvorsichtiges tun.

Sie ging in die Küche zurück und lauschte unruhig dem wiederholten Klingeln. Geh weg, forderte sie ihn in Gedanken auf und überlegte, wie sie an ihm vorbei zu ihrem Auto kommen sollte. Er war wahrscheinlich nur ein Vertreter für Zeitschriften oder Staubsauger, aber sie wünschte dennoch, er würde aufhören zu klingeln.

Genau das tat er jetzt auch, und sie atmete erleichtert auf. Sie ließ ihren Toast stehen – der Appetit war ihr vergangen – und räumte den Tisch ab. Dabei warf sie versehentlich die Spraydose mit dem Lack um, die noch herumstand. Sie nahm sie und wollte sie wegstellen.

Da stieß eine schwarz behandschuhte Hand durch die gläserne Hintertür und schob den Riegel zurück.

10. KAPITEL

Lucy schrie auf, und dann war der fremde Mann in der Küche, richtete ein Gewehr auf sie und stieß mit den Füßen nach den bellenden Hunden, die ihn umzingelten.

„Bewegen Sie sich nicht", forderte er sie auf.

Sie erstarrte und umklammerte die Spraydose fester.

„Der Schlüssel. Alles, was ich will, ist der verdammte Schlüssel."

Der Mann wirkte angespannt und Furcht erregend. Seine Augen glühten vor Wut und Verzweiflung.

„Zu spät", flüsterte sie. „Sie haben ihn schon gefunden. Er war im Stuhl. Sie haben den Banksafe schon geöffnet."

„Sie lügen", stieß er wild hervor.

„Nein, ich kann es beweisen. Sie haben den Wert der Papiere erfasst. Es fehlten hundertachtzigtausend Dollar. Die Polizei hat sie jetzt."

Er biss sich nervös auf die Unterlippe. „Dann hol' ich sie mir von denen."

Hilf mir doch jemand, flehte sie innerlich, doch dann fing sie sich wieder und konzentrierte sich darauf, sich selbst zu helfen. „Es wäre besser für Sie, einfach zu verschwinden."

„Nein." Er hob das Gewehr eine Spur höher. „Ich kann die Papiere kriegen. Ich habe eine Geisel. Sie. Wo ist das Telefon?"

Sie schluckte nervös. „Das mit der Geisel funktioniert doch niemals. Sehen Sie denn keine Kinofilme? Die Polizei umzingelt das Haus, und Sie werden nie herauskönnen. Es wäre wirklich besser, wenn Sie jetzt abhauen."

„Wir werden nicht die ganze Polizei anrufen."

Sein eiskaltes Lächeln bei diesen Worten ließ sie unwillkürlich zurückfahren.

„Wir rufen nur einen. Nur den Bullen, mit dem Sie ins Bett gegangen sind."

„Was?" hauchte sie entsetzt.

„Den dunkelhaarigen. Rufen Sie ihn an und sagen Sie ihm, er soll die Anleihen mitbringen."

Sekundenlang überkam sie die gleiche Angst, die sie gestern gehabt hatte – die schreckliche Angst, Tom zu verlieren. „Damit Sie ihn erschießen können? Nein, ich werde ihn auf keinen Fall herholen. Niemals."

„Sie haben keine Wahl."

„Nein", wiederholte sie. „Ich hole ihn nicht."

„Oh doch", sagte er ungerührt. „Denn sonst werde ich Ihre Hunde einen nach dem anderen erschießen, bis Sie es tun." Er richtete die Pistole auf Heisenberg.

„Nein!" schrie sie auf und warf sich mit aller Macht gegen ihn. Die Hunde bellten aufgeregt und jagten ziellos hin und her, so dass die Kugel danebenging und in den Boden schlug.

Plötzlich wurde sie sich bewusst, dass auch sie nicht ganz unbewaffnet war, und als der Mann den Kopf zu ihr drehte und gleichzeitig die Pistole hob, sprühte sie ihm den Lack direkt ins Gesicht.

Er schrie auf, taumelte rückwärts und presste die Hände gegen die Augen. Dabei stolperte er über Einstein, der sich hinter ihn gestellt hatte. Im nächsten Moment hatte Pete, der nicht die sorgfältige Erziehung der anderen Hunde genossen hatte, ihn angesprungen und versuchte, ihm an die Kehle zu gehen.

Atemlos lief sie zur Hintertür, wo Tinas Baseballschläger in der Ecke stand, und während der Mann mit Pete kämpfte, nahm sie den Schläger, und ohne zu überlegen, schlug sie ihm damit so heftig wie möglich über den Schädel.

Er sackte sofort zu Boden und blieb regungslos liegen. Sie rief die Hunde zusammen, riss die Hintertür auf, und sobald sie sicher aus dem Haus waren, folgte sie ihnen und rannte stolpernd zu Mrs. Dover.

Mrs. Dover öffnete die Tür, noch bevor sie angeklopft hatte, und blickte sie stirnrunzelnd an.

„Ich muss die Polizei anrufen! Ein Mann ist bei mir eingebrochen und wollte mich umbringen!"

Mrs. Dover hielt ihr die Tür bereits weit auf. „Kommen Sie herein. Ich habe sie schon angerufen, weil ich den Schuss hörte. Was wird bloß aus der Welt werden?" Sie sagte, was sie immer sagte, aber diesmal klang ihre Stimme zum ersten Mal freundlich.

„Sucht er immer noch nach Ihnen?" Beruhigend tätschelte sie ihr den Arm. „Sollten wir uns verstecken?"

„Ich glaube nicht. Ich habe ihm mit einer Spraydose in die Augen gesprüht und ihm dann mit einem Baseballschläger auf den Kopf geschlagen."

„Gut gemacht", sagte Mrs. Dover. „Möchten Sie etwas Tee?"

Tom hatte gerade die Tür zu seinem Büro erreicht, als Matthews ihn aufhielt. „Vor zwei Stunden kamen Schüsse und Schreie von Ihrem Haus. Es ist Bradley. Falk ist schon da. Ich wollte es Ihnen nur sagen."

Mit eisiger Angst im Herzen brauste Tom zurück.

Nun parkte er den Wagen quer auf der Straße und lief, so schnell er konnte, zum Haus, um herauszufinden, wie schwer Lucy verletzt war.

Und da sah er sie mit Mrs. Dover auf deren Veranda stehen.

„Es geht mir gut“, rief sie ihm zu.

In Sekundenschnelle war er bei ihr und riss sie so stürmisch in seine Arme, als müsste er sich vergewissern, dass er sie wirklich nicht verloren hatte.

Gemeinsam gingen sie dann ins Haus zurück, wo er Anthony, der mit dem Streifenwagen gekommen war, sofort ins Kreuzverhör nahm. „Was sagt er?“

„Er sagt nichts“, antwortete Anthony. Er lag mehr, als dass er auf dem Sofa saß. „Sein Kopf ist ziemlich schwer angeschlagen, und wer weiß, was der Lack mit seinen Augen angestellt hat. Lucy hat ihn wirklich total außer Gefecht gesetzt. Übrigens, es ist John Bradley.“

Tom hörte für einen Moment auf, hin und her zu laufen. „Seid ihr da hundertprozentig sicher?“

„Vollkommen. Seine Schwiegereltern haben ihn identifiziert, und zwar mit großer Freude.“

„Was ist mit der Pistole?“

„Eine Achtunddreißiger. Passt genau.“

„Das wär’s also.“ Doch Tom klang nicht erleichtert.

„Wir müssen zwar immer noch mit Bradley Porter sprechen“, sagte Anthony und blickte Tom scharf an. „Er muss uns einiges erklären, aber er hat nicht die Staatsanleihen gestohlen, und er hat nicht auf Bianca geschossen. Er ist wichtig, aber nicht so wichtig wie dieser Typ. Das Schlimmste ist jetzt vorbei.“

„Na, wunderbar“, brummte Tom.

Anthony seufzte und hievte sich widerwillig vom Sofa. „Ich weiß, was dich stört. Du warst nicht hier bei Lucy. Aber sie wollte ja auch zur Arbeit gehen. Er wartete darauf, dass du weggingst, damit er hereinkommen konnte. Du hast sie so gut wie möglich beschützt. Und sie ist okay.“

Tom hob skeptisch die Schultern. „Ich weiß, dass sie okay ist.“ Nervös begann er wieder auf und ab zu laufen. „Tony, die ganze Sache stinkt zum Himmel. Mein Gefühl sagt mir, dass wir alles vermasselt haben.“

„Was denn? Wir haben John Bradley, wir haben eine Kugel, die zu allen anderen passt, wir wissen, dass er Lucy angegriffen hat und für die Bomben verantwortlich ist. Er hat versucht, von Lucy den Schlüssel zu bekommen, und Lucy hat ihn umgehauen. Es ist vorbei.“

„Nein, ist es nicht.“

„Na, prima.“ Anthony schüttelte den Kopf. „Ich gebe es auf. Lass mich mit deinen Gefühlen in Ruhe. Ich gehe jetzt. Seit diesem Fall habe ich keinen einzigen Tag freigenommen, und ich habe dringend einen nötig. Wenn du mich brauchst, ruf mich an.“ Er wandte sich zur Tür.

Lucy kam aus der Küche und hatte zwei Bierdosen in der Hand. „Ich weiß, ihr seid im Dienst, aber …“

„Genau.“ Tom nahm sich eine Dose.

„Danke, aber für mich nicht. Ich bin gerade am Gehen, und außerdem möchte ich alle Reflexe gut in Schuss haben, für den Fall, dass Sie mich angreifen.“

„Lachen Sie nicht, Anthony, es war fürchterlich.“

„Ich hätte hier sein müssen“, sagte Tom finster.

Lucy ging zu ihm. „Es war schlimm, aber ich bin froh,

dass ich es getan habe. Er hat versucht, mein Haus zu zerstören. Er wollte meine Hunde töten. Ich bin froh, dass ich mit ihm fertig geworden bin." Sie legte Tom die Arme um den Hals, der sie unglücklich anblickte.

„Ich musste allein damit zurechtkommen, Tom, das war wichtig für mich."

„Nun, für mein Ego war es schlecht." Er fasste um ihr Gesicht, während er Lucy gleichzeitig näher zog, und strich mit dem Daumen zärtlich über ihre Wange, aber er war immer noch angespannt.

„Zum Glück wissen wir ja …", warf Anthony ein, „… dass dein Ego einen wunderbaren Genesungsmechanismus besitzt. Übrigens, Lucy, ich hätte es fast vergessen. Wir haben Ihnen etwas besorgt."

„Wer *wir?*"

„Wir alle. Warten Sie hier." Anthony ging kurz heraus und kam mit einem länglichen Paket zurück. „Es ist von uns allen – von Falk, Matthews und dem Labor."

Lucy öffnete das Paket. Es war ein nagelneuer Baseballschläger, der von oben bis unten mit Unterschriften bedeckt war. „Sie machen Witze! Sie alle haben das für mich gekauft?"

Anthony grinste. „Na ja, die Leute vom Labor hatten ein schlechtes Gewissen, dass sie Ihnen den Schläger zur Untersuchung wegnehmen mussten. Also habe ich vorhin einen neuen besorgt. Tom wird bestimmt auch noch unterschreiben."

„Klar", sagte Tom.

„Kommst du mit aufs Revier?"

Tom nickte. „In ein paar Minuten."

„Nun, ich gehe jetzt." Anthony nahm Lucy in die Arme und küsste sie auf die Wange. „Wir sind alle sehr stolz auf Sie, Kleine. Das einzig Traurige ist, dass wir von hier keine Hilferufe mehr bekommen werden. Die Jungs werden Sie vermissen."

„So nett Sie alle waren …", erklärte Lucy entschieden, „… ich werde Sie bestimmt nicht vermissen. Ich möchte mein Haus und mein Leben in Ordnung bringen."

Nachdem Anthony gegangen war und Lucy den neuen Schläger auf einen Ehrenplatz an der Hintertür gestellt hatte, sagte Tom ernst: „Wir müssen miteinander reden."

„Okay", erwiderte Lucy müde.

Tom verschränkte die Arme vor der Brust. „Gehöre ich dazu, wenn dein Leben wieder in Ordnung ist?"

Lucy sah ihn ungläubig an. „Aber natürlich tust du das. Was redest du denn da?"

„Na ja, da du mich nicht heiraten willst …"

„Nun, im Grunde …"

Sie stockten beide, um den anderen aussprechen zu lassen, da klingelte es an der Tür.

„Warte eine Sekunde", sagte Lucy. „Es ist wahrscheinlich einer deiner Männer, der etwas vergessen hat."

Tom folgte ihr und wäre fast in sie gelaufen, als Lucy vor der Vordertür abrupt stehen blieb. Sie starrte durch das bunte Glas und drehte sich dann hastig zu Tom um, der an ihr vorbei hinausguckte.

Noch bevor sie die Worte ausgesprochen hatte, wusste er, was sie sagen würde.

„Es ist Bradley."

Lucy öffnete. Die nächsten Augenblicke waren schwer

für sie. Sie versuchte, Tom zu beruhigen, während sie Bradley nicht ausschließen wollte. Er sah so erschüttert, so wütend und gleichzeitig so dankbar aus, dass er ihr richtig Leid tat.

„Geht es dir gut?" Bradley fasste sie um die Arme und betrachtete sie besorgt. „Ich habe die Streifenwagen gesehen. Geht es dir wirklich gut?"

„Sie ist okay." Tom streckte Bradley die Hand hin. „Ich bin Detective Thomas Warren, Riverbend Polizei. Wir würden Sie gern einiges über John Bradley fragen. Wo sind Sie die ganze Zeit gewesen?"

„Detective Warren." Einen Moment blickte Bradley auf Toms Hand, dann ließ er Lucy los, um Tom die Hand zu schütteln. „Ich war in Kentucky. Die Adresse habe ich bei der Bank hinterlassen." Er legte Lucy einen Arm um die Schultern. „Ich danke Ihnen, dass Sie meiner Frau geholfen haben."

„Exfrau", stieß Tom hervor.

Bradley achtete nicht auf ihn. „Zum Glück bist du in Sicherheit, Lucy." Er drückte sie an sich. „Ich denke, wir müssen miteinander reden."

„Ja, das denke ich auch." Lucy stand steif in Bradleys Umarmung und hielt so viel Abstand wie möglich zu ihm. „Das hätten wir schon längst tun sollen. Warum hast du nicht angerufen?"

„Tina hat gesagt, ich soll das nicht." Bradley nahm den Arm von Lucys Schulter, und sie atmete auf. „Und du warst so unvernünftig. Hast meine Sachen auf den Rasen geworfen und meinen Sessel in den Keller geschmissen." Er unterbrach sich, als habe er bemerkt, dass er kleinlich klang, und lächelte Lucy verzeihend an. „Aber ich verstehe das. Du warst böse. Und jetzt, finde ich, müssen wir reden."

„Ich finde nicht", knurrte Tom. „Ich finde, wir beide sollten mal miteinander ..."

„Tom", unterbrach Lucy ihn. „Ich muss begreifen, was passiert ist. Erst danach kann ich meinen eigenen Weg gehen."

Tom zögerte. „Lucy, ich bin Polizist. Er hat Informationen über ein Verbrechen, und ich muss ihn deswegen befragen."

„Schon, aber ich bin seine Exfrau, und ich muss ihm auch einige Fragen stellen. Gib uns ein wenig Zeit. Bitte."

„Na gut. Setzen wir uns ins Wohnzimmer."

Bradley legte Lucy die Hand auf die Schulter. „Es ist nicht nötig, dass Sie bleiben. Das geht nur mich und Lucy an."

„Nur eine halbe Stunde." Lucy sah Tom flehend an.

Widerwillig gab Tom nach. „Okay."

Lucy trat einen Schritt zur Seite, damit Tom sie beim Hinausgehen nicht küsste. Sie wollte nicht, dass Bradley gereizt wurde. Sie wollte, dass er ihr sagte, was passiert war und warum er sie mit der Blondine betrogen hatte. Sobald sie das herausgefunden hatte, konnte sie ein neues Leben beginnen – ein Leben mit Tom.

„Okay. Ich warte draußen. Sie haben eine halbe Stunde Zeit, Porter."

Und dann war Tom gegangen.

Lucy holte tief Luft. „Komm, Bradley, ich mache dir einen heißen Tee. Zwei Würfel Zucker, nicht wahr?"

Tom saß draußen in seinem Wagen vor Lucys Haus und kochte innerlich.

Irgendetwas stimmte nicht. Nicht, dass er eifersüchtig war.

Na gut, er war eifersüchtig, aber das war nicht der Grund, weswegen er so unruhig war. Er wusste, dass Lucy nicht zu Bradley zurückgehen würde. Er wusste, dass sie bei ihm bleiben würde. Oder zumindest nahm er das an. Immerhin hatten sie zusammen einen Hund adoptiert.

Überleg, befahl er sich. Was stimmt nicht mit Bradley? Er hatte vorher schon ein ungutes Gefühl wegen dieses Mannes gehabt, aber jetzt spielte sein inneres Warnsystem verrückt. Es musste etwas sein, das Bradley eben gesagt hatte. Also musste er sich noch einmal das ganze Gespräch Wort für Wort in Erinnerung rufen.

Und zwar schnell.

Lucy war unruhig.

Irgendetwas stimmte nicht mit Bradley. Er sah sie ununterbrochen auf eine Weise an, als ob sie ein unendlich wertvoller Schatz wäre, den er verloren und wiedergefunden hatte. Noch schlimmer war, dass er auch so redete, trotz allem, was sie ihm gesagt hatte.

„Es ist schön, wieder zu Hause zu sein." Bradley schaute sich in der Küche um. „Wo ist der Tisch? Was ist mit dem Fußboden passiert?"

„Er ist aufgerissen worden." Sie füllte einen Becher mit Wasser und überlegte, was sie als Nächstes sagen sollte. Die zwei Wochen mit Tom hatten sie verändert, sie war nicht mehr die schüchterne kleine Lehrerin, und deshalb sah sie Bradley fest an und fragte ihn ganz direkt:

„Was war los?"

Er war offenkundig nicht erfreut über ihre ungewohnte Offenheit. „Aber Lucy, es ist doch gar nichts passiert“, antwortete er betont sanft. „Ein alter Freund aus der High School kam vorbei und bat mich um meine Hilfe.“

„John Bradley.“

„Wir nannten ihn J.B. auf der High School.“

„Er ist ein Betrüger.“

Bradley sprach auf einmal sehr kühl. „Leider wusste ich nicht, dass er das Gesetz gebrochen hatte. Ich habe nur einem alten Freund geholfen.“

„Wie?“

„Ich habe ihm ein Hotelzimmer besorgt.“

„In Overlook?“

„Er hatte nicht sehr viel Geld. Ich wollte ihm welches leihen, aber er lehnte ab. J.B. war immer sehr stolz.“

„Er hatte Geld. Er hatte fast anderthalb Millionen in Staatsanleihen.“

„Davon hat er mir nichts erzählt“, antwortete Bradley und war sichtlich gereizt, weil sie seine Ehrlichkeit anzweifelte.

„Doch, du wusstest das“, sagte sie ruhig. Sie würde sich nie wieder von Bradley einschüchtern lassen. „Du hast sie ja in einen Banksafe gelegt.“

„Nachdem er mir von diesen Papieren erzählt hatte, tat ich das natürlich.“ Seine Stimme klang jetzt eiskalt vor Wut. „Es war das einzig Vernünftige. Ich verstehe nicht, was du da fragen musst.“

„Ich bin nur überrascht. Was dachtest du denn, woher er die Staatsanleihen hatte? Aus dem Supermarkt?“

„Also, wirklich, Lucy ...“

Aber sie unterbrach ihn. Jetzt war sie ebenso wütend wie er. „Und wie passt die Blondine in das Ganze? Du weißt, seine Frau, mit der du …"

„Ach so, das ist es." Bradleys Wut verrauchte. „Du bist immer noch böse wegen der Sache."

„Natürlich bin ich noch böse wegen der Sache. Ich …"

„Sie hat gelogen."

Lucy stutzte. „Was?"

„Sie hat gelogen. Sie wollte mich zwingen, ihr zu verraten, wo J.B. ist. Wenn ich das nicht täte, würde sie behaupten, dass sie und ich … zusammen seien. Ich sagte ihr, du würdest ihr diese lächerliche Geschichte nie glauben." Verletzt und anklagend blickte Bradley sie an. „Aber du hast ihr geglaubt."

„Bradley, sie hat unser Schlafzimmer beschrieben", stellte sie klar und versuchte, nicht die Geduld zu verlieren. „Und du hast kein einziges Wort dazu gesagt."

„Ich sagte doch, dass ich es erklären könnte. Aber du hast ja nicht zugehört."

„Ich habe zugehört, aber du hast mir nichts erklärt."

Der Tee war fertig, und sie schob Bradley den Becher zu.

Bradley nahm ihn. „Eine Frau, die ihren Mann liebt und ihm vertraut, glaubt ihm, ohne Erklärungen zu verlangen."

„Nicht in unserem Jahrhundert." Als er nichts darauf sagte, fuhr sie fort: „Dann hast du also keine Affäre gehabt, und ich habe ganz umsonst so viel durchgemacht."

„Du hättest mir vertrauen müssen. Du weißt, wie sehr ich dich liebe. An jenem Tag vor dem Lokal warteten J.B. und ich draußen auf Bianca. Sie kam aber nicht, und dann sah ich dich mit diesem Mann. J.B. meinte, er sei von der Polizei." Bradleys Blick wurde wieder kühl. „Du warst mit einem anderen Mann zusammen."

„Er stellte mir Fragen über deinen Freund. Bianca hatte ihm am Telefon gesagt, dass J.B. in das Lokal kommen würde."

„Sie war eine fürchterliche Frau." Er schob den Becher von sich, ohne getrunken zu haben, und nahm ihre Hand in seine. „Aber das ist jetzt nicht wichtig. Wichtig ist, dass wir wieder zusammen sind. Und von jetzt an vertraust du mir."

„Bradley, wir sind geschieden", sagte sie sanft.

Sein Griff um ihre Hand wurde fester. „Wir werden wieder heiraten."

„Nein", sagte sie ganz und gar nicht mehr sanft und wollte ihm ihre Hand entziehen. „Das werden wir nicht."

Bradley ließ sie nicht los, und sie zuckte vor Schmerz zusammen.

„Alles ist jetzt in Ordnung. J.B. und der Polizist sind fort. Ich bin zurück. Ich habe dich so vermisst, Lucy."

Sie hörte die Entschlossenheit in seiner Stimme und sah einen seltsamen Schimmer in seinen Augen, der ihr fürchterliche Angst einjagte. So hatte sie Bradley noch nie gesehen.

Tom ging in Gedanken das Gespräch wieder durch. Er runzelte die Stirn, als er daran dachte, wie Bradley von Lucy als von seiner Frau gesprochen hatte. Und kurz darauf hatte er darüber lamentiert, dass sie seine Sachen auf den Rasen und in den Keller geworfen hatte. Er stellte sich Bradleys Gesicht vor, als der seine Sachen quer über den Rasen verstreut gesehen hatte.

Und seinen Sessel als Kleinholz am Fuß der Treppe zu finden, hatte ihn bestimmt noch weniger erfreut. Tom erstarrte.

Wann hatte Bradley denn seinen Sessel im Keller gesehen?

Das konnte doch nur gewesen sein, nachdem die Schlösser angebracht worden waren. Also war er gar nicht in Kentucky gewesen. Er war im Haus gewesen. Er hatte John Bradley dabei geholfen, die Bombe zu legen. Und jetzt war Lucy dort drinnen allein mit ihm.

Tom war schon halb aus dem Wagen, um Lucys Vordertür einzutreten, doch dann hielt er inne.

„Er war verrückt nach ihr", hatte Deborah gesagt. „Er war nicht ganz normal, wenn es um Lucy ging", hatte Tina gesagt.

Tom schloss leise die Wagentür und ging um das Haus herum zur Hintertür.

„Es tut mir leid, Bradley", sagte Lucy, so ruhig sie konnte. „Aber ich kann nicht zu dir zurück. Es ist vorbei." Es gelang ihr immer noch nicht, ihre Hand aus seinem Griff zu befreien.

„Es ist der Polizist, was? Du hast sogar dein Haar für ihn gefärbt." Bradley presste wütend die Lippen zusammen. „Hast du vielleicht ihm zuliebe auch meinen Sessel zertrümmert?"

Entsetzt riss sie die Augen auf. „Du warst im Haus! Du hast diesem Kerl geholfen, eine Bombe in mein Bett zu legen."

„Sie sollte dich nicht verletzen. J.B. rief dich an, um dich zu warnen, aber es war andauernd besetzt. Ich hätte nie zugelassen, dass dir etwas geschieht. Ich liebe dich." Bradley stellte sich so vor sie, dass sie zwischen der Küchentheke und ihm gefangen war.

„Nein." Sie versuchte, ihn von sich zu schieben. „Das tust du nicht. Du weißt ja nicht mal, wer ich bin."

„Du bist meine Frau." Er zog sie brutal an sich und küsste sie.

Angeekelt drehte sie den Kopf weg und kämpfte gegen seinen Griff an. „Nein. Hör auf."

„Es ist der Polizist." Bradleys Gesicht war verzerrt vor Hass.

Sie wich in die Ecke der Küche zurück, die der Tür am nächsten war. „Nein, Bradley, du bist es. Es liegt an dir. Du lässt einen Mann eine Bombe im Haus anbringen, von dem du wusstest, dass er auf seine Frau geschossen hat. Du wusstest, dass er gefährlich war."

In diesem Moment war ein Geräusch aus dem Keller zu hören.

Lucy schluckte nervös. „Das ist sicher Phoebe." Sie ging zur Kellertür. „Wie ist sie bloß hineingekommen?"

„Durch die Tür, die sich an den Schlössern aus den Angeln heben lässt. Durch die Tür, durch die auch ich immer hineinkommen konnte." Bradley holte seelenruhig eine Pistole aus der Jacke.

„Bradley?" Lucys Stimme war ein leises Krächzen.

„Geh weg von der Tür. Es scheint ein Einbrecher im Keller zu sein." Er ging langsam zur Tür. „Du bleibst hier. Wir haben noch miteinander zu reden."

Lucy nickte nur hilflos.

Mit einer schnellen Bewegung riss Bradley die Tür auf. Im Licht aus der Küche erkannte er Tom, der gerade die ersten Stufen hochstieg.

„Zurück!“ Bradley richtete die Pistole auf ihn, ließ die Tür hinter sich zufallen und kam die Treppe herab.

„Wo ist Lucy?“ fragte Tom und wich zurück.

„Vergessen Sie Lucy. Lucy ist meine Frau. Sie bleibt bei mir.“

Toms Gedanken rasten. Immerhin sprach Bradley von Lucy in der Gegenwart, und er hatte keine Schüsse gehört.

„Ich werde Sie umbringen müssen“, sagte Bradley kalt.

„Ich denke, wir sollten darüber reden. Sie sind kein übler Bursche, Bradley. Wir haben viel gemeinsam. Warum stecken Sie nicht die Pistole weg und wir unterhalten uns?“

Bradleys Stimme wurde noch kälter. „Sie haben mit meiner Frau geschlafen.“ Er richtete die Pistole auf Toms Bauch.

Verdammt, das Gespräch lief nicht gut. „Mit Lucy? Aber nein. Ich habe sie nur beschützt. Glauben Sie mir.“

„Ich bin kein Idiot. Ich habe vorhin doch gesehen, wie sie Sie anhimmelt. Ich werde Sie umbringen. Ich werde sagen, dass ich einen Einbrecher in meinem Keller überrascht habe. Es war reine Selbstverteidigung.“

„Das ist wirklich keine gute Idee, Bradley.“

„Immer wieder habe ich angerufen, um zu sehen, ob Sie hier sind. Und Sie waren immer hier. Also sagte ich J. B., er soll einmal anrufen, und ich wartete im Garten und schoss auf Sie.“

„Sie hätten fast Lucy erschossen.“

Finster blickte Bradley Tom an. „Ich würde Lucy niemals

wehtun. Auch in dieser Seitenstraße wollte ich Sie treffen und nicht Lucy. Als ich sie beinahe getroffen hätte, war ich entsetzt. Aber diesmal treffe ich nicht daneben."

Bradley hob die Pistole um einen Zentimeter. Dieser Mann war nicht verrückt, er war nur wahnsinnig vor Wut. Und das bedeutete, dass ihm, Tom, schnell etwas einfallen musste, wenn er weiterleben wollte.

„Wissen Sie, Bradley …", sagte er hastig, „… wenn Sie mich erschießen, werden Sie Lucy nie zurückbekommen. Wenn wir uns hinsetzen und reden, können wir vielleicht eine leichte Strafe mit Bewährung aushandeln. Wenn Lucy erst weiß, dass die Blondine gelogen hat, wird sie Sie verstehen. Aber wenn Sie mich erschießen … Ich bin Polizist, Bradley. Man wird den Schlüssel zu Ihrer Zelle aus dem Fenster werfen, und Sie werden nie die Chance haben, es Lucy zu erklären."

„Ich habe es ihr schon erklärt. Es ist ihr egal. Sie will Sie. Solange Sie am Leben sind …"

„Lass die Pistole fallen, Bradley." Lucys Stimme war schneidend.

Tom sah an Bradley vorbei die Treppe hinauf, wo plötzlich Lucy stand. Sie balancierte ihren neuen Baseballschläger auf der Schulter.

Bradley drehte sich nur wenige Zentimeter nach hinten, damit er Tom nicht aus den Augen verlor.

„Wirf sie weg, Bradley", wiederholte Lucy. „Das hilft dir nicht weiter. Wenn du ihn erschießt, wirst du in größeren Schwierigkeiten sein, als du es sowieso schon bist."

„Lucy, du verstehst nicht. Geh zurück nach oben." Bradley wandte sich wieder ganz zu Tom.

„Geh, Liebling", sagte Tom, und Bradleys Gesicht lief rot an vor Wut.

Lucy rührte sich nicht von der Stelle. „Hör zu, Bradley. Ich habe hier einen Baseballschläger, und ich werde dich damit schlagen, wenn du die Pistole nicht fallen lässt."

Sie sagte das sehr ruhig, als sei es das Vernünftigste der Welt und nicht das Lächerlichste, aber Tom konnte sehen, dass ihre Hand, die den Schläger hielt, zitterte, und er hatte plötzlich eine so große Angst um Lucy, wie er sie nie um sich selbst gehabt hatte.

Bradley drehte wieder leicht den Kopf nach hinten, und Tom kam der entsetzliche Gedanke, dass er die Pistole auf Lucy richten könnte.

„Geh weg, Lucy", sagte er nervös, und Bradley fuhr wütend zu ihm herum.

„Lass sie fallen, Bradley", sagte Lucy.

„Sei nicht lächerlich, Lucy." Bradleys Stimme klang ungeduldig. „Du wirst mich nicht mit einem Baseballschläger attackieren. Die bloße Vorstellung ist idiotisch. Du bist keine gewalttätige Person."

„Ich kann, wenn es sein muss. Ich habe heute Morgen den Kopf deines Freundes mit einem Schläger angeknackst. Es klang fürchterlich. Als ob eine Melone aufplatzt. Ich möchte dich nicht schlagen, Bradley, aber ich will nicht, dass du auf Tom schießt. Lass einfach nur die Pistole fallen. Bitte."

„Oh, aber ich möchte Tom schon erschießen. Ich möchte es aus ganzem Herzen. Und du wirst mich nicht schlagen, nicht einmal, um ihn zu retten. Du kannst es nicht. Du bist nicht fähig zur Gewalttätigkeit. Ich kenne dich. Du bist meine Frau, und ich kenne dich besser als du dich selbst." Bradley kniff die Augen zusammen und zielte sorgfältig auf Tom.

„Weißt du, ich habe mich verändert." Und Lucy holte mit dem Schläger aus und traf Bradley damit hart am Hinterkopf.

Sein Kopf knickte nach vorn, und Bradley fiel durch das zerbrochene Treppengeländer. Ein Schuss ging los und verfehlte Tom nur um Zentimeter. Bradley wollte wieder hochkommen, aber Tom war schon bei ihm und versetzte ihm einen Faustschlag, hinter dem sehr viel aufgestaute Wut lag. Bradley sackte in sich zusammen.

Lucy setzte sich auf die Treppenstufen, hielt ihren Schläger fest umklammert und starrte nach unten.

Tom hob die Pistole auf. „Ruf die Polizei an, Lucy."

„Das habe ich schon, bevor ich nach unten kam. Ich habe die Vordertür offen gelassen, damit sie gleich hereinkönnen." Noch während sie sprach, erklangen oben Schritte. „Bist du okay?"

„Ja", antwortete Tom. „Ich glaube, ich habe mir die Hand gebrochen, aber das war es wert. Seit zwei Wochen wünsche ich mir schon, ihm eine zu verpassen. Übrigens, danke, dass du mir das Leben gerettet hast."

„Wenn ich es dir gerettet habe, darf ich es dann behalten?"

Aber es kamen gerade Polizisten die Treppe herunter, und Tom hatte ihre Frage nicht gehört.

Lucy blieb auf den Stufen sitzen. Sie war traurig wegen Bradley, aber vor allem war sie erleichtert. Jetzt war endlich alles vorbei.

Die Polizisten hatten ihre Arbeit beendet und waren gegangen. Lucy saß immer noch auf der Treppe, und Tom setzte sich neben sie.

„Er dachte wirklich, er liebt mich“, sagte Lucy. „Vor dem ganzen Durcheinander mit John Bradley, meine ich. Ich fühle mich schrecklich deswegen. Er dachte, er liebt mich, aber ich liebte nur das Haus und dann dich. Es ist fast meine Schuld, dass das alles passiert ist.“

Tom runzelte die Stirn. „Nein, das ist es nicht! Das kannst du nicht glauben! Offenbar …“ Er unterbrach sich, und seine Miene hellte sich auf. „Moment mal! Du hast gesagt, du liebst mich!“

„Ich weiß. Meinst du, Tina wäre bereit, einen Anwalt für Bradley zu besorgen?“

„In einer Million Jahren nicht. Aber vergiss das mal.“ Tom holte tief Luft. „Ich glaube, wir sollten heiraten. Du denkst sicher, es ist zu früh, aber du irrst dich.“

Lucy wollte etwas sagen, aber Tom kam ihr zuvor. „Hör mir nur eine Minute lang zu. Es gibt viele gute Gründe, weswegen wir heiraten müssen. Denk nur mal an die Hunde.“

„Tom …“

„Es sind Jungs, Lucy. Sie brauchen einen Mann im Haus.“

„Tom …“

„Schon gut, schon gut. Hier ist ein besserer Grund.“ Er legte einen Arm um ihre Schultern. Es war wunderbar, sie zu spüren, und einen Moment verlor er den Faden. „Wo war ich noch? Oh, ja. Wir müssen einfach heiraten, weil sich die meisten Menschen in ihrer zweiten Ehe mehr Mühe geben. Also wirst du dein Bestes geben. Außerdem wirst du mich mit Bradley vergleichen, und der Himmel weiß, dass ich einen Fortschritt darstelle, also wirst du mich für fantastisch halten, und das wird mich sehr glücklich machen. Es kann einfach nichts schief gehen."

Lucy versuchte es noch einmal. „Ich glaube …"

„Okay, wie ist es damit? Wir sind im Bett unschlagbar. Die beste Garantie für eine gute Ehe – erstklassiger Sex."

Lucy sah ihn finster an. „Das ist ein schrecklicher Grund zum Heiraten. Ich glaube …"

„Okay, vergiss die Ausreden. Ich liebe dich. Ich bin verrückt nach dir. Ich konnte sogar verstehen, dass Bradley mich umbringen wollte, denn ich an seiner Stelle hätte mich bestimmt umgebracht. Ich möchte meine Tage damit zubringen, mit den Hunden einen Plan auszuhecken, wie wir die verflixte Katze von nebenan um die Ecke bringen können, und meine Nächte damit, dich zu lieben. Im Grunde würde es mir nichts ausmachen, auch einen guten Teil meiner Tage damit zu verbringen, aber das ist nicht logisch."

„Ich glaube nicht an Logik", sagte Lucy lächelnd. „Ich glaube an die Liebe. Besonders mit einem Mann, der spontan, unverantwortlich und unpassend ist. Mit dir."

Tom atmete erleichtert auf. „Wann ist das passiert?"

„Gestern Abend, als Bradley durch das Fenster schoss und du nach draußen gegangen bist. Ich dachte, er tötet dich, und es war das Fürchterlichste, was ich mir vorstellen konnte." Sie sah ihn liebevoll an. „Und dann ging es dir gut, und in dem Moment entschloss ich mich, dich zu heiraten."

„Schon gestern Abend? Warum hast du das nicht gleich gesagt? Ich habe fast Knoten in der Zunge bekommen, um dich zu einem Ja zu bewegen."

„Das habe ich bemerkt. Die Hunde brauchen einen Mann im Haus ... Also wirklich, Tom!“

„Ich war verzweifelt. Ich kann es immer noch nicht fassen. Du willst mich wirklich heiraten? Nicht, dass du da überhaupt eine Wahl hast. Ich ziehe sowieso hier ein.“

„Ja, ich werde dich heiraten“, sagte Lucy glücklich.

„Darauf kannst du Gift nehmen.“ Tom küsste sie mit so atemberaubender Leidenschaft, dass die Welt um sie herum versank.

– ENDE –

Nora Roberts
Die Stanislaskis 2
Verführung in Manhattan
Band-Nr. 25125
6,95 € (D)
ISBN: 3-89941-164-1

Nora Roberts
Die Stanislaskis 3
Gegen jede Vernunft
Band-Nr. 25132
6,95 € (D)
ISBN: 3-89941-171-4

Nora Roberts
Die Stanislaskis 4
Heißkalte Sehnsucht
Band-Nr. 25144
6,95 € (D)
ISBN: 3-89941-183-8

Nora Roberts
Die Stanislaskis 5
Der lange Traum
vom Glück
Band-Nr. 25152
6,95 € (D)
ISBN: 3-89941-191-9

Nora Roberts
Nachtgeflüster 1
Der gefährliche Verehrer
Band-Nr. 25126
6,95 € (D)
ISBN: 3-89941-165-X

Nora Roberts
Nachtgeflüster 2
Der geheimnisvolle
Fremde
Band-Nr. 25133
6,95 € (D)
ISBN: 3-89941-172-2

Nora Roberts
Nachtgeflüster 3
Die tödliche Bedrohung
Band-Nr. 25146
6,95 € (D)
ISBN: 3-89941-185-4

Nora Roberts
Nachtgeflüster 4
Das verhängnisvolle
Rendezvous
Band-Nr. 25153
6,95 € (D)
ISBN: 3-89941-192-7